HÍBRIDA

MARI SCOTTI

HÍBRIDA

2ª edição

SÉRIE NEBLINA E ESCURIDÃO

novo século®

São Paulo · 2016

GERENTE EDITORIAL
Lindsay Gois

EDITORIAL
João Paulo Putini
Nair Ferraz
Rebeca Lacerda
Vitor Donofrio

GERENTE DE AQUISIÇÕES
Renata de Mello do Vale

ASSISTENTE DE AQUISIÇÕES
Acácio Alves

AUXILIAR DE PRODUÇÃO
Emilly Reis

PREPARAÇÃO
Thiago Fraga

DIAGRAMAÇÃO
Nair Ferraz

REVISÃO
Vânia Valente

CAPA
Dimitry Uziel

Texto de acordo com as normas do Novo Acordo Ortográfico da Língua Portuguesa (1990), em vigor desde 1º de janeiro de 2009.

Dados Internacionais de Catalogação na Publicação (CIP)
(Câmara Brasileira do Livro, SP, Brasil)

Scotti, Mari
Híbrida – série Neblina e Escuridão.
Mari Scotti;
Barueri, SP: Novo Século Editora, 2016.

1. Ficção brasileira I. Título. II. Série

16-01094 CDD-869.3

Índice para catálogo sistemático:
1. Ficção: Literatura brasileira 869.3

NOVO SÉCULO EDITORA LTDA.
Alameda Araguaia, 2190 – Bloco A – 11º andar – Conjunto 1111
CEP 06455-000 – Alphaville Industrial, Barueri – SP – Brasil
Tel.: (11) 3699-7107 | Fax: (11) 3699-7323
www.novoseculo.com.br | atendimento@novoseculo.com.br

novo século®

Dedico a Deus, à Célia Maria Rech, aos meus pais e irmãos,
pela confiança e pelo apoio incondicional.
Com vocês em minha vida, não tenho necessidade de nada mais.

Agradecimentos

Agradeço a Deus, em primeiro lugar, por estar ao meu lado em todos os momentos, dirigindo cada passo dado e me ajudando a alcançar meus sonhos. É por Sua vontade que me tornei escritora.

À minha tia Célia, por simplesmente acreditar. O seu apoio foi fundamental para este livro se tornar realidade. Seu amor, sua força, a credibilidade, e o carinho com que me tratou a vida toda e mais agora com este projeto, fizeram-me ter ainda mais certeza do quanto é essencial ter uma família. Te amo, tia e jamais terei agradecido vezes suficientes.

Aos meus pais, por me darem alicerce suficiente para ser quem sou hoje. Sou grata também àqueles que trabalham comigo todos os dias, suportando meu mau humor quando quero escrever e não posso e, aceitando meu assunto interminável referente aos personagens dos meus livros, principalmente à Erika Trenti e Eliane Oliveira, que compartilham da minha loucura pelo Tom e pelo Milosh.

Sou imensamente grata aos leitores do Twilight Brasil Fanfics que foram os primeiros a me incentivar e acreditar em meu talento, pelas críticas construtivas, pelos apelos loucos para que continuasse esta e outras histórias. Estarão eternamente guardados no meu coração.

São tantas pessoas, que tenho medo de esquecer algum nome, mas não posso deixar de citar três que foram cruciais para que esta obra estivesse agora em suas mãos, leitor: Cristina Pereira, Fernanda Reis e Carol Mraz, minhas leitoras beta. Jamais poderei mensurar o quanto o incentivo de vocês é importante para eu continuar escrevendo. Obrigada!

Aos profissionais da Editora Novo Século, por confiarem em meu talento e me apoiarem nesta jornada.

E por último – não menos importante – agradeço à escritora Stephenie Meyer, pois se não fosse a *Saga Crepúsculo* eu não teria voltado a escrever e retomado esse sonho adormecido há anos. Obrigada pela inspiração.

Introdução

Desde o princípio, os filhos da noite acostumaram-se a agir em desacordo com a sociedade; eram vistos como libertinos, desonrosos, arruaceiros. Homens de baixa estirpe. Agiam assim por não temerem a morte nem a retaliação da sociedade humana, por serem infinitamente mais fortes e seus predadores. Por séculos, os vampiros viveram à própria sorte, como nômades, homens solitários, caçadores insaciáveis, cometendo inúmeras atrocidades sem punição nem regras a seguir.

Com o passar dos séculos, imortais questionaram-se acerca de seus costumes, não concordando com o posicionamento da maioria. Em pequenas reuniões, decidiram que era necessária uma reestruturação e juntaram-se a outros para reeducá-los. A maior exigência era a discrição, pois ansiavam por aceitação na sociedade para deixarem de viver à sua sombra. A grande maioria concordou, sobretudo os nobres e ricos, porque desejavam poder e fama. Estes se uniram e, em meados de 1200 d.C., deram início à Monarquia Vampiresca, na qual regras e hierarquias foram estabelecidas. Essa Monarquia ficou conhecida como Reino, sendo os homens mais próximos do rei chamados de conselheiros.

O primeiro governante foi o rei Nicodemos I, um homem que amava ler e que escolheu seu próprio nome imortal, sendo apenas os mais íntimos conhecedores de seu verdadeiro nome. Casado com Annabeth, a primeira rainha imortal, que decidiu ser chamada de Elizabeth I, e que, junto ao

Conselho e o rei, escreveu as primeiras leis dessa Monarquia. Estes foram assassinados por uma minoria que não concordava em seguir regras e que queria voltar aos primórdios.

O segundo reinado foi o da rainha Elizabeth II, que usou o nome em homenagem à sua antecessora. Era destemida e reinou tempo suficiente para firmar o Conselho e suas leis.

As principais leis consistiam, em sua grande maioria, na preservação da espécie e na proteção dos humanos. Dentre elas, a proibição de matar humanos: cada vampiro deveria ter amas de sangue para satisfazer apenas às necessidades físicas de alimento; aqueles que infringissem esta lei estariam sujeitos a punições de acordo com o tamanho do delito – desde ficar detido sem sangue por algumas semanas até definhar de fome e, em seguida, ser morto por fogo ou espada. Era proibido, também, ter relações sexuais com mulheres que pudessem procriar, tendo como punição morte por lâmina: do vampiro, da mulher e da criança.

Os vampiros deviam guardar segredo de sua condição imortal e da origem do Conselho e do Reino. Eram vetados de revelar o nome e local de moradia de seus superiores e, caso isso acontecia, a pena era a morte instantânea por lâmina: do delator, de suas criações, dos serviçais, da família e das amas de sangue.

Séculos antes da transformação da rainha Elizabeth III, sua antecessora criou uma lei para as posteriores. Se seu substituto fosse solteiro, homem ou mulher, estaria proibido de instituir família – cônjuge e criações –, para que não houvesse armas com que seus inimigos o chantageasse. A própria Elizabeth II morreu solteira após escolher sua sucessora, Adenotona, que foi decapitada semanas depois de a rainha se entregar ao sol, sendo necessária a escolha de outro rei para ocupar seu lugar.

Muitos acontecimentos levaram à decisão de que Elizabeth Fargnoli seria a melhor escolha para substituir a última rainha, que estava deprimida e deixava de lado seus deveres de líder. A garota, apesar de jovem, possuía incríveis poderes de cura, regeneração, manipulação dos elementos e tantas outras habilidades que nenhum dos vampiros era capaz de superar. Nos primeiros meses de treinamento oficial, soube que seria escolhida e que seu destino era ficar sozinha por toda a sua vida imortal. O amor para com sua espécie e com os humanos a fez aceitar com gratidão o cargo e, por todos os anos em que esteve no poder, manteve seus súditos alinhados com as leis antigas que os mantinham ocultos e a salvo. No entanto, alguns anos antes de seu desaparecimento, ela se casou com seu principal guardião, Milosh Vasille, e assumiu seu amor por ele, derrubando, assim, a lei anterior.

Havia uma distinção entre os que seguiam o Reino e os vampiros que não aceitavam as leis. Os fiéis à Coroa sabiam que vampiros possuíam habilidades adormecidas. Recebiam treinamento para aperfeiçoar seus dons e a chance de galgar ministérios. Periodicamente, eram submetidos a testes e os que se sobressaíam eram recebidos como futuros substitutos dos atuais conselheiros; isto é, quando seu antecessor morria, esse já estava preparado para assumir o posto.

Em paralelo, um pequeno grupo que não concordava com as leis mantinha-se escondido da Guarda Real, pois, se encontrados, seriam punidos por seus delitos. Com o passar dos séculos, conseguiram cada vez mais seguidores, portanto o que era minoria ganhou massa e número. Souberam que vampiros possuíam essas habilidades secretas e esconderam a descoberta muito bem. Foi assim que conseguiram sequestrar a rainha Elizabeth III, surpreendendo os guardiões e até Milosh, um dos vampiros mais poderosos da Guarda.

O tempo passou e precisavam se preparar para eleger um sucessor, pois, com um século de desaparecimento, seriam obrigados a fazê-lo. O que dificultava era que Elizabeth III possuía habilidades únicas e não havia quem estivesse à altura para substituí-la no trono. Não alguém que seguisse as leis do Conselho. O tempo estava se esgotando e o caos se instalou no mundo dos vampiros. As mortes de humanos cada vez mais violentas, a impunidade dando liberdade aos rebeldes. Policiais e federais descobrindo aos poucos esse mundo secreto aos mortais.

Milosh estava empenhado em encontrá-la antes que fosse necessário eleger um sucessor, tanto para que seu mundo se reorganizasse como para rever a única mulher que amou em sua vida imortal.

Mas precisava correr contra o tempo.

Capítulo 1

Sentia-se terrivelmente cansado e entediado de tanto fingir-se de forasteiro em uma cidade que conhecia como a palma de sua mão. Estava irritado por ter de conviver com tantos mortais que não valorizavam suas vidas e não sabiam diferenciar-se de sua própria espécie. E também com seus iguais, por pensarem mais nos próprios prazeres que em seus deveres para com o Conselho e o Reino.

Desde que começou a anoitecer, estava irritado e decidiu refugiar-se em um bar. Sabia que a bebida não surtiria efeito algum sobre si, mas acalmaria parte de suas inquietações. Estava cansado de se esconder do Conselho e farto do isolamento imposto por si mesmo. Esperava que o tormento acabasse, pois a lucidez já não lhe era uma boa amiga. Principalmente agora que ouvia a voz de sua esposa com menos frequência e tinha a fraca certeza de que ela estava sucumbindo, assim como ele.

Desde seu desaparecimento há pouco mais de noventa e nove anos, seu desespero e sua saudade eram aplacados pelos míseros momentos em que conseguia contato telepático com Elizabeth. Algo que parecia impossível e que de início acreditou ser sua mente lhe pregando peças. Logo descobriu ser a válvula que o faria encontrá-la mais rápido.

Com o passar do tempo, percebeu que as pausas entre as conversas eram cada vez maiores, desde dias sem contato, até meses. Na última década, no entanto, notou que, além da demora em contatá-lo ou respondê-lo, ela parecia ter enlouquecido.

A reclusão não fazia bem a ninguém, menos ainda a um vampiro.

Milosh bateu com firmeza o copo no balcão do bar, pedindo outra dose de uísque, tentando dissipar mais uma vez a revolta de seu peito. Talvez fosse necessário arranjar uma briga, isto sim o ajudaria a *esquecê-la* por alguns instantes ou a parar de imaginar o que faziam com ela.

A solidão seguia-o como uma sombra, ora bem-vinda, ora amargando sua alma com a lembrança de que o fim estava próximo e teria de aceitar outro soberano no lugar de sua esposa. Durante quase um século de desaparecimento, não cessou em suas buscas, cavando os becos mais profundos de cada cidade da face da Terra. Varreu-a como um tornado, mas não obteve qualquer resultado satisfatório. As pistas mais pareciam amostras do quanto o sequestrador era ardiloso em seu jogo, pois o levava tão próximo que acreditava sentir seu aroma de lírios novos, e então lhe tirava a esperança ao descobrir ser mais uma informação falsa.

Não sentia mais a dor, acostumado ao sofrimento do último século. A solidão já lhe era como uma amiga, tão íntima quanto à espada escondida dentro de seu escuro sobretudo.

Sabia que não era o mesmo, que a distância e o isolamento haviam roubado sua alegria e esperança de vida, dominado seu amor-próprio. Não enxergava um futuro para si. Seu único bálsamo eram os momentos que Elizabeth o procurava por telepatia. Poucos, mas suficientes para fazê-lo crer que ainda estava viva e não desistir de suas buscas.

Seu coração amargurado encontrava consolo nas manhãs em que seus pesadelos tornavam-se sonhos estranhos, inicialmente com uma criança ruiva. Momentos incertos, mas que pareciam reais acontecimentos e o distraíam de seu sofrimento. Durante a passagem do tempo, viu-a amadurecer. Por anos parecia ser uma criança aleatória, até que percebeu ser sempre a mesma. Agora sonhava com uma mulher feita e seu semblante ficava gravado em suas pálpebras por horas depois de acordar. Não entendia o motivo dos sonhos, pensava ser algum fato que perdeu e que seu inconsciente insistia em apresentar, porém não se importava mais em desvendar. Ela não existia, bem sabia, mas era uma grata companhia nas manhãs mais difíceis.

Enquanto terminava de tomar seu drink, recordava os últimos acontecimentos. O desaparecimento de Elizabeth era sua maior tortura, e também não saber quem os traiu. Estava com o maxilar trincado e quem o encarasse certamente notaria a fúria em seu rosto. Soltou o ar pesadamente, batendo mais uma vez o copo sobre o balcão, agora sem tomar consciência do ato. Deixou algumas notas e se retirou, cruzando a soleira da porta para ganhar a rua e irritar-se um pouco mais andando pelas calçadas apertadas e imundas do centro de São Paulo. Estava no seu limite há muito tempo e não saber o próximo passo o consumia até seus ossos.

Elizabeth sumira há quase um século, e a montanha de problemas só aumentava ao seu redor. A vida noturna ganhava popularidade com barzinhos e boates que passaram a ficar abertos a madrugada toda. Por um lado, facilitando a caça para vampiros que não tinham pudor, deixavam rastros e se esqueciam ou não se importavam com suas leis. Por outro, a indiscrição prejudicava todos de sua espécie, expondo-os desnecessariamente aos mortais. Seu mundo estava desprotegido por completo. Jornalistas especulavam sobre assassinatos em série e apresentavam em suas matérias mortes em que a vítima – provavelmente de um lunático fã de ficções vampíricas – não tinha uma gota de sangue em suas veias. Um desses jornalistas chegou bem próximo da verdade quando disse que o grande interesse sobre mitos de vampiros fazia com que cidadãos mentalmente inferiores pensassem ser vampiros e, assim, drenassem o sangue de suas vítimas. Citou que havia até uma seita que cultuava uma mulher chamada Elizabeth III, a rainha dos vampiros. Não fosse por Benjamin Ragoor, parceiro inseparável de Milosh, teriam de exterminar a maior parte dos vampiros da cidade para controlá-los.

Benjamin visitou o tal jornalista, apagando sua mente e deixando-o confuso com sugestões estranhas sobre os assassinatos que ele investigava. Soube que foi internado em uma clínica psiquiátrica. A decisão era contrária à de Milosh. Ele preferiria ter exterminado os clãs que não seguiam as leis, a fim de mostrar que, mesmo com a rainha sequestrada, não haveria impunidade para os infratores. Porém, sendo Benjamin o regente da Coroa, não pôde contrariar diretamente a sua decisão.

Sabia que precisava se apressar e encontrá-la. Enquanto desviava-se dos pedintes e bêbados, pensava nas palavras da rainha em uma de suas conversas telepáticas: *Encontre a minha filha*. Entretanto, não havia princesa alguma, pois a rainha não treinou nenhuma substituta enquanto esteve no poder, exatamente por isso teriam de decidir com testes entre os que desejavam reinar. Milosh confiava que havia verdade em seu pedido, de que ela acreditava na existência de uma sucessora, e entristecia-se ao imaginar que os anos de reclusão a estavam deixando insana.

Após o sequestro, comunicavam-se esporadicamente por telepatia, em momentos que ela conseguia ficar só em seu cativeiro. Estava bem, mas não sabia onde era mantida refém. No último contato parecia perturbada, suas palavras começavam a perder o sentido.

Milosh e Elizabeth tinham uma afinidade profunda de sentimento e sangue, o que permitia a ambos conversar telepaticamente, independente da distância. O espaço entre um contato e outro ficava cada vez mais extenso e, quanto mais o tempo passava, mais se angustiava por não localizá-la, prevendo o pior. O assunto, contudo, tornava-se cada vez mais estranho, incerto e confuso.

Minha filha... Minha pequena criança. Meu único tesouro... Meu legado. Explicou a ele mais de uma vez.

Foi a última vez que se falaram e passaram-se semanas. Ele temia que tivesse sucumbido ou sido morta por seus sequestradores. Perguntava-se incessantemente o que ela queria dizer quando chamava a criança de filha e temia por sua esposa, pois, se tivesse mesmo uma filha ou mantido viva a filha de um vampiro, ela seria condenada como cúmplice e ré. E toda sua busca seria em vão.

Algumas das regras eram punidas com morte e uma delas era a de ter um filho, pois a criança carregaria em si a maldição do sangue, sentindo sede, mas com aparência humana.

Híbridos eram temidos, porque podiam andar pelos dois mundos, dia e noite, sem precisar de proteção contra o sol e misturando-se facilmente com os mortais. Ao atingirem a fase adulta – cerca de cem anos depois de seu nascimento –, deixam de envelhecer, podendo viver tanto quanto os vampiros. Além de absorverem poderes com maior facilidade que os transformados.

O vampiro conhecia sua esposa, sabia que seguia as leis à risca, por este motivo o que disse não se encaixava, sobretudo pelo fato de ela não poder ter filhos.

Um rapaz passou com pressa esbarrando nele, despertando-o de seus pensamentos.

– Desculpe – ele murmurou. Vestia-se com um casaco de couro escuro que cobria o corpo todo.

Atento, o guardião notou tratar-se de outro vampiro. Ele parecia assustado e faminto, provavelmente procurava uma vítima. Milosh o seguiu utilizando o ar para camuflar seu aroma, levando até si o cheiro dos mortais ao seu redor para, assim, não ser notado.

– Afonso. – Ouviu um sussurro, inaudível para qualquer humano, mas não para Milosh.

– Ele está aqui. – Afonso, o rapaz da capa, respondeu para o homem que se escondia em um beco próximo à estação República do metrô.

A apreensão consumia Milosh enquanto o seguia, como um pressentimento, alertando-o para o perigo, por isso manteve uma distância razoável. Ser um noturno tinha certas desvantagens, uma delas era ter de se manter em alerta o tempo todo.

Os homens continuavam no beco e precisou decidir se seguia em frente ou os confrontava; por fim manteve a rota. Fingindo-se de humano, deixou os ombros caídos e os olhos baixos, como se o peso do mundo estivesse sobre si. Apesar de se sentir realmente assim.

– Não é ele, seu idiota! – rosnou o homem escondido pelas sombras quando Milosh passou por eles.

– Eu esbarrei nele, é ele! – insistiu Afonso com a voz elevada.

Agora tinha certeza de que falavam dele. Brigava consigo mesmo e com a necessidade de extravasar a raiva em um confronto, mas decidiu seguir e descobrir por que o procuravam. Apressou os passos, descendo as escadas para o metrô e saltou a catraca. A plataforma estava vazia, facilitando a localização caso o seguissem. Num gesto despreocupado, enfiou as mãos nos bolsos do casaco e começou a andar, fingindo estar distraído. Sentiu olhos às suas costas e a fúria na batida de quatro corações. Identificou-os com facilidade, acostumado às diferenças entre mortais e imortais.

Eram todos vampiros do sexo masculino, e enfurecidos. Tentou em vão ler a mente deles, queria entender o que desejavam, mas elas estavam nubladas e confusas, como se alguém as protegesse.

O trem chegou, as portas abriram e trinta segundos depois começaram a fechar; no último, ele se projetou para dentro do vagão, acreditando que conseguiria despistá-los. Sorriu com sua estratégia e relaxou o corpo, recostando o ombro na parede do vagão. Assim que se endireitou, sentiu mãos frias apertando seu braço e a respiração do adversário em sua nuca.

– Eu sabia que era *você*. – Soou satisfeito.

– Quem é *você*? – Seu tom era baixo para que apenas ele ouvisse.

– Não interessa quem sou, mas *quem* quer ver *você*. – O tom de seu perseguidor tinha um toque divertido.

Milosh franziu o cenho, confuso com a informação e a forma que lhe foi repassada. Todos que queriam vê-lo costumavam procurá-lo na residência real, e mesmo estando distante há anos da Corte, ele sempre recebia o recado. Fosse por telefone ou pessoalmente, Benjamin conseguia localizá-lo. Por isso, teve a impressão de que aquele não era um dos aliados. Assentiu para que Afonso o levasse. Os pensamentos dele continuavam ocultos e se deu conta, mais uma vez, de que não estava lidando apenas com um vampiro fora da lei, mas com alguém treinado.

Sentaram-se para não chamar muita atenção, as estações sendo deixadas para trás uma a uma. Quando o trem estacionou na Sé, o vampiro fez Milosh levantar-se e segui-lo. Caminharam por ruas estreitas, úmidas e pouco iluminadas, ainda próximos ao centro de São Paulo. Apesar de conhecer bem o bairro, não imaginava para onde o estava levando. Afonso caminhava despreocupado, ciente de que não fugiria.

Não passou muito tempo até que o barulho de música preencheu o silêncio noturno. Milosh reconheceu a danceteria. Era frequentada por drogados, prostitutas e cafetões. Não conseguia imaginar quem o esperaria ali.

– Entre – disse um homem careca e bem acima do peso, que guardava a portaria principal da boate.

Em seu interior, o cheiro de álcool e suor feriu as narinas do guardião, que fez uma careta de repulsa. O lugar estava barulhento, quente e repleto de mortais. O corredor pelo qual seguiram era estreito e escuro, com uma escada lateral para o andar inferior. Afonso foi à sua frente enquanto o outro vampiro vigiava as suas costas. Tinha um ar militar, olhos claros e cabelos bem aparados, era mais alto que Milosh e muito mais forte. Aparentava ter certa idade, pois seus olhos pareciam mais concentrados do que os dos vampiros mais jovens.

– Olhe para o chão o tempo todo, fale somente quando for solicitado e saia assim que ordenarem. – Soou autoritário, pouco antes de abrir uma porta de aço e liberar sua passagem.

Assim que entraram, o ambiente ficou silencioso. A música presa do lado de fora. Milosh manteve o olhar baixo como havia sido orientado. Pelos batimentos cardíacos dentro da sala, soube que à sua esquerda havia dois vampiros, à direita, mais dois, atrás, o militar e à frente, uma mulher, não soube distinguir se era humana ou vampira, pois seu aroma e os batimentos cardíacos estavam alterados, o que pareceu proposital.

A diferença nos batimentos cardíacos de um humano e de um vampiro eram quase imperceptíveis. O coração humano bate cheio, pois há vida dentro dele. Batidas rápidas, fortes, suculentas. O coração vampiro, no entanto, parece apenas sobreviver, bomba ritmado, lento, dando a impressão de que a qualquer momento pode parar. A mulher soava como um humano ao fim da vida.

– Sente-se, senhor Vasille – ordenou um dos vampiros à esquerda dele.

Conteve sua curiosidade ao obedecer. A sala estava decorada com móveis antigos muito luxuosos, todos em madeira maciça e talhados à mão. Lembrava trabalhos europeus do século XVII. À frente, havia uma escrivaninha vitoriana, de madeira avermelhada com motivos de folhas em toda a borda. Assemelhava-se ao entalhe de alguns móveis da residência que morou com a rainha na Itália. Aquilo fez seu estômago gelar. O móvel estava muito bem conservado, assim como a cadeira em que estava sentado. O carpete claro dava um ar feminino ao escritório. Ao girar os olhos, avistou um sofá que fazia conjunto com a escrivaninha.

– Não olhe! – ralhou o militar.

Lentamente, Milosh puxou o ar, colocando as mãos espalmadas sobre as pernas enquanto aguardava que lhe falassem. Começou a ficar impaciente com a demora. Ninguém parecia disperso, dessa forma, não podia entrar em suas mentes e descobrir o que estava acontecendo.

– Milosh... – ronronou a mulher. A voz lhe pareceu familiar, mas não conseguiu assimilar a face. – Obrigada por acompanhar meus rapazes sem estardalhaço.

– Disponha – respondeu. Sentiu o militar se movimentando e desviou antes de receber um tapa.

– Não é necessária violência, *Sir* Diego. – A mulher proferiu.

Ela cheirava a leite de rosas, iguaria usada antigamente para amaciar a pele das donzelas e deixá-las perfumadas. O banho era um privilégio semanal em séculos anteriores, lembrou. O detalhe revelava que era vampira e possuía pouco mais que a idade de Milosh. Puxou na memória quantas vampiras conseguiam esconder o pensamento de outros, como fazia naquela sala, e lembrou-se apenas de uma, além da própria rainha.

Minutos se passaram e o silêncio voltou a incomodá-lo. A mulher riu como se ouvisse seus pensamentos e sentisse sua inquietação. O som espalhou-se pelo ambiente como uma brisa suave e acolhedora.

– Creio que ainda não descobriu quem sou eu, *Miloh* – brincou com um antigo apelido. Ele lutou para não erguer os olhos e negou lentamente com a cabeça. Desconfiado. – Elizabeth se orgulharia de você. Manteve-se vivo durante todos esses anos. Nunca burlou nossas antiquadas leis, nem se envolveu com outras mulheres. Continuou casto e fiel para sua *adorada* rainha...

O tom desdenhoso o fez ter certeza de quem era. Milosh torceu os lábios em um sorriso cínico. Heidy Petrakov era uma antiga rival do clã Vasille e dos homens que seguiam as leis do Conselho, porém excelente companheira antes de ser expulsa do seu convívio, quando ainda era sua mentora.

– Acho que ele lembrou-se da senhora – afirmou o militar.

– Qual é meu nome, Miloh? – A voz brincou suave, próxima de seu ouvido, como se soprasse as palavras para serem ditas ali, mesmo estando distante dele.

Conseguiu não se abalar com a sensação de calor que percorreu seu corpo e soltou irônico:

– Rainha da intriga, madame. A senhora dos desgarrados. Dos *inocentes* vilões. Dos *mal*-amados... Destruidora de lares e reinos. – O soco veio de surpresa, atingindo-o na coluna. Ele curvou-se na cadeira, engolindo uma reclamação e manteve o sorriso travesso nos lábios.

– Não é necessária violência, *Sir* Diego! – repetiu ela, levantando-se.

Era possível ouvir seus passos se aproximando, suaves e sensuais. A mulher parou ao seu lado, dando-lhe uma visão privilegiada de suas pernas bem torneadas, vestidas em uma meia-calça escura. Os pés adornados com sapatos pretos de bico fino.

– Não fale, não olhe... Você nunca ouve as instruções. – Pareceu displicente ao dizer.

– Você me permitiu falar quando perguntou seu nome.

Ela riu e afagou os cabelos dele. Ao se recordar daquele toque, Milosh cerrou os olhos. A traição inundou suas lembranças.

– Hum... Boas lembranças... – Heidy possuía dons que a maioria dos vampiros mataria para ter. Um deles era o de invadir mentes, até as mais fortes como a dele, principalmente quando estavam fracos e sem se alimentar. Exatamente como ele estava. – Você continua o mesmo, Miloh.

– Fraco e irresistível? – Lembrou-se das palavras dela na última vez que se viram. A mesma noite em que deu as costas para o Reino e se uniu aos desgarrados, pois não aceitava e, em suas palavras, não aceitaria Elizabeth como sua rainha.

– Inocente. – Ela pausou. – Você acha mesmo que a rainha tem uma filha e que era ela falando em seus pensamentos?

Ele hesitou, sentindo-se exposto e alarmado com a menção da princesa, pois tinha certeza que falava com Elizabeth. Concentrou-se em expulsá-la de sua mente, como se empurrasse a dela com as próprias mãos. A sensação era dolorosa, como uma dor de cabeça que se expande de repente. Precisava imaginar uma barreira entre seus pensamentos e o exterior, até sentir o alívio da pressão em seu consciente. Sentiu-o quando conseguiu. Apesar de possuir alguns dos dons da rainha e um deles ser o bloqueio da mente, Heidy conseguia transpassá-la, pois há meses ele não se alimentava de sangue humano, componente mantenedor de suas habilidades. Quanto mais sangue animal consumia, mais próximo da humanidade seu corpo físico ficava, deixando-o vulnerável.

Sobressaltou-se ao ouvi-la sussurrar dentro de sua cabeça com a voz da rainha e com o mesmo temor que ela empregou ao fazer o pedido.

Encontre-a! Por favor, encontre-a...

A raiva o fez perder o controle. Milosh levantou-se bruscamente, avançando na direção da híbrida. Uma das mãos em busca de seu pescoço. Urrou quando o militar o socou nas costas tentando detê-lo. Alerta, desviou dos socos seguintes e subjugou-a contra a parede, o cotovelo do braço direito pressionando sua garganta. Seus olhos faiscavam de ódio.

– Traidora! – berrou a plenos pulmões, forçando o braço em sua laringe.

Heidy era diferente dos outros vampiros. Meio humana, meio vampira. Por isso podia morrer com mais facilidade que eles, como um mortal. Precisaria apenas cortar sua cabeça depois, para mantê-la no mundo dos mortos.

Os homens tentaram afastá-lo, mas a raiva o deixou mais forte e mais rápido que eles. Em um gesto ágil, virou-se e prendeu-a junto ao seu corpo, como um escudo, virada de frente para seus soldados.

Você sabe que não sairá daqui vivo, foi por isso que mandei trazerem você, sussurrou ela em sua mente. *Vou suceder sua querida rainha e não poderá me impedir!,* enfatizou, rindo. Com um gesto gracioso desprendeu-se dele, afastando-se com rapidez para perto da escrivaninha.

– Você não será nada! – vociferou.

Sentia as presas sobre o lábio inferior e os olhos inflamados, tão vermelhos quanto o sangue que desejava derramar, porém não podia com eles, não estando tão fraco. Sabendo que Heidy conhecia-o suficientemente bem para esperar que lutasse, decidiu fugir. Disparou na direção da porta, usando sua rapidez para passar pelos soldados, surpreendendo-os.

Saiu da danceteria e estranhou não haver vampiro algum do lado de fora. Não era sorte nem desleixo, ela com certeza armou aquilo e não deixaria a saída desprotegida. Milosh suspirou irritado, pois precisava estar um passo à frente e sentia-se seguindo exatamente o que ela planejou.

Sem tempo para analisar, correu para longe do centro da cidade.

A escuridão noturna facilitava a fuga. Adentrou ruas estreitas e abandonadas. Os arranha-céus fazendo sombras sinistras no caminho, mas não temia, fugia para ter a chance de localizar sua esposa e evitar que alguém como a híbrida assumisse o trono.

Chegou a um emaranhado de prédios na Rua 25 de Março e seguiu em frente até encontrar um terreno baldio. Pulou o muro com facilidade, pousando do outro lado com os joelhos levemente flexionados. O local estava pouco iluminado; era um bom lugar para se esconder por alguns minutos. Recostou-se ao muro em silêncio, atento à movimentação na rua.

– Onde ele está, Afonso? – Ouviu a voz estridente do militar alguns minutos mais tarde.

– Aqui, mas não consigo ver onde.

– Você entrou na cabeça dele, faça de novo! – ordenou.

Milosh sorriu exasperado, deduzindo como foi encontrado. Possivelmente Heidy contou aos vampiros sobre os dons adormecidos, possibilitando que despertassem os seus e, assim, pudessem melhorar suas habilidades. Ela poderia ser condenada por dividir com renegados os segredos do Reino, mas era uma exilada, não se preocupava mais com as leis.

Afonso devia ter algum objeto seu ou uma foto para localizá-lo. Milosh só não conhecia o alcance que o dom do rapaz possuía, se poderia encontrar as pessoas em qualquer lugar ou apenas a poucos metros de distância. O dom era conhecido como *intruso*, pois podia invadir a cabeça da presa e ver através de seus olhos. Isso facilitava a caça.

Milosh fechou os olhos para impedi-lo de descobrir seu paradeiro. Tentou expulsá-lo de sua cabeça, mas, como não o notou antes, achou por bem prevenir-se.

Pouco a pouco, sua respiração acalmou-se e as batidas do coração semimorto tornaram-se normais. Manteve atenção total à rua, ouvindo os ruídos e sentindo os aromas. Tentando decifrar se estavam próximos ou distantes dele. Notou que se afastaram depois de alguns minutos, mas manteve as pálpebras cerradas.

Ouviu o vento. Um cachorro latindo ao longe. Passos esmagando folhas secas que se aproximavam pouco a pouco dele. Preocupado, encolheu-se junto ao muro tentando ocultar-se, mas o som parou próximo. Apreensivo, abriu lentamente os olhos, focando-se no chão para não deixar pistas ao *intruso*. Viu um par de pés pequenos, as pernas eram curtas e finas como as de uma criança. Fitou-a diretamente, preocupado com sua segurança. A menina possuía olhos azuis brilhosos, cabelos louros lisos até a cintura. Pele pálida e maçãs do rosto levemente rosadas. Não parecia assustada por ter um estranho ali, ao contrário, estava à vontade. Lançou a ele um sorriso maroto e o cumprimentou com sua voz infantil, segurando a barra do vestido cor-de-rosa.

– Oi, tio. – Prolongou o cumprimento olhando em volta e, então, fez um sinal indicando que a acompanhasse.

Milosh uniu as sobrancelhas e não saiu do lugar, evitando olhar em volta para não dar pistas aos seus perseguidores. A menina o fitou novamente, insistindo que a acompanhasse, mas ele negou mais uma vez e fez sinal para que fosse embora. Ela sorriu e começou a se afastar para a residência. O vampiro ouviu a voz soar baixa e mandatória:

– Não recuse.

A princípio, ficou paralisado, decidindo se colocaria aquela família em risco aceitando o abrigo que a garotinha lhe oferecia ou se pulava o muro e encontrava seus caçadores novamente. Em ambos os casos, havia o risco de seus semelhantes atacarem a casa. Quando decidiu deixar o quintal, a menina virou para encará-lo, impaciente.

– Venha logo! – A voz soou irredutível.

A ordem direta o deixou consternado e ao mesmo tempo impelido a obedecê-la. Não entendia por que estava aceitando sua ajuda, mas não a questionaria até estarem em um lugar mais seguro. A casa era simples, passaria despercebida por qualquer pessoa. Era isso o que esperava. Procurou não olhar diretamente a residência caso Afonso estivesse vendo através dele, notou apenas que a parte externa estava descuidada. Ela o convidou a entrar quando chegaram à porta e, assim que adentrou na sala, foi surpreendido com a diferença do exterior.

O carpete de madeira tomava todo o ambiente. Na sala de estar havia um sofá em "L" de tom bege-escuro, ladeando a parede. Ao centro, uma mesa de vidro fumê com um vaso com tulipas vermelhas e alguns livros. Na parede, quadros com imagens de retângulos e quadrados e, um pouco mais à direita, uma pequena lareira. Nada de aparelhos eletrônicos, apenas livros espalhados em pequenas pilhas ao lado do sofá e da lareira. A imagem o levou a se recordar da mulher que mais amou em sua imortalidade.

– Eliza... – Começou duvidoso.

– Calado! – ordenou a criança, espiando pela cortina da janela. – Você está fraco demais! – ralhou, olhando para ele e voltando os olhos para fora. – Qualquer um o acharia! Não aprendeu nada do que lhe ensinei, Miloh? Nada? – Estranhou a bronca, mas nada disse.

A voz da garotinha ganhou tons mais graves e adultos e, em um segundo, a criança tornava-se uma mulher. Ela possuía as mesmas feições da menina.

A face pálida e amadurecida mantinha os lábios frisados, chateada com ele. Seus olhos tinham um tom azul noturno que o engoliriam facilmente, levando-o a lembranças antigas e tão presentes quanto o ar ao seu redor. O corpo formou-se lentamente, ganhando volume e altura, um vestido escuro substituiu as vestes infantis.

Milosh sentiu-se pequeno diante dela, seus olhos marejaram e o coração pareceu ganhar vida, retumbando dentro do peito, ecoando em batidas a surpresa em seu rosto.

Ele examinou-a emocionado, estático, sem conseguir reagir à felicidade que domou seu corpo. O olhar dela ainda era duro e o observava de volta. Desejava abraçá-la, mas em vez disso fez uma reverência, demonstrando com o gesto que a reconheceu.

Capítulo 2

A casa parecia vazia. Estava escura e a madeira rangia a seus pés conforme pisava no assoalho, fazendo seu coração sobressaltar-se de apreensão. Ela tateou as paredes até encontrar a maçaneta e saiu apressadamente pela porta da frente. O jardim estava igualmente vazio e escuro, sem sinal de humanos ou lobisomens. Não era comum a vila estar vazia e às escuras, mesmo àquela hora da madrugada. Caminhou a passos curtos, pisando com cautela na areia fina, sentindo as pedras pequenas ferindo seus pés descalços e o vento gelado balançando seu vestido.

Uma fraca neblina começou a formar-se desde o seu calcanhar, emaranhando-se ao seu vestido como galhos em uma floresta, erguendo-se lentamente. Engolindo-a como um buraco negro. Seu coração acelerou ruidosamente e, a cada passo, a neblina andava com ela, grudada à sua pele.

– Pai? – Ellene arriscou chamá-lo, mas a única resposta foi o som cortante do vento ao redor. – Vinny? – Optou pelo irmão e também não obteve resposta.

Sua visão ficou turva com a escuridão que tomava o lugar do prateado da lua. A neblina sugando o ar de seus pulmões, agarrando-se à sua memória como quem a empurra de volta a lembranças ruins, remetendo-a às noites mais sombrias e a pesadelos que temia que voltassem. Ellene tateou o ar, desencorajada a seguir em frente. Buscava o alívio de reconhecer onde estava.

Suas pernas tocaram em algo e ela recuou alguns passos, esbarrando-se em alguém, soube por que sentiu a respiração na nuca, fria, arrepiando toda a sua pele. Mesmo virando-se para a pessoa, não conseguiu distinguir quem era. Não havia aromas ou sensações, apenas o vento ricocheteando duramente contra seus ouvidos, deixando-a desnorteada.

Ergueu a mão para tocar a sombra, mas esta ficou maior e parecia avançar em sua direção. Com um gesto rápido puxou a mão para si, andando a passos acelerados no sentido inverso.

– Quem é? Que brincadeira boba... – Ela riu, tentando disfarçar o medo de sua voz.

Não houve resposta mais uma vez. Era como se sua imaginação pregasse uma peça. Ela parou abruptamente e a sombra se chocou contra suas costas. Era fria e pesada, exatamente como em seus pesadelos. A ruiva girou em seu próprio eixo, encarando o que pensava ser o rosto de seu perseguidor. Corajosa, ergueu o queixo e, da neblina, um par de olhos verdes a encarou. Ele avançou alguns passos, olhando-a com assombro e, ao ter certeza de quem era, ela gritou.

Despertou de imediato, sentando-se na cama como um ato automático. Seu corpo encharcado de suor, a respiração entrecortada e com lágrimas escorregando de seus olhos. Levou as mãos ao rosto, apertando-o com força, resmungando indignada com a sensação real daquele pesadelo. Era sempre assim, todos os seus sentidos o temiam igualmente, e tanto aromas quanto sensações ficavam gravados nela, até depois de acordada, mesmo não sendo possível sentir cheiros e a temperatura em sonhos. Ele lhe parecia totalmente real.

– Não, de novo não... – Murmurou chorosa, jogando o corpo para trás e se escondendo embaixo das cobertas.

Fazia pouco mais de dois anos que não sonhava com *ele*. Aquele rosto assimétrico de olhos verdes que sempre aparecia no meio de uma neblina densa, assombrando-a e perseguindo-a. Era a primeira vez, porém, que sonhava com ele em sua casa e com o semblante assustado. Os últimos pesadelos aconteceram em uma praça ou entre árvores que ela imaginava pertencerem a alguma floresta. Os pais acreditavam que era uma lembrança adormecida de quando era apenas um bebê, mas, sempre que Ellene falava dos sonhos, ficavam irritadiços por dias, como se soubessem de algo que não podiam lhe contar. Por isso, depois de alguns anos, preferiu guardá-los apenas para si e manter a harmonia dentro de seu lar.

Pouco a pouco a calmaria retornou e sentiu as pálpebras pesarem de sono. Fechou os olhos e o rosto *dele* surgiu, exigindo sua atenção. Desta vez sereno e interrogativo, com as sobrancelhas unidas em um vinco no centro da testa. Os olhos verdes deixando a boca de seu estômago gelada. Não entendia o motivo de se sentir tão vulnerável com o *fantasma* de seu pesadelo.

Mesmo durante os dois anos que não sonhou, procurou-o nos rostos desconhecidos quando acompanhava a mãe até a cidade. E, também, nos visitantes em sua comunidade e até nos fiscais que, vez ou outra, compareciam na escola para averiguar as condições das instalações para os alunos. Ninguém, porém, conseguia causar-lhe tanto temor e ansiedade como aquela *assombração*.

Assustou-se ao sentir-se balançada na cama e afastou o cobertor, encarando o irmão mais novo que ria descaradamente dela.

– Ei, Bela Adormecida!

Ela resmungou uma reclamação, fitando-o com um sorriso débil no rosto.

– Bom dia.

– Já é de tarde! Você não acordava, então, deixamos você aí.

Que horas são? – Ela sentou-se novamente, levantou-se num salto e apressou-se para separar a roupa que vestiria depois do banho.

– Mais de uma da tarde.

O menino riu, uma fileira de dentes alinhados e perfeitamente brancos surgiu. Vinícius era muito diferente dela fisicamente. Os cabelos e olhos eram castanho-escuros, e a pele bronzeada como a de um surfista, apesar de nunca ter visto o mar. Estava perto dos catorze anos, mas não perdia o jeito infantil e admirado de olhá-la. Ela afagou os cabelos dele e apontou para a porta.

– Já saio. Obrigada por me acordar, Vinny.

Ele sorriu e saiu, fechando a porta do quarto. Ellene passou as mãos nos olhos de novo. Há tempos não dormia tanto. Sonhar com ele e acordar tarde não podiam ser apenas coincidências. Algo estava diferente, podia sentir.

Demorando mais que de costume no banho, deixou a água quente aliviar suas tensões, não foi suficiente para aplacar a sensação claustrofóbica, o que a fez decidir que precisava sair. Vestiu uma calça *skinny*, All Star preto, uma regata escura e, depois de se maquiar, pegou sua mochila social e colocou um casaco dentro.

Dona Dulce de Moraes estava na cozinha, lavando a louça do almoço. Pelo silêncio, deduziu que seu irmão mais velho estava trabalhando. Ela sorriu para a mãe, disfarçando o que a perturbava.

– Oi, mãe.

– Oi, criança. Venha almoçar! Deixei seu prato no forno para mantê-lo quente. – Beijou o rosto de Ellene e puxou a cadeira para ela se sentar. Obedeceu, mesmo sem sentir fome. – Você dormiu muito hoje. Está com algum problema?

A ruiva enfiou uma garfada de macarrão na boca e negou, demorando a terminar de mastigar para dar tempo de pensar em alguma resposta. A mãe tinha voltado a completar seus afazeres, mas conhecendo bem a mulher, sabia que estava bem atenta a qualquer coisa que falasse ou fizesse.

– Não, eu só não consegui dormir bem essa noite. – Mentiu, voltando a comer.

Os olhos castanhos passaram por ela, a mãe parecia descrente. Ellene não desviou o olhar, pois sabia que a mentira precisava parecer sincera. Por fim, sorriu, suas bochechas gordas formando um vinco bem ao centro. Dulce tinha aparência de uma mulher de trinta anos, conservada, apesar da idade avançada. Os cabelos castanhos e a pele firme eram o segredo da jovialidade. Se saísse com Ellene, poucos acreditariam que tinha três filhos para criar. Ela estava escondida atrás de um avental de plástico e de um vestido velho e largo. Desatou o nó do avental e sentou-se na frente da filha.

– Elle, você sabe que pode me falar tudo, não sabe?

Ellene pensou por alguns segundos, colocou o garfo no prato e suspirou, falando baixo para que só a mãe ouvisse.

– Certo, bem... Eu queria sair um pouco e sozinha. Será que posso? Estava com medo de pedir.

Ela estreitou o olhar, desconfiada, mas logo assentiu. Ellene sorriu aliviada, pois não era comum sair da comunidade sozinha.

– Pode ir, mas volte antes do jantar.

– Obrigada, mãe!

Ela sorriu e beijou a face quente da mãe. Depois de lavar o prato e fazer sua higiene bucal, pegou a mochila e a jogou sobre o ombro. Seu pai entrava pela porta da frente quando ela a abriu.

– Er... pai. – Soltou temendo ser obrigada a ficar em casa.

– Oi, Elle. Aonde vai? – Beijou-lhe o rosto, olhando-a interrogativo.

– À cidade, passear. A mãe deixou.

Típico dos adolescentes sempre se esquivarem da responsabilidade de uma escolha. Ouviu seus pensamentos.

Ele sorriu e assentiu, sua expressão revelava que estranhou ela desejar sair sozinha, algo que não era comum. Foi protegida a vida toda por eles, sem a independência que seus irmãos tinham. Afastou-se da entrada, deixando-a passar. Enquanto caminhava na direção do ponto de ônibus, conseguia ouvir os pensamentos do pai e enxergar por seus olhos ela própria distanciando-se da casa. Era como se estivesse dentro da cabeça dele. Ele estranhou sua escolha de utilizar o transporte coletivo em vez do Fiat Uno 2004 que ganhou por seus recentes dezoito anos de idade.

Ellene terá muitas dificuldades pela frente... Bobagem implicar por causa de um carro. Ouviu. Ela franziu o cenho, espiou o pai e acenou. Eram raros os momentos que eles esqueciam que podia ouvir seus pensamentos, aquele era um. Por que o pai tinha certeza de que teria dificuldades a enfrentar? Seriam as provas finais na escola? Todos sabiam que já havia se formado. Balançou a cabeça em negativa e voltou a prestar atenção no caminho, subindo a ladeira até a calçada.

As casas, na vila, eram todas em alvenaria. A maioria térrea e com cômodos simples: quartos, sala, cozinha e banheiro, além da enorme horta que todos compartilhavam e um quintal que nada mais era que uma reserva florestal. Do alto ninguém imaginaria que sua comunidade possuía um segredo: lobisomens.

Ela virou o rosto e acenou para os pais, encostando o ombro no ponto do ônibus para esperar a condução. Tinha se esquecido do medo que sentiu com aquele pesadelo. O dia estava lindo para um passeio.

Distraiu-se, novamente pensando no rosto nevoado de seu visitante noturno, quando ouviu alguém tossir atrás de si. Virou-se apressada e fez uma careta ao encontrar o sorriso torto de seu melhor amigo.

Ele pensava que ficava sensual assim.

—Você me assustou!

Tomás Mattos aproximou-se e a abraçou, afundando o rosto entre seus cabelos e pescoço. Ellene não gostava da forma íntima que costumava tocá-la, mas esperava que o abraço a livrasse do medo que voltava a assombrá-la ao lembrar que estava arriscando-se sair sozinha da vila. Quando afastaram-se, o sorriso do rapaz estava mais largo.

—Você estava pensando em mim por isso se assustou?

Ela revirou os olhos negando com a cabeça, mas logo apressou-se em rir notando o olhar dele perder o brilho.

– Não. Tentando decidir para onde ir – desconversou.

– Você sabe que não pode se distrair assim – alertou.

Assentiu, escondendo as mãos nos bolsos das calças, depois de soltar um longo suspiro. Ele tocou seu rosto com as costas da mão e virou a palma, roçando os dedos em seu pescoço até se enroscar nos fios de seus cabelos. Ela mordeu o lábio inferior com força, pois aquilo deixava seu estômago gelado, mas não de um jeito bom. Sentia certa repulsa pelo toque, no entanto o arrepio na pele dela fazia Tomás entender diferente. Seus pensamentos eram tão claros quanto a expressão em seu rosto. Ele se aproximou, deixando o corpo próximo do seu. A outra mão brincou perto de sua cintura, enquanto ele decidia se a tocava ou não. A garota suspirou e quase sorriu quando notou o ônibus aproximando-se. Desvencilhou-se dele e deu um sinal para que o veículo parasse.

– Tchau, Tonzin – disse em tom de brincadeira.

Ele a beijou no rosto e acenou quando ela entrou no ônibus. Estava com as bochechas vermelhas e os lábios crispados. Ellene pôde ouvir o pensamento que lhe ocorreu em seguida, *ônibus filho da p...*, e o censurou com o olhar, mas o amigo não notou, pois ficava cada vez mais distante, sua imagem se perdendo na paisagem deixada para trás. Com um suspiro de alívio, ajeitou-se no último banco.

Não se lembrava de quando Tomás se tornou seu melhor amigo, parecia que era desde sempre. Sua memória estava repleta de momentos em que ele a ensinou, acolheu e esteve ao seu lado. Sempre foi um rapaz lindo, centrado e atencioso, mas a atenção que dava a ela às vezes sufocava tanto que se sentia aliviada quando estavam longe.

Ele era um dos principais lobos da matilha em sua vila, ao lado do irmão dela, Jacó, o líder deles. Responsável por ensiná-los a sobreviver como lobisomens e a caçar vampiros ou qualquer criatura que se levantasse contra os humanos e a matilha. E também por se certificar da segurança constante da comunidade.

E era apaixonado por ela. Todos sabiam. Sabiam também que não era recíproco, mesmo Ellene tentando com todas as suas forças vê-lo como ele gostaria.

Respirou fundo, e os pensamentos voltaram rapidamente como se só tivessem dado uma pausa: *Por que estava sonhando de novo? E por que não tinha se transformado em lobo ainda?* Quase todas as fêmeas maiores de quinze anos haviam tido sua primeira experiência como lobisomem, e ela, já com dezoito, descobria dons estranhos a cada dia, nenhum que os demais possuíssem ou que a fizesse virar um lobo nas noites de lua cheia.

Sentia-se uma estranha em sua própria casa.

O cobrador do ônibus a estava encarando, só por isso Ellene percebeu que rangia os dentes, tamanha a concentração em seus pensamentos. Decidiu descer. Levantou-se e deu sinal para que o motorista a deixasse na próxima parada. Ao sair do veículo, notou que estava no centro de São Paulo. Tinha passeado por ali com a mãe muitas vezes para comprar tecido, pois algumas mulheres de sua vila faziam as roupas dos maridos, filhos e delas mesmas, um costume que não deixou o local mesmo após o capitalismo dominar o mundo todo. A comunidade a lembrava a era hippie.

A cidade estava apinhada de gente. A maioria apressada com as compras de fim de ano. Sua família não tinha o costume de trocar presentes no Natal, mas a festa na comunidade era aguardada o ano todo. As lojas estavam iluminadas com luzes coloridas e pinheirinhos de plástico. Isso a fez se recordar de outro sonho. Ela era muito pequena e uma mulher de olhos claros balançava um sino no rosto de Ellene, que ria, divertida, tentando *pegar* o som com suas mãos gordinhas de bebê. Esse sonho sempre lhe pareceu uma lembrança e, depois que soube pelos pais que tinha sido adotada, teve a certeza de que era dos seus primeiros anos de vida.

A recordação encheu seus olhos de lágrimas, mas não houve tempo nem espaço para a melancolia, de repente foi inundada com os pensamentos de todos os humanos ao seu redor. Uma dor de cabeça terrível apossou-se dela com a rapidez de uma respiração, fazendo-a recordar do motivo que preferia se isolar.

Precisou andar por mais de vinte quarteirões até conseguir controlar o jorro de pensamentos externos. Estava em uma viela próxima à Ladeira Porto Geral, quando conseguiu desligar-se e concentrar-se apenas em si mesma. Respirou aliviada, levando as mãos à cabeça, apertando-a de leve.

– Ele está por aqui, eu sei. Vou encontrá-lo! – Ouviu um homem contrariado passar apressadamente por ela, chocando o ombro contra o de

Ellene sem notá-la. Encarou-o, irritada; ele, porém, continuou andando sem ao menos pedir desculpas.

Manteve-se no lugar com uma sensação estranha sobre o homem que a tocou. Uma eletricidade havia passado dele para ela no momento em que se esbarraram, e os pensamentos dele estavam ocultos, o que não era comum. Quando sumiu de sua vista, tornou a seguir seu caminho, esquecendo quase que imediatamente da estranheza.

Andou a esmo, observando lojas, pessoas, a movimentação incessante dos veículos e suas buzinas estridentes. Alheia às pessoas ao seu redor e sem rumo certo, precisando apenas esfriar os pensamentos que fluíam como uma nascente de água. Não entendia ao certo se estava atormentada pelo pesadelo ou pela realidade que vivenciou nele. Podia jurar que sentiu o cheiro do homem desta vez; era antigo, rude e masculino. Seu estômago revirou com a lembrança, enviando um arrepio por todo o seu corpo. Não era uma reação de medo, percebeu, mas de ansiedade. Teria mesmo conhecido aquele homem em sua infância?

Talvez nunca tivesse essa resposta.

•

Anoitecia. Nuvens pesadas cobriam parcialmente o céu e Ellene sentia o aroma forte de chuva pairando no ar. Sabia que choveria e que precisava apressar-se para voltar para casa, mas estava sem vontade de encarar os pais e explicar por que saiu. Não queria mentir, porém também não queria contar sobre o pesadelo. Balançou a cabeça em negativa enquanto retirava da mochila seu cardigã vinho e o vestia. Esfriava bastante conforme o céu escurecia, devido à época de chuvas. Ela era a mais friorenta dentre os lobos de sua família.

Com um suspiro, ergueu os olhos para o caminho ao chegar à estação São Joaquim do metrô. Optou por viajar de transporte público, mesmo sabendo que poderia retornar correndo. O problema é que demoraria mais e seus pais não se agradariam se chegasse depois de escurecer.

Lembrou-se de mais esta afinidade incomum aos adultos de sua raça: ela era tão ou mais rápida que eles quando corriam, mesmo não tendo se transformado ainda.

A ruiva enfiou a mão no bolso de trás da calça retirando o bilhete de metrô. Depois de passar pela catraca, entrou no último vagão e sentou-se afastada dos humanos para não ter sua mente invadida por pensamentos mais uma vez. O caminho seria longo até sua parada. A vila onde morava era afastada da cidade, uma reserva florestal onde podiam se manter ocultos e em segurança.

Ellene se esparramou no banco, fechou os olhos, deixando o som dos trilhos a distraírem. Abriu-os em seguida ao ter o rosto pálido daquela assombração voltando à sua memória. Apertou as unhas compridas contra a palma da mão até sentir dor, tentando desviar seus pensamentos mais uma vez. O que mais queria era esquecer, pois não entendia a razão de um rosto que nunca viu de verdade atormentá-la desde criança. Queria viver em paz, sem sobressaltos ou distrações, e voltar a sonhar com ele só a deixava deprimida.

O trem parou na estação Liberdade, ela sentiu a movimentação. Dois homens estavam próximos a uma das portas de entrada, conversavam muito baixo, pareciam brigar. Ellene não deu atenção, olhando-os sem focar realmente neles.

Percebeu quando saltaram na estação da Sé e foi só quando o formigamento estranho deixou de brincar em sua pele, que notou ter estado perto de imortais. Levantou-se assustada, olhando ao redor do vagão atentamente. Automaticamente ocultou-se de olhos curiosos, usando outro de seus dons, pois conseguia camuflar-se a qualquer ambiente, igualando-se à parede bege do metrô como um camaleão. Sentia o coração disparado; se soubessem que esteve no mesmo vagão que vampiros e não notou, seus pais não a deixariam sair de casa nunca mais!

Receosa, saltou na estaçao seguinte e escondeu-se entre os humanos que esperavam o próximo trem. Estava trêmula e sentia novamente dor de cabeça. Entrou no trem seguinte e permaneceu em pé até chegar à estação mais próxima de sua casa. Pegou o celular para ligar para o Tom, pois não queria que os pais ficassem preocupados e nem os aborrecer pedindo uma carona.

– Oi... você pode me pegar na estação? – perguntou assim que ouviu a respiração dele do outro lado.

– Claro! – Animou-se mais do que ela gostaria. – Que horas?

– Agora. – Foi cautelosa.

– Chego em dez minutos.

Desligaram. Sabia que ele entendeu o pedido erroneamente, mas era o único em quem confiava para compartilhar suas preocupações. Depois de ter se distraído no trem, percebeu o quanto era importante não guardar para si todos os medos que a estavam subjugando. Ele estava certo quando a alertou, pois os imortais que estavam no trem, podiam tê-la matado ali mesmo, na frente dos humanos, sem se importarem com o trauma que causariam a eles. O pensamento da atrocidade sendo vista por pessoas inocentes a fez estremecer e se encolher dentro do casaco.

Esperou na frente da estação, atenta a qualquer movimentação estranha, tentando em vão ignorar os pensamentos dos humanos à sua volta. Tom buzinou e esticou-se no Uno de Ellene para destrancar a porta do passageiro ao estacionar perto dela. Ele tinha as chaves e usava o carro muito mais que a garota, pois ela preferia caminhar quando fazia alguma coisa fora da vila.

– Obrigada – disse-lhe assim que se ajeitou no banco. Logo que colocou o cinto de segurança, ele arrancou, dirigindo para casa.

–Você demorou, já é noite. – Não parecia tão animado quanto estava ao telefone. A preocupação era evidente em toda a musculatura dele, também em seus pensamentos.

Antes de responder, Ellene observou como ele apertava os punhos contra o volante. Os braços estavam nus, os músculos fortes à vista. O amigo havia se tornado um jovem lindo e tentador. De longe, ela conseguia sentir desejo por ele; mas sempre que a tocava, aquela repulsa a fazia desistir dos pensamentos românticos. Isso a perturbava mais do que não retribuir seus sentimentos.

Estava vestido com uma regata antiga, que quase não lhe cabia mais e deixava um fio do abdômen descoberto, bermuda jeans e sem sapatos. Os pés grandes apertavam fundo o acelerador e ela sabia a razão: ele não queria encontrar vampiros no caminho.

Ellene ergueu o olhar para o rosto dele. Os lábios estavam contraídos, o olhar escuro fixo no caminho. Ela ergueu a mão e passou os dedos pelos cabelos longos dele e recebeu um sorriso como resposta. Tom soltou a mão direita do volante e repousou sobre sua perna. Ellene gostou do toque, era quente e familiar e a fez sentir-se melhor. Deitou a lateral do corpo no banco, encostou a cabeça e soltou um suspiro antes de começar a falar.

– Queria conversar, tem como pararmos em algum lugar antes de ir para casa? – pediu. Ele acariciou a perna dela e assentiu, seus pensamentos divagaram, imaginando um beijo entre eles. Ela fechou os olhos para bloqueá-los, mas era quase impossível. Ellene não sabia como desapontá-lo de novo.

– Sobre o que quer conversar? – A animação tinha voltado à voz dele. Ela precisou reunir forças para não magoá-lo como faria se respondesse de impulso.

– Acho que encontrei com vampiros hoje.

Ele parou bruscamente, estavam a alguns metros da vila. Ellene podia ouvir o pai dali e sabia que ele estava com a cara fechada sentado na varanda, sabia que levaria uma bronca daquelas, mas não se importou, o olhar de Tom estava mais assustador.

– O quê? Eles machucaram você? – Soltou o cinto de segurança de ambos e começou a examinar seus braços, pescoço e pernas, procurando rasgos na roupa ou machucados. Ela o afastou delicadamente.

– Não... acho que não me notaram... Na verdade, não tenho certeza, só os senti quando tinham saído do vagão.

Ele a encarou pensativo. Segurou sua mão, entrelaçando os dedos.

– Conte-me tudo, desde o início.

E ela o fez, omitindo algumas informações como o sonho e o rapaz que esbarrou nela no início da noite. Não tinha acontecido nada, mas sentia-se apreensiva, era como estar apaixonada sem estar; sentia o frio na boca do estômago e constantemente o rosto assimétrico e rude aparecia em seus pensamentos sem que desejasse.

– Você os viu?

– Não.

– Eles viram você?

– Acho que eu não estaria aqui se tivessem visto – ironizou.

Tom apertou os lábios e a puxou para perto de seu corpo. Ellene aceitou o abraço, aconchegando-se. Se o pai a visse mais íntima dele, amenizaria a bronca; contudo, admitiu que precisava de um momento de paz em que o estranho não atormentasse seus pensamentos nem os receios lhe viessem à cabeça, e o único que conseguia fazer com que esvaziasse a mente era seu melhor amigo.

– Eu queria... – Ela começou, mas parou de falar de repente. Tomás passava distraidamente o dedo indicador em seu braço.

– O quê? – ele sussurrou.

– Me sentir menos diferente de você – soltou de uma vez, porém seu desejo era dizer que queria amá-lo como ele a amava, mas não reuniu coragem suficiente para magoá-lo.

– Não somos diferentes, Elle.

Tomás tocou o rosto dela e ergueu seu queixo a obrigando a encará-lo. Ela observou calada a indecisão dele em beijá-la e desvencilhou-se antes que ele tentasse, ajeitando o cardigã sobre o corpo. Pronto! Aquele rosto estava em sua mente de novo, perturbando-a e fazendo-a perder a coragem que havia tido a poucos segundos de deixá-lo tentar.

– Preciso encarar meus pais.

– Tudo bem – murmurou com um sorriso falso.

Ellene conseguia sentir a dor que havia causado nele e isso a destroçou mais uma vez. Sempre que queria avançar com Tomás, parecia recuar milhões de passos. Ela inclinou-se e roubou um selinho do rapaz, pegando-o desprevenido. Nervosa, saiu do carro, correndo para a casa, não sabia se o embrulho no estômago era nervosismo ou a costumeira repulsa. No entanto, desejava que fosse amor.

Tomás ficou imóvel, com um sorriso besta estampado na face. O pai da garota havia visto tudo e estava com o mesmo sorriso nos lábios. Ellene passou por ele quase o derrubando e fechou-se no quarto, aos soluços. Uma angústia começava a dominá-la, uma dor tão forte que não podia lhe pertencer. Não havia motivo para se sentir assim e, mesmo voltando a sonhar, eram apenas sonhos.

Rejeitou o jantar e, depois de algum tempo remoendo o dia estranho, adormeceu, encolhida como um feto, com imagens do homem do sonho e do que se parecia com ele, o imortal que acreditou ter visto no metrô.

Capítulo 3

A saudade parecia ganhar vida, agitando-se como uma tempestade dentro dele. Milosh precisou de todas as suas forças para curvar-se e não abraçá-la e enchê-la com os beijos dos quais foi privado nos últimos noventa e nove anos. Ele estava ofegante quando começou a reverência.

– Rai...

– Você quer que o escutem? – Elizabeth apressou-se a dizer antes que pronunciasse a palavra. – O que aconteceu com você? – ralhou.

Ela estava vigiando a janela. Milosh fechou os olhos para se concentrar no lado de fora da casa. Havia esquecido completamente de que os vampiros o haviam localizado com a ajuda de Afonso e que poderiam muito bem ver onde estava. Mesmo agitado, como guardião, precisava deixar a saudade em segundo plano até que ela o liberasse de seu dever.

– Muitas coisas aconteceram... – disse, distraindo-se novamente, desta vez, pelo perfume do sangue dela. Tê-la tão perto o deixava ciente de sua sede.

A mulher nada disse e, como se lendo seu pensamento, aproximou-se fazendo com a unha um minúsculo corte no pulso direito. O sangue rubro pontilhou a pele alva, fazendo Milosh respirar fundo. Há mais de um século que não bebia dela, que não tinham nenhum contato, muito menos um tão íntimo. A boca dele encheu-se d'água, e não conseguiu decidir se o buquê era melhor antes ou agora. Como não avançou, ela segurou seus cabelos fazendo-o aproximar os lábios de seu pulso.

– Alimente-se. – Ordenou.

Ele obedeceu. Todas as sensações pareceram acontecer ao mesmo tempo. O sabor preencheu sua boca gulosa, descendo pela garganta com um ardor incômodo. Não havia notado o quanto estava com sede até aquele momento. O calor do corpo feminino instigou-o a senti-la ainda mais, por isso puxou--a contra si, usando as mãos que estavam livres para domá-la sem qualquer pudor ou decência. As sensações de beber do sangue dela estavam mais fortes também e o impulsionavam a tomá-la ali, naquela casa desconhecida. Porém, lembrando-se de seus deveres como guardião e do perigo que os rondava, fez o máximo de esforço para sorver um gole de cada vez e ignorar seus desejos carnais.

No entanto, Elizabeth não teve o mesmo controle e arfou, puxando--o com força para si. Os corpos encaixaram-se perfeitamente, o que tirou a concentração de Milosh por alguns instantes. Ele segurou-a pelas nádegas, apertou-a, deixando que sentisse sua necessidade mais íntima. A amante reprimiu um gemido de saudade, arranhando-o na nuca, puxando em seguida os seus cabelos sem medir força.

A troca de sangue entre vampiros possui ressalvas nas leis, que permite apenas entre casais, criações e em particular, pois, além de consentir que o receptor alimente-se também dos poderes daquele vampiro, a endorfina causa a sensação de prazer sexual, fazendo com que aflorem seus desejos por sangue e por mais intimidade.

Alguns vampiros não sabiam se controlar, Milosh aprendeu com Heidy, quando foi sua mentora e de Elizabeth antes da coroação, a não seguir seus instintos, mas seu cérebro.

A necessidade dela e de seu sangue estava descontrolando-o e quase não foi capaz de frear suas mãos quando sentiu-a prender-se ainda mais ao seu corpo, apalpando-o com o desejo em seu limite. Seus corações estavam batendo como um só. Com um esforço sobre-humano, ele parou de beber, beijou-lhe o pulso e observou-o cicatrizar, deixando seus corpos esfriarem.

– Obrigado – sussurrou rouco de desejo.

As unhas da vampira o provocaram, raspando em sua nuca como não fazia, nem mesmo antes de desaparecer. Milosh forçou-se em tirar as mãos do corpo dela, mesmo desejando o oposto.

– Você sempre foi o único – disse-lhe, deixando-o envergonhado por ter se alimentado de outras vampiras no decorrer do século, apesar de não se deitar com elas.

– Eu... – Ela ergueu a mão até sua boca, para calá-lo.

– Eu sei, foi necessário.

Elizabeth ajeitou as roupas e foi espiar mais uma vez da janela. Milosh supôs que ela havia se alimentado de animais durante aquele século e deixou o assunto morrer.

– Não os sinto mais por perto – comentou enquanto ajeitava a roupa.

– Já foram. – Ela confirmou.

Ambos respiraram aliviados e ela o levou para a cozinha. O ambiente era todo planejado com piso frio no mesmo tom do carpete de madeira. Uma mesa com tampa de mármore branco ao centro da cozinha, fogão e geladeira de inox. Não havia simplicidade do lado de dentro da casa.

Sentou-se em uma das cadeiras e ficou observando-a. Elizabeth gostava de cozinhar e isso não parecia ter mudado. No século que passou, havia imaginado aquela cena tantas vezes que quase acreditou ser um devaneio. Levantou-se, abraçou-a pela cintura e deu um beijo em sua nuca.

– Senti tanto a sua falta.

Elizabeth soltou o peso do corpo, possibilitando um encaixe perfeito. O desejo manifestou-se mais uma vez no vampiro. Ela abandonou o que fazia, soltando um suspiro resignado.

– Também senti a sua, mas precisamos nos concentrar, Miloh. O que aconteceu esta noite? – Ela voltou a picar a cebola e, em seguida, depositou-a em uma panela com azeite aquecido.

Milosh se afastou para se sentar. Estava diante da rainha e precisava se comportar como seu guardião, não seu marido. Devido ao tempo longe dela, havia se desabituado à etiqueta exigida.

– Não sei ao certo, a senhora pediu que encontrasse sua filha. Estava tentando juntar as informações e resolvi andar um pouco, mas então alguns capangas da Heidy me encontraram e me levaram até ela... – A rainha fez uma careta. Ele ponderou sobre a próxima informação, mas decidiu que era importante revelar. – O mais estranho não foi ela ter me procurado, mas ter falado em minha mente com a sua voz.

– Com a *minha* voz? – Indignou-se.

– Sim, senhora, ela está mais poderosa... E acredito que quis brincar com a minha saudade – admitiu com um suspiro pesado.

Ele sabia o quanto Heidy a invejava, tanto por ter sido coroada como sucessora da rainha anterior, quanto por ser a escolha de Milosh como sua esposa. A híbrida nunca afirmou, mas todos sabiam que acolheu-o para torná-lo seu companheiro na imortalidade e ela culpava Elizabeth por destruir seus planos.

– Teremos de investigar isso – falava com uma postura tão fria, que não era possível identificar o que sentia. Segundos depois ela o encarou. – Por que você está no Brasil?

– Os clãs se desfizeram. Muitos começaram a caçar e matar suas vítimas. Outros estão transformando humanos em vampiros sem a permissão da Coroa. Estou aqui para controlá-los e também em busca da sucessora que a senhora pediu que encontrasse. – Pensou antes de falar o próximo motivo, mas ela já deveria saber de tudo. – Eles elegeram um rei para si.

– Um *rei*? – Ela contraiu o maxilar e seus olhos focaram-se além dele, transtornados.

– Sim, senhora... Muitos o estão seguindo, um bando sem leis e que não se importa com a ordem.

– *Meu Deus!* – exclamou, voltando os olhos para a massa que cozinhava na outra panela.

Manteve o silêncio e deixou que ela assimilasse as novidades. Desejava mesmo era esquecer seus deveres de guardião e matar a saudade que o estava atormentando. Estar tão perto sem poder tocá-la doía fisicamente. A sensação era a de estar em um lugar fechado, sem ar, com o corpo todo amarrado, os olhos vendados e uma mordaça. Tentou concentrar-se em sua própria respiração e em pequenos detalhes da rainha para aplacar um pouco sua frustração.

Pensou inúmeras vezes que no momento que estivessem frente a frente, após tanto tempo, não teriam tempo para pensar em mais nada além da distância inexistente e se amariam até um dos dois desfalecer de cansaço. A realidade, porém, continuava cruel.

Depois de ser servido, esperou que ela se sentasse e, com a voz baixa, preparou-se para a pergunta que estava evitando:

– Liss, procurei-a em todos os lugares, todos os países! Onde estava e como fugiu?

Ela suspirou pesadamente, encarando seus olhos.

– Miloh... – Começou, mas foram interrompidos por um som estranho do lado de fora. Ele correu para a janela da cozinha e viu que a casa estava cercada de chamas.

– Precisamos sair daqui! – ela exclamou. – Por aqui!

Elizabeth abriu uma porta que parecia ser a dispensa, tateou a parede e abriu outra que ele não havia notado. Antecipou-se para dentro de um corredor baixo e estreito, repleto de aranhas. Parecia não ser usado há muito tempo. Desceram alguns lances de escada e a agilidade com que ela andava por aqueles cômodos o surpreendeu, principalmente por ela conhecer o labirinto daquela estrutura. Estavam tão apressados que não havia tempo para dúvidas.

– Sabiam que eu estava aqui! – disse Milosh. – Será que sabiam da senhora?

– Não. Não há como sentirem a minha presença.

– Eu sei... Mas aqui não tem nenhum humano.

– Miloh, ninguém pode me sentir, tive tempo para aprimorar meus poderes – informou. A respiração da rainha começava a ficar pesada com a corrida.

Ela puxou uma cortina velha no porão, revelando a entrada de um antigo túnel. A passagem era para a altura da rainha, por isso precisou ficar curvado. Correram na velocidade de seus poderes e humanos nem os veriam se passassem por algum. Calculou três quilômetros percorridos debaixo da terra, em curvas e retas. A passagem não mudava a aparência: era escura, malcheirosa e estreita. Chegando perto do final, enxergou uma porta com uma fresta de luz escapando dos vãos em sua lateral.

Ao saírem, percebeu que estavam no centro de São Paulo ainda, mas muito longe da casa onde a encontrou. Elizabeth olhou para os lados e segurou a mão de Milosh como faziam nos primórdios de seu relacionamento. Os dedos se entrelaçaram aos dele e por pouco o vampiro não parou de andar para abraçá-la e ter certeza de que aquilo tudo era real. A única coisa que o fez continuar andando foi uma sensação estranha de ardência na pele. Com espanto, ele observou a rainha mudar mais uma vez de forma: agora era uma mulher loura, de olhos esverdeados e gorda.

– Como...? – Ela o olhou furiosa e o fez engolir a pergunta.

Pense, apenas pense. Nossos pensamentos estão seguros agora, lembrou-o.

Perdoe-me, senhora. Há muitos anos perdi o hábito de conversar por telepatia, desculpou-se, mas logo continuou. A olhos humanos pareceriam um casal de namorados comum. *Como faz isso? Muda de aparência como e quando quer?*

Ela pareceu satisfeita em dar a resposta.

É uma ilusão. Continuo a mesma, mas projeto uma imagem na mente daqueles que nos veem de que eu sou uma loura gorda, porém sexy. Ela riu, mostrando o decote da blusa rosa que estava vestindo.

Estranhou a escolha moderna, com decote, pois se recordava que ela era avessa a mostrar mais pele do que necessário, afinal havia nascido em uma época em que o recato era visto como uma virtude.

Ficou em silêncio e continuou a acompanhá-la. Confiava nela e não tinha medo de segui-la para onde quer que fosse, porém sentia algo o incomodando, induzindo-o a não acreditar que tudo estava correto naquela situação. Não parava de se recordar do sequestro ou da filha que ela mandou procurar. Queria saber como, de repente, escapou e estava ali, diante dele.

As ruas continuavam cheias de pessoas que passavam por eles sem notá-los. A noite estava fria, a lua cheia iluminava as ruas mais escondidas da cidade. O cheiro no centro de São Paulo lembrava o de um banheiro sujo. O número de mendigos e moradores de rua na região era enorme. Totalmente esquecidos pela população. Nem humanos nem vampiros se importavam com a podridão em que a cidade se encontrava e, além disso, a sociedade em todos os lados havia há muito se esquecido dos mais necessitados.

Milosh saiu de seus pensamentos ao avistar a entrada da estação República. Desceram as escadas ainda de mãos dadas e ao pararem na plataforma ele a abraçou, aninhando o corpo dela contra o seu. Não se importava com o tamanho dela naquela nova forma.

O que faremos em relação a Heidy? Questionou.

Não se preocupe, ela não lhe fará mal. Afirmou.

Como sabe? Aproveitou a proximidade para cheirar a pele dela e acariciá-la, dedicando-se ao ventre encorpado.

Só você pode trazê-la a mim. Lançou a ele um olhar triste.

O trem parou e entraram no último vagão, sentando-se no conjunto de cadeiras mais próximo da saída.

Ela não me pareceu interessada na senhora. Ele foi rude.

Está. Ela quer a mim. Ela é calculista, guardião, e esperará o tempo que for preciso para conquistar seus desejos.

Liss...A Heidy não é má, ela não é assim... Argumentou entristecido, mesmo sabendo que estava errado.

Havia poucos humanos no vagão, mas o suficiente para usar o aroma e evitar que fossem reconhecidos.

Eu sei que a conheceu antes de conhecer a mim. Sei que a ama, mas a Heidy mudou, meu querido. A ironia na voz dela o fez se calar, pois se lembrava do motivo das mudanças. A culpa mantinha-se pungente dentro dele, mesmo após tantos séculos.

Para onde estamos indo? Perguntou, algumas estações à frente.

Para casa.

Casa? Olhou para ela sem entender. Não acreditava ser inteligente irem a uma casa em que todos sabiam ser de Milosh ou da rainha.

– *Preciso lhe contar muitas coisas* – sussurrou, deitando a cabeça em seu peito e afagando suas mãos.

A sensação era boa e reconfortante; entretanto, ainda se sentia desconfortável. Estava feliz por tê-la reencontrado, mas em seu íntimo não conseguia acreditar que aquilo era verdade, que era real.

O ataque à residência que estavam não a pegou desprevenida e isso martelava em sua mente como um alerta silencioso. Elizabeth depois de eleita rainha tornou-se perceptível ao perigo, mas ela lhe pareceu pronta para enfrentá-lo, como se de alguma forma soubesse o que aconteceria.

Ficou melancólico mais uma vez, e seguiu o restante do caminho calado. Ao saírem do metrô, ela mudou a aparência. Agora, lembrava Angelina Jolie: lábios carnudos, cabelos pretos e longos, corpo esguio. Milosh sorriu, aprovando a escolha e a ouviu gargalhar, uma risada rouca e longa, alta demais para a discrição costumeira de Elizabeth. Ficou ainda mais inquieto, mas disfarçou. De repente, notou que ela fugiu de todas as suas perguntas e resolveu insistir, quebrando o silêncio que estavam mantendo.

Você não foi sequestrada?

Fui... Estou sequestrada. Ele a olhou sem entender. *Eu disse que meus dons foram aprimorados, não disse?* O homem concordou. *Então... deixei meu clone no cativeiro e fugi. Eles nem sabem que fugi.* Ela riu, voltando a olhá-lo. *Você se lembra de como eu fazia isso?* Perguntou com um tom professoral.

Não, você sempre dizia que era algo perigoso, que temia que o segredo se espalhasse e tivéssemos que lidar com clones de nossos inimigos. Lembrou.

Claro que ensinei! Você que não prestava atenção nas minhas aulas! Ralhou e o arrastou por uma calçada estreita. Ele se colocou atrás dela, vigiando para certificar-se de que estavam seguros. Estranhou ela falar sobre dar aulas mais uma vez, pois, apesar de treinarem juntos muitas vezes, ele que a ajudava no aprendizado.

Você sabe muito bem que deu errado na única vez que tentou fazer isso. Insistiu, era algo que não gostavam de se lembrar. A inexperiência que possuíam quase custou a imortalidade de Elizabeth, que não conseguiu se desligar a tempo do clone quando Milosh o decapitou com uma espada, pois acreditavam que a verdadeira não sentiria. Por sorte, sem saber o que houve, Heidy a alimentou e ela rapidamente se recuperou.

Juraram nunca mais tentar.

Não me lembro. O que deu errado?

A sensação estranha voltou e Milosh preferiu calar-se. Fechou-se em seus pensamentos, esperando que ela respeitasse sua introspecção, sem invadir sua mente. Desceram uma pequena ladeira e Elizabeth retirou de sua bolsa – que ele não havia notado até aquele momento – um molho de chaves. Pararam diante de um sobrado e ela abriu o portão de alumínio. A casa era simples como a anterior, um sobrado maltratado pelo tempo e pelas chuvas. A garagem estava um horror, jornais velhos espalhados, folhas secas e várias correspondências antigas acumuladas no chão. Devia estar abandonada há muito tempo. O lado de dentro era o oposto da casa anterior. A sala possuía um sofá duplo azul-marinho, carpete cinza e uma TV de vinte e nove polegadas sobre uma cadeira de cozinha. Elizabeth fez uma careta e a sensação estranha nele se intensificou. Ela estava acostumada ao luxo, mas não reclamaria de um abrigo que lhe fosse concedido. Subiram as escadas que ainda estavam no cimento, para encontrar os quartos. Logo amanheceria e precisavam dormir.

O quarto à direita era maior e tinha uma cama de casal. No armário, roupas de cama novas ainda embaladas. Havia também um banheiro com chuveiro novo, além de roupas de mulher em uma mala escondida embaixo da cama, na qual só reparou quando ela a pegou.

– Você estava preparada para fugir para cá? – Voltaram a conversar em voz alta, afinal, acreditavam que estavam seguros.

– Claro! Tenho várias rotas de fuga caso alguém me encontre ou algum amigo precise de ajuda.

Ele a encarou por alguns segundos, não entendia como, de repente, tudo parecia estranho: Elizabeth, as casas, a perseguição. Um século de ausência e, em apenas um dia, ela havia tumultuado sua vida de várias formas. Respirou fundo e saiu para o quarto ao lado sem ao menos fazer uma reverência.

O ambiente era menor, mas possuía as mesmas acomodações. Roupa de cama, roupa masculina em uma mala embaixo da cama, chuveiro e uma cortina escura – possivelmente feita de chumbo – para vedar o sol.

Ao retirar as roupas da mala, percebeu que eram todas do seu tamanho. Não havia mais dúvida de que ela planejou fugir e *com ele*. Precisava descobrir como sabia que se encontrariam e que iriam se esconder juntos. Ele balançou a cabeça e entrou no banheiro, decidindo parar de pensar demais e relaxar. Precisava de um banho, daquelas roupas limpas e de um bom dia de sono.

– Serviram. – Ela sorriu e o encarou quando saiu do banheiro vestido com uma bermuda e camiseta.

Ao se deparar com Elizabeth, todas as preocupações desapareceram. Ela estava iluminada, com um vestido azul do mesmo tom de seus olhos, contrastando com a pele alva quase translúcida. Os cabelos negros estavam soltos sobre seus ombros.

– Está linda – disse e suspirou.

– Eu sei que você gosta dessa cor – lembrou-se a rainha e o coração de Milosh pareceu se encher de uma alegria indescritível por ela recordar algo tão banal sobre ele.

Queria matar a saudade que o estava sufocando, mas a rainha o repeliu quando tentou, por isso não reclamou quando foi guiado até a cozinha. Era o lugar mais ajeitado da casa e tinha fogão, geladeira, micro-ondas e uma vasta opção de comidas no congelador.

– Como é possível? Você tem alguém a ajudando – afirmou ele, encostado ao batente da porta.

– Sim, claro que tenho. – Ela fez uma pausa dramática e o encarou de soslaio. – Humanos.

– Humanos?! – repetiu descrente.

– Eles não sabem, acalme-se! Apenas contratei uma espécie de secretária para alugar a casa, comprar as roupas, os móveis e a comida.

– E como sabia que eu viria com você? Quando conseguiu ligar sem seus sequestradores ouvirem? Onde arranjou um telefone?

– Eu só sabia. – Ela virou o rosto, contrariada. – Com fome? – Ignorou as demais perguntas.

– Sim – admitiu. Sentia a garganta arder com a sede, mas não pretendia lhe dizer que não havia bebido o suficiente. Lembrou-se que sentiria se ela tentasse invadir seus pensamentos, por isso relaxou, acomodando-se em uma das banquetas.

Depois de deixar uma lasanha esquentando no micro-ondas, Elizabeth aproximou-se do vampiro, abraçando-o pela cintura e repousou a cabeça em seu peito.

– No que está pensando?

– Estou confuso... – respondeu ele.

– Com o quê? – Os lábios dela roçaram em seu peito e automaticamente ele se abaixou, ficando quase da sua altura.

Havia comunicação telepática entre eles e a rainha podia ouvir quem quisesse, mas era necessário que ela desejasse isso para que o pensamento fosse revelado quando o vampiro sabia para proteger-se. Eles tinham um acordo que ele esperava não ter sido esquecido com o decorrer dos anos: se um deles fechasse seus pensamentos, o outro não deveria invadir a não ser que fosse necessário.

– Você estava sumida. Heidy apareceu e agora você está aqui... E tem uma filha? – sussurrou, sentindo a respiração dela próxima dos seus lábios.

– Não tenho. – Apressou-se em dizer. – Isso deve ser algo que Heidy inventou – completou, encaixando-se entre as pernas dele.

Ele estava distraído com o toque, com o cheiro quase familiar. Respirou fundo próximo da orelha dela, passando os lábios pelo lóbulo delicadamente. A falta que lhe fazia era tanta que não conseguia pensar em muitas coisas. Lembrava-se de que podia aproximar-se dela quando ficavam sozinhos e que não era necessário permissão para isso, mas pouco antes de ela ser sequestrada a cumplicidade já não era a mesma. Por isso estava cauteloso, esperando por cada concessão silenciosa que ela lhe dava quando o tocava daquela forma.

– Heidy enlouqueceu... – comentou algum tempo depois, pressionando a mulher entre as suas coxas, alisando a cintura dela delicadamente.

– Humrum...

O micro-ondas apitou avisando que o jantar estava pronto, mas eles não se manifestaram. O toque que ele esperava com ansiedade aconteceu. Ela encurtou o espaço entre eles, ergueu a cabeça roçando os lábios em sua pele. A mão pequena invadiu sua camiseta, tocando seu abdômen.

Ele suspirou antes de as bocas se encaixarem. O beijo foi violento, carregado de saudade e desespero – mais dele que de Elizabeth. O corpo dela parecia irradiar calor. Ele esperava o gosto familiar tirar o amargo da distância. Sentir o poder envolvê-lo como sempre acontecia quando ela se entregava às suas carícias.

Deslizou a mão pelos cabelos dela lentamente, prendendo os dedos nos fios e os puxou com força comedida. A rainha gemeu fraco, comprimindo os lábios dele e... Nada do que esperava aconteceu. Milosh hesitou, recuando milimetricamente, buscando nos olhos dela alguma resposta. Não havia se esquecido de como era estar com ela, nem em mil anos se esqueceria.

Ele estreitou o olhar, observando-a de perto. Nenhuma das sensações estava ali, nem o aroma parecia o mesmo. Com assombro, desvencilhou-se, apontando um dedo acusador em sua direção.

– Heidy?!

Ela apertou os lábios, ajeitando as roupas e o encarou teatralmente.

– Estúpido. – O tom foi fraco, passivo.

– O que é isso? – Ele apontou para a rainha, encarando os olhos azuis que lhe pareciam estranhos agora.

–Você é tão bobinho! Acha mesmo que sua preciosa rainha teria conseguido escapar? Acha mesmo que sua Liss – desdenhou – teria pensado em um plano tão bom quanto o que contei para você? Ela é burra! Não soube permanecer no trono, muito menos viva!

Não houve tempo para resposta. No segundo que ela pronunciou as palavras, Milosh saltou sobre Heidy e socou-a no rosto, desnorteado.

– Ela não morreu! – falou entredentes. – Como? Por quê? O que você fez? – questionou-a, pressionando o corpo contra o dela violentamente contra a parede.

– Eu queria *você*, eu amo *você,* Milosh.

– Mentira! – chiou socando a parede atrás dela, que se despedaçou com o golpe. Ela não pareceu abalada, até riu. – Como você pôde me enganar dessa forma? – grunhiu ao relembrar do sangue e como o gosto era tão idêntico ao da rainha.

– O sangue? – Ela riu. – Não precisei fazer nada. Você queria que fosse ela e sua mente te pregou uma peça. O amor faz isso, nos confunde. – Ela o empurrou, afastando-se.

O que ela pretendia? Certamente não era apenas tê-lo em sua cama. Seria tudo uma armação? Era complexo demais para ele acreditar. Sentou--se, respirando com dificuldade devido à raiva crescente dentro de si. Sua esposa não estava a salvo, era sua única preocupação. Ela não estava a salvo como acreditou.

– Você sabe onde ela está?

– Claro que não, seu idiota! Não fui eu quem sequestrou a rainha.

Heidy voltou à sua forma natural, mantendo apenas o vestido azul que destacou seu corpo curvilíneo.

– E quem foi?

– Não sei, mas fez muito bem! – Ela riu. – Eu o amo, Miloh... – Seus olhos foram sinceros, condizentes com o que ela dizia. Porém, depois de ter sido enganado, a frase perdeu toda a essência para ele.

Estava cansado dos joguinhos e frustrado ao ter a alegria roubada mais uma vez.

Heidy havia arrancado o pouco de esperança que ainda lhe restava, não sabia se seria capaz de perdoá-la desta vez.

– Por que me atraiu para São Paulo? – Ele se levantou sem tirar os olhos dela. – Por que me trouxe para cá? Por que fingiu ser Elizabeth? Por que mandou colocar fogo na casa? E como você consegue usar os dons *dela*? – Apoiou na mesa, sentindo uma breve vertigem.

– Uma vez que eu me alimente do sangue do vampiro, posso absorver seus poderes.

– Eu sei! Mas mesmo absorvendo-os, eles não se manifestam com toda sua potência – lembrou.

– Sim, mas como eu falei, aprimorei-os.

– O que você quer?! – gritou, encarando-a.

–Você – insistiu, mudando sua forma para a da rainha mais uma vez, desta vez com os cabelos loiros, naturais. Ela sabia o ponto fraco de Milosh: ele não machucaria alguém que pudesse fazer Elizabeth parecer tão real.

– Mentira... – sussurrou, olhando cada traço para ver se achava algo diferente nela. Na verdade, ela poderia enganar qualquer um.

– Isso! – Sorriu, vitoriosa, indo na direção dele. – Isso mesmo, Miloh, é isso... é isso que eu quero! – Ela parecia exultante, mas moldava seus gestos para serem graciosos como seriam os da rainha.

Ele sabia que estava sendo ludibriado e que aquela não era a sua esposa. Mesmo conhecendo que era errado, encurtou o espaço entre eles com passos rápidos, segurou-a nos braços e, sôfrego, a beijou.

Capítulo 4

Era madrugada quando Ellene despertou de seu sono e deu graças a Deus por não ter sonhado. Ao mesmo tempo, resmungou por ter de acordar. Queria dormir mais, queria dormir pela eternidade, se possível, só para o tempo passar e não precisar decidir nada em sua vida. Ajoelhou-se em frente à janela de seu quarto. A noite lhe trazia certa melancolia e olhar o lago silencioso e a escuridão a acalmava.

Firmou os olhos além, na floresta ao redor de sua comunidade e na fraca neblina que se formava. As árvores pareciam borrões escuros em uma folha de papel, balançando para lá e para cá desajeitadas. De repente, notou que a imagem que contemplava era parecida com a do sonho. Seria um presságio? Será que o encontraria? Deu um salto e se pôs em pé. Não pensou em nada, pulou a janela e, em silêncio, caminhou descalça até a penumbra entre as casas e o lago. Virou-se para todas as direções, algumas vezes, para ver se estava sozinha. Todos dormiam e parecia que não havia nenhum visitante de olhos verdes para encará-la. Aceitando que foi apenas um sonho, decidiu caminhar.

– Aonde vai? – Ellene deu um grito que foi silenciado pela mão grande que a segurou pela boca. – Quieta! Você quer acordar todo mundo?

Ela jogou o corpo para trás, soltou-se e encarou-o irritada.

– Você queria me assustar, é? Onde estava escondido?

Tomás abriu um sorriso de lado e segurou-a no pescoço, levando-a para perto de seu corpo. Com a mão livre, afastou os cabelos de seu rosto.

– Não queria te assustar. Só que não consigo dormir e tive a sorte de você também estar acordada. – Ela desviou os olhos, fechou-os por um momento e lembrou-se do selinho, arrependendo-se imediatamente dele. Isso poderia complicar mais a situação entre eles, não devia ter sido impulsiva.

– Da próxima vez, faça barulho – disse com um suspiro pesado enquanto envolvia a cintura dele com as duas mãos. – Por que não consegue dormir?

Assim que fez a pergunta, arrependeu-se. A resposta estava audível nas batidas do coração de seu melhor amigo e, só por abraçá-lo, notou que a velocidade triplicou.

– Preciso mesmo responder? – sussurrou, beijando a cabeça dela. Ela negou sem olhá-lo, soltou-se do abraço e começaram a andar.

Sentia a aversão de sempre quando Tom a tocava, mas o desejo de retribuir o sentimento a fazia querer estar perto dele, mesmo sabendo que o amor que ele esperava receber ela não conseguiria lhe dar. Parecendo ouvir seus pensamentos, Tomás parou de caminhar e sentou-se na grama diante do lago. Ellene o acompanhou aconchegando as costas em seu peito para olharem a lua acima da fraca neblina.

– Às vezes, quando sonho... este lugar é uma praia.

Sentiu os dedos calejados de seu amigo deslizando por seus cabelos. Ouvir seus pensamentos e como planejava conversar sobre o beijo, deixou-a apreensiva. Não sabia por que o fez, talvez pelo mesmo motivo que estava abraçada a ele com tanta intimidade. Queria vê-lo feliz. O problema é que nem sempre era capaz de pensar só nele.

– Se fosse uma praia, seria perfeito – sussurrou. – Elle, por que me beijou?

Mais direto impossível, pensou ela, resolvendo ser sincera na resposta.

– Não sei, Tom.

– Você sente alguma coisa por mim?

– Às vezes, sim. – Fez uma careta e ele levantou o rosto dela, para olhar em seus olhos.

– Não quero que fique comigo por dó, mas porque me ama também. – Ela fez menção de dizer algo, mas ele continuou: – Vou esperar por você o tempo que for, Elle. O tempo que for.

– Não tenho dó... Penso em você quando estamos longe, mas quando... – Ela se arrependeu de ter começado a resposta. Tom a encarou e ouviu como os pensamentos dele o denegriam cada vez mais. Sabendo o que seria dito, ela apertou os olhos e balançou a cabeça, em sinal negativo. – Pare de se diminuir dessa maneira! Não sei se é porque vejo você como amigo há muito tempo e isso atrapalha... Mas eu penso em você.

– Isso quando estou longe. Mas quando estou perto, você sente outra coisa. É isso?

O jorro de pensamentos negativos sobre si mesmo fez Ellene sentir vontade de correr. Queria que ele soubesse o homem maravilhoso que era, independente de seu amor ser correspondido ou não.

– Tomás, eu te amo. Talvez não como deseja, mas o amo. Não há nada de errado com você, só que ainda não chegou minha hora de me apaixonar por alguém. Você sabe como sou diferente de vocês. Como estou longe de me tornar um... lobo... como vocês – sussurrou a última frase com uma pontada de tristeza na voz. – Talvez meu metabolismo também seja lento para o amor.

Ele suspirou, notou que ela tentava apenas animá-lo e ficou feliz pela tentativa.

– Você é perfeita, Elle! É especial e sabe disso. Já disse, vou esperar. – Ele beijou o alto da cabeça dela e ficou observando o lago; o sol começava a nascer. – Mas se quiser namorar comigo enquanto descobre o que sente, não vou achar ruim.

Ellene deu um soco no abdômen dele e riu da proposta.

– Você não deixa de ser bobo nunca? – Sorriu, tentada a aceitar a proposta. Ficaram em silêncio, observando o nascer do sol. O canto dos pássaros despertando deixou-a com uma sensação melhor no peito.

Ele achou melhor aproveitar aquela aproximação entre eles. Ela ainda não o amava, mas era nítido que havia afinidade, e isso mantinha a esperança viva no coração do rapaz. Não retrucou aos pensamentos dele, sentindo o carinho que ele mantinha em seus cabelos, deixando-a sonolenta.

– Tomás? Ellene?! – esbravejou José acima deles.

Demoraram para despertar. Assim que viu o pai, Ellene levantou-se constrangida e, em seguida, Tom deu um pulo e tratou de iniciar as explicações:

– Senhor José, eu posso explicar, não é nada do que parece. Nós perdemos o sono e...

– Para dentro, Ellene, agora! – Cortou a explicação usando um tom que ela nunca recebeu. Sentiu os olhos se encherem d'água e o obedeceu. Olhou para Tomás como se pedisse desculpas e correu para casa.

– Ela não fez nada de errado. Devia tê-la feito voltar para casa... Não fique chateado com ela, senhor José, mas comigo – disse sentido.

A garota entrou em casa e foi direto para seu quarto. As lágrimas lhe roubaram a paz rapidamente. Além do desejo de ver seu melhor amigo feliz ter falhado, conseguiu deixar seu pai bravo com ele. José não era o tipo de pai que grita e estava sentida por tê-lo feito na frente de seu amigo e preocupada com o sermão que ouviria mais tarde. Alguns minutos depois, decidiu pedir desculpas ao Tomás e saiu pela janela.

Notou sua mãe aproximando-se de José. Ela o abraçou e lhe deu um selinho demorado. Então, olhou na direção da casa do Tomás com um sorriso afetado nos lábios. Conversavam baixo, por isso ela andou até eles.

– Ou morreu. – Ouviu o pai dizer e franziu o cenho.

– Bate na boca, homem! Ela não pode morrer...

– *Quem* não pode morrer? – perguntou Ellene distante alguns passos dos pais. Estava com as mãos enfiadas nos bolsos do casaquinho observando-os. Tinha visto imagens de uma mulher na mente de ambos, ela estava com o semblante assustado, olhos num tom claro deslumbrante, mas que era difícil definir a cor pelas lembranças embaçadas deles. Sentia o coração tão apertado como se fosse ouvir dos pais que um dia ela teria de ir embora com aquela estranha.

Dulce gritou, assustando-se com a filha, e José começou a procurar uma explicação para a conversa, mas Ellene se apressou em dizer:

– Sem mentiras, eu posso ouvir o que pensam – lembrou-os.

– Vamos entrar. – Dulce encorajou José a irem para casa. Aproveitariam que os outros filhos estavam dormindo para conversarem.

Acomodaram-se no quarto dos pais. Ellene em uma poltrona de vime com estofado branco e os pais na beira da cama. José olhou para Dulce, podia ver em sua expressão que estava apreensivo. Seus pensamentos não diziam muita coisa, por isso esperou impaciente.

– Falem logo, sem rodeios. Quem é a mulher em que vocês tanto pensam quando olham para mim? É minha mãe biológica?

Dulce levantou-se e pegou uma caixa de sapato de cima do armário. Ellene já a havia visto, mas nunca teve curiosidade em mexer nas coisas da mãe. Sentiu o estômago gelar, apreensiva com o que veria.

– Aqui estão as coisas que nos entregaram quando trouxeram você.

Na caixa, havia uma manta branca manchada com sangue. Na lembrança da mãe, Ellene estava envolvida nela e já estava manchada daquela forma. Franziu o cenho sem entender, percebendo que dona Dulce não queria que ela assimilasse as manchas a sangue.

– Por que havia sangue na manta? – sussurrou. Levou o tecido ao nariz, tentando encontrar no cheiro alguma lembrança adormecida. Apesar do tempo e de ter sido lavado tantas vezes, sentiu um perfume doce que não conseguiu distinguir, mas que a fez salivar.

– Deduzi que quando nasceu você foi envolvida nela – explicou Dulce.

– Continua. – Ela deslizou os dedos pelas bordas, procurando por lembranças, sensações, por alguma informação que a fizesse entender por que havia sido abandonada assim que nasceu.

José tomou a palavra e continuou:

– Não sabemos muito sobre a mulher – percebeu que mentiu –, mas em uma noite como a passada, ela apareceu para nós. Estava desesperada e pediu que cuidássemos de você, pois com ela você não estaria a salvo.

Dulce cutucou o homem sabendo que a afirmação desencadearia uma série de perguntas.

– Ela explicou o motivo? – questionou, retirando da caixa um cordão de ouro envelhecido. O pingente antigo era pesado, oval e dentro havia uma foto desgastada pelo tempo, que lembrava uma pintura antiga. A mulher retratada era a mesma da lembrança de seus pais.

– Não, não explicou. A princípio, não quisemos aceitar, mas ela insistiu, estava desesperada.

– Desolada – acrescentou a mãe.

– Não sabíamos o que fazer, então dissemos que cuidaríamos de você até ela voltar.

Ellene fechou os olhos e viu a cena na memória da mãe. Parecia em câmera lenta, uma mulher vestida com um capuz para esconder o rosto entregava a menina nos braços de Dulce. Ela chorava e relutava em fazê-lo, mas a soltou e saiu correndo, deixando o relicário cair sobre o gramado. Ela parecia sentir a dor daquela senhora e engoliu em seco. Os pais haviam contado uma história muito diferente daquela sobre sua adoção; ela sempre soube que havia lacunas.

– E se ela voltar? – sussurrou Ellene.

– Ela veio algumas vezes, filha, mas faz muitos anos que desapareceu, nunca mais a vimos. Não acredito que vá tirar você de nós, somos uma família agora.

– E se ela quiser? – A garota abriu os olhos esverdeados e encarou os pais. Abraçou a manta e o relicário, sentindo uma esperança súbita de entender por que era tão diferente dos outros de sua vila.

– Não deixaremos... você é nossa menina – disse o pai, que acreditava de verdade que poderia manter Ellene com eles.

– Ela disse que sou como vocês?

– Não, mas... sempre soubemos que você era especial – desconversou Dulce.

– Especial ou um lobo? – Assim que fez a pergunta, sua mãe pensou na palavra vampiro. Levantou-se assustada, tentando controlar suas emoções.

– Um lobo – o pai interveio, taxativo. – Um lobo muito especial. Um tipo de lobo muito raro, que possui poderes especiais. – Ellene assentiu e suspirou aliviada, nada parecia estranho agora. Era um tipo especial de lobo, talvez isso respondesse por que era tão esquisita.

– Preciso saber de algo mais?

– Talvez você e Tomás não sejam compatíveis para um relacionamento sério. Você é diferente, mas não sabemos o bastante para lhe dar certezas.

Sorriu de lado, sentindo a aflição esvair-se um pouco, pendurou o relicário no pescoço, dobrou a manta e devolveu-a para a caixa.

– Importam-se se eu pesquisar?

Eles se entreolharam, levantaram-se e negaram. Dulce guardou a caixa no lugar. Parecia aliviada com a falta de curiosidade da filha. Depois, abraçaram-se.

– Tome cuidado! Não sabemos a que tipo de perigo ela se referia.

Beijou a face dos pais e saiu do quarto, depois de concordar com o pedido de José.

Ellene queria contar as novidades para Tomás. Ele era sempre a primeira pessoa em quem pensava quando queria compartilhar algo, pois era o único que entendia suas aflições. Saber um pouco mais sobre a estranha em que os pais tanto pensavam fazia com que houvesse uma nova esperança para ela: a esperança de descobrir o que realmente era ser um lobo especial.

Foi a casa dele e, sem aviso, pulou a janela, era costume dos dois deixar a janela aberta para que um e outro pudessem entrar e sair quando quisesse. Tinha certeza de que ele estava dormindo, mas não se importou. Andou na ponta dos pés e ajoelhou-se ao lado da cama. Começou a brincar com o indicador no rosto do rapaz. Sentiu um frio no estômago e uma atração física que notou pela primeira vez. Ele estava com as bochechas avermelhadas, os lábios entreabertos como se esperasse pelos dela. O sangue pulsava, deixando-os tão chamativos que ela até suspirou. Devagar, aproximou-se e chupou o inferior. Tomás acordou assustado e afastou-se dela, ajeitando os cabelos, todo desconcertado.

– Elle? O que faz aqui?

Ela inclinou o rosto de lado e o admirou. Estava tão mudado, tão atraente. O coração dela estava disparado. Saltou na cama e sentou-se sobre as pernas dele.

– Vim ver você.

Surpreso, mas não bobo, ele enlaçou a cintura dela e a ajeitou em seu colo. Notou a diferença, lembrando palavras que o senhor José falou depois que mandou Ellene entrar: "O proibido é mais gostoso", e agradeceu mentalmente pelo que ele havia feito para ajudá-la a notar o melhor amigo. Ela conseguia acompanhar todo seu raciocínio. Mesmo surpreso, enlaçou a cintura dela e a manteve bem perto. Ellene encarou os lábios dele com um sorriso estranho e molhou o próprio lábio com a ponta da língua. A vontade dele em beijá-la a deixou com o estômago gelado. Era estranho se sentir assim e ao mesmo tempo um alívio. Encarou o lábio dele manchado de sangue, percebendo que o cortou sem querer e estreitou o olhar, desejosa.

Levou a boca à dele e chupou com vontade, fazendo um gemido oco escapar da garganta do rapaz. Ela conseguia sentir as batidas do coração dele na ponta dos dedos, que estavam enroscados aos cabelos de Tomás. O rapaz avançou, colando os lábios aos dela, iniciando o beijo que desejava há alguns anos. Ellene retribuiu, para a surpresa de ambos, e, quando percebeu, afastou-se bruscamente, sentindo o costumeiro embrulho no estômago. Ficou em pé, olhando horrorizada para ele e para si mesma.

– O que aconteceu? – disse, passando a língua nos lábios e sentindo o gosto de sangue. Ergueu os olhos e viu os lábios inchados de Tomás. Ele parecia mais confuso que ela.

– Eu... você... não sei, mas continua – sussurrou ele de um jeito maroto.

Ellene riu, ao mesmo tempo tinha uma sensação estranha em seu estômago, parecida com fome. Aproximou-se da cama e sentou-se de costas para ele, acomodando o corpo ao peito de Tomás, como gostavam de ficar.

– Sinto-me estranha – disse, segurou o relicário e o mostrou a ele, tirando-o do pescoço. – Mas gostei do beijo – admitiu.

O lobo pegou a peça na mão e a examinou. Sorriu de lado, inclinando-se para roubar um beijo de Ellene. Não era sempre que ela estava tão à vontade e se aproveitaria da situação o quanto pudesse. Ela virou o rosto, retribuiu o gesto e chupou o lábio dele mais uma vez. O gosto do sangue fixou-se em sua língua. Ellene suspirou e fechou os olhos, guardando o sabor dos lábios dele por alguns instantes.

– O que é isso? – perguntou sem perceber nada, tão abobalhado que mal notou o lábio cortado e a ardência que sentia.

– Era da minha mãe biológica – respondeu. – Meus pais me contaram a verdade. Ela me deixou aqui e, na lembrança de mamãe, ela estava bem assustada e disse que eu corria perigo.

– Sinistro. E eles disseram quem é ela?

– Não sabem, mas eu gostaria de descobrir. Acho que essa peça é bem antiga e com certeza alguém deve reconhecê-la na cidade. Precisamos procurar colecionadores. O que você acha?

– Não sei, não acho que alguém vá reconhecer um colar.

– Relicário – corrigiu Ellene. – Viu a foto? Parece uma pintura. Ela é linda... – sussurrou.

– Não tanto quanto você – respondeu ele e conseguiu arrancar um sorriso de Ellene.

– Obrigada. Vai me ajudar? Consegue pesquisar se esse símbolo é de alguma família? – Ela virou a peça e mostrou-lhe uma marca atrás do relicário. Parecia a insígnia de uma família. Precisariam limpar para saber o que era.

– Vou ajudar. Vamos até a cidade comprar o material?

Ela concordou e, em poucos minutos, estavam dentro do Fiat em direção ao centro de São Paulo.

Capítulo 5

O beijo não era forçado, mas desesperado, igual à saudade que fazia Milosh fingir que não sabia a verdade. Seu corpo reconhecia o dela como sendo da mulher que amou por séculos. Fazia-o sentir-se homem novamente e ignorar que a saudade estava sufocando a razão. De impulso, tomou-a nos braços e seguiram em direção ao quarto. Deitou a mulher na cama sem cortar o beijo, seu gosto cada segundo mais intenso, o toque, o sabor, o cheiro, a textura da pele macia tornando tudo mais real para ele, deixando-o agitado.

– Amor... – sussurrou nos lábios dela.

– Que saudade! – ela murmurou dificultada pelos lábios que não paravam de se comprimir contra os dela.

– Muita saudade – acrescentou entre suspiros.

Naquele momento, algo fez sentir até sua alma perdida gelar: era a voz de Elizabeth em sua mente, como um lamento de profunda dor. *Milosh...*

Num salto, ele saiu de cima de Heidy, que arregalou os olhos sem entender nada.

– Por que falou em minha mente? – perguntou, sentindo o coração quase sair pela boca.

– Porque queria atrair você para São Paulo.

– Não antes, agora! Agora, Heidy! – Travou o maxilar, irritado.

– Não fiz isso.

Não me deixe... Ouviu mais uma vez.

Sobressaltado ele deu um passo para trás e sentou-se aos pés da cama. Não sabia mais se ouvia Elizabeth ou se em todo o tempo fora Heidy manipulando sua saudade.

– Acho que a culpa falou mais alto. – Argumentou consigo mesmo.

Heidy ajoelhou-se atrás dele, colocando a cabeça de Milosh em seu peito, as mãos alisando os cabelos que estavam bagunçados. O toque o agradava, mas precisava manter o foco. Decifrar entre uma e outra e guardar a diferença que encontrasse entre elas. O mais importante era manter a esperança de que Elizabeth estava viva e localizá-la.

Sentiu as mãos ágeis de Heidy desabotoarem sua calça, despertando-o dos pensamentos, e a deteve.

– Miloh...

– Não posso... – disse, beijando-lhe a mão e acomodando-se nos braços da mulher. Não deveria fazê-lo, mas sentia o impulso de permanecer com ela. Entregava-se a um falso alento, sabia e também conhecia que precisava de um instante de paz para colocar os pensamentos em ordem e por isso não rejeitou o abraço. Um pensamento fixou-se em sua mente de repente, deixando-o esperançoso. – Estou com uma ideia insana que acho que colocará nosso mundo nos eixos...

– Que ideia? – ela suspirou, desistindo de seduzi-lo. Mesmo sem olhá-la, percebeu a mudança; agora Heidy o abraçava como ela mesma.

Os dedos do vampiro passearam sobre a pedra em sua pulseira, a mente viajou para algumas décadas antes, quando forjou aquela joia com a benitoite. Um presente de agradecimento por ter ensinado tudo o que ele sabia do mundo vampírico, entregue pouco antes de Heidy dar-lhe as costas e trair sua espécie pelo desejo mesquinho de reinar no lugar de Elizabeth.

– Você consegue ficar quanto tempo disfarçada na imagem de outra pessoa? E essa ilusão... ela pode ser descoberta? – Eram perguntas que Elizabeth nunca soube responder, pois não quis aprimorar o dom com medo de outros vampiros o descobrirem. No entanto, ele sabia que a híbrida não tinha pudores e teria a resposta.

– Já fiquei três meses disfarçada e voltava ao normal somente durante o sono, pois dormindo não tenho domínio sobre meu consciente. – Ela sorriu, parecia entender onde ele queria chegar. – A ilusão é vista por todos.

Milosh ficou pensativo, ainda brincando com a pedrinha em sua pulseira.

– E a voz, o cheiro?

– Ilusão. A voz é minha, mas quem a ouve escuta a voz de seu amigo ou de sua rainha. – Ela passou a mão livre na cintura dele. – Às vezes, consigo envolver outras pessoas... Por exemplo, você se passar por um humano comum e se sentir um humano de verdade.

Ele estreitou o olhar, virando-se para ela. Sabia sobre o dom atingir outra pessoa, afinal ela o escondeu quando precisaram fugir. Mas não conhecia que atingia a mente das pessoas, podendo fazê-las ser diferentes do que eram.

– Humano?

– Sim. É uma arma de defesa poderosa. O vampiro se sente de tal forma um mortal, que pode até ter a vida ceifada.

Ele arregalou os olhos, pensativo, tentando assimilar a informação.

– Você diz que a ilusão entra na mente do vampiro e o faz acreditar que voltou a ser humano?

– Exato.

– E como sabe que podem morrer?

Heidy umedeceu os lábios lentamente e sorriu. Não precisou da resposta para saber que ela testou sua teoria.

– Ele morreu de pneumonia e para garantir que permaneceria assim, cortei-lhe a cabeça.

Realmente era um dom perigoso, como sua esposa pensava. Heidy tê-lo em suas mãos o tornava ainda mais ameaçador, pois claramente não tinha limites para alcançar suas ambições.

A ruiva inclinou-se em sua direção, insinuando-se mais uma vez e antes de ceder, ele desviou o rosto. Decidiu que seus lábios não mais tocariam os dela. Sempre pertenceu à rainha, mesmo quando ainda não sabia disso. Voltou rapidamente ao assunto.

– Você consegue imitá-la? Consegue fazer sua pulseira parecer o cordão que ela usava?

– Imitar Elizabeth? – Sorriu maliciosa.

– Sim.

– O cordão é mais complicado, pois tem uma magia que desconhecemos. Você pode fazer um igual, como fez o meu e o dela – sugeriu.

– Posso... mas o dela era maior que a sua pedra. E precisaríamos de uma pedra nova.

– Podemos inventar que ela precisou de outro, que os sequestradores tiraram o dela e você fez um novo. Agora, conseguir uma pedra é mais difícil, você sabe que é rara e muito cara.

Ele a olhou, sabia o que tinha de fazer. O mundo deles estava um caos e quanto mais o tempo passava, mais arruaceiros tentavam subir ao trono. Se completasse cem anos do desaparecimento de Elizabeth, o próximo rei ou rainha seria escolhido. Com a divisão que havia entre os vampiros, Milosh temia o pior, que James ascendesse ao trono. Ele apregoava que os vampiros são mais fortes e por isso devem dominar os humanos e se alimentar como bem desejam.

– Eu sei... – Ele fixou os olhos na mulher. Sua preocupação ia além da pedra, além do trono que estava desprotegido. – Você entende os riscos?

– Sim. – Ela abriu um sorriso preguiçoso, o olhar fixo no dele em expectativa.

– E os deveres?

– Sim.

– Você sabe que não poderá tomar nenhuma decisão sem meu consentimento e o de nosso Conselho?

– Sim, imaginei que você fosse exigir isso.

– Precisamos colocar ordem em nosso mundo. *Precisamos*, Heidy. – Ela anuiu com ternura, a mesma que Liss costumava ter nos olhos. Milosh sentiu o estômago revirar-se.

– Não se preocupe, serei leal a você.

Ele notou que o sol nascia pela janela e correu para fechar as cortinas com o tecido especial para cortar a luz solar e os raios ultravioleta.

– Precisamos dormir – disse, pensativo, e voltou para a cama.

– Vamos fazer o que você está querendo? – Heidy perguntou.

– Preciso analisar a ideia – soou indeciso.

Quando aproximou-se da cama, sentiu uma nova indecisão formando-se. Sabia que não devia, mas não queria afastar-se daqueles braços. Há pouco menos de um século não dormia abraçado com alguém que não fosse *enfeitiçado* por ele e, mesmo sendo Heidy – que por tanto tempo foi sua inimiga –, precisava daquele momento, sentir-se amparado, aproveitar a trégua que surgiu entre eles. Como se soubesse de sua necessidade, ela o aconchegou junto a si. Milosh fechou os olhos, o cansaço da noite estressante atingindo-o em cheio.

Estaria tomando a melhor decisão? Seria ela realmente leal? Heidy já havia tentado usurpar o trono outras vezes... Estaria aproveitando a chance? Devolveria o trono para Elizabeth quando a encontrassem? Seus olhos pesaram com um último pensamento: *Como ela sabia que iria sugerir o fingimento?*

Estava escuro e a negritude era tão densa que não conseguia transpassá-la, mesmo enxergando melhor que um humano no breu. Sentiu um vento frio às suas costas, possivelmente havia alguma abertura por onde o ar passava. Ele virou-se lentamente, sabendo por instinto que não deveria fazer barulho.

O chão estava mole, parecia lama, e o ar fazia suas narinas arderem como se houvesse alguma substância nele. Estava perdido, percebeu. Alguns passos à frente, tropeçou, praguejando em reflexo, e, abafada pela mão, a voz saiu fina como a de mulher.

Apreensivo, ele olhou em volta, apertando os olhos para enxergar melhor, mas só havia escuridão. Logo pensou em Heidy, em seu poder de fazer imaginar coisas e no que ela estaria aprontando.

Ergueu as mãos para a parede, era áspera e, em alguns pontos, pontuda. Continuou andando, sentindo a água aumentar a seus pés e alguma luz adentrar no ambiente em que se encontrava. Estava ofegante, apesar de quase nunca se cansar.

Ouviu *algo às suas]ostas e seu coração disparou. Correu e tropeçou em seus próprios pés por não enxergar direito.*

– Não tenha medo, não pretendo lhe fazer mal. – A voz masculina fez seu corpo ficar tenso. Segurou o ar para que não o ouvissem respirar, mas seu coração o denunciou.

Mãos fortes e pesadas agarraram-no, arrastando-o de volta para a escuridão.

– Vos imploro, por favor, não... Tenham clemência! – choramingou assustado com sua voz feminina mais uma vez.

As mãos que o prendiam eram firmes e grandes, ásperas, de temperatura morna.

– Você sabe que não vai conseguir fugir! Por que continua tentando? – Ele foi duro, mas amoroso, parecendo se importar com ele.

– Por nosso futuro, deixe-me ir. – Lágrimas rolavam por sua face.

– Nosso futuro? – Ele riu, sua voz parecia triste. – O futuro não existe! Para nós, somente o agora e o para sempre.

– Crês que sobreviveremos no caos que impuseste? – A voz saiu rouca pelo cansaço.

Ele abriu uma porta e a luz forte o fez apertar os olhos e piscar várias vezes até se acostumar.

– Encontrei-a.

Outro homem, de rosto completamente coberto, reverenciou-o, debochado.

– Sentimos sua falta, minha rainha.

Milosh despertou com a respiração pesada. O sol ainda brilhava fora da casa. Repassou o sonho algumas vezes e chegou à conclusão de que ele via Elizabeth, e não a si próprio.

Seria sonho ou uma visão do que ela estava vivendo? O lugar escuro seria um túnel ou uma caverna? Estaria ela abaixo da terra? E quem eram aqueles homens? Pensava analítico, apertando bem os olhos para recordar os detalhes.

Aflito, levantou-se e foi sentar-se na poltrona, para tentar organizar o pensamento e encontrar algo que indicasse onde ela estaria. Tinha certeza de que era uma visão, pois quase nunca sonhava e quando acontecia era apenas com a mesma ruiva desconhecida.

Ele deixou Heidy adormecida e foi para o outro quarto, que estava com as cortinas abertas. Observou se havia alguém suspeito nos arredores da casa que pudesse reconhecê-lo e fechou-as. Poderia mantê-las abertas, pois usava seu amuleto feito de pedra benitoite, uma pedra preciosa rara e encontrada em poucos lugares da Califórnia que os protegia da luz solar. Havia um tempo limitado em que os vampiros podiam se expor ao sol, mas ninguém havia testado a teoria para saber quanto tempo era exatamente. Alguns vampiros preferiam o uso da capa feita com o mesmo tecido das cortinas, principalmente por ser mais fácil de encontrar e mais barato. A capa, por sua vez, tem de cobrir todo o corpo que veste, incluindo o rosto, para ter algum efeito.

Ele preferiu a escuridão do quarto e a cama vazia, pois precisava decifrar o sonho e saber onde encontrar outra pedra. Deitou-se de costas e ficou olhando para o teto. Sentia os olhos pesarem, mas não queria dormir, não sem entender o que acabou de sonhar. Elizabeth enviava muitas mensagens telepáticas do lugar onde estava presa, mas era a primeira vez que chegavam em forma de sonho.

Liss, meu amor, fale comigo... Por favor, você está bem? Enviou uma mensagem telepática para ela. Nem sempre respondia, talvez não pudesse. Ele não sabia se estava ou não com seu amuleto nem se estava alimentando-se direito, o que diminuiria a força de seus dons, atrapalhando o contato entre eles.

Esperou cerca de uma hora – nada de resposta. Seu coração parecia cada vez menor. Quase cem anos sem vê-la... a saudade estava deixando-o maluco! Era urgente, precisava fazer algo! Assustar os sequestradores, deixá-los em alerta, confusos. Precisava agir!

Levantou-se assim que o sol se pôs, abriu as cortinas e foi acordar Heidy. Seu estômago roncou, faminto, mas fingiu não notar.

– Precisamos conversar – falou assim que ela abriu os olhos.

– Boa noite, primeiro... – murmurou manhosa, espreguiçando-se.

– Boa noite, desculpe. – Beijou a face dela.

Heidy não era como os outros, por isso absorvia tantos poderes. Além de ser metade humana, era nascida da união de uma bruxa e um vampiro antigo. Foi por causa dela que as leis mudaram. Sem se definir humana ou vampira, suas habilidades mudavam dia após dia, conforme o contato que mantinha com as pessoas. Seu processo de crescimento havia sido sofrido, pelo que contou-lhe, assustador, lento e doloroso também. Por isso Milosh sempre lhe deu o benefício da dúvida e acreditava que a garota boa ainda existia dentro dela.

Ela era mais quente e sua pele, apesar de pálida, adquiria tons rosados dependendo de seu humor. Tinha olhos esmeralda e cabelos acobreados, vivos. Seu corpo com as curvas bem acentuadas, o quadril largo e os seios médios. Era quase da altura de Milosh.

– No que está pensando? – perguntou ela, ajeitando os cabelos e levantando-se devagar da cama.

– Tive um sonho – ela se espantou, pois sabia quão era raro sonhar para um vampiro –, mas acredito que era uma visão, Elizabeth precisa de mim.

Ele reviveu todo o sonho e deixou que Heidy visse tudo.

– Você acha que ela está presa nesse lugar? – Ela parecia perturbada, não gostava de escuridão nem de lugares fechados, pois se lembrava da caverna em que morou com seu mentor, o homem misterioso a quem ela chamava carinhosamente de pai antes de ser encontrada pelo verdadeiro, Nicolae.

Heidy não costumava falar sobre seu passado, por isso Milosh pouco conhecia sobre o homem que cuidou dela depois de nascer, sabia apenas que era humano e que ela se culpava de seu falecimento.

– Acho que sim, mas não sei dizer se é uma caverna ou se ela está debaixo da terra... – respondeu levando os pensamentos de volta à conversa.

Ambos suspiraram. A preocupação que Heidy demonstrou pareceu sincera.

– O que você quer fazer? Vasculhar cada caverna e cada subterrâneo do mundo até encontrá-la?

– Assustá-los.

– Como?

Ele ponderou, mas era a única saída que enxergava no momento. Então, encarou Heidy e respondeu:

– Trazendo a rainha de volta.

A vampira abriu um sorriso fraco, porém satisfeito. Ele sabia que aquele sorriso escondia algo, um desejo íntimo de ser a rainha de seu mundo. Ela queria vingança daqueles que pisaram nela, que a chamaram de aberração, que tentaram matá-la quando viram que se tornava cada vez mais poderosa. Entretanto, Milosh confiava que ela não vacilaria a um pedido dele.

Os olhos dela estavam com um brilho diferente e a voz saiu animada.

– Como pretende fazer isso?

– Você vai criar a ilusão de ser Elizabeth e, como estaremos juntos, pois eu jamais sairia do lado da rainha, vigiarei suas noites para que ninguém a veja no seu "eu" natural.

– Bem pensado – disse, triunfante.

– Você consegue?

– Por pelo menos três meses eu sei que consigo; mas Miloh... – ele a encarou – preciso conhecer as manias dela, os desejos, os segredos, preciso saber de seus poderes para explicar os que não possuo. Arranjar respostas para todas as perguntas. Você sabe que não será fácil enganar a tantos ao mesmo tempo.

– Eu sei... Vou lhe ensinar somente o necessário. No mais, podemos fingir que Liss mudou. Ela pode ter se tornado pouco sociável, assim teremos menos pessoas a rondando. Também podemos alegar que está se recuperando do trauma, que o cativeiro foi um horror até para uma vampira poderosa como Elizabeth III.

– Precisamos pensar em tudo, Miloh. – Ela se aproximou, tocando seu rosto. –Você terá de fingir que me ama e esse amor tem de estar estampado em seus olhos.Você precisa me olhar como a olhava.

Ele firmou os olhos nela e a viu recriar a forma da rainha. O vestido azul se transformou em uma camisola branca de seda. Milosh percorreu cada parte de seu corpo e a saudade o deteve naquele devaneio imposto.

– Eu sei que tenho de fazer isso, e confesso que não é difícil fingir... – sussurrou, roçando os dedos nos lábios finos e rosados da mulher. – Os lábios dela não podem ser tão rosados já que ela é vampira. E a pele tem de ser mais fria.

Heidy resmungou.

– É porque você sabe que sou eu, a ilusão não o atinge totalmente, mas acho que para os outros a temperatura e a cor estarão perfeitas – explicou incerta.

Ele deslizou os dedos pelo pescoço da mulher, testando suas próprias reações e limites. Fechou os olhos repetindo para si mesmo que aquela não era a rainha. Aproveitando-se de sua fraqueza, a híbrida encostou os lábios nos seus. Imediatamente a afastou.

–Vai precisar me beijar na frente dos outros – lembrou-o com um sorrisinho infantil, inclinando-se em direção a ele novamente.

– Só quando necessário.

O vampiro a beijou na testa com carinho e levantou-se.

– Chato!

Eles riram e ela desfez a imagem da rainha para se prepararem para mais uma noite. A esperança de Milosh era que seria uma das últimas noites longe de sua esposa, isso se o que estava planejando funcionasse.

–Vamos comer algo? Estou faminto.

– Eu também.

Foram até a cozinha. Heidy estava atrás dele, brincando com sua camisa como costumava fazer quando o encontrou, séculos antes. Ele sorriu com a lembrança boa.

–Vai dar tudo certo – ele abriu a geladeira, pegando o suprimento de sangue que havia no congelador. – Comida ou isso? – perguntou a ela, que apontou para o sangue.

Ele encheu duas taças, aqueceu no micro-ondas e lhe entregou uma. Beberam devagar, o sabor não era tão agradável, pois não era fresco.

Beberam algumas taças, o suficiente para ficarem mais fortes e mais perceptivos. O tempo corria e Milosh tinha pressa.

– Ela bebia assim. – Começou a primeira aula, ajeitando o polegar e o indicador de Heidy para que segurasse a haste de maneira delicada.

– Fresca! – reclamou.

– *Educada*. É diferente. – Reprovou-a com o olhar, pois venerava cada mínimo detalhe de Elizabeth.

– Fresca de todo jeito. – Heidy retrucou, imitando a rainha. Um gole pequeno, depois outro e um sorriso pela bebida estar a seu gosto. – E quando ela não gosta?

– Ela sempre gosta. Mesmo odiando o sabor, ela finge gostar e, mentalmente, pede outra taça para um de seus criados.

Heidy arregalou os olhos e sorriu surpresa.

– Interessante, vou gostar de ser rainha.

–Vai gostar de *fingir* ser rainha. Lembre-se de que você não é – corrigiu-a de pronto. Milosh começava a achar que sua ideia não era muito boa, mas não via outra saída.

– Fingir ser e ser, dá na mesma! – Ela bebeu o que faltava de sua taça e caminhou até a pia para lavá-la.

– Não! – gritou, fazendo-a parar no meio do caminho e encará-lo, irritada. – Continue onde estava! Você não lava a louça, não a coloca na pia! Seus criados o fazem.

– Humm... – Aprovou com um sorriso.

O vampiro aproximou-se com elegância e retirou a taça da mão de Heidy de modo solene. Em seguida, fez uma leve reverência e a depositou na pia.

– Liss não gostava disso, preferia ela mesma fazer as coisas. Contudo, as pessoas têm prazer em servir a rainha; não o fazem por obrigação, mas por amor à Coroa.

– Entendi! Eu terei muito prazer em ser servida. – Abriu um sorriso satisfeito.

Milosh, no entanto, ficava mais introspectivo e preocupado com o desenrolar das coisas. Seria mesmo o certo a fazer? Esperava saber antes que fosse tarde demais.

Capítulo 6

O caminho era longo, mas de carro ganhariam tempo. Ellene não sabia aonde ir, descobriria quando estivessem no centro. Precisavam de material para limpar o relicário. Estava ansiosa, queria chegar o mais rápido possível.

Tomás continuava abobalhado, olhando sem discrição alguma para a mulher sentada ao seu lado no carro. Tinha um sorriso no rosto que não o abandonaria nem que vampiros os atacassem. A lembrança do beijo criava comichões em seu estômago e ele não se cansava de rememorar.

– Dá para mudar a *estação*? – perguntou Ellene, tentando parecer séria, mas soltando um riso alto quando ele literalmente mudou a estação de rádio.

– Que foi? – Riu junto, sem entender.

– Mude seus pensamentos, Tom, seus pensamentos! – Ela riu, divertida. Estava feliz e mesmo se dando conta de que ela lia seus pensamentos e sabia o quanto estava impressionado com o beijo, não se intimidou.

– Engraçadinha! – retrucou ao entender a brincadeira. – O que deu em você hoje? Achei que estaria triste por causa da bronca...

– Não estou... sei lá. Acho que saber mais de minha mãe me deixou feliz. Se descobrirmos algo, talvez eu entenda por que sou tão diferente.

Ele concordou. Estavam saindo da estrada e entrando na Marginal Pinheiros quando Ellene sentiu um estranho calafrio subir pela nuca. Uma pontada de medo a fez segurar o braço de Tomás.

– O que foi? – Ele estranhou.

– Não sei. – Pensou um pouco antes de continuar. – E se o que estava atrás dela forem vampiros?

Tom estremeceu. Não tinha medo deles, mas cautela nunca era demais.

– Elle, não temos problemas com eles há muito tempo. Deixaram de matar humanos.

– E se eles matam escondido? – questionou pensativa.

Ambos ponderaram por alguns minutos. Imagens de vampiros por lugares quase desertos caçando humanos e os destroçando passaram pela cabeça de Tom e deixaram Ellene com uma sensação ruim. Ela deitou a cabeça no braço dele para se reconfortar.

– Nada vai lhe fazer mal, não vou deixar... – sussurrou, acariciando seu rosto.

Ela sorriu agradecida e ficou observando os carros à frente deles. O dia estava lindo para um passeio, o céu em um tom azul-celeste que a fez esquecer-se das preocupações. Era raro um céu tão limpo e vivo sobre a cidade de São Paulo, o cinza da poluição e as fileiras de prédios eram o que compunha a paisagem mais comum.

– No que está pensando? – perguntou Tomás acariciando a bochecha dela com seu polegar.

– Em nada, na verdade. São Paulo devia ser linda séculos atrás – comentou. Ela podia ver campos infindáveis e coloridos de flores, colinas ao final do horizonte, com o rio Pinheiros cortando a paisagem ao meio, límpido e cristalino.

– Com certeza era mais bonita.

Com um sorriso, ela beijou o ombro dele, retirou o relicário do bolso e o examinou mais uma vez. A aflição voltou a perturbá-la.

– Obrigada por ficar ao meu lado, Tom – disse baixo, olhando a pintura da mãe biológica. Não conseguia formar uma imagem nem definir traços parecidos com os dela. Fechou a joia com um baque e virou-a, tentando enxergar a insígnia que havia atrás. Puxou a barra da camiseta de Tom e limpou a peça. Isso o fez rir, pois era puxado junto com a camiseta.

– Está me distraindo. E eu nunca vou deixar você – falou um pouco mais sério, olhando de relance para ela.

Estavam no centro de São Paulo e ele aproveitou o farol vermelho para se inclinar e beijá-la. Ellene retribuiu sorrindo. A estranheza que sentiu no quarto dele estava lá outra vez, mas a lembrança do sabor parecia levá-la a querer mais e mais.

– Nem eu deixarei você – emendou e afastou-se dele para que voltasse a dirigir.

–Tem algum detalhe que você não me contou? –Tom perguntou quando ela parou de usar sua camiseta para lustrar a peça.

Ellene desviou o olhar para a janela, pensando sobre a compatibilidade deles e no quanto ele não sabia sobre ela. Temia a reação do amigo se contasse. Ponderou e negou com a cabeça, mentindo.

– Não que me lembre.

No mesmo instante soube que ele não acreditou nela. O problema de ouvir os pensamentos dos outros era sempre saber a percepção que tinham sobre algo. Ela se encolheu no banco e voltou a observar o relicário, que continuava manchado devido ao tempo que ficou guardado sem limpeza.

– Será que tenho pai? – perguntou de repente.

Estacionaram em frente a uma loja de antiguidades. Tomás soltou o cinto de segurança de ambos e a encarou.

– E se ele for o perigo?

Ellene estremeceu ao pensar nessa hipótese e quase desistiu da busca, pois já tinha a família perfeita e não precisava saber mais daqueles estranhos. Tomás beijou a mão dela e a convidou para sair do carro.

– Espero não me arrepender disso – falou para si mesma.

A rua estava repleta de pessoas, mas a loja parecia abandonada. Era pequena, com móveis e peças antigos acumulados nas laterais, deixando um pequeno corredor para locomoção. Enquanto Tom entrava para falar com um dos vendedores, Ellene admirava as peças na vitrine. Tocou uma delas com a ponta dos dedos, sentindo a vibração da madeira e um formigamento leve, como se houvesse algo além de madeira na confecção daquele objeto. Desceu o olhar para a própria mão e percebeu que seus dedos estavam no mesmo tom e textura da peça. Assustou-se e escondeu a mão no bolso do casaco no mesmo instante. Sempre que se conectava a algo podia se camuflar como um camaleão, mas às vezes, quando se distraía demais, acontecia sem que desejasse.

Dentro da loja, Tomás perguntava ao vendedor sobre produtos para restauração de peças de ouro e bronze. Ellene continuou andando pelo ambiente.

Havia um conjunto em madeira maciça pintado de verniz escuro que chamou a atenção dela. Lembrava um divã antigo com estofado de veludo vermelho e entalhe com motivos de asas, como águias sobrepostas na borda abaixo do estofado. Porém, havia um detalhe a mais que ela nunca reparou em peças do mesmo estilo, um anexo como uma mesa para repousar objetos ou escrever.

Sorriu ao ver uma mulher de cabelos presos sentada ali. Como se fosse uma lembrança adormecida. Ela tinha uma postura nobre, usava um vestido de época azul como a cor de seus olhos. Pedras adornavam o decote. Os lábios e as bochechas estavam exageradamente vermelhos, como se tivesse sido pintada por uma criança. Ela esticava as mãos para baixo, tentando alcançar algo que não conseguiu identificar. Os olhos irradiavam uma felicidade invejável. A garota desejou tocá-la e deu alguns passos na direção do móvel sem perceber.

– Elle? – Tomás a despertou de seu devaneio, ela piscou algumas vezes, virando-se para ele confusa, mas logo se recompôs.

– Sim?

– Já comprei o material... Ele disse que já viu a insígnia.

Tom mostrou as costas da joia para Ellene. Estava quase limpa e havia um desenho com traços muito finos. Ela reconheceu o desenho, mas não conseguiu se recordar de onde. Dedilhou, bem devagar, o corte no centro do relicário, embaixo do relevo. À primeira vista, parecia uma folha; mas, ao analisar melhor, percebeu ser um pergaminho transpassado por algo pontudo. Estreitou os olhos e tentou definir o que via. Notando a expressão da menina, o vendedor antecipou-se:

– Um cetro real. É um pergaminho e um cetro.

Parecia que o homem era rabugento e estava com vontade de expulsá-los da loja. Ele olhava de um lado para o outro e dava a impressão de que esperava por alguém ou que fazia algo ilegal. Bufou, cruzou os braços, suspirou. Ellene viu a imagem de um vampiro na mente do humano, um homem de cabelos bagunçados e olhos tristes. Ele possuía um anel com o mesmo detalhe, usava-o no dedo anelar da mão direita, devido à imagem estar embaçada, não possibilitou distinguir o rosto. Ela se movimentou devagar, tomou o lugar de Tomás e ficou com o ombro encostado no abdômen do vendedor, que era muito mais alto do que ela.

–Você sabe onde posso conseguir mais informações, moço? – Sorriu de lado e Tomás ficou com dó do vendedor, sabia que aquele jeitinho dela faria qualquer um ceder.

O homem coçou a barba rala e os pensamentos voltaram à imagem que ela viu antes. Ellene se concentrou nela e deu um passo para trás, ato contínuo, seguiu na direção do carro, apressadamente. Espantados, os homens observaram a cena sem fazer nada. Impaciente, ela chamou Tomás com a mão.

Viu o amigo aproximar-se, mas não conseguiu acalmar a respiração. Ele sentou-se no banco do motorista depois de deixar as compras no de trás. Ellene estava com a respiração pesada. Tom acariciou as costas dela e a olhou preocupado.

– Já vi aquele homem – explicou.

– Que homem?

– O homem em quem ele pensou quando falou do desenho.

– Em quem ele pensou? E quem é ele? – Tom esperou até que ela lhe dissesse para onde ir, sabia que não voltariam para casa antes de conseguirem mais informações.

– Eu sonho com ele, desde... sempre – sussurrou, deixando algumas lágrimas borrarem a maquiagem.

Preocupado, ele soltou o volante e a abraçou, passando o polegar sobre seus olhos esperando Ellene parar de tremer. Sabia pouco dos sonhos, pois ela não contava os detalhes, mas se lembrava bem de que quando eram mais novos, ela via o rosto do homem em todos os lugares. Por muitos anos ficou isolada na vila onde moram com medo de sair e encontrá-lo.

– Ele existe – soluçou.

– Era o mesmo rosto? O *mesmo*?

Ellene assentiu e sentou-se, limpando o rosto com a manga da blusa. Apertou os olhos para se lembrar da imagem que apareceu no pensamento do vendedor e os abriu novamente.

– Não sei... já não sei. Mas os olhos tristes me lembram muito dos dele. – Ela beijou o braço de Tomás, agradecendo a preocupação, e ajeitou-se no banco. – Ele falou alguma coisa útil? – perguntou referindo-se ao vendedor.

Sem responder, ele abriu a porta do carro e voltou para dentro da loja. O vendedor passou a mão no rosto, assustado. Trocaram algumas palavras e ele entregou um papel para Tom. Ellene estava tão distraída que não prestou atenção em nada, só notou que no relicário, além do pergaminho espetado pelo cetro, havia também duas iniciais: E e M, minúsculas, e as letras estavam entrelaçadas.

– Ei, toma! – O moreno voltou e colocou um papel no colo de Ellene. Ela o abriu sem entender nada. – Vazzie é o nome do cara que talhou essa joia – disse ele, ligando o motor e saindo com o carro.

– Como descobriu? – Ela arregalou os olhos, sorrindo com a esperança que se formava. Será que finalmente descobriria suas origens?

– Sou persuasivo quando quero – olhou-a de soslaio ao dizer, deixando um sorriso malicioso brincar em seus lábios.

Ela deu um tapinha na perna dele, recuperando-se rapidamente do susto. Voltou a encostar a cabeça no ombro do rapaz, aproveitando o calor que vinha dele e o cheiro doce que agitava seu estômago. Suspirou e entendeu a sensação como a de um novo amor. Sorriu satisfeita, pois, se fosse isso, não o magoaria mais.

– Para onde estamos indo?

– Para a loja dele.

Ela arregalou os olhos e sentou-se ereta.

– Eu devia ter pedido sua ajuda há muito mais tempo! – Ela se pendurou no pescoço dele e o encheu de beijos. Estavam parados no semáforo, rindo da situação. Tomás aproveitando para dedilhar seu corpo agilmente. Ellene não tinha reações a isso, por isso não o impediu.

– Mesmo que não pedisse, eu ajudaria.

Ela deu uma mordidinha na ponta da orelha dele e sorriu.

– Eu sei. – Orgulhou-se. – Você é a melhor pessoa que eu conheço.

– Ainda bem que acha isso de mim. – Percebeu que ele estava arrepiado pela mordida, mas não deu atenção, recostando-se ao banco, animada em conhecer quem forjou aquela joia e talvez descobrir o nome de quem a perdeu.

A loja ficava afastada do centro, em um bairro da zona sul. Eles se perderam em algumas ruas até que Tomás reconheceu o nome, Rua Vergueiro. Ficaram nela por cerca de dez minutos até encontrarem a rua perpendicular que estavam procurando. Era sem saída e não tinha placa, exatamente como o vendedor a descreveu. Tom estacionou e ambos desceram para localizar a loja.

– Aqui – disse ela, apontando o número sessenta e sete escondido na parede de uma casa antiga.

Tomás estreitou o olhar e o arregalou em seguida quando a casa ganhou foco. Ellene percebeu e estranhou ele não tê-la visto antes, mas não deu importância, ansiando por informações.

– Será que tem alguém morando aí? Não parece uma loja...

A casa parecia abandonada, folhas estavam espalhadas na garagem, uma pilha de jornais enrolados em um canto e uma crosta de poeira. Eles tocaram a campainha e aguardaram. Tomás abraçou Ellene enquanto esperavam, mas ninguém atendeu. Tocaram de novo e, desta vez, deixaram a campainha soar por mais tempo. Imediatamente, uma senhora idosa abriu a porta e colocou a cabeça para fora.

– Sim? – perguntou sonolenta.

– Desculpe-me, senhora, mas é aqui que mora o joalheiro Vaz... – Ellene retirou o papel do bolso e falou o nome – Vazzie?

A senhora arregalou os olhos e aproximou-se. Parecia nervosa, a respiração estava descompassada. Destrancou o portão e fez sinal para que entrassem logo.

– Vamos, entrem. Entre, rapaz! – ralhou com Tomás, que quis ser educado e deixá-la entrar primeiro. Quando estavam na sala, com as portas fechadas, ela se aproximou de Ellene. – Quem você está procurando, vampira?

Ellene deu um passo para trás fazendo uma careta e Tom se desculpou, tocando o ombro da mulher com delicadeza.

– Não somos nada disso, senhora, mas precisamos falar com a pessoa que fez esta joia. – Ele estampou um sorriso amigável enquanto Ellene permanecia encostada à porta de saída.

A senhora mantinha os olhos em Ellene, que se assustou ainda mais por perceber que não podia ler os pensamentos dela. Quis perguntar por quê, mas mordeu o lábio para se manter calada. A mulher pegou o relicário, deixando um suspiro triste escapar.

– Como conseguiram isso?

– É da mã...

– Achamos. – Ellene interrompeu.

– O nome dele é Senhor Vasille. Faz muitos anos que não o vejo, mas creio que esteja no exterior. Ele saiu do Brasil depois que a esposa... enfim, não sei como encontrá-lo. – Os olhos da mulher pareciam sinceros, mas não podia confirmar se o que ela disse era verdade.

Ficaram olhando-se por um bom tempo, em silêncio. A senhora tinha uma pele perfeita, quase sem rugas, mas era nítido que passou dos sessenta anos, olhos azuis como o mar e sobrancelhas grossas e brancas assim como os cabelos, que estavam presos em um coque. Vestia roupas antigas, da década de 1950 e tinha um ar nobre no modo de andar, mesmo que um pouco encurvada. Isso fez Ellene lembrar-se da mulher que achou ter visto na loja de antiguidades.

– O que aconteceu com a esposa dele? – perguntou Tom, cortando o clima entre elas.

– Garoto, isso não é de seu interesse. Queriam saber o valor da peça? – questionou, voltando a olhar para Ellene, que tentava de todas as formas entrar na cabeça da mulher.

– Desculpe minha indiscrição, senhora... – Ele fez uma pausa esperando que ela lhe dissesse seu nome.

– Eu lhe desculpo.

– Hum, certo. – Ele olhou para a ruiva esperando que ela o ajudasse.

– Precisamos saber para quem ele fez a joia – disse aproximando-se da mulher, que recuou um passo. Esta manteve os olhos fixos nos da senhora. Tentou persuadi-la a falar, usando um de seus dons, pedindo mentalmente que ela falasse tudo o que precisavam saber.

– Ele fez para uma mulher, não sei como foi parar na mão de duas crianças... – Ela inclinou a cabeça de lado, encarando Tom, aproximou-se e o tocou com a ponta dos dedos. – Vocês andam *juntos*? É o fim dos tempos mesmo! – Ela jogou as mãos para o alto e foi até a porta, grunhindo. – Saiam! Fora! Não quero gentalha na minha casa! Saiam!

Os dois entreolharam-se sem entender nada. Ellene puxou o relicário da mão da mulher e correram para o carro.

– Obrigada pela ajuda! – disse por sobre o ombro. Assim que se sentou no banco do passageiro, Tom saiu cantando pneu. – Eita, está assustado? – zombou.

– Estou.

Só então ela percebeu como ele tremia. Estava tão concentrada na cabeça daquela senhora que não percebeu o que afetou Tom.

– O que houve?

Ele olhou para ela negando com a cabeça. Ellene precisou invadir sua mente para entender.

– Eu a amo, Terezinha – sussurrou um homem e de seu lábio superior escapavam dois dentes pontudos.

A mulher suspirou, inclinando a cabeça para o lado e gemendo agudo quando sentiu a mordida. Ele a sugou com desejo, fazendo-a querer muito mais que a mordida. Fizeram amor enquanto ele bebia seu sangue. Quando suas forças se foram, ele a soltou. A imagem mudou, via a si mesma pelos olhos da senhora. Não entendia como aquilo estava na mente de Tomás. A mulher enxergava Ellene mais velha, com roupas de época e os lábios vermelhos com sangue. A palavra "vampiro" ecoava ao fundo como uma lembrança.

– Meu Deus, o que foi isso? – sussurrou, tocando o braço dele. – Estaciona, Tom.

Ele obedeceu. Pararam no estacionamento de um supermercado. Começava a escurecer.

– Quando ela me tocou, eu vi... isso – sussurrou, trêmulo. – Você não viu?

– Não. Nenhum pensamento, nada.

– Estranho... – Ela o abraçou tentando ajudá-lo a parar de tremer. Via que as cenas não paravam de ir e vir na mente do amigo e o apertou um pouco mais. – Será que ela é essa Terezinha?

– Acho que sim, e ela achou que você se parece com um vampiro. – Riu baixo, sem graça.

– Deve ser porque sou quase um fantasma de tão branca! – Tentou brincar.

– Se ele fez essa joia para uma mulher... esse cara conheceu sua mãe.

– Será que é meu pai?

– Um vampiro? Duvido – sussurrou, acalmando-se aos poucos. Passava os lábios no pescoço de Ellene devagar, tentando se concentrar no perfume dela.

– Ela era tão linda, a pele não estava enrugada... Só os cabelos e as roupas que pareciam de uma mulher idosa.

– Vasille... – sussurrou. – Vamos para casa que vou tentar descobrir algo no Google.

– Melhor, você não está bem e está ficando tarde.

Ela o beijou nos lábios, saiu do carro e ordenou que ele fosse para o banco do passageiro. Tomando seu lugar ao volante, colocou o cinto de segurança e partiram de volta para casa. Tom encostou a cabeça no banco e ficou distraído o caminho todo, observando a rua e com a mão repousada na perna de Ellene. Ela podia ouvir tudo o que se passava na cabeça dele, até teorias malucas de que a velha era uma vampira idosa e isso a fez rir, mas ele não notou.

Quando chegaram em casa, um alívio tomou conta de ambos. Preferiram permanecer dentro do carro, olhando para o céu, que já estava escuro. Ele a aconchegou em seu peito.

– Elle, será que é bom mesmo desenterrarmos sua história?

– Estou pressentindo que não. Aquela mulher nos desdenhou, você viu? Chamou a gente de gentalha. Lembrei do Kiko na hora! – Ela riu e o fez rir também.

– Gentalha, gentalha! – Ele fez o gesto empurrando o ombro de Ellene, lembrando-se do programa de TV que assistiam juntos, *Chaves*.

Ela virou-se para ele e tocou seu rosto.

– Obrigada por me ajudar, Tom, mas vamos parar por aqui. Você pesquisa no computador e tal, mas não vamos atrás de ninguém, não quero que machuquem você.

Os olhos dele brilharam de felicidade ao ouvir que ela se preocupava com ele. Ellene mordeu o canto do lábio, nervosa, sem desviar os olhos.

– Combinado.

Marotamente ele a puxou para perto. Ela riu e se aconchegou. Ficaram assim por quase duas horas, quietos, pensativos. Tomás recordava o beijo que trocaram, a estranheza do vendedor e da mulher na casa. Ellene tramava formas de descobrir suas origens sem a ajuda dele.

Quando eles dormirem, eu saio, decidiu.

Capítulo 7

Enquanto Ellene adormecia nos braços de Tomás, a noite estava apenas começando para Heidy e Milosh. O vampiro estava exausto e as aulas de etiqueta mal haviam começado. A mulher o fazia chegar ao extremo de sua paciência.

– Vamos, Heidy, se eu acreditar que você é ela, qualquer um acredita! – repetiu pela décima vez, mostrando-lhe como cruzar as pernas.

– Ela era tão pouco sensual – reclamou, colocando a perna direita sobre a esquerda e as mãos delicadamente sobre o joelho.

– Uma rainha não deve ser sensual! Ela é a rainha, está acima de qualquer beleza, além de ser casada! – Lembrou.

– Blá-blá-blá! – desdenhou.

Milosh respirou fundo. Essa mesma conversa havia acontecido no mínimo trinta vezes desde que acordaram e estava pouco paciente nos últimos anos. Havia perdido o humor, o romantismo e a calma. Respirou fundo mais uma vez e concentrou-se em não jogá-la para longe por causa da maneira errada que segurava a taça de champanhe.

– Mulher! – reclamou retirando a taça da mão dela com brutalidade. Bebeu todo o líquido jogando-a em seguida no chão. Heidy riu ao ouvir o vidro se espatifar.

– Você fica sexy assim.

Ele bufou, apontou a mão para ela e mandou que permanecesse no mesmo lugar.

– Já volto.

– Aonde vai?

– Se lhe interessasse, eu falaria. Espero que esteja exatamente aí quando eu voltar – rosnou.

A híbrida arregalou os olhos, surpresa com a forma que ele a tratou. Sentiu seus olhos sobre si enquanto vestia o casaco. Irritado, saiu terminando de fechar o zíper da calça e a fivela do cinto. Andou por cerca de vinte minutos, lembrava-se bem do bairro onde estavam, pois possuía algumas casas na região. Estava nervoso não somente por Heidy se parecer com Elizabeth – porque, quando a treinou, ela também demorou a aprender –, mas por uma imagem que não lhe saía da cabeça, como uma mensagem, um pedido de socorro.

Andou escondido pelas sombras até encontrar a casa que estava procurando. Fazia tanto tempo que temia não se lembrar do código secreto combinado com a atual moradora. Olhou para o sobrado abandonado, havia muito lixo armazenado na entrada, mas, pelo perfume e a inquietação que sentia, sabia que ela ainda morava ali. Respirou fundo, apertou a campainha uma vez e depois, na segunda, deixou o som soar por mais tempo. Uma senhora descabelada colocou a cabeça para fora da porta.

– Senhor?! – Correu até o portão. Milosh viu como tremia e como seus lábios estavam brancos de pavor. Ela o puxou para dentro, praticamente o arrastando pelo casaco.

– Ei, Tereza, acalme-se. Aconteceu alguma coisa? – perguntou assim que entraram na sala.

– Veja – disse ela entre os lábios, agitada com a visita recebida horas antes.

Milosh foi transportado para uma lembrança. A mulher, apesar de humana, adquiriu alguns dons de seu antigo senhor. Havia sido usada para alimentá-lo tantas vezes que quase a matou, não fosse por Milosh tê-la salvado do vampiro hoje ela também seria uma. Um de seus dons era o de mostrar o que quisesse a quem ela tocasse. As imagens sempre eram verdadeiras e ela podia manipular apenas o que revelar.

Ele viu dois jovens entrando na casa. A garota o lembrava Elizabeth, tinha lábios carnudos e um olhar assustado e curioso ao mesmo tempo. Ele não conseguiu distinguir traços, pois as imagens estavam distorcidas. Tereza tinha medo de todos os vampiros e mais ainda de lobisomens. O único em quem confiava era nele. Ouviu toda a conversa e as dúvidas dos dois jovens. Ficou surpreso por saberem seu nome. Quando viu o relicário nas lembranças da mulher, arfou, soltou-a e deu alguns passos para trás.

– Quem são? O que queriam? Como eles conseguiram o colar de Elizabeth? – Ele soltou uma enxurrada de perguntas e ficou mais pálido que uma vela. Tereza o fez sentar-se e serviu-lhe um chá enquanto conversavam. Ela o havia preparado pouco antes de sua chegada.

– Não sei, meu senhor, não sei. Expulsei os dois assim que vi a joia. O garoto era um lobo... mas ela parecia humana. Só notei que era vampira quando estava perto de mim. Ambos tinham interesse em saber quem talhou a joia... Em saber a quem pertenceu, queriam nomes. Pude ver no rosto da garota, era muito importante para ela.

– Conseguiu saber o porquê? Ou como descobriram meu nome?

Negou, bebericando o chá. Ainda tremia, mas tê-lo próximo a acalmava um pouco. Ele a encarou, visivelmente preocupado, entendendo por que algo o chamava para ir até lá. O carinho que sentiam um pelo outro era forte não só por tê-la salvado de seu antigo dono, mas também por ter deixado a casa para ela morar. A residência era protegida por magia e quase ninguém a enxergava, somente pessoas com sangue real conseguiam. Ele não entendia como os dois jovens conseguiram localizá-la. Ficou ainda mais alterado quando se deu conta de que seus poderes talvez estivessem enfraquecendo.

– Milosh, eles não pareciam perigosos... você sabe como fico com pessoas diferentes...

– Não se preocupe que não farei mal a ninguém. – Acalmou-a. – Vou tentar descobrir mais sobre eles depois. Tenho um assunto urgente, que precisa de solução imediata.

O vampiro explicou tudo para Tereza. Colocou a mulher a par dos acontecimentos dos últimos anos. Explicou como Heidy foi parar em sua vida, falou da ideia de ela imitar a rainha para tentarem enganar os sequestradores. Ela ouviu tudo em silêncio, confiava em Milosh e entendia perfeitamente seus motivos.

– Tem certeza, meu senhor? – perguntou enquanto arrumava alguns pertences para levar consigo.

– Não, mas é minha última esperança. Preciso dela de volta – sussurrou a última frase.

– Então, o farei, mas pelo senhor.

– Serei eternamente grato.

Saíram da casa e a trancaram. Milosh certificou-se de que estava oculta a olhos comuns. Enquanto caminhavam de volta para a residência onde Heidy estava, Tereza segurava a mão do vampiro com força, temendo a noite e seus seres. Ele sabia o sacrifício que ela estava fazendo, por isso decidiu instruí-la mais uma vez:

– Heidy é tempestuosa, não deixe que perceba seu medo. Imponha-se, está bem?

A mulher apenas assentiu e o vampiro revirou os olhos, não sabia mesmo o que estava fazendo.

– Miloh... – Heidy sussurrou quando o viu entrar. Estava no lugar em que ele a deixou, com as pernas cruzadas sobre o sofá da sala. Tinha um sorriso sensual nos lábios que se desfez ao ver a humana entrar atrás dele.

– Tereza, essa é Heidy. Mas, para que ela se acostume, a chame sempre de Elizabeth ou rainha.

– Sim, senhor – disse e curvou-se diante de Heidy. – Minha senhora, é uma honra finalmente conhecê-la.

Milosh sorriu ao perceber o gesto. Como combinado, ela já começava a tratar a vampira como se fosse Elizabeth.

– O que é isto? – perguntou Heidy com uma ponta de orgulho ao ver a mulher reverenciá-la.

Milosh notou a inquietação por não conseguir ouvir a mente da humana. Outro dom herdado do antigo senhor. Sua mente era protegida pelo sangue dele, como uma marca que revelava que ela pertencia a um imortal. A maioria dos humanos, doadores frequentes, possuía essa proteção. Contudo, depois de ter sido degolado, ela passou a pertencer apenas a Milosh e nenhum outro vampiro tinha permissão de tocar ou de beber seu sangue.

– Sua professora de etiqueta. Tereza vai relembrá-la a ter modos, a agir como uma verdadeira rainha. O que faltar, eu lhe ensinarei.

Heidy bufou, desconfiada.

– Você é um tolo. Confia nela?

– A minha vida.

Ambas respiraram fundo e se encararam. Tereza tremia por dentro, mas fez o que lhe foi ensinado: não desviou o olhar até que Heidy encarou Milosh e depois a encarou de novo.

– Tudo bem, então, vamos começar. Limpe essa bagunça! – A vampira apontou para o vidro quebrado no chão com um sorriso no rosto, que tentou disfarçar, mas não conseguiu.

– Como é? – Milosh se sentiu ofendido por Tereza.

– Você mesmo disse que uma rainha não faz nada, que as pessoas têm prazer em fazer tudo por ela. Estou seguindo suas aulas.

Ele pretendia responder, mas Tereza antecipou-se. Foi até a cozinha, voltou com um pano, limpou o vidro e o líquido enquanto argumentava com ele.

– Não me importo em limpar. Ela está certa, precisa se acostumar a ser servida.

– Não trouxe você aqui para virar empregada – disse, voltando-se para Heidy. – Elizabeth não era espaçosa. Deixava que fizessem as coisas por ela, mas, se conseguisse, as fazia antes que qualquer pessoa. Você fará o que eu pedir.

A híbrida apenas assentiu uma vez, a postura ereta, exatamente como Elizabeth faria. Ele respirou fundo: seria uma longa semana. O pior era que a cada minuto que passava, sentia Elizabeth mais distante, como se a conexão entre eles fosse se esvaindo. Sentia como se ela estivesse morrendo e ele perdendo tempo com um plano que não daria certo.

Sentou-se ao lado dela, cansado.

– Heidy, temos de ser rápidos. Ela não fala comigo há muito tempo! – confidenciou.

– Eu sei, Miloh, eu sei. Mas você sabe que, por mim, a rainha fica sumida para sempre.

– Sim, mas você jurou ajudar – falou entredentes e percebeu Tereza olhá-lo com o canto do olho enquanto retornava para a cozinha.

– Você sabe o que eu quero em troca – Heidy comentou assim que a mulher saiu.

Ele sabia, mas não poderia dar a ela. Heidy era obcecada pela ideia de ser a rainha dos vampiros e em tê-lo ao seu lado.

A primeira noite de treinamento foi exaustiva. Tereza e Milosh não a deixavam descansar, pois, como rainha, Elizabeth passava dias acordada para resolver questões da Corte. Heidy precisaria se acostumar com isso.

– Estou cansada! – resmungou.

–Você não era tão molenga assim quando nos conhecemos! – provocou Milosh, vendo-a levantar-se e imitar o modo de andar de Elizabeth.

Pelos planos de Milosh, tinham pouco mais de uma semana para finalizar o treinamento. Precisavam anunciar o retorno da rainha na próxima mudança de lua.

– Satisfeito? – Ela girou o corpo de forma graciosa e foi para perto dele com o olhar fixo no dele, apaixonado, e um sorriso singelo e discreto nos lábios.

Era o que faltava para ficar parecida com Elizabeth – o olhar apaixonado. Ela sempre o olhava assim, mesmo diante da Corte, e era raro quando não a viam disfarçar e observar o vampiro com ar de deslumbre.

– Agora estou – respondeu, deixando a voz morrer. Estendeu uma das mãos para Heidy, que segurou-a e sentou-se ao seu lado no sofá surrado da sala.

– Podemos descansar? – pediu, brincando com os dedos da mão dele.

– Claro! – concordou, olhou para Tereza, que permanecia imóvel observando se Heidy fazia algo errado, e sorriu. –Vamos nos deitar. Desculpe-me por tê-la mantido acordada até agora, Tereza.

– Não se preocupe, senhor, conheço seus costumes. – Ela curvou-se e saiu andando de costas até a ponta da escada, como todos faziam na presença da rainha. Quando sentiu a escada no calcanhar, virou-se e subiu.

Apresentou a casa para Tereza um pouco mais cedo, por isso conhecia onde dormiria. Ouviu-a fechar a porta e logo ligar o chuveiro.

Milosh conduziu Heidy para o quarto com ele. Ela estava na forma de Elizabeth, o que dificultava manter seus pensamentos longe do corpo e da boca dela. Assim que entraram, ele a ajudou a se trocar e observou, admirado, como o corpo nu era idêntico ao de sua esposa.

– Gosta do que vê? – Ela sorriu de lado, mordendo o canto do lábio e trançando as pernas de forma tímida.

– Muito! – deixou escapar. Ergueu o olhar para ela chamando-a para perto.

Sentou-se na cama com ela sobre suas pernas. Precisava fazer mais um teste para decidir o que treinariam na próxima noite. Inspirou fundo e beijou-a. Claro que não com a mesma paixão que beijaria Elizabeth, muito menos com amor, apenas como um ator encenando uma peça. Heidy correspondeu, traçando linhas finas de sangue em seu pescoço, corte feito por suas unhas. O aroma correu pelo ambiente e ele sentiu o corpo quente junto ao seu. Precisava parar, mas a habilidade dela em imitar a rainha, deixava-o ansioso a cada toque.

De repente, ela o soltou, sorrindo, limpando o sangue de seu pescoço com a ponta dos dedos e levando-o aos lábios.

– É difícil me controlar, Milosh... – Suspirou. Ele sentiu os cortes se fechando.

– Eu sei que é... você é *ela*. – Procurava por falhas em seu rosto, na expressão ou postura. Se não soubesse quem era, seria facilmente enganado. – Quando quer, consegue ser perfeita.

Heidy sorriu, vitoriosa, e o deixou ler seus pensamentos. Ela estava ansiosa com a aparição dali alguns dias e temia duas coisas: errar ou a própria rainha aparecer. Em seu íntimo, acreditava que Elizabeth havia se cansado da vida de rainha e fugido.

– Não me olhe assim – disse.

– Ela não fugiria sem mim... – comentou, pensativo. – Por que manteria contato durante todos esses anos se quisesse fugir?

– Não tenho as respostas que procura – respondeu educada, fiel ao jeito político de Elizabeth. – Mas terá todas em pouquíssimo tempo.

Ele franziu o cenho.

– Como você sabe?

– Uma rainha sabe. – Ela riu e seu riso ecoou pelo cômodo. Heidy levantou-se, deixando a forma da rainha sumir e assumiu sua própria identidade. – Preciso dormir, preciso! – reclamou, andando em direção à cama.

– Sinto que estamos nos esquecendo de algo, mas não consigo imaginar o quê.

O sol começava a nascer e ficava mais difícil controlar a sonolência. Eles precisavam de muito esforço físico e mental para permanecerem acordados.

– Sei como ela se senta, como come, bebe, dorme, beija, ama; sei como ela resolve as questões políticas, sei todas as leis e suas particularidades. Está mais que decorado, pois as entendo a fundo. Sei de quem ela gosta e com quem tem intimidade; sei cada vírgula de sua vida chata e sem sal – disse, afundando-se embaixo dos lençóis.

– Falta algo, eu sinto que falta algo.

– Sei até quais são as suas manias, Miloh! – exaltou-se.

– Falta algo, eu sei! – murmurou e sentiu o sono pesar em suas pálpebras.

Heidy enroscou-se nele. O contato entre os dois fez o coração do vampiro saltar de saudade. Ele afagou seus cabelos, deixando lembranças antigas aflorarem. Em pouco tempo, Heidy dormiu. Milosh, então, deixou-se afundar em pensamentos, lembranças que não queria partilhar. Ela podia saber tudo sobre Elizabeth, sobre o passado ou como fingir ser a rainha, mas o que ele queria mesmo era voltar no tempo e não precisar fingir para ninguém que aquela era a sua mulher.

– Elizabeth! – gritou Heidy, correndo ao encontro dela e abraçando forte a amiga.

Milosh conhecia Elizabeth apenas de ouvir falar. Heidy a amava como uma irmã e quase sempre levava seu nome às conversas particulares. No entanto, nunca poderia ser fiel à beleza que ela possuía! Os traços de seu rosto eram perfeitos, parecia uma boneca de porcelana. Seus cabelos estavam presos em um coque e as presilhas de prata com pequenas pérolas formavam uma espécie de coração que acentuava o brilho do louro intenso de seus fios. O vestido de veludo preto descia até cobrir-lhe os pés. O busto estava firme em um decote de princesa, as mangas fofas afunilando nos punhos. Ele imaginou que ela usava espartilho para ficar tão perfeita. No colo, uma única peça: um colar de prata com uma pérola enroscada como que protegida por dedos feitos também de prata.

Ambas se soltaram do abraço e começaram a falar animadas sobre a viagem que fizeram à cidade natal de Elizabeth, na Itália.

– E quem é o novato? – perguntou, voltando-se para ele. Seus olhos azuis o fizeram perder o ar, pareciam ler sua alma.

– Vasille, Milosh Vasille, senhora. – Ele se curvou em um gesto cortês. Elizabeth segurou o vestido e flexionou levemente os joelhos, cumprimentando-o como uma dama. Não costumava ver essa educação refinada em Heidy, o que o deixou impressionado, já que era a favor de damas, mesmo as vampiras, portarem-se como senhoras respeitáveis.

– Senhorita – corrigiu, o que arrancou um sorriso do vampiro. – Muito me agrada conhecê-lo.

– É meu prazer, senhorita. – Segurou a mão da mulher, beijou e soltou-a delicadamente. Só então percebeu que não sabia o sobrenome dela.

– Fargnoli – respondeu, notando sua cautela.

– Certamente, Srta. Fargnoli.

Ela sorriu, os dentes brancos aquiescendo com a pele pálida. Era noite e ambas pareciam querer fazer um passeio.

– Milosh, vou caçar com Elizabeth e volto ao amanhecer. Ficará bem? – perguntou Heidy.

– O senhor não pode nos acompanhar? – sussurrou Elizabeth próximo ao ouvido de Heidy.

– Não. Quero ficar a sós com você – respondeu fria, com um sorriso forçado no canto dos lábios.

– Vão matar a saudade, devem desejar compartilhar as novidades. – Antecipou-se, notando ciúmes no olhar de Heidy. Ela era sua mentora, mas sabia que, no fundo, esperava ser mais que isso.

– Sabe como voltar para a hospedagem?

– Sim, senhora.

Heidy esticou-se e roubou um beijo do vampiro. Não era a primeira vez que se beijavam, mas nunca o faziam na frente dos outros. Ele recuou, constrangido, lançando um olhar envergonhado para Elizabeth. Ela ficou sem graça, olhando para baixo com as bochechas coradas. Milosh quis entender se era por timidez, por naquela época não ser comum casais demonstrarem intimidade em público. Entretanto, desejou que fosse algo além de vergonha. Despediram-se e ele seguiu na direção da hospedaria.

– Ele é belíssimo! – exclamou Elizabeth antes que virasse na esquina, o que fez o coração do vampiro se aquecer.

Passaram-se algumas semanas. Heidy, Elizabeth e Milosh não se separavam; sempre caçavam, estudavam e riam juntos. Certo dia, a mentora precisou ausentar-se e deixou Milosh aos cuidados da amiga.

– Quando ela retornará? – perguntou Liss.

– Dentro de dois ou três dias – informou o vampiro, levando a taça de vinho aos lábios.

Estavam na sala da casa de Elizabeth. A lareira acesa aquecia o cômodo, pois os criados e os pais dela eram humanos e nevava do lado de fora. Algo que o deixava curioso era ela insistir em morar com os pais mesmo após ser transformada. Não era comum nem sensato, eles poderiam notar as mudanças e o fato de ter parado de envelhecer.

– Quer caminhar? – questionou, olhando-o com aqueles olhos grandes e brilhantes.

– Claro! – Deixou a taça sobre a mesa. – Seus pais...

– Oh, claro! – Ela apertou os lábios. – Sem Heidy aqui, é provável que não nos deixem sair sozinhos...

Ele concordou, correndo os olhos pela sala. Os pais de Elizabeth estavam sentados em suas poltronas. A senhora Fargnoli bordava, pacientemente, enquanto o senhor Fargnoli fumava seu charuto sem nenhuma pressa, ambos muito concentrados.

Estão nos observando, lançou uma mensagem para os pensamentos de Elizabeth.

– O quê? – Ela o olhou.

Fale em pensamento, riu baixo, achando estranho ela não saber que podiam fazer isso.

– C-como? – Elizabeth deixou a taça ao lado da dele e o encarou apreensiva.

Visualize em sua mente quem a senhorita deseja que lhe escute e pense. Sorriu, instruindo-a em pensamento, fingindo olhar o piso da sala.

Eu sei disso, afirmou categoricamente, erguendo os olhos. Mas eu achava que só os amantes podiam se falar por telepatia, terminou em pensamento.

Ele a olhou pensativo. Conhecia esta teoria, mas tinha se esquecido. Aparentemente, todos podiam se comunicar se quisessem.

Acho que não há uma regra, é só querer falar com outra pessoa, disse-lhe ainda em dúvida.

Foi assim que começaram a testar suas habilidades e seus limites como vampiros. Elizabeth e ele tinham pouco mais de cinquenta anos de diferença de criação.

•

Heidy resmungou ao lado dele e o fez voltar à realidade. Uma realidade na qual Elizabeth continuava perdida. Milosh reclamou, virou de lado na cama, quase dominado pelo sono. Queria se lembrar, queria cada traço dela em sua mente, queria a esposa com ele para sempre, para todo o sempre. Lembrar-se afastava a tristeza de não saber o que lhe aconteceu. Fechou os olhos para que as lembranças ficassem mais vivas, voltou aos dias quando começaram a descobrir que vampiros podiam mais do que apenas falar telepaticamente, correr rápido ou possuir uma força excepcional. Descobriam isso, pois Elizabeth possuía muitos dons e, de alguma forma, podia criar ilusões.

Vamos, Miloh, eles não notarão que saímos, disse Elizabeth em pensamento.

Algumas semanas se passaram desde que descobriram que podiam falar por telepatia um com o outro.

Está bem. Fingirei que vou dormir e pulo a janela, afirmou Milosh.

Combinado!

Heidy havia retornado de viagem, então pediram que ela os acompanhasse. Do lado de fora, Milosh aguardava ansioso, sentia-se completamente ligado a Elizabeth.

– Vamos voltar para o Brasil em alguns dias – anunciou sua mentora, escondida nas sombras das árvores que ladeavam a casa.

– Não quero retornar.

– Precisamos.

– Por quê?

Nesse momento, Elizabeth juntou-se a eles. Tinha um sorriso perturbado nos lábios.

– Porque temos de continuar nosso treinamento, temos nossos negócios para cuidar – respondeu, mantendo o tom autoritário na voz.

– Fique mais, minha irmã – Elizabeth apelou para o sentimento fraternal que havia entre elas.

– Não podemos. – Encarou-os, um de cada vez, apertando os olhos. – As coisas estão ficando fora de ordem.

– O que está fora de ordem? – perguntou Milosh.

– Nossos negócios, Miloh.

– Que negócios?

Heidy virou-se para eles, tinha o olhar frio.

– Sou sua mentora. Se digo que voltaremos, então retornaremos!

Sabia que ela estava certa, não tinha cem anos de transformação, sendo considerado uma criança e devia se sujeitar às vontades dela. Assentiu, inquieto.

– De modo algum, não podem deixar-me! – reclamou Elizabeth, colocando a mão sobre a de Milosh. A voz não passava de um murmúrio.

Ele entrelaçou os dedos aos dela e sentiu o estômago revirar-se como se mil borboletas voassem dentro dele. Seu coração saltou por causa daquele gesto.

Abriu os olhos e fitou o teto. Heidy e Liss eram tão amigas! Se não tivesse se apaixonado por Elizabeth e se ela não tivesse sido escolhida como sucessora da rainha, talvez fossem até hoje.

O que está feito está feito, era o que Liss dizia quando se culpava por algo.

Onde estaria ela? O silêncio o incomodava. Será que aquele sonho era real? Será que a princesa realmente existia? Precisava retomar o foco, procurar pela garota, descobrir mais sobre ela.

Elizabeth estaria viva? Só de pensar nisso seu coração disparou e sentiu como se lhe faltasse o ar. Ela não estava morta. Concluiu que, por algum motivo alheio a seus conhecimentos, ela não podia se comunicar. Isso não o acalmou.

O relógio na parede indicava nove horas da manhã. Ficou acordado por mais de duas horas após o nascer do sol. Era bom ficar mais resistente ao sono, pois isso lhe daria mais tempo para procurá-la. Virou-se para Heidy e observou-a dormir.

– Não consegue dormir? – disse ela sem abrir os olhos.

– Não – respondeu, tocando o ombro dela. Não queria admitir, mas sentia-se atraído.

– Nunca conheci vampiro com insônia! – riu, sonolenta, levando a mão até o rosto dele. – Durma, meu anjo, a noite será agitada para nós.

Foi como uma ordem. Em poucos minutos, Milosh adormeceu.

Capítulo 8

A ruiva despertou assustada, encarando o céu. A lua parecia brilhar mais forte que nas outras noites. Ellene virou-se para Tomás, mas ele não estava ao seu lado. Sentou-se ereta enquanto olhava em volta à procura dele, perguntando-se por que a deixaria sozinha depois do susto que tomaram. Bufou e saiu do carro. Pela claridade, logo o sol começaria a nascer.

– Tonzin? – chamou-o, andou em volta do carro e foi em direção ao lago. Havia um parquinho próximo onde costumava brincar quando mais nova, e, quando ele sumia, geralmente o encontrava sentado em um dos balanços.

Ellene sentiu um nó na boca do estômago, pois não estava lá, ficando mais chateada com o sumiço. Sentiu-se culpada por ter pensado em sair enquanto Tom estivesse dormindo. Ele acordaria e se sentiria exatamente como ela ao se ver sozinho.

Estava faminta, não comia desde a véspera quando foram para a cidade, o que sempre a deixava de mau humor.

Enquanto andava em direção à janela do quarto dele, ouviu um barulho entre a vegetação. Por instinto ficou em posição de ataque, as mãos em forma de garra, os joelhos levemente flexionados. Percebeu que enxergou com mais nitidez a forma que estava escondida, um sibilo baixo passou por seus lábios.

– Saia! – ordenou, os olhos castanhos cintilaram e a encararam, a respiração do animal ficou mais leve e ele recuou alguns passos. Reconheceu aqueles olhos imediatamente e questionou sussurrando. – Tom? – Olhou para o céu e só então se deu conta de que era lua cheia.

Relaxou a postura e tentou aproximar-se. Diferente das lendas, os lobisomens sabiam tudo o que acontecia quando estavam nessa forma. Tom recuou mais alguns passos encarando-a. Ellene avançou, pensando ser uma brincadeira, e tocou os pelos castanhos da cabeça dele, enroscando os dedos nos fios grossos. O animal fechou os olhos e, enquanto o céu clareava, viu o lobo se transformando em homem.

A transformação era rápida: os pelos do corpo sumiam dando lugar à pele bronzeada; as patas se transformaram em pés e mãos; o rosto tornou-se liso novamente. Ele estava nu, percebeu. Sentindo as bochechas corarem, ela tirou o casaco e o cobriu.

– Elle – sussurrou receoso, com um sorriso estranho nos lábios. – Você estava diferente, quase não a reconheci.

– Diferente como?

Ele sentou-se entre a vegetação. Ela ficou pensando nas outras garotas lobos, que deveriam estar nuas em algum lugar da cidade. Como faziam? Voltavam peladas para casa?

– Parecia... seus olhos estavam meio escuros. – Cortou os pensamentos dela.

– Devia ser a sombra.

Ela franziu a testa, ouviu alguns barulhos e percebeu que os *lycans* da vila voltavam para casa. Tentou não olhar para eles, mas a curiosidade falou mais alto. Virou-se, apesar de ter morado ali a vida toda, nunca tinha acompanhado o retorno deles para casa e não sabia que voltavam à forma humana totalmente sem roupa. Então, viu que as meninas usavam vestidos e os meninos bermuda e a maioria estava sem camisa. Vinícius, o irmão mais novo de Ellene, chamou sua atenção:

– Não é hora de vocês ficarem conversando! Deixe o Tom dormir.

– Pode ir, já vou – respondeu Ellene, tentando dispensá-lo. Queria ficar mais um pouco com o amigo. Seu irmão a encarou e deu de ombros, entrando na casa.

A vila ficava mais clara a cada minuto, o sol estava forte e a manhã quente, apesar de ser primavera. Ela virou-se para Tom, e ele continuava olhando de um jeito estranho. Tentou ler seus pensamentos, percebendo que o amigo estava evitando pensar. Apertava os olhos todas as vezes que se lembrava da postura e do olhar de Ellene. Ela parecia pronta para atacá-lo. Antes que perguntasse algo, ele levantou-se e vestiu a bermuda que tinha escondido na vegetação ao lado das casas. Então, devolveu o casaco para ela, tentando manter a naturalidade. Mas não conseguiu.

– Dou medo em você, é? – perguntou ela, aceitando o casaco.

– Não... mas você me assustou, ainda mais porque estava começando a voltar à forma humana... se fosse um daqueles nojentos, eu estaria frito.

– Fique calmo, você tem sangue doce, no máximo viraria um mestiço – brincou, mas ele não achou engraçado.

– Como sabe se meu sangue é doce?

– Não sei, eu estava brincando.

Tom expirou e sorriu de lado. A noite tinha sido tumultuada e não queria preocupá-la, talvez fosse o motivo de ter confundido a garota com um deles. Encontraram um grupo de vampiros nas proximidades da vila, que estava se alimentando de humanos. Tom precisou matar um deles, era a primeira vez que matava um vampiro e não havia sido divertido como imaginou a vida toda.

– Vou dormir – disse de repente.

– O que houve, Tom? Posso entrar com você? – soltou preocupada. A vila estava silenciosa de novo. Não comentou que ouviu seus pensamentos. Queria que ele compartilhasse se sentisse vontade.

– Tudo bem.

Tomás entrou na casa, e foi até a janela de seu quarto. Ellene o esperava do lado de fora, para entrar escondida da mãe dele. Ao sinal, pulou o umbral com facilidade e, em seguida, ajeitaram-se sobre a cama, ambos com as costas apoiadas na parede. Ele colocou o notebook no colo e foi pesquisar o sobrenome Vasille e as insígnias de famílias.

– Não precisa ver isso agora, está cansado – disse Ellene apoiando a cabeça no ombro do rapaz. Ele acariciou seu rosto com uma das mãos.

– Tem algo martelando na minha cabeça, Elle... – Ela fez carinho na perna dele, esperando pelo que tinha a dizer. – Por que ela achou que você era uma vampira? E tipo... você parecia uma hoje.

– Eca! – exclamou, fazendo cara de nojo e deu um tapinha na perna dele. – Que imaginação a sua! Aquela mulher devia ter algum problema de saúde ou era escrava de um vampiro. Ela me pareceu diferente de humanos normais.

A porta do quarto foi aberta e ambos encararam a mãe de Ellene. Ela sentiu as bochechas queimarem de vergonha.

– Para casa! – ordenou.

Beijou o rosto de Tomás, que também estava vermelho e se levantou. A mãe dele as levou até a porta, também parecia brava.

– Aconteceu alguma coisa?

– Precisamos conversar.

Elas entraram na terceira casa depois da de Tomás. A família as esperava no sofá da sala. Ellene ficou nervosa com a reunião. Sentou-se na poltrona vazia e olhou apreensiva para todos.

– Tivemos um ataque de vampiros nesta madrugada – disse o irmão mais velho, Jacó. – Tom matou um deles, mas os outros cinco fugiram. Dessa forma, todos estão proibidos de sair da vila sem companhia. – Ele olhou para Ellene. – Alguma coisa está acontecendo com eles, vamos tentar descobrir o quê.

– Alguém se machucou? – perguntou ela, não eram tão incomuns esses encontros, mas eles estarem tão próximos da vila era uma novidade.

– Tom... mas você sabe como nos recuperamos rápido. – Ela concordou com o irmão. – Ellene, sei que você tem saído bastante, mas é melhor ficar por aqui, está bem?

– Não... quero dizer, tudo bem. Quanto tempo? – Estava tão acostumada a obedecer, que, mesmo não gostando da obrigatoriedade, aceitou.

– Até nos certificarmos de que foi só coincidência.

Todos concordaram. Seus pais estavam mais agitados que o normal. Conviviam com essas notícias há muito tempo, o que a fez achar que escondiam algo. Tentou ler seus pensamentos e descobrir o que estava acontecendo de verdade, mas Jacó a chamou. Entraram no quarto dele, que não era muito diferente do restante da casa: a cama de casal desarrumada, um armário encostado na parede oposta, a cama de solteiro de seu irmão mais novo embaixo da janela que estava aberta.

Ellene sentou-se na cama após afastar o cobertor, o irmão trocava de roupa. Apesar de ser adotada, cresceram tão próximos que não via nada nele além de seu irmão. Ele vestiu uma calça larga e deitou a cabeça na perna dela, que logo começou a acariciar seus cabelos negros.

Jacó tinha aparência de um rapaz de dezoito anos, pois sempre estava sorrindo e com um ar apaixonado. Mantinha os cabelos compridos. Assim como Vinícius, tinha a pele bronzeada e os olhos em um tom castanho quase avelã. Tinha lábios grossos como os do pai, o nariz pequeno e proporcional ao rosto quadrado. Ela sorriu, passando os dedos sobre a sobrancelha dele em silêncio. Sabia sobre o que queria falar, mas não queria começar a conversa.

O rapaz ajeitou-se de lado, encostando a testa na barriga dela, respirou fundo e seus pensamentos mudaram completamente de rumo. Ellene prendeu a respiração. A imagem dos humanos sendo perseguidos e mortos na noite anterior estavam perturbando Jacó. Ele apertou os olhos para se concentrar, mas o sangue espalhado pelo asfalto pintou seus pensamentos uma vez mais.

– O que aconteceu? – perguntou, apertando levemente a testa do irmão.

– Elle, há alguns anos eles pararam de se alimentar apenas de bancos de sangue ou entre eles, mas não tínhamos muitas queixas de humanos sendo mortos, perseguidos ou coisa assim, então não interferíamos. Porém, na última década, a impressão que eu tenho é a de que voltaram a ser nômades, vivendo como bem entendem e sem respeitar ninguém. Demoramos tanto para que eles parecessem um pouco humanos! Porra, cheguei a pensar que pudéssemos viver em harmonia, mas sempre voltam atrás no que decidem. – Estava bravo.

– Quem decide? Todos eles? Como é que se fazem esses acordos? – Quis saber, era a primeira vez que o irmão dava informações sobre as decisões que tomava como líder.

– Você sabe que nós somos quase eternos, não sabe?

Ellene, confusa, balançou a cabeça, mas disfarçou. No fundo, sabia que eles demoravam a envelhecer, no entanto nunca tinha conversado sobre este assunto com alguém. Não imaginava que eram imortais como os vampiros.

– Pequena, papai e mamãe devem ter uns quinhentos anos ou mais – disse ele para a surpresa de Ellene. – Eu tenho duzentos e três.

– Eu não sabia... Por que não me contaram?

Ele deu de ombros e continuou como se isso não importasse:

– Eles têm uma rainha. Um dia, ela veio aqui na vila conversar conosco e nos mostrou um livro com as leis deles. Concordei com a maioria delas, principalmente com uma que diz que eles não podem matar humanos nem procriar. – Mordeu o lábio ao imaginar. – Mas, naquela época, eu não era da cúpula e não soube de muita coisa. A rainha pediu que a ajudássemos a manter a ordem, disse que tínhamos o aval da Coroa para matar os vampiros que matassem humanos. Ela era uma boa pessoa, mas o senhor Manoel acha que o tempo ou o tédio fez com que deixasse de lado todas as leis que criou e não punisse tão severamente os *sanguessugas* amiguinhos dela.

– Está me deixando confusa. Eles podem fazer *nenéns*? – Ela sussurrou a última palavra como se fosse um segredo.

– Os vampiros podem engravidar as humanas. – Ele mordeu a barriga dela de leve e riu quando ela se encolheu. – Mas não era sobre isso que eu queria conversar.

– Fale. – Ela parou de rir quando percebeu que ele estava sério.

– São duas coisas. A primeira, é que você deve pensar bem no que está fazendo. Se sua mãe biológica deixou você para trás, é porque ela teve seus motivos. Você pode estar mexendo em vespeiro, Ellenezinha.

Elle fez uma careta quando se lembrou da senhora que os expulsou da casa do joalheiro. Olhou para o irmão e ficou brincando com a barba malfeita dele.

– Eu sei, mas... preciso entender por que não virei loba ainda. Quero uivar para lua! Aurrrrrrr! – brincou, tentando amenizar a expressão dura do irmão.

– Boba... vai ver você é como a mamãe, tem a vida mais longa, mas não se transforma. – Ele viu os olhos dela se encherem d'água e se sentou. Queria lhe revelar mais coisas, porém não sabia o que dizer. Ellene pensou em questionar, mas ele rapidamente mudou o assunto. – E... o que você sente pelo Tom?

– Acho que gosto dele – sussurrou, tímida. – Não sei... outro dia me deu uma vontade maluca de beijá-lo e beijá-lo... Ele tem um gosto tão bom! – Ela sentiu o estômago roncar baixo e riu. – É sempre assim quando me lembro disso.

Jacó arregalou os olhos ao ouvir a última frase. Ficou confuso, mas logo sorriu, pensativo.

– Por que sua barriga ronca? Ele dá fome em você? – brincou.

– Pode ser, né? Ele é doce – riu, distraída, sem esconder a timidez. – Falando nisso, estou com tanta fome... minha boca chega a estar seca.

– Maninha, o amor não dá fome. Geralmente, ele tira a fome. – Riu.

– Jacuzin... – Ela começou e ele deu um tapa leve na mão dela antes que saísse um palavrão misturado a seu nome. – Você acha que eu sirvo para o Tom? Você sabe, não sou igual a vocês. E se não formos compatíveis?

Ele sorria, tentando achar uma resposta coerente para dar à irmã. Esperou paciente ele decidir o que responder.

– Elle, eu acho que vocês se acostumaram um com o outro. O que você sente quando se apaixona é tão diferente de fome! Você vai sentir o coração bater forte, as mãos suarem, o corpo tremer...

– Eu quase não suo! – Ela o cortou.

– Psiu, estou sendo romântico! – Ambos riram. – Como estava dizendo... você vai saber.

– Mas ele me ama...

– E você o ama também, mas acho que não da mesma forma.

– E de que forma? – falou ainda mais baixo, vendo Jacó ajeitar-se na cama para dormir.

– Como amiga.

Ela sorriu triste e beijou o rosto do irmão. Em seguida, levantou-se para ir até a cozinha.

– Obrigada pela conversa, Jacuzin. Bons sonhos – disse rindo e saiu do quarto.

Ele jogou um travesseiro na porta ao mesmo tempo em que ela a fechou. Ellene sorriu e foi em direção à cozinha. Quando ouviu que a mãe estava lá, ficou dividida entre tomar o café da manhã e fazer plantão na frente da janela de Tomás para se certificar de que ele estava mesmo bem. No fim, decidiu comer primeiro.

– Mãe.

– Oi, filha. – Ela parecia menos alterada. Havia preparado um omelete e serviu um copo grande de suco de groselha para Ellene. Era seu suco preferido desde sempre.

– Obrigada. – Bebericou o suco e suspirou. – Está delicioso, mãe! Experimenta, vai?

Dona Dulce afastou carinhosamente o copo de seu rosto com cara de nojo.

– Você sabe que não gosto de nada que tenha cara de sangue.

Ellene riu, terminou a bebida e serviu-se de mais um pouco. A mãe a olhou de soslaio, mas deu de ombros, virando-se para a pia. Ellene começou a comer o omelete, degustando o sabor.

– Mãe, você não sabe o que é bom – falou rindo. Um dos momentos que ela mais amava no dia era o café da manhã: o sabor da comida parecia melhor por ter ficado a noite toda sem comer. Riu sozinha com o pensamento.

– Você está bem? – perguntou dona Dulce.

– Estou, por quê?

– Estamos todos preocupados com o ataque e você toda risonha.

Ellene se sentiu mal por estar feliz. A verdade é que estava bem por não ter sonhado com ele. Sabia que deveria estar preocupada também, mas não conseguia se sentir mal.

– Ah... estou preocupada, mas me preocupo diferente de vocês.

Seu José juntou-se a elas, trazendo o pão, e se sentou à mesa. Dona Dulce acomodou-se ao lado do marido depois de cumprimentá-lo com um beijo.

– Se preocupa com o quê? – perguntou.

– Bom dia, papai. – Ela sorriu. – Com os ataques – disse.

Ele passou manteiga no pão dele e no de sua esposa enquanto continuava o assunto:

– Não precisam se preocupar. Depois de ontem, eles se lembrarão de que não podem sair matando humanos por aí. – Mordeu o pão. – Filha, nós vamos até a sua avó hoje e talvez voltemos somente na outra semana. Você promete que vai se comportar?

– Todo mundo vai?

– Todo mundo, menos você – disse.

– Por que menos eu? – perguntou chorosa e se levantou para lavar o prato.

– Filha, é uma reunião de trabalho. Receberam visitas *deles* naquela região também.

– *Deles* quem? – Encostou-se na pia e encarou os pais.

– Dos vampiros. – Seu pai respirou fundo, abaixando os olhos para a xícara de café.

– Ah, entendi! Não me transformei ainda, então estou excluída. – Jogou o pano de prato na mesa e começou a se afastar. – Não posso ir com vocês, não posso ir até a cidade... Vou ficar aqui sozinha, é isso?

– Deixei comida pronta para você, é só esquentar.

Ela olhou para a mãe e deu de ombros, sabia se virar sozinha, só que a comida da mãe era bem melhor.

– Ellene, a vila toda vai, exceto quem ainda não se transformou.

A menina encarou a mãe e se lembrou de que era como ela, não se transformava. Dulce abaixou a cabeça, como se entendesse o olhar da filha.

– Eu vou porque sou esposa do seu pai e vou cozinhar para o bando.

– Certo.

– Tom ficará para cuidar de vocês – acrescentou o pai.

Por mais que não quisesse admitir, a notícia deixou Ellene mais contente.

– Ok – sussurrou. – Mas podemos sair? O Jacó disse que poderíamos se fôssemos em dupla.

– Ainda é lua cheia... podem, mas só durante o dia.

– Combinado, pai. – Aceitou. Beijou a bochecha de ambos e foi até o quarto trocar de roupa. Colocou um vestido simples, azul-marinho de algodão e chinelos. Fez sua higiene pessoal e, em poucos minutos, estava sentada embaixo da janela de seu melhor amigo.

Retirou o relicário que estava em seu pescoço por baixo do vestido e ficou observando os traços da mulher da pintura. Lembrava a que a deixou na vila, a mesma das lembranças de seus pais. Havia algo no sorriso daquela imagem que a fez se sentir bem. Parecia ser feliz e estar apaixonada, diferente do rosto assustado que deixou cair a joia quando foi embora.

Passaram-se algumas horas até Tom acordar. Ele abriu a janela e sabia que Ellene o esperava do lado de fora. Afagou os cabelos dela quando notou que estava distraída.

– Ei!

– Acordou, Bela Adormecida! – brincou, da mesma forma que seu irmãozinho fazia com ela quando dormia demais. Levantou-se e pulou a janela.

– Queria dormir mais, mas estava preocupado com você me esperando. Faz tempo que veio?

– Não... – mentiu.

Era costume esperá-lo acordar após as noites longas de lua cheia, pois gostava de ouvir as histórias das aventuras que viviam. A maioria era invenção, e ele sabia que ela sabia disso, mas era um momento deles desde que ela amadureceu o suficiente para entender.

– Você espera eu tomar banho? – perguntou, dando um selinho nela. Estava com saudade dos carinhos que trocavam.

– Espero, sim. Posso usar seu notebook?

– É todo seu, assim como eu. – Ela riu tímida e se sentou na cama com o aparelho no colo para fazer uma pesquisa.

Ela sabia a senha do computador, por isso o rapaz apenas se retirou para o banheiro, que ficava no corredor. Queria ficar perfumado para ela e tirar a sensação ruim da noite que teve. Havia mentido: não conseguiu dormir por causa das imagens em sua mente. Não esperava que matar um vampiro o faria se sentir um assassino.

No quarto, Ellene estava distraída com a pesquisa, nem prestava atenção nos pensamentos ao seu redor. Rolou a tela para ver se algum resultado da pesquisa lhe interessava, mas pergaminhos, cetros e relicários possuíam um milhão de resultados. Respirou fundo minutos depois e virou o relicário para ver se algo havia passado despercebido naquela gravura. Observou o "E" e o "M" pensativa, e trocou o "E" por Ellene e ficou pensativa quanto ao "M". Riu, tinha mania de romantizar quase tudo.

Resolveu pesquisar o sobrenome do joalheiro novamente. A pesquisa a levou a famílias italianas e inúmeras páginas de outros países, mas nada que chamasse sua atenção. Olhou para o colar outra vez e decidiu pesquisar imagens com o nome do joalheiro. O buscador encontrou milhares de resultados! Ela bufou diante das fotos de vários homens diferentes e de peças antigas. Esperava que o vampiro do livro não fosse nenhuma alusão à realidade ou teria de desistir da busca pelo joalheiro.

Demorou o olhar em cada foto, para não passar por algo que deveria realmente ver. Estava começando a se cansar quando a foto antiga de uma mulher loura e de traços finos chamou sua atenção. Usava um vestido azul, e tinha olhos do mesmo tom e um semblante sonhador como o do relicário.

Entrou na página da foto e se deparou com uma reportagem antiga postada em um blog pessoal pouco visitado de um jornalista desconhecido. O blog não era atualizado há alguns anos, a reportagem era de 1998.

Embaixo da foto, estava escrito:

Elizabeth Fargnolli - nascida em meados de 1300 - falecida em 1913.

Ellene apertou os olhos com as datas, pensou logo nas raças que conhecia, nos imortais, e ficou mais interessada na matéria.

Você pode não acreditar, mas tenho pesquisado esse fenômeno a vida toda, desde que minha mãe foi brutalmente assassinada por uma destas criaturas. Vampiros existem e estão muito perto de nós. Esqueça os livros, as lendas, eles são reais!

Minhas fontes dizem que essa mulher, Elizabeth, é a líder deles, mas que morreu há alguns anos, o que fez com que saíssem do subterrâneo e começassem a atacar humanos de novo - eu, honestamente, acredito que eles nunca deixaram de nos perseguir; há muitos assassinatos sem resposta nas delegacias do mundo todo. Os vampiros procuram por um novo líder e estão reivindicando seu lugar na sociedade, pois nós, humanos, somos fracos, mortais, e eles, por outro lado, possuem maior capacidade de liderança.

Se alguém ler isso, saiba: eles existem e matam sem nenhum remorso; são cruéis, perversos e astutos; podem se parecer muito com uma pessoa comum, mas possuem presas escondidas por trás de dentes perfeitos. A grande maioria não sai com ao sol. Se conhece alguém que não sai de dia, desconfie! Denuncie! 11 5555-1234

Ela estava tão distraída com a notícia que não notou uma sombra subindo pela parede à sua frente. Quando viu o vulto, deu um grito desesperado e saltou sobre a cama, encolhendo-se na parede oposta.

– TOM! Toooom! Tomááás!!

O rapaz estava terminando de vestir a cueca quando a ouviu. Entrou no quarto desesperado. Quando notou que o quarto estava vazio, olhou-a, confuso.

– O que houve? – perguntou, assustado.

Ela apontou para a parede atrás dele, dando pulinhos sobre a cama.

– Baraaataaa!

– Nossa, Ellene! Não acredito que gritou por causa disso! Eu achei que... porra! – De tão irritado, ele matou o inseto com uma única chinelada e o jogou pela janela. – Você tem um milhão de poderes e não consegue matar uma barata? Achei que fossem vampiros!

Ele estava mesmo irritado, as veias do pescoço saltadas e a respiração pesada de quem se preocupou de verdade. Ela tocou seu pescoço e o puxou, fazendo com que se aproximasse mais da cama, e o abraçou.

– Me desculpa, essas coisas... eu sei lidar com vampiros, mas não com AQUILO! – Ellene estava trêmula e Tom riu de nervoso.

– Tudo bem, você me assustou, só isso. – Aproveitou a proximidade dos corpos e a altura que ela ficava estando em pé na cama e a abraçou, sentindo o tremor dela diminuir aos poucos.

Ela olhou para a janela algumas vezes, ainda abraçada a ele, acariciando sua nuca e os cabelos molhados. Ele estava seminu, mas não se importou muito, mais preocupada com o inseto.

– Matou-a ou só a jogou pela janela?

– Ela virou uma folha de tão esmagada. Não vai entrar voando, para de olhar para lá – disse e segurou o rosto de Ellene, que olhou para a janela mais uma vez e sorriu.

– Tá... tudo bem. Aquele bicho é nojento demais! – disse rindo e estremeceu com o pensamento. – Ei, descobri uma coisa sobre o pingente. Mas não entendi por que o nome do joalheiro levou a uma reportagem sobre uma mulher.

Eles se sentaram na cama depois de Tomás vestir uma bermuda. Ellene ficou apoiada em seu peito enquanto ele lia a matéria.

– Otto Oliveira. Nunca ouvi falar desse jornalista.

– Nem eu, mas não temos o costume de ler esse tipo de coisa, né? Tom, ele chegou perto da verdade, não?

– Muito perto, mas não sei se a rainha morreu e se era esse o nome dela. Talvez seu irmão saiba.

– Foram todos viajar, vamos ter de esperar.

– Eu sei, tinha de ir também – disse, fechando o notebook e virando-se para Ellene.

– Ficou para cuidar das indefesas que não se transformam?

– Não, na verdade não queria ficar longe de você.

Ela sentiu a velha repulsa embrulhar seu estômago quando percebeu o que ele estava prestes a fazer. Também queria muito aquele beijo, sentia falta de Tom. Os lábios se encaixaram perfeitamente e Ellene empurrou o embrulho no estômago para o fundo da memória. Acompanhou o ritmo, que era lento e romântico, e de repente percebeu que desejava ser beijada daquele jeito pelo homem que viu no metrô. Afastou-se dele, dando selinhos e fazendo careta.

– Tom, não acho que devemos fazer isso.

– Por quê?

– Não sei, ando estranha – disse e apoiou a cabeça no ombro dele.

Ele a deitou na cama e moldou o corpo ainda úmido sobre o dela. Ouviu Ellene inspirar profundamente, com os olhos fechados. Tomás achava que se ela percebesse que a desejava, talvez deixasse de pensar tanto na amizade deles. Começou a beijá-la com mais força, buscando na língua da amante a aprovação que seu coração queria. Ellene retribuiu, era difícil negar o que seu corpo sentia quando era pressionado pelo dele com tanta vontade. Ela arfou baixo entre o beijo, prendendo os dedos nos cabelos do rapaz. Ficaram assim por cerca de dez minutos, até que Tom deslizou a mão até seu bumbum e o apertou. Ela o afastou assustada e se levantou da cama.

– Não, não... – ele pediu, fazendo Ellene rir. – Só mais um pouquinho, está tão bom...

– Você sabe como me provocar, Tomás Alejandro Alves dos Santos!

– Quem?

Ambos riram, Ellene tinha mania de inventar sobrenomes grandes para ele quando queria chamá-lo pelo nome completo.

– Você.

– Vem cá! – Ele mordeu o lábio inferior, sentiu a ferida que havia ali, cicatrizada, e imaginou ter sido feita pelos vampiros na noite anterior. Sorriu, então, olhou para ela, sem notar que era a única ferida que não havia desaparecido de seu corpo.

Ela brincou, dançando com as mãos para trás, mas a repulsa havia sumido. Precisava dele tocando-a para afastar os pensamentos sombrios que lhe afligiam desde que comparou a mulher do relicário à citada naquele blog.

Não queria admitir, mas a barata também a estava incomodando.

Tom a puxou para a cama pelos quadris. Ellene sentiu o choque do corpo contra o colchão, mas não reclamou quando ele se moldou a ela e voltou a beijá-la.

Se não fossem compatíveis, o que faria? Apertou bem os olhos e jogou o pensamento longe.

Tom estava com a boca em seu pescoço, dando chupões fortes como se quisesse arrancar sua pele. Sonhou tantas vezes em senti-la dessa maneira que calculava mal a força, fazendo Ellene grunhir e se contorcer pela ardência. Uma imagem, porém, formou-se em sua mente: um homem mais velho sobre uma mulher loura; ele a mordia no pescoço, a fazia gemer de prazer e ela o puxava para mais perto de si. Foi exatamente o que Ellene fez com Tom, acomodando-o entre suas pernas.

Era sua primeira experiência como mulher e, apesar das conversas com seu irmão e sua mãe sobre aquele tipo de momento a dois, não esperava sentir-se tão bem com o amigo. Seus pensamentos foram invadidos com a preocupação dele em continuarem com aquilo. Tom já imaginava os dois nus sobre a cama, perdendo a virgindade. Ela mal se deu conta no momento que ele se afastou, deitado entre suas pernas.

– Fiz algo de errado? – sussurrou, puxando a ponta da orelha dele.

– Oh, Deus, não! – Ele reprimiu um som de prazer e mordiscou o pescoço dela, estava com a respiração pesada.

Ellene sorriu, gostando do que estava sentindo por ele. Enfim, não veria mais o amigo triste por não retribuir o sentimento.

As horas se passaram e não reparou que logo escureceria. Tom precisaria sair antes que a lua cheia atingisse o ponto mais alto no céu para não se transformar sobre ela. Mas a cada beijo que começavam, levavam mais de quinze minutos para parar, ofegantes.

– Tom, assim eu vou querer mais – sussurrou ela arranhando com força as costas nuas dele.

– É o que eu mais quero, mas não é o momento. – Respirou, subindo a blusinha dela e rindo. Sua boca capturou a barriga dela com precisão, fazendo Ellene retesar o corpo.

– Assim eu vou agarrar você à força. – Ambos riram com o tom que ela usou, era malicioso e engraçado ao mesmo tempo.

– Olha que eu vou gostar! – disse, arrumando o vestido dela. – Na minha imaginação, isso não era tão bom como é – confidenciou.

– Imaginou o gosto da minha barriga? – Ela deu um tapinha nele e logo o puxou de volta sobre seu corpo.

– Não só da barriga...

Ellene abriu a boca surpresa e riu vendo Tomás corar.

– Safado!

– Ah... – disse baixinho, tímido. – Tenho os sentidos muito mais apurados que um homem normal.

– Eu sei, meu lobinho! – Ela chupou o lábio inferior de Tom sentindo um frio no estômago.

– Seu? – Agora ambos se encaravam, as bochechas vermelhas por estarem com o corpo quente.

– Meu – respondeu depois de pensar por alguns segundos.

– E você é minha lobinha? – sussurrou Tomás, que estava tremendo de ansiedade.

– Não – respondeu e ele apertou os olhos, sentindo as lágrimas brotarem. Começou a se afastar até que a garota o puxou com força sobre ela. – Não sou sua lobinha. Sou sua humaninha esquisita.

Ele sorriu e a beijou com mais desejo que antes. Ellene pensou que a viagem dos pais não estava sendo tão ruim assim.

– Ei, baby! – Cortaram o beijo quando ela olhou para a janela. – A barata não vai entrar, Elle. – Ele riu, beijando o colo da garota.

– Está escuro.

– E daí? – perguntou, distraído, mordendo um dos seios sobre o tecido do vestido e, depois, o outro. Ellene segurou nos cabelos do rapaz com força e o olhou nos olhos.

– Lua cheia.

– Oh, droga! – Ele saltou rapidamente da cama, pegou uma muda de roupa e rugiu baixo. Ela o tinha despertado a tempo ou teria se transformado sobre ela como quase aconteceu na noite anterior ao adormecerem no carro. – Amo você, Ellene. Vai para sua casa, de manhã passo lá. – O rapaz jogou uma bermuda pela janela e, quando saltou, já era o lobo castanho que ela conhecia.

Ellene demorou um tempo ainda no quarto de Tomás. Sentia borboletas no estômago e uma felicidade estranha dentro de si. A tarde, que tinha tudo para ser dramática e desastrosa, havia sido a mais perfeita da sua vida. Alguns minutos depois, ouviu o bando se juntando. O som das patas era quase imperceptível, mas sua audição estava melhor a cada dia. Percebeu que o grupo estava menor, o restante provavelmente já estava na outra vila.

Ela saltou e encostou a janela para o quarto não encher de mosquitos. Quando viu a barata jogada mais à frente, correu para sua casa fazendo caretas de nojo. Antes de entrar em casa, verificou ao redor, para ver se não havia baratas por perto, e riu de si mesma por ter feito isso. Tomás tinha razão, algum de seus poderes poderia salvá-la de um inseto tão nojento.

A casa estava vazia, Tomás estava com o bando, não havia ninguém que pudesse impedi-la de sair. Pegou o telefone celular sobre a mesinha do quarto e discou o número que decorou do blog. A ligação chamou várias vezes até cair em uma caixa postal.

– Você ligou para Judite. Se não atendi, é porque não estou. Deixe seu recado. – O bip soou e Ellene desligou, sentindo as mãos trêmulas. O que perguntaria a ele se atendesse? Não sabia.

Ligou novamente, minutos depois.

– Alô? – Uma voz feminina falou do outro lado, parecia uma criança.

– Oi, por favor, o senhor Otto está? – perguntou no mesmo tom da menina.

– Papai morreu. – Ellene arregalou os olhos e ouviu alguém arrancar o telefone da mão da menina.

– Quem é? – A voz da mulher era rude.

– Me... me chamo Ellene. Me desculpe, ele morreu mesmo?

– Ele não morreu, só está internado. Ficou louco há muitos anos, então nos deixe em paz.

– Senhora! Só gostaria de saber sobre uma reportagem que ele publicou na internet.

– Todos querem. Se é jornalista, faça sua própria pesquisa e fique louca como ele – disse categoricamente e desligou.

– Eita! – Ellene encarou o celular e desligou o aparelho. Ficou pensativa. Poderiam realmente acreditar que o homem enlouqueceu, afinal crer em vampiros era loucura para os humanos.

Sentou-se na cama pensando em algo a fazer. Queria continuar sua busca, mas não sabia como nem por onde começar. Sua única pista estava louca. Deitou-se e pela primeira vez em anos decidiu pensar nos sonhos que tinha. Fechou os olhos e deixou a memória vagar. Lembrava-se de algumas vezes ter ouvido sussurros quando acordada, como se ele lhe mandasse recados. Na maioria perguntavam onde ela estava, o que fazia, se estava bem. Sempre se assustou, mas talvez aqueles sonhos e a voz pudessem lhe dar alguma resposta; talvez fosse algo de seu passado. Talvez a fizessem entender porque ainda era normal e não um lobo.

Você está aí?, pensou.

A voz veio imediata, rouca e masculina como ela se lembrava.

Elizabeth?

Capítulo 9

Milosh abriu os olhos, exasperado ao ouvir a voz de Elizabeth em sua mente. Ela estava diferente, distante, perturbada. Como não houve resposta, chamou-a de novo.

Amor, por favor, fale comigo.

Quem é você? A voz respondeu.

Ele apertou os olhos, confuso. Não era possível ser um sonho. Respirou fundo e continuou a conversa.

Você sumiu... Liss... onde você está? Machucaram você?

Liss? A mulher perguntou. Sua voz parecia mais perturbada que de início. *Quem é? Você existe mesmo?* Questionou em um tom que, para ele, pareceu um grito interno, vindo da alma.

Ele se sentou. Heidy estava adormecida ainda, por isso vestiu o roupão e desceu as escadas até a sala. Pelo cheiro na casa, Tereza estava acordada também, cozinhando, mas ela não saberia o que ele estava pensando como a híbrida no andar de cima, então não se importou. Serviu-se de uísque e sentou-se na poltrona, pensativo. Não sabia o que responder, ela não parecia a mesma.

Milosh, amor... Milosh. Onde você está? Perguntou em pensamento, mas não obteve nenhuma resposta. Respirou fundo para deixar a mente livre, como havia feito antes. Sem pensar na imagem de Elizabeth sendo torturada em algum lugar da Terra, repetiu as palavras mais uma vez e esperou.

Em casa, ouviu a resposta.

Milosh via um quarto pequeno, diferente da caverna em que ela estava das outras vezes. Sentia o medo dela como o seu próprio e estar "em casa" não fazia sentido algum para ele. Temeu por Elizabeth ter enlouquecido no cativeiro. Quando respondeu, sua voz parecia um lamento desesperado.

Ensine-me como chegar em casa, Liss, por favor.

Tereza o servia com um copo grande de sangue e pães de queijo, pois sabia que o vampiro adorava aquela combinação. Depois de ver o estado em que ele estava – com lágrimas escorrendo pelas bochechas –, afastou-se em silêncio, fechando a porta da cozinha e voltando aos seus afazeres domésticos. Milosh nem a notou. Esperou quase dez minutos por uma nova resposta. A certa altura já havia notado o sangue e o aperitivo, e os tinha devorado. Levantou-se da poltrona e ficou andando pela sala, exasperado.

– Não é possível que você vá sumir de novo! – disse baixo, apertando o copo de sangue que trincou em sua mão.

– Quem vai sumir? – questionou Heidy da ponta da escada. Estava linda, num vestido mesclado de preto e branco na altura do joelho e decote em "V". Usava salto alto e uma maquiagem leve no rosto, como a própria rainha faria, exceto pelo decote. Estava com os cabelos ruivos presos numa trança de lado e um adorno nos cabelos que Milosh não sabia o que era, mas a deixava com um ar mais infantil. Ele respirou fundo, chateado por ela ter acordado.

– Elizabeth – respondeu.

– Ela estava falando com você? – Sorriu de lado, sem acreditar muito.

– Estava.

– Acha que sou eu que atrapalho? – Ele assentiu e mordeu o canto do lábio, nervoso. – Então, vou ajudar Tereza com o jantar.

Heidy fez uma reverência exagerada e saiu rindo para a cozinha. Milosh ficou perturbado... Estaria ela mexendo com sua cabeça de novo?

Acho melhor que eu mesma lhe procure, Milo...sh, sussurrou a voz feminina cortando os pensamentos do vampiro e o fazendo tremer com a informação.

Como quiser, senhora, respondeu imediatamente.

Seu estômago gelou com a possibilidade de revê-la. Porém, se preocupou com os preparativos para a apresentação de Heidy como rainha e não acreditou que Elizabeth estivesse a salvo e pudesse sair do cativeiro. Ele respirou fundo sem saber como agir.

Milosh?

Elizabeth.

A resposta demorou a chegar, deixando-o apreensivo. Estava a ponto de chamá-la novamente quando a ouviu.

Onde estará na próxima lua minguante? A voz parecia assustada.

Ele calculou o tempo, olhou Heidy à porta da cozinha e respondeu:

Praça da República, à meia-noite. Preciso ir.

A conexão deles se quebrou no momento em que Milosh desistiu da conversa. Ele se levantou e foi até Heidy, que o esperava no hall.

– Conte-me tudo – disse.

– Não ouviu? Sei que é bisbilhoteira! – Ele estava mal-humorado, mas ao mesmo tempo tinha uma esperança brotando em seu coração. Elizabeth poderia estar a salvo.

Ou Heidy estava brincando com ele.

– Não, eu não ouvi – respondeu.

Eles entraram na cozinha. Tereza serviu o jantar, curvando-se, mas antes de sair do ambiente Milosh a deteve.

– Tereza, jante conosco. Elizabeth não se importaria e não a chamei aqui para nos servir de doméstica. Você é minha amiga.

– Obrigada, meu senhor, mas jantei mais cedo. Não me adapto aos horários de vocês – explicou-se. – Mas posso lhes fazer companhia, se lhe agradar.

– Me agrada.

Imediatamente se sentou ao lado de Milosh, sorrindo. Ele sabia o poder que tinha sobre ela e, porque a salvou de seu algoz, alimentou um amor platônico por ele. Gostava mesmo de sua companhia e da paz que ela lhe proporcionava, nada além.

Enquanto comiam, contou para ambas parte da conversa que teve com Elizabeth. Ocultando apenas o encontro.

– Agora que não viro rainha mesmo! – reclamou Heidy, empurrando o prato com a lasanha para o centro da mesa.

– Não seja egoísta! – repreendeu-a. – Se ela estiver viva e souber que tentou ajudar, certamente a recompensará.

– A única recompensa que almejo é o trono.

– Pensaremos nisso quando for a hora – respondeu, irritado.

Tereza, que estava quieta, chamou-o tocando de leve a mão do vampiro.

– Senhor, acha mesmo que é viável manter o plano?

Ele não tinha mais certeza. Pensou por alguns segundos, respirou fundo e confirmou com a cabeça.

– Precisamos arriscar. Se ela enlouqueceu e continua em cativeiro, podemos confundir os sequestradores.

– Não entendo.

– Elizabeth possui um dom muito peculiar: ela pode duplicar sua imagem deixando em seu lugar uma espécie de clone. Se eles souberem disso, acreditarão que estão com a versão falsificada e que ela fugiu.

– E matar o suposto clone. – A humana emendou.

Milosh, que já estava perturbado, levantou-se e saiu da cozinha. Foi até o quarto, vestiu um terno de linho preto, um sobretudo por cima e calçou seus sapatos de couro legítimo. Desceu as escadas apressado, direcionando-se para a cozinha novamente.

– Treinem! Quando voltar, decidirei se seguiremos com o plano ou não.

Saiu da casa logo depois, deixando as duas confusas.

Ele não queria apenas andar e sentir o vento batendo em seu rosto; precisava de um pouco de adrenalina para colocar os pensamentos em ordem. Precisava, também, encontrá-la, e temia receber a notícia de que estava morta ou que as conversas telepáticas eram uma distração feita por Heidy, pois seria a comprovação de que sua esposa se foi para sempre.

Milosh olhou em volta, a rua estava repleta de humanos voltando da faculdade ou do trabalho, religiosos saindo de suas igrejas e outras pessoas admirando a lua cheia rodeada por pequenas estrelas. Era uma visão difícil de acontecer em uma cidade tão cinzenta. A lua o fez redobrar a atenção por causa dos lobisomens.

Usou um de seus dons e produziu um pequeno redemoinho de vento que subiu a sujeira da rua e o ocultou da visão humana. Assim, saltou para um telhado e sumiu facilmente na escuridão. Sobre os telhados, correu e pulou o mais rápido que conseguia, para distrair a mente e focar apenas no que deveria fazer mais tarde. Precisava de respostas. E logo.

Ao chegar à Praça da República, onde supostamente a encontraria, sentou-se no galho da árvore mais alta. Ficou observando as pessoas apressadas, assaltantes furtando pedestres e um vampiro que estava à procura de uma nova vítima.

Milosh o observou com maior atenção, apurando todos os sentidos para antecipar seus movimentos. Do alto, não conseguia identificá-lo, possivelmente um desconhecido e ignorante das leis da Coroa. Antes do vampiro, já sabia qual seria a vítima escolhida: uma mulher que estava ao celular, seu sangue possuía um aroma doce, atraente. O homem aproximou-se dela, tocando a curva de sua cintura, e a guiou pelas ruas até uma viela entre a catedral e a praça. Vasille os acompanhou pulando de árvore em árvore, esperando o momento certo para atacar.

O vampiro sussurrou uma cantada no ouvido da mulher, que tentou escapar, mas não conseguiu, tamanha a força atrativa que os vampiros possuem sobre os humanos. Enojado, ele se aproximou um pouco mais deles. Quando o homem aproximou os lábios do pescoço dela, pressionando os corpos e a provocando, ele saltou da árvore e caiu bem atrás do agressor. A mulher reprimiu um grito de pavor quando encontrou com os olhos de Milosh, que reluziam a luminosidade da lua acima deles.

– Seu nome, imortal – disse ele.

O vampiro soltou a vítima e riu, medindo Milosh de cima a baixo.

– Pois se enganaram aqueles que espalharam a notícia de seu falecimento, senhor Vasille.

– Seu nome!

– Para quê? – desdenhou, passando a língua nos dentes afiados.

– Para colocar em sua lápide.

Milosh avançou cravando os dedos no pescoço do vampiro e espremeu a cabeça dele contra a parede de concreto. Ao mesmo tempo, empurrou a mortal para longe sugerindo em sua mente que corresse, pois assaltantes a estavam perseguindo.

O vampiro retrucou com força, aproveitando sua distração com a humana. Ele fez Milosh recuar dois passos, tirou um punhal da bainha e avançou. Reconheceu a lâmina: era antiga e pertenceu ao trono, feita de prata e cobre, material que decapitaria qualquer imortal com facilidade. Ele desviou-se do golpe – o adversário era previsível e lento – com um jogo de corpo, girou, ficando às costas do imortal, e o chutou.

– Tolo! – sibilou o vampiro desferindo outro golpe na direção de Milosh.

– Sou sim, para manter a ordem e a decência. Quem criou você, novato?

A risada ecoou pela viela, fazendo os pelos dos humanos nas casas se arrepiarem. Vários deles colocaram a cabeça para fora da janela na tentativa de ver o que estava ocorrendo. Milosh ergueu os braços e os abaixou com força e, assim que o fez, uma rajada de vento bateu todas as janelas. Ele ouviu o grito de alguém e pensou: *a curiosidade matou o gato*.

O vampiro continuava lutando, fazendo Milosh se defender de seus golpes. Ele já estava cansado da brincadeira, então saltou sobre as pernas do homem, girou e segurou a cabeça do vampiro, que se quebrou. Quando soltou o punhal, usou-o para cortar-lhe a cabeça. Em poucos segundos, o moribundo virou cinzas.

– Este também me conhecia – disse para si mesmo, guardando o punhal na meia. Não se arrependeu. Os vampiros sabiam que não deveriam caçar.

Ele encontrou a humana, ela relatava o assalto a dois policiais, que não lhe deram atenção, pois não havia vítima.

Milosh respirou fundo, sentiu-se renovado e decidido. Olhou para o céu, a lua estava longe, menor, logo amanheceria. Precisavam ser rápidos e aproveitar a última lua cheia. Com agilidade, voltou para a residência, Heidy já estava pronta e Tereza havia se recolhido para dormir.

– Vamos fazer? – perguntou, vendo a certeza nos olhos do vampiro.

– Houve outro ataque hoje, precisamos. Se a conversa que tive com Elizabeth foi outro delírio, estaremos perdendo tempo em esperar.

– É verdade... e você precisa de paz, Milosh, sua aparência não está nada amigável.

Ele fez uma careta e retirou-se para o quarto. Tomou um banho rápido, vestiu uma bermuda. Ao adentrar o quarto, encontrou Heidy pensativa, tinha um vinco entre os olhos e os lábios crispados. Quando o encarou, soube o que a perturbava.

– Não estou depressivo, não vou me matar. Só estou cansado de não tentar nada.

Vampiros tinham todas as reações de um mortal, com a diferença de possuírem habilidades e força incomuns. Quando se alimentavam de maneira correta, podiam viver eternamente. A preocupação de Heidy estava nos vários casos que presenciou, de vampiros que deixavam de se alimentar ou não se preocupavam em manter sua vida ativa, e caíam em depressão profunda. A solidão e a morte constante de pessoas queridas faziam isso. Milosh recordou de um vampiro que conheceu e que parecia até envelhecido, tamanho o grau de depressão em que se encontrava.

– Não estou depressivo – repetiu.

– Eu não disse que está! – falou sem olhar em seus olhos. – Como faremos para anunciar a volta da Grande Senhora dos Vampiros? – proferiu sarcástica.

– Sei exatamente o que você pensou, Heidy. – Ele pausou. – Não sei como... ainda não pensei nisso. Você tem alguma ideia?

Ela negou.

– Eu posso dizer que estava nessa caverna que você sonhou, que fugi com a ajuda de um dos vampiros ou que usei meu dom de ilusão para confundi-los e procurei por você há alguns dias. Isso justificaria eu não ter machucados.

– Sim... mas... como anunciaremos? – Ele virou-se para encará-la. Ela era a estrategista mais habilidosa que conhecia. O olhar dela estava vago, provavelmente traçando táticas e analisando os prós e os contras de cada uma delas. Ele esperou pacientemente.

•

O dia passou rapidamente. Heidy havia saído há mais de meia hora. Era o momento de Milosh executar o plano que traçaram. Olhou mais uma vez para o relógio em seu pulso, passava das três da manhã. Vestia jeans escuro e camiseta preta, estava casual como se fosse um humano passeando pelas ruas de São Paulo, nesse horário, mais silenciosas, pois a maioria dos mortais dormia.

Ouviu um barulho à esquerda, mas não se incomodou em olhar o garoto de rua que planejava assaltá-lo. Lançou para ele um pensamento, sabendo que seria o suficiente para que ele desistisse: *Você não quer morrer hoje*.

O rapaz olhou para os lados e deduziu que ele mesmo havia pensado isso, mudando a direção de seus passos. Internamente, Milosh desejou que o garoto fosse para casa e não procurasse outra vítima, mas sabia que a humanidade tinha as trevas dentro de si e que seu desejo não seria alcançado.

Este mundo está perdido! Reclamou para si mesmo. Algumas coisas o indignavam nessa nova era.

Crianças com valores morais trocados cresciam aprendendo que deveriam se dar bem a qualquer custo, independente se fariam mal a alguém. Aprendendo que tinham *direitos* e que seus pais não podiam educá-los com reprimendas ou castigos, pois a *lei* os protegia. Essas crianças esqueciam de que também tinham deveres. Dever de amar e respeitar o adulto que os educa com tanto amor e dedicação. Exceto, claro, os pais relapsos e delinquentes, que são a escória do mundo.

Perdido em sua indignação, não notou que havia chegado a uma praça. Demorou alguns segundos para perceber a semelhança com a que aparecia em seus sonhos. Olhou ao redor, vasculhando qualquer indício de que a ruiva existia ou de Elizabeth. Tudo estava calmo e silencioso, por isso se apoiou na árvore mais frondosa, cruzou os braços sobre o peito e ficou esperando pelo sinal. Quase meia hora depois, ouviu um pequeno tumulto e pessoas se aproximando. Eram todos vampiros, percebeu rapidamente, o plano estava em andamento.

– Milosh! – alguém exclamou na multidão.

– O que está acontecendo? – perguntou, tentando disfarçar as emoções para não denunciar seu nervosismo.

– Sr. Vasille! É a rainha! A rainha! – Uma mulher murmurou em prantos, levando algo até o centro da praça. Ele olhou curioso, estranhando tantos vampiros no mesmo lugar. Levavam Elizabeth ferida até ele, ela sangrava em várias partes do corpo e estava muito magra, diferente do que recordava.

No mesmo momento, ele perdeu a postura altiva e correu até ela, amparando-a nos braços.

– Oh, meu amor! Liss, minha Elizabeth! – sussurrou, sentindo seu perfume adocicado impregnar-se em suas narinas.

Ela usava um jeans velho, surrado e sujo. A camiseta estava rasgada na altura do busto, deixando parte de seu sutiã à mostra. Estava descalça e os cabelos formavam um nó dourado em suas costas.

– Miloh? – murmurou, entreabrindo os olhos. Eles se encararam e ela o agarrou pelo pescoço, afundando o rosto em seu peito, aos prantos.

– Sou eu, você está bem meu amor, está bem?! Sou eu, seu Milosh. – Ele sussurrava na tentativa de acalmá-la, quase se esquecendo do aglomerado à sua volta.

Não se afaste de mim! Ouviu Elizabeth murmurar em sua mente.

Jamais! Respondeu.

– É a rainha? – alguém perguntou entre os curiosos.

– É, é sim!

– Não parece ela! – diziam entre si.

Ouviu passos ansiosos, duros e implacáveis seguindo até onde estavam. Ergueu o olhar e encontrou o de Benjamin. Não se viam desde que precisaram calar o jornalista. Ele estava com a expressão séria, visivelmente irritado.

– O que está acontecendo? Por que me chamaram? – perguntou, abrindo caminho entre a multidão. – Vasille? – Assustou-se ao vê-lo abraçado àquela mulher.

– Meu amigo, ela retornou!

– É Elizabeth? – Ajoelhou-se ao lado deles, a rainha abriu os olhos e encarou-o.

– Benje... murmurou o apelido, a dor estampada em sua voz. O gesto o venceu, quebrando a máscara fria que mantinha em seu rosto.

– Ela precisa de cuidados, parece não ter se alimentado e está fraca. – Milosh a ergueu nos braços, enquanto explicava a situação.

– Vamos para minha casa.

Passaram por um grupo de quase cem vampiros. Milosh se perguntou quantos mais viviam na cidade e no bairro, não sabia que eram tantos. Estranhou a coincidência de estarem todos na praça, mas sua preocupação maior era a rainha, por isso não deu importância ao fato. Seguiu Benjamin de perto. Quando se afastaram o suficiente, passaram a se deslocar pelos telhados, saltando na tentativa de não serem seguidos.

Não se afaste de mim, ele ouviu novamente e olhou a mulher adormecida em seus braços. Apertou os olhos, confuso.

– Liss, você está bem? – sussurrou, pulando de volta para o chão com destreza, flexionando os joelhos ao tocar o solo, tentando não chacoalhar muito os braços. Ela estava adormecida e não lhe respondeu.

Ergueu-se e entraram na casa de Benjamin. Ele era um homem mergulhado no luxo; sua postura nobre e a casa onde morava eram exageradas e restritas a pessoas com muitas posses. Milosh adentrou a mansão sem prestar atenção nos detalhes da residência, pois já a conhecia. Queria logo tratar da mulher que não via há quase um século. Seu coração estava batendo forte e prendia as lágrimas para não parecer fraco diante dela. A verdade é que se sentia, finalmente, vivo de novo.

Ele a deitou na cama de casal do quarto de hóspedes, ajeitou os cabelos louros sobre o travesseiro, mas não aguentou esperar que ela acordasse sozinha.

– Elizabeth? – chamou.

– Miloh... – murmurou com os olhos fechados. – Você me vê? Você é real, meu vampiro? – balbuciou, puxando seus braços para si.

– Eu a vejo e sou real. E nunca mais sairei do seu lado – sussurrou apressado, tentando acalmar a aflição da mulher.

– Rainha, vou limpar suas feridas e lhe trazer alimento, está bem? – questionou Benjamin com educação, seu rosto trazia a preocupação de um amigo.

– Sim, claro. – Ela abriu os olhos lentamente e os arregalou, parecia vê-los pela primeira vez. – Oh, são vocês mesmo! – Arfou, novas lágrimas banharam seu rosto sujo.

– Sim, somos nós... – respondeu Milosh, que sentia o peito doer só de imaginar as atrocidades que ela havia passado longe dele. Culpava-se e jamais deixaria de culpar-se por não tê-la mantido em segurança.

– Majestade, somos Benjamin e Milosh, seus amigos e servos. – Ele se curvou, apressando-se a tratar dos ferimentos dela.

Por não se alimentar, os cortes não cicatrizavam. A pele dela parecia comum, como a de um mortal, e seu poder se esvaía aos poucos. Alguns vampiros nesse estágio se entregavam ao sono eterno. Se ninguém os nutrisse, poderiam ser dados como mortos por algum novato.

Foi entregue uma bacia com água morna e sabão a Milosh. A esposa de Benjamin, Julie, ajudou-o a limpar os ferimentos da rainha. Ela dormia novamente. Limparam-na com cuidado e trocaram suas roupas por um vestido de malha de Julie. Minutos mais tarde, Maria, a vampira que doava seu sangue para a rainha, se apresentou. Ela curvou-se ao vê-los, seus olhos brilhavam de emoção.

– Ela está bem? – sussurrou, indo ao encontro de Milosh.

– Ficará, assim que se alimentar – disse, enciumado por não poder doar seu próprio sangue. Os amantes só podiam beber um do outro em segredo, por causa do efeito da mordida.

Maria abaixou-se ao lado da cama, o braço estendido sobre um pano escuro e grosso. Com a unha de seu dedo mindinho, fez um corte fino no pulso. O sangue fez Vasille salivar. Maria tinha um sangue escuro e o perfume era adocicado, quase tão chamativo quanto o de um mortal. Ela passou os dedos no sangue e os levou aos lábios de Elizabeth, que abriu os olhos quase imediatamente, a sede impulsionando-a a alimentar-se. A rainha sorriu, lambendo os lábios rubros. Maria estendeu-lhe o pulso, deitando a cabeça no colchão. Liss sorveu ávida, faminta, mas comedida, ainda portando-se como a rainha, apesar da fome que imaginou que ela sentia. Outros vampiros ofereceram-se para alimentá-la, ela não podia beber demais de uma única pessoa.

Benjamin e Julie também doaram o sangue, apenas Milosh não o fez, para não constranger seus amigos e os servos de Elizabeth.

– Obrigada, meus filhos – Liss sussurrou, recobrando as forças aos poucos.

– Meu prazer servi-la, senhora. – Maria curvou-se, com um sorriso largo. – Como se sente?

– Melhor, muito melhor. Espero que não seja outro sonho – murmurou, perdida em pensamentos.

– É real, amor, é real – sussurrou Milosh, afagando suas mãos.

– Miloh... – ela procurou os lábios do amante e a saudade não o permitiu negar-lhe o beijo.

Todos no quarto compreenderam a falta de decoro; eram amantes, apaixonados e não se viam há tempo demais. Alguns admiravam a bravura do homem em ter sido fiel a seu coração por tanto tempo, e pela rainha ter sobrevivido. Outros temiam a fúria da mulher, pois a grande maioria havia desprezado as leis depois do sequestro.

Não se afaste de mim, Milosh! Ele ouviu um lamento e se espaçou para encarar Elizabeth.

– Estou aqui, nunca mais a deixarei sozinha! – Apertou os lábios contra os dela, aflito. – Não é um sonho.

Eu o amo, por favor... Escute-me, Miloh! Não se afaste de mim, eu não suportarei sem ti. Outro lamento, mas ele olhava Elizabeth e ela estava serena, os olhos apaixonados o encarando.

– Nunca mais, meu amor... – ela repetiu as palavras dele, fazendo carinho em seu rosto.

– Está se sentindo bem? – perguntou, aturdido.

– Pela primeira vez, em quase um século, sinto-me viva de novo – sussurrou, arrancando comentários por toda a casa.

Preciso de vós! O choro retornou.

De repente, Milosh entendeu e sentiu a fúria rasgando seu peito. Precisou de todas as forças que possuía para não gritar e colocar tudo a perder. Havia caído em sua própria armadilha; Heidy era a melhor atriz que conheceu em anos! Ele abraçou a falsa Elizabeth, escondendo o rosto nos cabelos louros, e chorou, amargo, sentindo os soluços balançarem seu corpo. Sua esposa pedia por ele, enquanto cuidava de uma falsificação dela. Aos olhos de todos, parecia que chorava de alívio, mas a verdade é que, por um instante, achou que a tinha encontrado e que o plano não havia acontecido.

Vou encontrá-la, custe o que custar! Vou encontrá-la! Gritou em pensamento, lançando todo seu amor para ela, como se isso pudesse protegê-la onde quer que estivesse.

Amor... Sussurrou ela enquanto Milosh prometia a si mesmo que jamais cessaria as buscas.

– Não chore, meu amor – sussurrou Heidy, a rainha falsa, em seus ouvidos.

– Saudade... – disse em resposta, tentando conter a raiva que se apoderou de seu coração.

– Majestade! – Benjamin curvou-se. – Precisa descansar, vamos deixá-la com o senhor Vasille até anoitecer novamente.

– Obrigada.

Ele fez todos saírem do quarto. Cerca de vinte vampiros estavam amontoados os observando. O plano não tinha mais volta e Milosh esperava que tudo isso o levasse à verdadeira rainha. Ao mesmo tempo em que os via sair, questionou-se sobre a conversa que teve mais cedo com Elizabeth. A forma que falou não parecia a mesma, ela estava mais distante e mais fraca que antes, e parecia estar em um lugar fechado.

Nos veremos esta noite, disse ele em pensamento.

Sabe onde estou? Perguntou ela. Ele viu imagens de humanos preparando alguma comida em um forno à lenha. Ela estava aquecida, podia sentir.

Não sei onde está, respondeu como se sussurrasse, entendendo que a conversa anterior teria sido um delírio de Elizabeth. *Mas vou descobrir.*

Ao perceber que estavam sozinhos, Heidy abriu os olhos e encarou o vampiro, que estava deitado na cama com ela.

– Eu o amo – disse, encostando os lábios nos dele, exigindo um beijo.

– Não. – Ele a afastou.

•

Heidy envolveu o corpo dele com cuidado, tinha poderes para saber o que ele estava pensando e até sentindo. Em silêncio, ajudou-o a dormir. A casa do anfitrião era especial, com janelas revestidas por dentro, o que impedia os raios solares de entrarem. Enquanto não ouviu a respiração de Milosh mudar, não fechou os olhos para descansar. Ficaria o dia todo acordada se fosse necessário, mas ele precisava se concentrar no plano ou seriam decapitados como traidores.

Capítulo 10

Ellene passou a noite andando pela Praça da República a fim de reconhecer o território, pois todos os seus sentidos gritavam que o encontro na lua minguante seria com um vampiro, e não com qualquer um, mas com um poderoso, já que invadia seus sonhos e podia se comunicar com ela. Estremeceu, arrependida de sair sem o conhecimento e a proteção de Tomás.

Caminhou como se fosse humana entre as pessoas, vigiando qualquer ação estranha à sua volta. Queria saber se tudo aquilo era fruto de sua imaginação ou se acabaria com a dúvida que a atormentava desde criança.

Há alguns metros da fonte, sentou-se em um banco vazio, pois sentiu a presença de imortais e queria passar despercebida. Sabia reconhecê-los pelo cheiro forte que exalavam, como predadores que transpiram antes da caça, além da sensação de formigamento que sempre lhe arrepiava a nuca. Quis olhar na direção que acreditava estarem, mas temeu ao ouvir que um deles pretendia atacar o que estava caçando. Na confusão de pensamentos à sua volta, apenas soube que o mais velho era fiel às leis e o outro não.

Levantou-se e seguiu os sons. Andou com falsa distração até a rua oposta à da viela e viu quando o vampiro mais velho derrotou o outro e fez a humana fugir. Evitou olhar na direção dele quando a luz da rua o iluminou. Fingiu estar confusa, assim como os humanos à sua volta, que achavam ter sido uma tentativa de assalto. Porém, logo que ele sumiu, rastreou-o novamente e o seguiu. Queria entender por que não deixou o outro vampiro alimentar-se.

Ela sabia que vampiros não tinham sentimento, não se importavam com nada nem ninguém, e concluiu que eram seres ultrajantes já que matavam uns aos outros sem piedade.

Observou como ele parecia mais forte e imponente quando saltava de um telhado ao outro, era determinado, viril. Por ser meio humana e ainda não ter se transformado em um lobisomem, não tinha a rapidez do vampiro, perdendo-o de vista por alguns minutos. Ela estava apavorada, mas algo a impulsionava a continuar, algo *nele* a fazia se sentir diferente, seu corpo estava todo trêmulo.

Quando se deu conta do que estava fazendo, notou que faltava pouco para amanhecer. Precisava retornar à comunidade ou Tomás ficaria furioso com ela. Desistiu de procurar o vampiro, mas um tumulto chamou sua atenção, fazendo-a voltar-se para uma praça. Havia um homem encostado ao tronco de uma das árvores e ela lembrou-se imediatamente dos sonhos. Recuou vários passos até sentir a parede em suas costas e se encolheu, como se pudesse se esconder de qualquer criatura da Terra.

– É a rainha! – Ouviu uma mulher gritar, amedrontada, e olhou na direção da voz, notando que estava cercada por vampiros e eles não paravam de chegar. Sem saída, agachou, colocou o capuz vermelho sobre a cabeça e espiou, por baixo do tecido, o homem da praça que chorava abraçado a uma mulher suja.

Ellene desconhecia que vampiros tivessem sentimentos e se comoveu por ele. Não demorou a reconhecê-lo do beco, onde havia matado um vampiro. Havia trocado de roupa e estava menos sombrio que antes. Lamentou apenas não enxergar seu rosto de onde estava.

– Coitado... sofreu tanto. – Ouviu alguns vampiros cochicharem.

– Ele esperou por ela?

– É o que dizem. Por cem anos!

– Queria que alguém me amasse assim... – sussurrou, sonhadora, uma vampira que aparentava ser mais nova que a própria Ellene.

– Se você fosse rainha, talvez ele a amasse – disse uma voz masculina ao longe.

A garota queria perguntar o que estava acontecendo, mas eles haviam partido sem que ela notasse. Seguiu os retardatários e vários se direcionavam a uma casa de aparência vitoriana e muito bem conservada, na zona sul da cidade. Acima deles, a lua começava a sumir e ela só notou isso porque se apressaram a entrar na residência. Ela gemeu e virou-se, começando a fazer o trajeto de volta até seu carro, que estava escondido em uma das ruas estreitas próximas à Praça da República.

Foi mesmo um delírio. Ela ouviu de repente a voz dos seus sonhos. Em seguida, houve uma pausa e um grunhido triste, o que fez Ellene sentir-se terrivelmente deprimida.

Ela se apressou, temendo ter sido seguida, e entrou no carro observando tudo ao redor. Não sabia se devia responder àquela frase sem sentido. Estava mais preocupada em chegar antes de Tomás notar sua ausência do que com o vampiro que ela encontraria mais tarde. A cena que presenciou há pouco a fez ter pena daquela raça, mas a compaixão durou poucos segundos e deu vazão ao medo que deveria sentir quando se viu cercada por uma centena deles. Seu corpo tremia e dava trancos no veículo sem perceber. Quando chegou à vila, Tomás a aguardava na porta e a olhava furioso. Ele caminhou até ela, abriu a porta do carro e a puxou para fora.

– Onde você estava?

Ellene o encarou, cada parte do seu corpo tremia, mas empertigou-se diante da atitude bruta dele. Respirou fundo antes de responder:

– Só fui dar uma voltinha.

– Vasculhei por toda esta região, Ellene, e não achei você. Aonde foi?

Havia preocupação e ciúmes no comportamento e nos pensamentos de Tomás. Ela apertou os olhos, lembrando-se de que ele teria motivos para ficar chateado, principalmente se descobrisse o que havia feito.

– Segui uma pista – sussurrou.

– Pista? Não podia esperar amanhecer? Você poderia estar morta, morta!

– Mas não estou. Me larga! – Puxou o braço e se desvencilhou do rapaz. Em seguida, deu as costas e entrou na casa, deixando a porta aberta, pois sabia que ele a seguiria. Sentiu-se revoltada por ter de dar satisfações, eles nem eram namorados nem nada!

– Eu quase morri de preocupação... – disse ele, arrependido pela forma que a recebeu. – A rainha deles voltou, Elle, agora ficarão mais fortes e mais perigosos, com certeza!

Se ele estivesse prestando atenção, teria notado como ela ficou rígida ao ouvir a notícia.

– Como sabe que ela voltou? – Abriu a geladeira pegando o suco de groselha e servindo em dois copos grandes. Tentava parar de tremer, mas era impossível disfarçar o nervosismo.

– Estávamos fazendo a ronda quando vimos que ela foi encontrada. – Ele pegou na mão de Ellene. – Você está toda trêmula, aconteceu alguma coisa?

Ela negou, sentindo como se o suco revigorasse suas forças e a fizesse mais forte para enfrentá-lo.

– Só estou nervosa. Conta mais da rainha deles.

– Vimos quando um dos vampiros a carregou para uma mansão lá no Morumbi. Acho que deve ser a casa de algum vampiro, pois todas as janelas estavam vedadas para não entrar sol.

Ela concordou, lembrando-se das janelas lacradas e das vidraças escuras. Nem as luzes de dentro da casa podiam ser vistas do lado de fora. Ele continuou:

– Apenas observamos porque não houve ataque e não tínhamos motivo para nos envolver, mas estamos otimistas.

– Não entendi... você disse que por ela voltar eles ficariam mais fortes... Tomás! – Ela reclamou quando viu o amigo fazer uma careta para o suco e lavar a boca com muita água da pia.

– Que nojo! O que é isso que você me deu?

– Suco de groselha – resmungou.

– Isso nunca foi suco de groselha. Que nojo... parece... – Ele encarou o copo e, depois, Ellene. Ela viu a própria imagem na mente do rapaz, possuía dentes afiados e olhos frios, como a maioria dos vampiros.

– É suco de groselha sim, minha mãe que fez. Tomo todos os dias e você sabe que é meu suco preferido. Se você não quer, eu tomo. – Ela virou o copo na boca e tomou até a última gota. Nervosa, foi lavar a louça.

Tomás, que já estava confuso, ficou ainda mais perdido. Inúmeras perguntas com respostas malucas passaram por sua mente nos poucos segundos que se seguiram. Ellene bufou ouvindo tudo o que ele pensava.

– Para de pensar absurdos – falou ela – e volte a me contar sobre a tal rainha.

– Ela é do bem. Dizem. – Ele esfregou as têmporas, cansado de pensar tanto em Ellene e nas suas esquisitices. – Mas tem alguma coisa para acontecer e seu irmão e os anciões estão tentando descobrir.

– Por isso a reunião?

– Sim.

– Bem... já que quer saber de todos os meus passos, daqui a pouco vou à cidade.

– Fazer o quê?

Ela enxugou as mãos na calça jeans e virou-se para ele. Toda a paixão que sentiu no dia anterior, a vontade de se jogar nos braços dele e nunca mais parar de beijá-lo não estava mais presente. Entristeceu-se por isso, por se sentir tão volúvel e bipolar. Fechou os olhos, concentrando-se, tentando fugir dos pensamentos de Tomás, que a levavam a pensar neles e em suas esquisitices, e o encarou.

– Preciso descobrir de onde minha mãe é e por que eu sou esquisita.

– Você não é esquisita.

– Você mesmo pensou isso, Tomás. *Esquisitices!*

Ele se aproximou, embora notando o cheiro estranho da bebida, e a abraçou, desta vez ele mesmo sentindo certa aversão que tentou esconder dela. Acariciou seus cabelos e beijou-lhe o pescoço carinhosamente.

– Você não é esquisita, eu só estou cansado, nervoso... confuso.

– Por isso que você vai descansar e eu vou usar o tempo que tenho de sol para descobrir mais coisas.

– De que pista você estava falando?

– Uma foto que vi na internet e minha própria intuição – respondeu, mas seus pensamentos diziam: *O vampiro que encontrarei hoje.*

•

Foi difícil convencê-lo a ir dormir. Ellene ficava mais irritada a cada minuto, algo dentro dela gritava dizendo que precisava voltar àquela mansão, pois teria mais informações do que no Google.

Quando finalmente Tom adormeceu, ela pulou a janela e voltou para casa. Colocou um bife para fritar enquanto se arrumava. Sentia *friozinhos* na boca do estômago sempre que pensava no que iria fazer. Sabia que não era um encontro amoroso, mesmo assim colocou uma blusa nova cinza-chumbo com um desenho em relevo prateado que lembrava uma menininha de guarda-chuva, calça *skinny* e, por cima, botas de salto baixo, pois, se precisasse correr, não teria dificuldade.

Voltou à cozinha para virar o bife na frigideira, preparou um prato com arroz e salada que a mãe havia deixado, e comeu tudo, afinal não sabia que horas voltaria. Bebeu mais três copos do suco e voltou ao banheiro para se arrumar. Deixou os cabelos ruivos soltos, pintou os olhos de preto e os lábios com um batom claro. Voltou para o quarto, nervosa, passava das duas da tarde.

– O que estou fazendo? – questionou-se, encarando-se pelo espelho. O telefone da sala tocou e ela correu para atender. – Alô?

– Filha, é o papai. Está tudo bem aí? – perguntou o homem que já havia sido informado do sumiço de Ellene naquela madrugada.

– Está, pai. E aí? – Mesmo de longe podia ouvir a conversa interna dele e precisou se concentrar para não responder às perguntas que ele não tinha feito em voz alta.

– Tudo bem.

– Vou sair hoje sim – respondeu antes mesmo que ele questionasse. – Vou ao centro, mas não se preocupe, papai, vou tomar cuidado.

– Volte antes de anoitecer.

– Sim, senhor – mentiu. – De qualquer modo, Tom vai me encontrar depois.

Ele pareceu aliviado, despediu-se e desligaram. Ellene sentou-se no sofá, pensativa, não sabia direito o que fazer e se encontrar com um vampiro sozinha era suicídio na certa. Decidiu escrever um bilhete, que deixou sobre sua cama sabendo que seu amigo passaria por lá mais tarde. O bilhete não dizia muito, apenas que estaria no centro e, se não voltasse, era para procurá-la. Logo depois, saiu. Queria descobrir mais sobre aquela rainha. A imagem do vampiro chorando por ela não deixava seus pensamentos, nem o nome que era dado àquela mulher no blog do jornalista Otto.

O céu estava parcialmente nublado naquela tarde. Ellene entrou no carro, jogou a bolsa e uma pequena mala no banco de trás e deu a partida.

Dirigiu até a casa onde estiveram dias antes, queria saber se a senhora a receberia sozinha. Estacionou na frente do portão, confusa se seria aquela casa, mas logo reconheceu a pilha de jornais amontoados em um canto. Tocou a campainha uma vez e não obteve resposta. Na segunda, esperou ver a senhora aparecer, mas, mesmo insistindo, ninguém atendeu a porta. Concluiu que a moradora havia saído.

– À procura de dona Tereza? – perguntou um homem estranho que ela não havia notado se aproximar. Ellene colocou a mão no ventre, assustada, e se afastou para entrar no carro. – Sinto muito por tê-la sobressaltado, senhorita. – Ele fez uma breve mesura e elevou os olhos para encontrar os de Ellene antes de se erguer. – O joalheiro a levou. – Um sorriso perverso passou pelos lábios do homem quando ele ficou ereto.

– O *joalheiro*?

Ele pareceu satisfeito quando seus olhares se encontraram mais uma vez. Concordou lentamente, retirando a luva de couro da mão direita e a estendendo para ela em um cumprimento. Ellene não conseguiu perceber se ele era humano; o toque foi quente e ao mesmo tempo frio como gelo. Ela puxou a mão, colocando-a dentro do bolso da calça.

O homem era alto e moreno, passaria por uma pessoa comum não fosse pela cicatriz profunda no pescoço, que ele tentou esconder com um cachecol. Ela desviou o olhar, encabulada, e ameaçou entrar no carro; porém, ele a deteve, segurando seu antebraço. Os olhos castanhos pareciam decididos, implacáveis. Ele sorriu de lado, fazendo os lábios finos se contraírem de um jeito bizarro.

–Vi você outro dia e fiquei curioso, pois jamais notaram essa casa antes. O que queria com a senhora?

– Achei que soubesse – disse Ellene, estreitando o olhar para não demonstrar nervosismo. Recolheu o braço, desvencilhando-se da mão dele.

– Infelizmente, não tenho dons especiais.

Ela estreitou ainda mais o olhar, confusa. Sentia vontade de dizer tudo, abrir sua alma e saber o que ele pensava sobre a loucura que era sua vida. Mas não podia, ele era um completo estranho. Conseguiu desviar o olhar e buscou ar, pois sentiu-se subitamente sem fôlego.

– Quem é você? – perguntou, afastando-se dois passos.

– Me chamo Nicolae Petrakov, e a senhorita?

– Helena, só Helena – mentiu, fazendo o homem rir. Ellene não ouvia os pensamentos dele, era como se conseguisse bloqueá-los de alguma forma. Como a mulher na casa.

– Certamente és Helena – disse com um tom sarcástico e sorriu. Ele se aproximou um pouco e tocou seu queixo. – Você acredita no sobrenatural?

Ela assentiu e notou que ele usava um anel de ouro no dedo mindinho, com uma pedra escura reluzente, quase roxa. Queria se afastar, mas se sentiu impelida a encará-lo. Foi o que fez, tudo estava estranho na última semana e, se queria respostas, precisava ser forte.

– Por que a curiosidade, senhor Nicolae?

O homem sorriu e um lampejo de maldade cruzou seus olhos escuros. Ele piscou e se afastou dela, deixando os braços para trás, displicente.

– Porque o homem que você procura não é um vampiro comum. – Ele esperou que ela falasse algo, mas, como permaneceu o encarando, continuou. – É o vampiro mais poderoso da Corte, depois da rainha. E eu sei onde você pode encontrá-lo.

– Onde?

Nicolae sorriu, demorando alguns segundos para responder. Parecia feliz, o que a deixou apreensiva. Ele sabia sobre os vampiros e tinha conhecimento de que ela também sabia. Era insana! Agora tinha certeza disso. Confiar em um completo desconhecido que sabia seus segredos!

– Daqui a alguns dias, haverá uma festa na Corte para recebermos a rainha. Ele estará lá, ao lado dela, e você poderá perguntar o que quer.

– Festa com *vampiros*? – Arfou ao perguntar.

– Você pode ir como minha acompanhante.

Estava confusa, não entendia os últimos dez minutos e por que aquele estranho queria ajudá-la. Nicolae se antecipou:

– Sou um conselheiro da Corte – disse. Ellene arregalou os olhos e afastou-se, ele fez o mesmo.

– É dia! Você não pode ser um... um... *vampiro*! – sussurrou, apontando para o céu e depois para ele.

– Posso. – Riu. – O sol não nos machuca.

Ellene levou as mãos à cabeça, apertando de leve para tentar pensar. O dia era temido, pois vampiros não suportavam o sol. O que fariam se o que ele dizia fosse verdade? Balançou a cabeça sem conseguir assimilar a afirmação dele coerentemente.

– Claro que não me machuca! Vocês que viram cinzas, não eu. Só posso estar sonhando... – concluiu.

– Você não está sonhando e precisa aprender boas maneiras antes de se apresentar no salão.

Ellene, que estava tentando aceitar a informação de que vampiros podiam se expor ao sol, ergueu o rosto e o fulminou com o olhar. Nicolae segurou o riso.

– Está dizendo que sou mal-educada, senhor? – intimidou-o. – Pois saiba que meus pais me educaram tão bem que não sou eu que chego de mansinho para assustar as pessoas ou as julgo pela aparência – disse irritada.

– Não julga? – Ele se aproximou, ficando com o rosto a um palmo do dela. Ellene reprimiu uma careta ao notar como o castanho dos olhos dele se misturavam ao branco parecendo não haver pupila. – Então, por que se afastou quando eu disse que era um vampiro?

Tocou o peito dele e o empurrou devagar, para que se afastasse. Nicolae a puxou pela cintura, levando o corpo feminino junto ao dele. Surpresa, esqueceu-se da resposta, estranhando como o toque não era ruim como os irmãos diziam ser quando se aproximavam de vampiros. Respirou bem fundo e soltou o ar, recuperando o raciocínio.

– Porque aprendi que sua raça é inimiga da minha, mas não me afastei por causa de sua aparência ou o julguei como uma pessoa sem modos – disse baixo, encarando-o.

Nicolae acariciou a cintura dela, parecia distraído. Sorriu em seguida, concordando com a cabeça.

– Você está absolutamente certa, mas já esteve perante um rei ou uma rainha? – Ela negou. – Ou um conde? – Negou novamente. – Na Corte, não poderão machucá-la, mesmo você sendo mestiça, e creio que ninguém notará, pois estarão deslumbrados com o retorno da monarca.

Ellene ergueu as duas sobrancelhas diante da palavra "monarca", respirou bem fundo e pensou que não teria roupa para a ocasião. Empurrou o homem e encostou-se no carro para refletir.

– Me explica uma coisa?

– Tudo o que pedir.

– Por que seu interesse em mim e no motivo pelo qual estive aqui? – Encararam-se e ela continuou: – Por que me espiou?

Um sorriso afetado fixou-se em seus lábios.

– Porque nunca ninguém notou essa casa. Sou o guardião dela e a vigio sempre que posso. Por coincidência, estava aqui quando vocês chegaram.

– Guardião? – Estranhou.

– Sim... guardo a humana que mora nessa residência e, para protegê-la, lancei um feitiço na casa que faz com que nenhum humano ou vampiro possa enxergá-la. Somente os vampiros mais poderosos conseguem, então você deve ser bem poderosa.

Ellene riu, intimidada com a perspicácia do homem. Ela possuía poderes.

– Lobos também podem?

– Não. – Ele coçou a nuca, fingindo estar pensando. – Acho que não. Não pensei que um lobo viesse atrás do sangue dela – brincou. – Seu amigo deve tê-la ajudado, certo?

Ela confirmou, mas não se recordava de quem viu a casa primeiro. Olhou para Nicolae e depois para o céu. Quando voltou a olhá-lo, a pergunta saiu imediatamente:

– Como consegue ficar no sol?

Ele mostrou no dedo mindinho o anel que ela havia notado.

– Isso me protege por cerca de quatro horas. Com o passar dos anos, conhecemos muitas pessoas que sabem lidar com bruxaria, metais ou ervas, e aprendemos algumas coisas. Você não precisa dele porque é metade humana – disse e ela concordou.

– E porque sou um lobo.

A risada de Nicolae ecoou pela rua, fazendo os pelos dos braços de Ellene se ouriçarem. Quis correr, amedrontada com a risada diabólica do vampiro.

– Minha risada é exagerada, desculpe-me por assustá-la de novo, *lobinha*. Por que acha que é um lobo?

– Porque sou – resmungou. – Não é porque ainda não me transformei que deixo de ser. Você deveria ter medo de mim, posso matá-lo.

Depois de pensar um pouco, ele assentiu. Parecia ter ouvido uma piada, pois não parava de soltar risinhos, como um adolescente irritante.

– Correto. *Lobinha*, você aceita minha companhia para o baile de recepção da rainha?

Ela ponderou. Se aceitasse o convite, teria a chance de descobrir mais sobre a mulher da pintura e sobre o joalheiro. Tinha consciência de que era errado aceitar o convite de um estranho, principalmente um com dentes pontiagudos, mas estava inclinada a ir onde fosse necessário para entender o motivo de não ter se transformado ainda.

– Quando saberá a data?

O sorriso que ele abriu a fez ter dúvidas se tomava a decisão certa.

– Na próxima lua crescente. Envio o convite para qual endereço?

– Nenhum. Posso encontrá-lo para as aulas, é só me dizer onde.

Nicolae anotou o endereço da casa onde vivia. Ela o guardou no decote e o cumprimentou, despedindo-se.

– Quer começar hoje?

– Não posso, tenho de voltar para casa antes de escurecer. Se não me virem lá, é possível que nunca mais me deixem sair – comentou pensativa.

– Por quê?

– Vampiros podem andar de dia! – Ela apontou o anel e corou ao notar que fez amizade com um. – Tenho que ir.

Ele fechou a porta do carro depois que Ellene se ajeitou no banco do motorista e se inclinou na janela. Aquele olhar estranho gelou sua espinha.

– Não vou machucar você, não se preocupe. De dia ficamos mais fracos, se isso lhe serve de consolo.

Não acreditou muito nessa afirmação, mas não esperou para descobrir, seguindo seu caminho para o centro da cidade. A ruiva dirigia calmamente, teria algum tempo até se encontrar com Milosh. Sentia-se estranha com o encontro anterior, era como se traísse suas origens, e o próximo lhe dava a sensação de dar fim ao tormento daqueles pesadelos. Ela parou o veículo em uma rua próxima ao Teatro Municipal e, com agilidade, escalou o muro, usando seu dom de camuflagem para não ser notada. No telhado, trocou o jeans por um vestido preto na altura da coxa, sapatilhas e um bolero preto e branco de mangas curtas. Fez uma trança de lado e se sentou, observando o céu escurecer enquanto os minutos avançavam.

Pensou em chamá-lo para encontrá-la no Teatro, seria mais reservado, porém o medo de ser uma armadilha a fez manter o plano. A praça era mais iluminada e com mais testemunhas – se bem que ela sabia que, em caso de vampiro, talvez as testemunhas não fossem um problema. Deitou-se com as costas sobre as telhas, mordendo o lábio, apreensiva; mais alguns minutos e seria noite completa.

A lua estava escondida atrás de nuvens pesadas e cinza de poluição. Imediatamente pensou em Tomás, preocupada com a reação dele quando soubesse que ela não retornaria cedo.

Assim que anoiteceu, levantou-se, ajeitou o vestido e a trança, e desceu até o carro. Jogou a mochila no banco de trás e usou seus dons para camuflar o veículo e ele não ser roubado. Olhou para a direção em que ele estava, para se certificar de que estava oculto, e sorriu ao ver o local sem nenhum carro estacionado.

Ellene andou nervosa até encontrar a saída para a Praça da República. Observou as pessoas apressadas voltando para casa, outras despreocupadas esperando por alguém e poucos que observavam atentamente cada movimento, a fim de assaltar os mais desatentos. Ela pousou a mão no estômago, tentando se acalmar, e, então, andou com firmeza até o mesmo banco em que, na madrugada anterior, observou os dois vampiros.

Sentou-se e camuflou-se. Quem passasse acharia que o banco estava vazio. Observou em silêncio cada pessoa que passou por ela ou parou nas imediações da praça. Algumas horas se passaram e não havia nenhum sinal de um vampiro. Antes de desistir, voltar para a vila e enfrentar a revolta do lobisomem, decidiu chamá-lo.

Milosh?

O silêncio durou por mais de dez minutos. Ela segurou o relicário com força e o abriu, observando a mãe no retrato. Sussurrou uma prece para que nada de ruim lhe acontecesse e deixou-se ser vista no banco. Se ele a estivesse aguardando para aparecer, ficariam a noite inteira sem contato algum. Chamou novamente pelo vampiro, mas não obteve nenhuma resposta.

– Droga! – Passava da meia-noite quando olhou novamente o relógio no visor do celular. Havia mais de vinte ligações perdidas de Tomás e de vários números da vila. Desistindo da missão, ela se levantou e andou em direção ao Uno.

– Aonde a senhorita pensa que vai? – bradou uma voz irritada atrás dela.

Ellene reprimiu um grito quando virou-se.

– O que você está fazendo aqui?

Tomás estava com os braços cruzados e uma feição nada amigável. Estreitou o olhar para ela e passou direto, guiando-a até o carro. Parecia saber onde ele estava.

– Eu é que pergunto.

– Você me seguiu, Tom?

Ela tentava olhar em volta para avisar o vampiro que não se aproximasse caso estivesse por ali. Tom acompanhou seu olhar e a segurou pelos braços.

– Segui! E o que você está procurando? Aquele *vampiro*?

Tom estava completamente alterado, chegava a soltar saliva da boca enquanto gritava com ela. Ellene entendeu a pergunta como se ele falasse de Milosh, abriu os lábios para responder, mas nada disse, apenas abaixou a cabeça, constrangida. Queria que fosse algo só dela, o encontro, a conversa, tudo.

– Eu vi quando você o encontrou na casa daquela senhora. O que está acontecendo?

– Da senhora? – Ela soltou o ar, saiu de perto dele e abriu a porta do carro. – Entra que vou lhe explicar tudo.

– Fale, agora! – Ele a encarou, bateu a porta do carro e cruzou os braços. – Olha seu estado, Ellene! Tinha um encontro com ele? Está apaixonada por um *vampiro*?

– Por Deus, não! Claro que não! Eu disse a você que tinha uma pista, mas a pessoa que viria me encontrar não apareceu. Agora podemos ir embora? Você está chamando a atenção.

Tom a segurou e a empurrou contra o veículo, o rosto muito próximo ao de Ellene, fazendo-a recuar, assustada.

– Sem rodeios, eu quero saber o que você veio fazer aqui, sozinha e à noite.

Não soube o que atingiu Tomás. Em um momento, estava em pé, segurando-a; no seguinte, rolando pela calçada. Ela ouvia sons altos, como de socos e rosnados. Tom tentava se defender, mas seu tronco ia para trás com os golpes que recebia. Ellene gritou, assustada, mas o vulto escuro não parou de socá-lo. Sibilava com raiva, fazendo a pele de Ellene se arrepiar por completo.

– Pare! Não o machuque!

Ellene correu até eles e levou um soco na lateral da boca. O impacto a fez bater as costas no capô do carro e perder os sentidos por alguns segundos. Ao tentar abrir os olhos, viu um borrão que parecia um homem, parar de socar Tomás e sair correndo. O cachecol no pescoço dele lhe parecia familiar...

Então, desmaiou.

Capítulo 11

Milosh ouviu o chamado de Elizabeth. Estava jantando com Heidy, Benjamin e Julie no salão principal da mansão. Precisou disfarçar para sair da mesa e responder-lhe, demorou mais do que pretendia. Quando o fez, não obteve retorno e ficou mais preocupado.

Ao olhar a lua acima dele, lembrou-se imediatamente do encontro que teriam. Tinha decidido não ir, pois não poderia deixar Heidy sozinha, mas, ao mesmo tempo, a dúvida estava corroendo-o e piorou quando ela o chamou. Respirou fundo enquanto caminhava pelo jardim da propriedade, cabisbaixo. Arrependido por não ter acreditado que o encontro era real.

O jardim era dividido em duas partes separadas por um caminho feito em mármore mesclado com tons de bege até chegar ao portão principal. Em ambos os lados, o que predominava era um gramado verde e amplo, que ganhava cor em poucos pontos com roseirais e pequenos jardins cercados por um muro de alguns centímetros com flores mais delicadas, como copos-de--leite ou lírios-roxos. O caminho que Milosh pegou tinha também algumas árvores que deixavam o muro da propriedade escondido da mansão. Enquanto se aproximava de um banco de madeira, ouviu Benjamin às suas costas.

– Está tudo bem, meu amigo?

– Está. – Ele o olhou e se sentaram.

– Não parece bem e notei sua inquietação esta noite.

– Preciso sair, mas não queria deixar He... Lizabeth sozinha. Pode cuidar dela por mim?

– Claro! Mas desculpe a intromissão: aonde você vai?

Milosh pensou por alguns segundos, odiava mentir para o amigo. Pensou em dividir com ele aquele fardo, mas temeu por sua vida e pela vida de Heidy. Ambos seriam degolados caso ele não entendesse o plano. Levantou-se e despediu-se com um cumprimento.

– Por enquanto, não posso revelar nada a você. Só peço que confie em mim. O que faço é para que encontremos quem a sequestrou. – Ele apontou para a casa, com os pensamentos em Elizabeth.

Benjamin apenas concordou com a cabeça e o deixou partir. Mal se despediu, correu a fim de chegar logo ao centro da cidade. Se tivesse sorte, não teria sido um devaneio e ela estaria esperando por ele. Olhou no relógio assim que chegou à Praça da República e passava da meia-noite e meia. O local estava estranhamente deserto e silencioso, e, à primeira vista, não localizou ninguém, nem homem, nem mulher, nem imortais. Ele estava, literalmente, sozinho.

– Liss? – chamou sussurrando e em seguida em pensamento. *Elizabeth*?

Enquanto a chamava, caminhou pela praça à procura de algum sinal da mulher. Em seguida, rastreou o perfume fraco de um vampiro e resolveu seguir o rastro. O cheiro o levou até uma rua afastada, próxima ao Teatro Municipal. Ele se esgueirou pela escuridão, em silêncio absoluto, observando as sombras e os locais iluminados. Se fosse uma armadilha criada pelos sequestradores, não seria pego de surpresa.

Perto do teatro, um casal estava discutindo. Milosh reconheceu imediatamente a raça do rapaz, era um lobisomem e estava bastante irritado. A humana estava de costas, com os cabelos ruivos trançados e encostada em algo que ele não podia ver. Concluiu ser um carro que sofreu algum tipo de encantamento.

Com cuidado, escalou o muro do teatro e ficou acima deles. Ela limpava o rosto do lobo com uma camiseta e ele continuava discutindo:

– Por que não pediu minha ajuda, Ellene? Poxa, o cara machucou você também!

Milosh podia sentir as tensões da garota e ver que ela não queria falar a verdade, que realmente não o queria por perto em um momento que era dela e do homem que procurava. Os pensamentos estavam confusos, agitados e várias vezes notou uma neblina estranha misturada ao fluxo de pensamentos dela.

– Tonzin... – ela sussurrou, dando um beijo no canto dos lábios dele. – Não quis que se machucasse e eu estou bem.

– Não mente para mim... – sussurrou o lobo.

Milosh sorriu ao constatar como as mulheres, independente da raça, tinham um poder único de amansar qualquer homem. Particularmente, não tinha nada contra os lobisomens e achou que não havia problema em deixá-los. Voltou a procurar por Elizabeth, esperava estar errado quanto a ela ter enlouquecido no cativeiro.

Saltou de volta para a rua e sentiu a presença do outro imortal. Reconheceu o odor, mas não conseguiu se lembrar a quem pertencia, se amigo ou inimigo. Então, arrastou-se pela escuridão em silêncio, observando tudo à sua volta, pois não tinha como misturar seu perfume ao de humanos e, assim, despistar quem estivesse por perto.

Ouviu o ruído de passos acima dele e olhou para os edifícios e casas. Logo estaria na região dos metrôs e teria de se mostrar de algum modo. Recostou-se nas grades de uma loja que estava fechada, apenas vigiando. Não demorou e o vampiro saltou do último telhado para a rua, olhou em volta e desceu a escadaria para o metrô. O homem estava de capa preta, boina e cachecol escondendo o rosto. Como não aparentava perigo, o deixou ir.

Elizabeth? Pensou como um sussurro. Era incrível como se esquecia de que outros não podiam ouvi-lo se ele não quisesse. Estava acostumado a estar fraco, sem seus poderes revigorados por beber do sangue de um vampiro ou humano.

Sentou-se em um banco na praça e fechou os olhos, apoiando a cabeça no encosto. Sentia-se bem estando sozinho. Havia passado tanto tempo só que era difícil se acostumar aos sons daquela cidade novamente.

Aproveitou o silêncio para pensar em tudo o que havia acontecido depois que fingiram ter encontrado Elizabeth. Todos estavam tratando Heidy como a rainha que ela representava e ela estava se saindo muito bem, confundindo até o próprio Milosh várias vezes. No entanto, mesmo com o plano caminhando bem, ele podia sentir que algo não estava se encaixando.

Como chegou àquele ponto? Como se deixou manipular pelas ambições dela?

Os sequestradores não pareciam agitados e, o que conhecia de vampiros que não seguiam as leis é que não esperavam para atacar, não planejavam, por isso sempre eram pegos antes de cometerem seus delitos. Isso o fez constatar que talvez o arquiteto do crime não fosse de fora do Império, mas alguém que conhecia muito bem as rotinas da rainha e do Conselho.

Ele apertou bem os olhos e se deixou levar até a madrugada mais odiosa de sua existência.

•

Era uma noite fria e o céu estava limpo e estrelado. Ele e Elizabeth passeavam de mãos dadas pela propriedade em que moravam na Itália, a mesma que os pais da rainha deixaram de herança depois de falecerem. Depois de séculos, Elizabeth ainda mantinha boa parte da construção original, fazendo pequenas reformas apenas para manter o lugar habitável.

A casa principal estava às costas do casal: térrea de paredes brancas e telhado baixo, chaminé ao fundo e um enorme cafezal atrás da construção, onde mantinha a colheita anual para sustento de seus empregados. Possuíam também uma grande plantação de videiras para o preparo do vinho, especialização da família Fargnoli, mas esta estava aguardando a época certa para a colheita.

Elizabeth estava radiante em seu vestido novo, moderno. Uma túnica azul – sua cor preferida – com motivos em flores brancas na lateral do vestido. Usava sapato de salto branco e os cabelos soltos, como Milosh gostava. O relicário pendia entre os seios, escondido atrás do decote comportado, e o pescoço estava exposto o suficiente para fazê-lo desejar voltar para o quarto.

– Miloh, não faça assim – pediu a mulher com um murmúrio ao sentir os dedos dele apertarem discretamente a lateral de seu seio.

– Nada fiz, senhora. – Sorriu, escondendo o rosto entre os fios louros e beijando a nuca da rainha. Ela suspirou e virou-se para ele, abraçando-o pela nuca e enroscando os dedos entre seus cabelos.

– Meu amor, nos vigiam – lembrou-o.

– Podemos voltar aos nossos aposentos – sugeriu com malícia, enquanto deixava um rastro de beijos no pescoço da esposa.

Elizabeth encolheu o corpo e riu discretamente. Sentia o olhar dos outros guardiões vigiando-os, pois, na noite anterior, alguns lobos tentaram invadir a propriedade. Ela ergueu os olhos e sorriu ao notar que não era lua cheia. Fazia algum tempo que ela não parecia tão descontraída.

– É cedo para nos recolhermos – sussurrou, arranhando o pescoço do vampiro, que sorriu com a carícia. – Precisamos discutir um assunto importante. – Ela afastou o rosto para encará-lo e Milosh suspirou. A postura dela tornou-se ereta, lidava com a rainha agora, que procurava seu conselheiro.

– Estou a seu dispor. – Ele adquiriu uma atitude mais séria, soltou-a e colocou as mãos atrás das costas.

Elizabeth respirou fundo antes de começar a expor seus pensamentos, entrelaçou os dedos à frente do corpo e acompanhou os passos dele.

– Os híbridos deveriam ser aceitos.

Milosh a encarou, assustado e surpreso, abriu a boca para argumentar, mas então a fechou, sem resposta. Ela apoiava que os mestiços não deveriam sobreviver, pois era uma raça perigosa... Agora repensava a decisão? Ele não sabia o que dizer.

– Algum motivo para a mudança repentina?

Ela ponderou e negou, apertando o relicário contra o peito. Respirou profundamente, demorando alguns instantes para retomar a conversa.

– Apenas não creio que uma criança tenha culpa das escolhas dos pais – disse, enfática.

– Concordo com a senhora. – Ele dizia a verdade. Milosh era contra a matança das famílias que infringiam as leis. Na maioria das vezes, ele era o carrasco e, quando os híbridos já eram nascidos, ficava ainda mais desconfortável ter de matá-los. A rainha sabia e ele entendeu a ideia como uma forma de fazê-lo não precisar passar por isso outras vezes. Então, sorriu, amigável. – Acredito que uma pessoa só deve ser sentenciada por crimes cometidos, o que não é o caso dessas almas.

Almas.

A palavra pareceu flutuar entre eles. A rainha tinha muito sangue inocente nas mãos; Milosh também, por acatar as decisões dela.

Elizabeth estendeu a mão e apertou a bochecha do vampiro, fazendo-o sorrir.

– Podemos colocar ao Conselho na próxima reunião – sugeriu, acariciando a mão dela.

– Pensei o mesmo e pedi ao Benjamin que o fizesse por mim. Sabe que não posso sugerir as pautas, apenas aprová-las ou rechaçá-las.

– Algumas de nossas leis deveriam ser repensadas – sussurrou.

– E foram. Somos casados.

Ele sorriu e a beijou nos lábios. A sensação de calor que sempre sentia quando se beijavam subiu pelo corpo do vampiro e ele a abraçou, controlando a vontade de levá-la para dentro da casa.

– Eu a amo, Elizabeth.

– E eu a vós, Milosh – respondeu, roubando um beijo dele.

Vasille notou o olhar perdido da esposa, mas não teve tempo de perguntar o motivo. Em um segundo, a tinha nos braços e, no seguinte, havia sido arremessado contra a casa. A dor era tanta que não conseguia se levantar para descobrir o que estava acontecendo. Ouviu os gritos de Elizabeth e Benjamin, que corria na direção dela. Vultos negros cercavam a rainha e vários flocos de fogo atingiam os guardiões que tentavam defendê-la e retirá-la do círculo negro.

O vampiro se levantou e correu na direção dela. Com a espada, antes escondida e agora em punho, ele acertou o "muro negro" e foi lançado novamente para trás. Os segundos pareceram se arrastar como horas, Elizabeth gritava chamando seu nome e, de repente, desapareceu, ficando o silêncio absoluto no lugar do caos.

•

Milosh abriu os olhos e encarou a lua. Estava longe e logo amanheceria. Talvez tivesse de dar muitas explicações quando chegasse à casa de Benjamin. Começando por dizer onde esteve a madrugada toda.

Ajeitou o casaco e os cabelos, e se levantou rumando para o terminal de ônibus. Estava com preguiça de correr até a mansão. Lembrar-se daquela noite só o deixou mais deprimido.

Quando chegou, não foi barrado por ninguém, então entrou no quarto e fechou a porta. Heidy o aguardava com os braços cruzados.

– Demorou, hein?

– Perdoe-me, meu amor, mas precisava verificar algumas informações – disse e beijou o rosto da mulher, que ainda estava com a aparência da rainha. Deitou-se ao lado dela.

Heidy levantou-se do sofá e começou a tirar os sapatos do vampiro. Lentamente o despiu e, depois, o vestiu com o pijama. Milosh permitiu, dividido entre a satisfação de ser cuidado por alguém e a certeza de que não era a pessoa certa que o fazia.

– Senti sua falta. – Ela o beijou, Milosh sentia como se traísse a rainha, por isso não retribuiu. Heidy recuou com uma careta e mostrou o dedo médio para ele.

Ele ergueu uma sobrancelha e soltou um riso forçado. Na escrivaninha, pegou uma folha de papel e um lápis. Desenhou um círculo preto ao centro e bolas menores, representando as bolas de fogo; depois, ficou olhando a imagem, pensativo.

Heidy se aproximou e o abraçou, beijando e acariciando as costas dele, esperando que abrisse a mente para entender no que ele pensava. Como não o fez, ela a invadiu.

O que é isso?

Ele apoiou a mão sobre a dela que estava em seu abdômen antes de responder.

Já pensei tanto nisso que tinha deixado de lado. É possível fazer uma prisão de vento?

É, sim.

Mas tão poderosa que nada pode ultrapassá-la?

Heidy pensou e confirmou com a cabeça. Milosh continuou observando o desenho, apontou para o centro vazio.

Ela estava aqui e nem a minha espada a penetrou. E havia bolas menores, douradas, que queimaram os outros vampiros como se eles estivessem expostos ao sol.

Ela retirou a folha da mão dele e a guardou na gaveta. Puxou-o para a cama.

–Vamos dormir? Estou cansada!

– Preciso encontrá-la – falou sem emitir nenhum som. Heidy apenas concordou e o acomodou em seus braços.

– Podemos falar nisso amanhã? – pediu, mudando de assunto.

Ele beijou a testa dela e suspirou, fechando os olhos.

O sol nascia do lado de fora da janela. As cortinas eram do mesmo tecido especial que havia na casa em que estavam anteriormente. Benjamin era um homem detalhista e não deixaria que nada atrapalhasse o dia de sono de um vampiro. Milosh tentou não pensar que as reações de Heidy eram para que ele não descobrisse algo e deixou ser vencido pelo cansaço dela. Ele mesmo sentia-se exausto e, se não fosse a repentina esperança que lhe sobreveio quando voltou a ouvi-la, talvez mantivesse a decisão de se render ao sol no dia que completasse cem anos do desaparecimento de sua esposa.

De repente, notou algo que tinha deixado escapar. Como Heidy havia chegado a casa antes dele na primeira noite em que se encontraram? Como ela sabia o rumo que a perseguição tomaria? Estaria guiando seus passos e o usando para alguma de suas artimanhas? Será que ele era tão previsível e manipulável? Milosh sabia que ela planejou o encontro, mas foi tão minuciosa a ponto de fazê-lo tomar o caminho que ela queria?

Reprimiu um gemido, sentindo a mulher pesada ao seu lado. Havia adormecido tão rápido quanto uma criança humana.

Pensou na mulher que Elizabeth o mandou procurar e em todas as conversas que tiveram por todos aqueles anos. Precisava, agora mais do que nunca, de uma pista maior. Angustiado, apertou os lábios e tentou distrair-se com o som da respiração de Heidy.

Miloh... Ouviu. *Amor...* Abriu os olhos vasculhando o quarto. *Ouve-me?* Liss sussurrava, parecia amedrontada.

Sim, amor, é mesmo você? Sussurrou de volta, estava confuso. Seria ela ou outra ilusão que sua própria mente estava criando?

Oh, amor... Preciso de vós. Preciso tanto! A sensação que ele recebia com a resposta é que ela estava se arriscando, com medo e acuada. Temendo por ela, apressou-se a perguntar:

Consegue descobrir onde está?

Já havia perguntado tantas vezes sem que ela soubesse responder, mas parecia importante aproveitar aquele momento de lucidez.

É escuro, úmido, tem cheiro de... ela hesitou.

Não se prejudique se sua mente estiver desprotegida, ele alertou rapidamente. *Tem cheiro de mar,* finalizou. *Preciso que encontre a menina, Milosh!*

Mar? Cheiro de mar? Ela estaria mesmo em alguma caverna ou em uma ilha? Como faria para achá-la se estivesse em uma ilha? O rastro desaparece na água, argumentava Milosh consigo mesmo.

Mar? Tem certeza?

Era a primeira vez que ela conseguia dar alguma pista concreta de seu paradeiro. O coração do vampiro estava disparado e, as mãos, trêmulas. Ele nem notou que apertava Heidy nos braços como se fosse a própria rainha.

Não... eu não sei... eles me deixaram totalmente isolada... O som da voz era cansado, abafado. *Notei o cheiro quando tentei fugir há poucas semanas. Eles estão agitados, não sei o que está acontecendo, amor. Por favor... estou com medo.* Ela chorou, contida. Milosh sentiu como se seu peito estivesse rasgando-se ao meio. A culpa era sua, ela poderia estar em perigo por causa da ideia absurda de colocar Heidy em seu lugar.

Elizabeth... seja o que for que ouvir, peço, por favor, que confie em mim... o faço para tentar encontrá-la, por nosso amor. Ele a alertou, temendo que sua mente estivesse desprotegida e sendo monitorada. Evitou falar muito sobre o que estava acontecendo. Essa menina que você diz, ela existe? Ele a questionou, descrente.

Sim. Ela não sabe quem sou. Precisas mantê-la em segurança... por mim. A conexão deles então se perdeu.

Milosh esmurrou a cama, soltando um grunhido baixo, desesperado. As informações eram poucas e o mantinha sem saída. O mais confuso era a tal menina. Não havia pistas nem uma imagem que ele pudesse buscar.

– O que houve? – Heidy reclamou, abrindo os olhos o suficiente para enxergá-lo. Ele a olhou também e ela entendeu que não podiam falar em voz alta.

Liss... falou comigo. Ele a abraçou de olhos fechados.

Humm... alguma novidade?

Não muita... mas acho que os sequestradores já sabem de você. Ela o encarou. *Digo, da rainha.*

Ela assentiu, despreocupada. Enquanto o problema não a atingisse diretamente, não se preocuparia demais com a localização da verdadeira Elizabeth. Ele sabia disso. Estava agitado e precisava vigiar a porta para que ninguém visse Heidy sendo Heidy no leito da rainha.

Era o que queríamos, não? Perguntou ela, visivelmente entediada com o assunto.

Era... mas e se eles a matarem?

Primeiro eles tentarão descobrir quem é a verdadeira. Durma. Milosh sentiu as pálpebras se fecharem; adormeceu de imediato.

Heidy sorriu para o homem adormecido, beijou-lhe os lábios e sussurrou.

– Ainda manipulável... preciso ensinar tanta coisa para você! – Fechou os olhos, satisfeita com a posição conquistada, com o homem em seus braços e por poder descansar.

O ar estava frio e fazia uma fumaça fraca sair dos lábios do vampiro. Estava muito escuro e a sensação esmagadora de estar envolvido por uma neblina fez Milosh se sentir pequeno. Ele esticou os braços, tateando para não cair ou tropeçar, e tocou em algo áspero que logo soube ser o casco de uma árvore. O cheiro da grama e da chuva fazia suas narinas coçarem e arderem.

– Tem alguém aqui? – questionou, andando ao redor da árvore e apoiando-se nela com os braços cruzados.

Ele estava atento a tudo ao seu redor e, aos poucos, reconheceu o lugar. Era a pracinha onde encontrou a falsa Elizabeth. Milosh piscou várias vezes, até seus olhos se acostumarem com a pouca luz, e viu as curvas de outra pessoa alguns passos à frente.

– Você voltou... – Ouviu uma voz doce e musical.

– Quem é você? – perguntou, reconhecendo-a dos sonhos anteriores. Desta vez se parecia mais com Heidy do que com a ruiva a que estava acostumado.

– Sou quem você desejar que eu seja, Milosh. – Ela riu e o som afastou a neblina, deixando-o ver seu rosto juvenil com traços marcantes de uma linda e amadurecida mulher.

– Eu quero saber quem é e por que me segue – foi rude.

Ela gargalhou, afastando ainda mais a neblina. Era como se respondesse aos seus comandos. Ele desceu os olhos pelo corpo sedutor, piscou algumas vezes tentando dissipar a imagem e ora viu Heidy, ora a ruiva de seus sonhos. Parecia diferente e o encontro era diferente também. Geralmente ele a via primeiro e era ela quem se assustava, não o oposto.

– Você é o anjo com que eu sonho todas as noites... – murmurou distraída e o encarou. – Então, quem me segue é você.

– Como sabe meu nome?

– Apenas sei. – Ela franziu o cenho. – Por que as perguntas? Não se recorda? – Ele deu um passo e se aproximou da mulher, negando com a cabeça. – Como pode não se lembrar? – sussurrou, olhando-o faceira.

– Nunca a vi fora desses sonhos. – Estavam a poucos centímetros um do outro.

– Todas as noites... – Ela parou. Seus olhos estavam grandes, distantes e então, sem aviso, girou o corpo e sumiu na neblina.

– Ei! Senhora! Onde...

Nada enxergava. O perfume era a única coisa que poderia guiá-lo e o mais estranho é que sabia ser um sonho. Era sua mente que criava o cheiro único e intrínseco daquela mulher. Ele a seguiu apreensivo, tentando não tropeçar ou fazer barulho.

– Por que me segue? – Ouviu a voz suave ecoar à sua volta, parecia estar em todas as direções. Milosh parou de andar.

– O que quer de mim?

De repente, aquele rosto estava a milímetros de seu rosto. Ela o encarava como se não acreditasse no que havia perguntado. O hálito doce e quente roçou sua face. O cheiro era inebriante, delicioso. Tentador. Ele prendeu o ar e soltou-o lentamente, forçando-se a manter o foco.

– Você não pode ter se esquecido! – murmurou ela, o rosto quase colado ao dele.

A conversa não fazia sentido, ele nunca tinha visto a mulher por completo, em nenhum dos sonhos e muito menos tão próximo como estavam. Sempre achou ser alguma lembrança antiga, mas aquilo parecia uma invasão, como vampiros que podiam adentrar o sonho de outras pessoas. Ele afastou-se bruscamente.

– Quem é você?

– Quem você desejar que eu seja. – A visão sumiu, assim como a neblina, o perfume e a pracinha.

Estava, agora, em um quarto vazio, sem portas ou janelas, nem móveis ou eletrodomésticos; apenas o branco das paredes e o marrom do piso de madeira. Ele se sentiu sufocado, preso como um camundongo em uma armadilha.

– O que está acontecendo? – murmurou, andando pelo cômodo, tateando as paredes à procura de uma saída secreta.

– Pare! – Alguém gritou, a voz abafada vinha do alto. Ele ergueu os olhos, enxergando uma caixa de som.

– Onde estou?

Não obteve resposta.

Irritado, Milosh escalou a parede e jogou a caixa no chão, que se espatifou no piso de madeira. Mais uma vez, tudo escureceu e a neblina tomou o lugar das paredes brancas. O coração do homem estava disparado e se sentia asmático, mesmo sendo um vampiro.

A pracinha estava quente e deserta. De repente, sentiu um toque em seu pulso; o toque ardeu, pegava fogo.

Ao abrir os olhos, a ardência permanecia em seu corpo. O medo e a sensação de estar trancado em um quarto sem portas nem janelas o atormentavam.

– Bom dia... – sussurrou Elizabeth, sentando-se ao lado dele na cama. – O que houve? – Ela arregalou os olhos, assustada. – Você está suando?

Milosh levou a mão à testa, sentindo a pele úmida, o que não era nada normal para um vampiro. Ao tirar a mão, viu que a palma estava em carne viva como se tivesse sido exposta ao sol sem a proteção do amuleto.

– O que é isso? – perguntou.

Elizabeth apressou-se a alcançar sua bolsa. Além de vampira, Heidy – a falsa rainha – tinha conhecimentos de bruxaria devido às suas origens. Ela retirou um frasco e vários saquinhos de ervas e sais, e começou a jogá-los sobre a queimadura, fazendo Milosh quase perder os sentidos, pois a dor ficou ainda pior.

– Vai passar... – sussurrou sem parar de jogar a mistura na mão dele, espalhando com os dedos sobre a carne.

Devagar a ferida começou a cicatrizar. Heidy murmurou algo que ele não conseguiu entender, distraído com a ardência estranha em seus olhos e as pontadas profundas abaixo de sua pele.

– O que é isso? – perguntou.

– Não sei... – murmurou. – Mas foi feito por alguém que entende de magia. Como isso aconteceu?

Ele balançou a cabeça, confuso, não tinha ideia da resposta.

– Não sei.

– Pense! – ordenou, havia urgência em seu tom.

Milosh apertou os olhos, pensativo, o sonho lhe veio à mente num piscar de olhos.

– Eu estava naquela pracinha, a que encontramos você... eu... havia alguém comigo... – Não conseguia se lembrar. – Não sei... ela tinha um cheiro muito familiar...

– Ela?

– Isso... ela me conhece, Hei.. – Heidy colocou a mão nos lábios do vampiro o calando e logo olhou para a porta, receosa. Ele havia se esquecido de tomar cuidado. Milosh respirou bem fundo e continuou: – Ela me conhece... disse meu nome... depois, eu estava em uma sala branca e havia alguém me vigiando. Quebrei algo nessa sala e isso me fez voltar ao primeiro sonho. O cheiro... parece estar neste quarto. – Levantou-se pensativo, e andou em direção às roupas que ela usou naquela madrugada. Levou o vestido ao nariz, mas o aroma era diferente. Olhou para Heidy, com dúvidas.

O que está procurando? Ela perguntou. Retirou uma faixa da bolsa e se levantou, indo até ele.

Enquanto fazia o curativo, esperava pela resposta do vampiro.

– Talvez tenha sonhado com algo que você viveu – ele sussurrou e, em pensamento, disse o nome de Elizabeth. Entendendo, Heidy soou pensativa:

– Eu me lembro pouco do meu cárcere... mas me lembro do quarto branco... – mentiu.

– Posso mesmo ter sonhado com algo que você viveu? – perguntou, pensando na possibilidade de serem realmente visões de onde ela estava.

– Talvez...

Ela o abraçou por trás, roçando os lábios em suas costas. Passou as unhas por dentro da camisa, fazendo-o se distrair por um momento com o toque.

– Amor, devem estar nos esperando... – sussurrou, acariciando os braços dela, pensando nas possibilidades que surgiam se o sonho fosse um aviso.

– Eu sei, tenho meus deveres... – disse, branda, mas revirando os olhos. – Vou tomar banho. – Olhou a mão dele, estava totalmente cicatrizada.

Beijou-as e afastou-se, entrando no banheiro do quarto. Milosh sentou-se na cama, pensativo, tentando recordar de todos os detalhes do sonho. Olhou o machucado na mão e ouviu alguém bater à porta. Foi abri-la.

– Benjamin! – Cumprimentou-o, convidando-o para entrar. – Obrigado por nos acolher em sua casa.

– Onde ela...? – Ele olhou para a cama desarrumada.

– Banho.

Respirou fundo, concordando.

– É mesmo ela? – Seus olhos cintilaram, fazendo Milosh tremer.

Benjamin era um dos vampiros mais poderosos que conhecia e podia arrancar a verdade de qualquer um. Concentrou-se em Elizabeth, a que achou ser a verdadeira naquela praça; concentrou-se, também, na dor e no desejo de encontrá-la.

– Sim, é – respondeu de imediato, sem desviar o olhar e escondendo a mão machucada atrás das costas.

Havia se empenhado tanto em localizar a esposa, que tinha se afastado de todos os amigos. Estar perto de Benjamin era uma alegria sem tamanho, por isso mentir para ele, pela segunda vez, deixava uma sensação amarga em sua boca. Ele o encarou por alguns segundos, pensativo.

–Você tem certeza? –As pupilas do vampiro dilataram-se e sabia que ele usava seu dom para fazê-lo dizer a verdade. Milosh se concentrou o máximo que conseguiu para responder sem desviar o olhar, mas precisou fazê-lo antes da verdade escapar de seus lábios.

Olhou para a porta do banheiro e para as roupas que Heidy havia usado. Pegou-as, lembrando-se das palavras da mulher: *... só somos enganados se não conhecemos a verdade...* Perguntava-se se o poder era tão forte que manteria a ilusão ativa mesmo sem estar presente no cômodo. Resolveu arriscar estendendo as roupas para Benjamin.

–Você conhece o perfume de nossa rainha. O cheiro de seu sangue é único, inigualável – sussurrou, tentando manter o controle.

Ele segurou a peça entre os dedos encarando Milosh, levou o tecido até o nariz, cheirou-o demoradamente e, então, olhou para o banheiro desconfiado e devolveu a roupa.

–Tem algo diferente... – Sua voz soava preocupada. O perfume que Milosh sentia era o de Heidy, mas estava rezando para Benjamin se enganar. –Você acha que a privaram de se alimentar?

–Talvez. Pode ter se alimentado só de animais... você sabe que isso nos deixa quase humanos. – Desconversou.

– Provavelmente, se não, ela teria escapado há muito tempo.

Ele concordou, soltando o ar pela boca. Benjamin era o oposto de Milosh em termos físicos, com braços fortes e musculosos. Olhos castanho-escuros e grandes, de cílios longos e sobrancelhas grossas e unidas. Seus cabelos tinham o mesmo tom dos olhos e estavam sempre cortados rente à cabeça. Alto, por volta de 1,90 metro de altura e sua pele era negra. Às vezes, podia ser confundido com um humano por causa da cor, já que sua palidez era encoberta pela natureza africana. Um homem fisicamente com trinta anos, porém um dos vampiros mais antigos que ele conhecia. Não era fácil enganá-lo.

– Senti sua falta, meu amigo. – Milosh soltou um suspiro, depois de algum tempo, notando que ele não havia acreditado em sua mentira.

– Sua busca cessou? – Virou-se para ele, abrindo os braços e abraçando-o amigável.

Não respondeu, pois, se o conhecesse bem, saberia que a busca não havia terminado e que talvez precisasse de sua ajuda no futuro. Ele sentiu o amigo relaxar depois de soltá-lo do abraço.

Você sabe que não é ela! Disse na mente do vampiro.

Milosh encarou o chão, havia sido pego de surpresa.

– É claro que é ela!

Meu irmão... você não precisa mentir para mim. Falou manso, encarando-o.

É ela! Tem de ser! Fingiu estar alarmado, olhava para ele e para a porta beirando o desesperado.

Então, é. Ninguém o enganaria... devo ter me esquecido de como ela era de verdade. Ele suspirou, desistindo. *Espero que ela passe nos testes.* Então o encarou e saiu do quarto.

Milosh gemeu depois de ver a porta se fechar. Finalmente entendeu o que era aquele sentimento de estar faltando algo no planejamento dos dois. Havia se esquecido dos testes.

Capítulo 12

A comunidade ituana abrigava cerca de cinquenta famílias em uma fazenda de mais de cinco mil hectares. O lugar era cercado por plantações de banana, trigo, hortas, flores e espaço para a criação de mais de duas mil cabeças de gado para manter o sustento dessas famílias.

A reunião estava tensa e a discussão podia ser ouvida a metros de distância do galpão. Os ânimos estavam exaltados entre Jacó e Manoel, o antigo líder do bando.

– Ela não é má, Jacó, você sabe!

– O senhor não acha que devemos nos certificar de que continua sendo íntegra? Quanto tempo a mulher ficou desaparecida? Anos! E nem sabíamos que havia desaparecido.

– Foi sequestrada – corrigiu uma das mulheres. Jacó apenas bufou e cruzou os braços.

O galpão era utilizado para reuniões da igreja local e o pastor, que conhecia o segredo daquelas famílias, liberava o espaço para aqueles encontros, que eram raros. Estavam todos sentados nas cadeiras de plástico bege distribuídas em um círculo malfeito no meio do templo. Jacó era o único em pé, emburrado, tentando convencer os demais de que deveriam ir até a rainha Elizabeth para se certificar de que mantinha firme sua palavra de que os vampiros não matariam humanos e que as leis e a ordem seriam restabelecidas. Contudo, a maioria discordava, pois acreditava que a volta da rainha colocaria as coisas nos eixos novamente.

– O mais importante, neste momento, é vigiarmos. Se algo parecer estranho, tomaremos alguma atitude. Nosso dever não é presumir coisas, mas proteger aqueles que não podem se proteger sozinhos – disse Manoel.

O rapaz bufou, porque queria mesmo era uma aventura, mas Manoel desconfiava disso. A discussão não fazia sentido algum.

José e Dulce adentraram o galpão em silêncio, permanecendo em pé fora do círculo.

– Novidades? – perguntou Jacó ao vê-los.

– Eles não passaram a noite em casa e não chegaram ainda – respondeu dona Dulce, preocupada, dando notícias sobre a filha e Tomás.

– Provavelmente já aconteceu algum ataque! – Jacó jogou as mãos para o alto, nervoso. Não era uma atitude comum do líder, que sempre foi centrado em suas obrigações. Todos estavam estranhando seu comportamento, mas não ousavam questioná-lo. Deixavam isso para Manoel, o ancião do grupo.

– Ellene provavelmente quis ir até a cidade para saber mais da mãe biológica e Tom a acompanhou. Acalme-se, filho – argumentou José.

– Ele não seria tão burro de ficar por lá à noite, depois que soubemos que ela voltou – sussurrou Carolina Cândido, que estava sentada em uma cadeira afastada do círculo. Ela havia colocado os pés sobre o banco e brincava com a ponta da camiseta sem olhar para eles.

– O que ela faz aqui? – perguntou Reinaldo, um rapaz corpulento de pele bronzeada e cabelos louros, aparentando vinte e cinco anos e com olhos bem marrons. Tinha a mesma idade de Jacó, porém sua transformação foi tardia, deixando-lhe com a fisionomia mais adulta. Era o segundo em comando.

Jacó olhou a morena, que havia se encolhido ao ouvir a voz de Reinaldo, e não deu muita importância ao comentário dela.

– Ela teve sua primeira transformação na última lua cheia.

– Ah, agora vai poder competir pelo coração do Tomás! – zombou Reinaldo.

A garota abriu um sorriso sarcástico, tomou uma postura altiva e o encarou enquanto se levantava da cadeira. Desviou o olhar e arrastou a cadeira até o grupo, sentando-se no espaço que abriram para ela.

Tinha pouco mais de vinte anos de idade mortal, mas aparência de uma garota de dezessete. Corpo miúdo, seios grandes, bumbum arredondado, que deixava Reinaldo boquiaberto quando ela passava e todos sabiam disso.

Seus olhos eram cor de mel. Cílios compridos e estava sempre maquiada. Carol colocou a franja atrás da orelha e prendeu os cabelos castanhos. Jacó notou que ela decidiu falar somente quando conseguiu a atenção de todos. Repousou as mãos no colo e dirigiu-se a eles como uma igual, usando um tom firme de voz. Ele gostou da força que viu nela.

– O que estamos fazendo aqui é o ponto desta reunião. Foco, Reinaldo. – Ela devolveu a zombaria, todos riram contidos e se voltaram para os líderes.

– O que a *filhotinha* acha que devemos fazer, já que é tão esperta?

Agora, quem se exaltava era Reinaldo, que não gostava de perder nenhuma discussão e era conhecido por ser mandão, mesmo quando Jacó não concordava com normas tão enérgicas. Carol abriu um sorriso morno e encarou Jacó. O gesto deliberado o deixou com a boca do estômago gelada. Ela direcionou a resposta para ele.

– A *filhotinha* acha que devemos vigiar, assim como o senhor Manoel sugeriu. Pelo que conheço dessa gente, são como ratos: quando os donos voltam para a casa, acabou a festa. Eles mesmos colocarão ordem na casa. Caberá a nós caçar as ovelhas negras.

Jacó ergueu uma sobrancelha e foi obrigado a concordar com ela. Manoel, que era bisavô da garota, piscou para ela e esperou a opinião dos demais. Sua mãe havia retornado à cozinha para preparar o jantar e José permaneceu na reunião. Levantou a mão pedindo a palavra e quando fizeram silêncio se pronunciou.

– Acho que todos se esqueceram dos ataques que sofremos esta semana.

– Não acredito que foram propositais – disse Carol, parecendo mais à vontade.

– Também não acredito nisso. Na minha opinião, são vampiros novos que não aprenderam as leis que eles seguem. Devem ter sido criados no último século e nem sabem que lobisomens existem – disse um rapaz que estava sentado ao lado de Carol. Ela o encarou e sorriu, ele estava com os lábios brancos e pálidos, percebeu que tremia e parecia a ponto de desmaiar. Ele puxou o ar e soltou bem devagar, e, quando terminou a frase, ficou olhando para o chão.

– E esse agora, quem é? – perguntou Reinaldo. Jacó sabia que a impaciência dele era devido ao tempo perdido sem nenhuma decisão tomada.

– Daniel, transformou-se há duas luas cheias – respondeu Jacó. – E é um ótimo argumento, Daniel. Vamos vigiá-los como a maioria sugeriu, mas, a qualquer movimento estranho, eu decidirei sozinho o que faremos.

Era um alerta, todos sabiam que Jacó decidiria pelo ataque se tivesse de mudar os planos. O grupo de quase cinquenta pessoas foi dispensado.

•

Carol voltou-se para Daniel, que estava menos pálido e tocou seu ombro.

– Fica tão nervoso assim quando fala em público?

Ele riu, respirou fundo e a olhou de relance, não tinha coragem de olhá-la nos olhos. Era novo, tinha no máximo quinze anos e Carolina supôs que ele nunca havia conversado com alguém que não fosse da própria família. Ele morava na fazenda em Itu, por isso era a primeira vez que se viam. Seus olhos eram de um tom azul tão claro que parecia o mar em uma tarde de sol. Ela sorriu, encorajando-o a responder, ele mordeu o canto do lábio e, quando falou, notou a fileira de dentes perfeitamente alinhados que ele possuía.

– Sou tímido – resumiu.

Daniel apertava uma mão na outra, nervoso, até que a mãe o chamou. Ele suspirou aliviado e afastou-se. Carol o observou, achando engraçado um menino tão tímido no meio de lobisomens que deveriam se mostrar os mais corajosos da humanidade.

Ele era forte, apesar de não aparentar, o jeans estava bem colado ao corpo e ela ficou curiosa em vê-lo com uma bermuda. A regata branca estava colada no abdômen sarado. Riu ao perceber que estava medindo o menino, levantou--se e foi ajudar as mulheres a arrumar as cadeiras para a missa de mais tarde.

– Carol! – Jacó a chamou e ela sentiu borboletas se formarem em seu estômago. Ele era o líder e, se a procurou, era para alguma tarefa importante. Ela alinhou a última cadeira e foi até ele.

– Posso ajudá-lo em algo?

– Sim. Peço que nas próximas reuniões não confronte seus líderes. Se não concordar com algo, solicite opinar antes de nos fazer passar por idiotas.

A garota franziu a testa, confusa. Não havia feito isso ou talvez sim, mas porque ficou com raiva da forma que Reinaldo se referiu a ela. Carol ameaçou falar, mas Jacó adiantou-se:

– Cá entre nós, gostei da sua atitude. Só cuidado para não bater de frente com ele. Reinaldo é todo machão, então deixe-o pensar que venceu.

Ela sorriu e concordou uma vez com a cabeça. Jacó a abraçou e lhe beijou o rosto.

– Estava nervosa, vou me controlar. Prometo.

– Preciso de um favor seu.

– Claro, o quê?

– Preciso que volte para nossa vila e...

•

Passava das duas da tarde quando Ellene acordou. Estava na cama de Tom e nos braços dele que, mesmo dormindo, acariciava seus cabelos. Fechou novamente os olhos, sentindo o cansaço dos últimos dias. Se pudesse, dormiria por mais vinte e quatro horas, então, ajeitou-se, apoiando a cabeça no peito nu do rapaz, acordando-o sem querer. Manteve-se quieta, esperando que adormecesse de novo, mas ele começou a pensar, o que não facilitou a deixar o sono retornar.

Ele ficou feliz ao perceber como estavam, mas, ao ver o olho roxo de Ellene, perdeu o momento mágico. Beijou sua cabeça, achando que dormia, e ficou pensativo, recordando o episódio daquela madrugada.

Quando foi puxado para trás, conseguiu ver um vulto. Seu rosto era assimétrico e o choque que sentiu no corpo o lembrava das sensações do toque gelado dos vampiros. O coração do agressor batia normalmente, não acelerado como estaria o de um humano ou o de um lobisomem. No segundo soco, ele viu um lampejo avermelhado e dourado, mas as cores sumiram quando caiu no chão, quase desacordado. O vampiro era forte e, como o surpreendeu, Tomás não conseguiu se defender.

Ellene virou-se, beijou o peito do amigo e ergueu os olhos. Sentiu uma carícia em seus cabelos, percebendo que ele afastou os pensamentos sombrios ao percebê-la desperta.

– Boa tarde, bela.

– Boa tarde, belo – disse e sorriu. – Aquilo era um vampiro? – perguntou, curiosa.

– Sim. – Ele beijou o roxo no canto dos olhos dela e ficou de frente para Ellene. – E era muito forte. Acho que tinha poderes também. Só não entendo por que ele parou de me bater e foi embora.

– Porque eu pedi. – Ellene brincou, ainda estava assustada com o ocorrido.

– Ah, tá! Você é toda gata, mas duvido que um vampiro não me mataria porque um lobo pediu.

– Loba em formação! – corrigiu petulante, sorrindo. – Estou brincando, Tom, não vi muito, mas acho que ele parou porque atacou a pessoa errada. É a única explicação sensata que eu encontrei.

– Eles não deixam lobos vivos se encontram um.

Era o que ele ensinava a ela desde criança: a se defender dos ataques, a camuflar-se quando ela demonstrou ter dons, a gritar como uma humana histérica e maluca para chamar muita atenção e não ser morta. Ele era seu mentor desde que se lembrava, porém algumas coisas não se encaixavam mais na verdade absoluta dos lobos e ela começava a duvidar de que as raças eram assim tão inimigas.

Por que, então, o vampiro mais horrendo que viu na vida a deixou ir embora e ainda a convidou para um baile de verdade? De reis, rainhas, condes e vestidos de festa?!

– Preciso de um vestido! – falou de repente, assustando Tom.

– O quê?!

– Preciso de um vestido. Um vestido bufante, antigo, de festa! Daqueles que só se vê em novela de época. Preciso de um! Azul... ou... ou verde! Verde-água seria perfeito! – sussurrou, sonhadora, roubando uma risada gostosa de Tom.

– Por que você precisa de um vestido velho?

– Porque eu quero um – disse e fez bico. – Vou sugerir uma festa de época na escola, o que você acha? – mentiu.

– Quem vai acompanhá-la ao baile?

– Baile? Que baile? – Assustou-se, achando que ele tinha escutado a conversa que teve com Nicolae.

– O que você vai sugerir para a escola, ué? – Ele riu. – Não quero outro a acompanhando! Eu que serei o seu príncipe.

– Mas você nem estuda mais e eu nem sei por quê.

Ele mordeu o lábio, pensando em como responder aquilo. Respirou bem fundo e começou a enchê-la de beijos. Deixaria a bronca para outra hora, mas ela se afastou, exigindo uma resposta.

– Porque sou idoso. Já terminei meus estudos há muitos anos. Agora sou professor e você sabe.

– Há quantos anos?

– Antes de... você nascer – mentiu.

– Eu sei que o meu metabolismo é lento, mas eu me lembro bem de você estudando quando eu era pequena.

Ele beijou os lábios dela várias vezes até ela desfazer o bico. Algumas coisas relacionadas à vida de Ellene eram mantidas em segredo apenas para que não se sentisse tão diferente das outras pessoas. Não ter se transformado ainda era um pesadelo para ela e se soubesse que sua idade era maior do que a deixavam saber, talvez entrasse em crise. Mas ela ouviu toda a conversa mental de Tom enquanto ele tentava encontrar uma resposta coerente. Levantou-se da cama com lágrimas nos olhos, cruzou os braços e esperou.

– Me explica... isso tudo aí! – Apontou para ele fazendo círculos que indicavam a cabeça dele, seus pensamentos.

– Elle... sente-se aqui – chamou-a, mas ela negou. – Você é diferente, você sabe.

– Esquisita, mais esquisita do que eu achava. Fala logo!

Ele torceu os lábios, os pais dela o matariam se soubessem que ele lhe contou a verdade.

– Eu tenho sessenta e dois anos. – Ellene arregalou os olhos e levou a mão até a boca, surpresa. – Tive minha primeira transformação aos quinze e continuei me desenvolvendo até ficar assim. Não sei quanto tempo temos de vida, alguns de nós tem mais de trezentos anos, você sabe... outros morrem de repente, ou por envelhecerem ou por serem mortos... enfim... você sabe.

– Sei. E?

– Mas, quando eu nasci, você era uma menina de nove ou dez anos.

– Eca! Eu tenho setenta anos?

Ele negou, sentou-se na beira da cama e pegou as mãos dela, segurando-as com firmeza.

– Um pouquinho mais que isso... não sei exatamente quanto, mas você demora a aparentar mais idade. Comecei a lhe ensinar quando eu tinha quinze anos de verdade. Você aparentava ter doze ou treze e sua cabeça também se desenvolvia nessa lentidão. Ninguém sabe por quê, mas fiz minhas contas e você levou uns oitenta anos para ter a aparência que tinha com dezesseis e começar a acompanhar o raciocínio de todo mundo.

Ellene se sentou na cadeira que estava junto à escrivaninha, não entendia boa parte do que Tom dizia, mas muito daquilo fazia sentido, pois se lembrava claramente de ficar mais tempo nas turmas na escola e demorar a passar para a classe mais avançada. Ela o encarou com os olhos arregalados, esperando por mais informações. Ele continuou, mesmo não sabendo como lhe explicar.

– Sua mãe diz que é porque você é diferente. Acha que agora você é como nós e que, em breve, terá sua transformação.

– Você quer dizer que eu levo anos para completar um ano fisicamente e mentalmente? A dislexia que vocês falam que eu tenho é bem grave então, né?

Ele riu, meio sem graça, colocou as duas mãos nas pernas da cadeira e a puxou com força, fazendo Ellene ficar mais perto dele para poder confortá-la.

– Sim... é bem grave. Mas a dislexia normal uma hora fica estagnada. A sua estagnou e agora você é totalmente normal.

– Antes eu não era? – Ele fez uma careta e acariciou as mãos da garota. – Como eu nunca percebi? E meus aniversários? Como... eu não entendo.

– Também não sei, Elle, mas raramente faziam festa para você e, quando você cobrava, não falávamos a idade. Depois que você completou quinze anos fisicamente, é que começaram as festas anuais. Você tem crescido normalmente, se desenvolvido na escola... É a mais inteligente entre nós, agora. Já reparou como é esperta? Talentosa? Ei... foi para o seu bem...

– Para o *meu* bem? Eu tenho um século de vida ou sei lá quantos anos! Estou atrasada *mesmo* para virar loba! – esbravejou, chateada.

Estava tão confusa que não sabia nem o que perguntar. Por fim, decidiu deixar a explicação para os pais. Via a angústia em que deixou Tom e ele não tinha culpa se os pais mentiam para ela. Ou tinha, por saber de coisas e não compartilhar. Bufou, mas deixou-se ser abraçada, mesmo não querendo contato algum com ele naquele momento. Pensou em Milosh, nos olhos verdes de seus sonhos, na voz rouca que a deixava arrepiada. Pensou nas tantas anormalidades em sua vida e que talvez houvesse uma explicação para elas. Talvez tudo não passasse de lembranças de épocas em que era lerda demais para se lembrar de estar viva. Sentia-se mais anormal do que sempre achou ser.

– Elle, não chora, por favor, não chora. Você corta meu coração assim! – sussurrou, acariciando os cabelos dela e afagando suas costas com a outra mão. – Você é especial, só isso. É o único lobo que eu conheço que tem poderes além da força que nós geralmente temos.

Ela balançou a cabeça, cansada da conversa, levantou-se bruscamente, bateu sem querer a cabeça no queixo de Tomás e saiu do quarto, desta vez não pela janela, mas pela porta da frente. Tom foi atrás, esfregando o queixo dolorido e chamando por ela.

– Ellene, calma, volta aqui!

– Vou comer alguma coisa, Tom, e tentar dormir. Sugiro que faça o mesmo – resmungou. Tom a puxou pelo braço e a pressionou contra seu corpo. O aperto foi tão forte que ela apenas apoiou a cabeça no ombro dele e esperou até que decidisse soltá-la. Sentia-se culpado por contar que ela era mais velha que ele e esperava que isso não influenciasse no namoro deles. Ela riu ao ouvir seu pensamento e quase acabou com suas esperanças lhe dizendo que não eram namorados.

– O que é isso? – perguntou uma voz aguda que fez os dois se afastarem rapidamente, como se estivessem fazendo algo errado.

Ellene limpou as lágrimas e Tom ficou desconcertado, observando a garota morena que estava com os braços cruzados encarando-os. Ao vê-la, Ellene riu, segurou a mão de Tom, entrelaçou os dedos aos dele e, de forma divertida, lhe respondeu:

– Isso é um casal se reconciliando depois de uma briga, Carolina.

A garota fez uma careta, deu as costas a eles e saiu bufando, pisando tão firme que fazia a poeira subir. Tom olhou Ellene irritado.

– Precisava fazer isso? – sussurrou, apontando discretamente para a garota.

Ela riu ainda mais depois de ouvir os pensamentos da loba.

Venho até aqui para ajudar esse idiota e sou obrigada a vê-lo de agarramento com aquela vampira. Sanguessuga do car...

– Precisava, ela sempre me xinga de sanguessuga ou vampira quando estou perto de você.

– O quê?! – Ele arregalou os olhos e Ellene viu quando, em vez de se irritar, ele ficou analisando o corpo da garota. Ela deu um tapa no ombro dele e saiu andando, irritada. Ele rapidamente se recuperou e a seguiu. – Por que ela chama você disso?

– Das vezes que eu escutei, que foram muitas, foi porque eu sugo você, abuso da nossa amizade e roubo seu amor para mim – respondeu séria. – Vai lá se desculpar por mim, eu sei que quer fazer isso.

•

Assim que terminou, Ellene fechou a porta e a trancou. Ela nunca trancava e Tom riu, pois era nítido seu ciúmes. Ele fez exatamente o que ela havia falado: foi até a garota se desculpar.

Encontrou-a sentada na beirada de uma das hortas. Ela mexia na terra escura, afofando-a, e depois enterrava uma semente. Estava conversando consigo mesma, falando muito baixo sem que ele conseguisse decifrar o que dizia. Ao ouvir seus passos, levantou-se, limpando as mãos na calça. Poucos sabiam que a garota vaidosa gostava de mexer com a terra e suas bochechas ficaram vermelhas no mesmo instante.

– Desculpe a Ellene, ela está passando por maus momentos.

– Não vi nada de errado na atitude dela – resmungou, tirando os cabelos do rosto e sujando a bochecha com terra.

Tom limpou a terra com a sua mão. Assim que a tocou, sentiu uma onda elétrica passar por todo o seu corpo e afastou-se, assustado.

– Credo, você está elétrico! – disse, rindo de nervoso. – Vocês estão namorando? – perguntou em seguida, mais baixo.

Ficou desconcertado. Pensar que estavam namorando era uma coisa; mas afirmar para outra pessoa era outra bem diferente. Ainda mais sendo ela.

– Na verdade, não sei – admitiu. – Mas acho que sim.

Ela fez uma careta e voltou a limpar as mãos na calça, guardando o saquinho de pano com as sementes no bolso de trás. Ficaram em silêncio por um tempo, ambos olhando para o chão. Tom foi quem o quebrou:

– Então, desculpe-me por ela...

– Novamente, não acho que ela fez algo errado. Eu não tenho nada a ver com a vida de vocês. – Bufou, encarou Tom por um segundo e soltou o ar. – Jacó me mandou voltar para ajudá-lo a vigiar a vila.

– *Você*, me ajudar? – Ele riu, foi inevitável. Não sabia que ela já havia se transformado.

– Qual a graça, Tomás? – Ele arregalou os olhos ao ouvir o tom cortante dela, coçou a nuca timidamente e sentiu as bochechas corando. – Sou uma mulher, agora, como você. Igual.

– Mas eu não sou mulher – disse ele e riu.

– Você entendeu. – Ela riu junto, empurrando de leve o ombro dele. – Virei loba, amadureci, transformei-me... como você quiser nomear. Agora sou adulta. Uma lobisomem.

– Uma loba linda – sussurrou, cabisbaixo, fazendo Carol o olhar assustada, pois não esperava o elogio.

– Obrigada, Tom, está perdoado por ter rido de mim antes.

•

De longe, Ellene bebia seu suco de groselha e observava os dois. Possuía poderes, mas ainda não era capaz de ouvir uma conversa a mais de um quilômetro de distância. Ela viu os dois rindo e Tom olhava Carol da mesma maneira que olhava para ela. Viu que ele fez carinho no rosto da garota e não gostou. Fechou a cortina e foi até o quarto, tirando do decote o papel com o endereço e o telefone do vampiro que a convidou para o baile.

Vestiu-se com jeans, uma camiseta branca de gola larga para mostrar o ombro e o top vermelho que estava usando por baixo, um tênis e saiu, levando a bolsa transversalmente no corpo e as chaves do carro. Olhou na direção dos dois de novo, Tomás fazia cócegas em Carolina e ambos riam de algo que ela não podia ouvir. Ellene bateu a porta do carro e nem o som chamou a atenção do seu *namorado*.

– É isso aí, Tom, fica com a nova lobinha, que a esquisita vai passear com o inimigo. – Ela deu ré até sair da vila. Na portaria, endireitou o veículo e saiu cantando pneus.

Ela olhou mais uma vez o mapa que tirou do Google para acertar o caminho até a tal chácara. Passava das quatro da tarde e calculou que chegaria ao local dali uma hora ou um pouco mais. Seria bom, assim não o acordaria se estivesse dormindo. Na estrada, o vento e a paisagem com árvores e montanhas a acalmaram um pouco. Quando chegou ao quilômetro indicado, entrou na rua de terra e procurou o portão com a placa "Chácara Raios de Sol". O nome a fez rir na primeira vez que leu o papel e, quando se deparou com a placa em madeira, riu novamente. O vampiro devia ser um comediante: na placa havia talhado um sol amarelo e uma cruz na transversal do sol, o nome da fazenda e, bem pequeno, estava escrito um "bem-vindo!".

A portaria estava aberta, por isso avançou pelo caminho de terra e pedras. Ao seu redor, havia pinheiros enormes e verdes, e o perfume deles a levou à época de Natal. O caminho era curto e logo avistou a casa principal, que era térrea e ampla. Parecia simples do lado de fora, toda de madeira escura, lembrando um chalé, com janelas dos dois lados da porta de entrada. Havia uma rede na varanda e sofás de jardim decorando o ambiente. Ela estacionou atrás de uma Ranger preta, totalmente vedada por uma película muito escura no vidro.

Ficou nervosa de repente. Tudo ao seu redor lhe mostrava uma fazenda comum, exceto pela falta de animais, empregados e pelas janelas do carro e da casa estarem bloqueadas para a luz solar. Respirou fundo várias vezes até tomar coragem e sair do automóvel. O sol estava se pondo, sentou-se no capô do Uno e decidiu esperar. Ele saberia que ela estava ali assim que acordasse, isso se Tom estava certo sobre eles sentirem o cheiro dos lobos.

– A que devo a honra? – Uma voz grossa a fez pular, assustada. Ela virou o rosto e viu o vampiro à porta da casa, ele abriu apenas uma fresta.

O que eu fiz? Perguntou-se, deslizando pelo capô e indo até a porta do carro. Sua mente gritava consigo mesma para ir embora, sair correndo o mais rápido que pudesse. Acreditava que só teria respostas indo com ele até o baile e por este motivo permaneceu onde estava. Precisava controlar seu medo.

– Você me convidou – respondeu, puxou a bolsinha que estava no banco do passageiro e andou devagar até a casa. Seu coração batia tão forte que conseguia até ouvi-lo.

O vampiro a encarou, havia um brilho diferente no fundo dos seus olhos, mas ela não conseguiu enxergar a expressão do rosto dele escondido nas sombras. Só ouviu o ranger fantasmagórico da porta ao se abrir e avistou o vão escuro entre o lado de fora da casa e o de dentro.

Capítulo 13

O teto tinha rachaduras estranhas, que pareciam formar a imagem de um rosto. Ele passou o restante da tarde analisando-as, tentando dormir desde que seu amigo Benjamin saiu do quarto. Heidy resolveu que aprenderia a bordar, *já que era um dos hobbies chatos preferidos da verdadeira Elizabeth.* Era impossível fechar os olhos e dormir sabendo que seria pego e degolado, e que, se ela estivesse viva, nunca saberia que seu ato foi para tentar salvá-la.

Pela milésima vez, deitou-se de bruços colocando o travesseiro sobre a cabeça para diminuir o jorro de pensamentos. Chiou quando percebeu que era melhor desistir da ideia, sentou-se na cama, vestiu os chinelos e arrastou-se até o banheiro. Não havia entrado no cômodo ainda e a banheira o fez suspirar. Um banho de banheira relaxante o faria dormir, com certeza. Precisava disso.

Despiu-se rápido, como um mendigo que não vê água há semanas, deixou as roupas no chão enquanto a banheira enchia e fazia espuma com os sais que jogou na água. Ajeitou-se e fechou os olhos depois de desligar a torneira. A água estava na temperatura certa para um ser humano e, para ele, quente o suficiente, como um cobertor em dia de inverno. Inspirou e soltou o ar, sentindo a massagem leve que o balançar da água fazia, o perfume de cravos e flores lhe impregnando as narinas, deixando-o relaxado.

Foi levado a um lugar escuro assim que adormeceu. As paredes pareciam leitosas ao toque e o chão pronto a desmoronar, mas ele não sentia medo. Avançava como um guerreiro, a espada na mão direita e, com a esquerda, guiava-se para não tropeçar ou esbarrar em algo. Ouviu um lamento, era o choro de uma mulher. Muito longe, uma luz começava a iluminar o ambiente. Era estreito, pequeno e desigual como a entrada de uma caverna. Ele avançou mais rápido, ouviu vozes e percebeu que não estava sozinho.

Sinalizou para o homem ao seu lado, mandando que avançasse pela direita que ele iria pela esquerda. Os que estavam atrás apenas confirmavam que dariam cobertura. Quando chegaram perto da abertura, o homem ao seu lado quis entrar primeiro. Todos ouviram um som de queda e avançaram de uma só vez, adentrando o local.

•

Milosh abriu os olhos, estava imerso na água morna. Sentou-se, exasperado, molhando boa parte do banheiro. Ofegava e sentia pontadas profundas no peito. Levou a mão ao local, dobrando-se sobre si mesmo e chamou por Heidy.

– Heidy! – gritou. – Heidy! – Sua voz carregava uma dor devastadora.

Ela adentrou o banheiro com os olhos arregalados, era a imagem de Elizabeth. Os olhos claros o fitaram por meio segundo antes de se aproximar da banheira e tocá-lo no peito, pressionando onde a mão dele estava.

– O que houve? – perguntou baixo, amedrontada.

– Está doendo, está doendo demais... – Não conseguia entender aquela dor. – Ajude-me.

Sentiu-se obrigado a recostar na banheira e rugiu ao perceber algo gelado sobre si. Gemeu em seguida ao sentir um impacto forte contra seu peito. Pensou ter ouvido Elizabeth ganhando fôlego pouco antes de sentir o que pareceu um soco. Viu tudo escurecer lentamente e, exceto pela dor, achou que ainda estava dormindo.

– O que houve? – Julie e Benjamin ouviram os gritos do vampiro quando chamou por Heidy e, ao notarem a rainha sobre ele, toda molhada e com lágrimas no rosto, rapidamente se aproximaram.

Heidy tentou manter a calma quando respondeu, usando o jeito leve de Elizabeth falar.

– Não sei, ele está sentindo dor. Chamou pela Heidy... O que essa bastarda fez com ele? – Ela mordeu o lábio para não rir ao se chamar de bastarda, não era momento para se ter senso de humor.

Benjamin correu até o amigo e o retirou da banheira. Julie os acompanhou com toalhas nas mãos. Enquanto o marido deitava Milosh na cama, ela o cobria com as toalhas. Ele estava febril, quente como um humano e cheirava como um humano. Heidy parecia perdida com a cena, sabia como ajudar, mas não se lembrava se Elizabeth possuía conhecimentos de ervas, não podia estragar seu disfarce. Ela viu os olhos de Milosh se fecharem totalmente e ele soltou um suspiro como quem entrega a alma. Ela gritou, correu até sua bolsa e pegou bolsinhas de ervas e sais. Se a rainha não soubesse nada de magia, diria que aprendeu enquanto esteve afastada.

Julie e Benjamin estavam tão assustados quanto ela e se afastaram quando Heidy começou a jogar os sais sobre o corpo nu de Milosh. Ela puxava as toalhas e o cobria com um pó cor de terra.

– O que está fazendo? – perguntou Julie.

– Pegue, ajude-me. Misture com água e faça-o beber, jogue na garganta dele! – ordenou, entregando um pote de vidro para a mulher. Seu conteúdo continha uma mistura de ervas e álcool natural que o despertaria do desmaio. Esperava que fosse apenas um desmaio.

Ela se levantou rapidamente, obedecendo a rainha. Usou um copo de cristal que havia no quarto, misturou um pouco do conteúdo com água e, com a ajuda de Benjamin, despejaram o líquido na boca de Milosh, que parecia morto naquela cama.

Heidy deu outro soco no peito dele ao mesmo tempo que ordenou:

– Respira!

O vampiro engasgou e começou a tossir o líquido. Sentou-se na cama assustado, com os olhos arregalados e as pupilas avermelhadas. Ele colocou a mão no peito gemendo de dor e encarou alguém além deles, como se estivesse atrás dela.

– Miloh, concentre-se em mim.

Heidy segurou o rosto dele entre as mãos, obrigando-o a encará-la. Usou um de seus dons para ver o que ele via, mas estava difícil penetrar na mente do homem. Ela sabia do que seu dom era capaz, mas não estava preparada para aquilo. O desmaio e a mente fechada não faziam parte da ilusão ou talvez ele estivesse suscetível demais, facilitando o acesso aos seus sentidos. Por mais que quisesse, ele exatamente como estava, totalmente vulnerável, não estava preparada para perder o amor de toda uma vida.

– O que está acontecendo? – perguntou Benjamin, parecia genuinamente aflito. Heidy tentou não pensar no que tinha feito. Era necessário para obter de uma vez o que sempre lhe pertenceu.

– Feitiçaria. Magia negra. Alguém entrou aqui ou deu algo de comer a ele? – perguntou, olhando para ambos.

– Não que eu saiba, majestade – respondeu a mulher.

Mas Heidy sabia muito bem o que estava acontecendo com ele. Ela se sentou no colo de Milosh e com um gesto o fez encará-la. Ele sorriu, levando as mãos ao corpo dela. A híbrida fechou os olhos e sorriu.

– A mistura está reagindo, ele vai ficar bem.

– Tem certeza?

Ela abriu os olhos e assentiu. Sentia a parte viril do homem embaixo de si, ele estava respondendo, primeiro, fisicamente. Depois, sua mente acordaria do transe e ele voltaria ao normal.

– Tenho, mas é a segunda vez que algo do tipo acontece com ele, desde ontem.

Milosh, que mal se dava conta do que estava fazendo, puxava o corpo dela contra o seu como se estivessem sozinhos. Heidy precisou segurá-lo com força para que parasse de provocá-la e continuou explicando, num tom mais baixo, que escondia a vontade de se aproveitar da situação em que ele estava.

– Ontem ele acordou e a mão estava com uma ferida, parecia que tinha saído ao sol sem proteção.

– Será que Heidy esteve por aqui? – perguntou-se Benjamin, encarando a rainha.

Julie o olhou e soltou um suspiro alto.

– Ele ficará mesmo bem? – Ela estava constrangida com as reações de Milosh, queria sair do quarto e deixá-los a sós, percebeu.

– Sim, ficará. E não creio que Heidy tenha estado aqui. Mas vamos descobrir o que fizeram com meu marido, custe o que custar!

Ambos concordaram com a cabeça e saíram do recinto, confusos. Heidy usava seu dom persuasivo para que não houvesse mais perguntas. Sentir Milosh pronto embaixo dela estava enlouquecendo-a. Assim que a porta foi fechada, ela se moveu, provocando-o, as mãos do vampiro tatearam sua roupa e ele a despiu em um único movimento.

Ela sabia que ele não se lembraria depois, sabia que não deveria deixar que se esforçasse fisicamente, mas o queria há muitos séculos e talvez fosse sua única chance de tê-lo daquela forma. Não ligava mais para a rainha ou para a sua consciência em relação à mulher que um dia foi sua melhor amiga. Apenas o queria dentro dela, naquele instante.

Mal terminou o pensamento e ele a preencheu, de uma vez, sem carícias ou aviso. Foi brutal, totalmente físico e dominador. Ela precisou morder o ombro do vampiro para não gritar, e ele continuou os movimentos, invertendo as posições, a tomando como mulher. Milosh gemia como ela nunca o imaginou fazendo, por ser sempre contido e educado. Ele a fazia se lembrar dos homens das cavernas, que pensavam apenas no próprio prazer, em se satisfazer e nada mais. Porém, a diferença é que ele agia exatamente como ela queria. E como ela previu.

Chegaram ao ápice juntos, Heidy arranhando fortemente as costas do vampiro e ele a preenchendo com tal violência que a fez gritar e tremer sen tindo o corpo perder as forças. Logo em seguida, o sentiu pesado, as reações físicas o haviam deixado exausto, e ele dormiu encaixado nela.

Acariciou o corpo dele, esperando o próprio tremor parar, e fechou os olhos, cansada. Estava usando seus dons em demasia e não havia se alimentado ainda naquela noite. Ela queria mais dele, queria que ele continuasse a se movimentar, mas concluiu que, se o acordasse, ele não a desejaria novamente, o torpor do envenenamento teria passado.

Murmurou poucas palavras, acariciou a pele dele e o chamou baixinho, beijando seus lábios. Milosh abriu os olhos, permanecia quente como se estivesse febril. Ele a encarou e demorou um pouco para perceber que estavam unidos. Arregalou os olhos e ameaçou desconectar-se dela, mas Heidy não deixou, mordiscou o lábio dele esperando que ele despertasse totalmente da magia.

O vampiro estava confuso, seu corpo doía, a cabeça parecia estar enevoada. A única coisa que ele tinha consciência era de estar ficando excitado. Elizabeth o pressionava com o corpo, fazendo com que se esquecesse que estava fraco. Milosh gemeu, encostou os lábios no seio da mulher. Não fazia nada, apenas respirava o cheiro de flores que vinha dela; porém, ao observá-la bem, notou que um pó marrom estava grudado na pele dela. Ele ergueu o rosto e se lembrou de que era Heidy.

– O que aconteceu? – sussurrou, tentando se desvencilhar dela, mas ela não deixou.

– Você passou mal... eu o salvei e... bem, você sabe. – O tom que usou era apenas explicativo. Ela se moveu um pouco e ele sentiu a provocação. Há anos não se deitava com uma mulher e o que ela queria era o desejo genuíno de Milosh.

– O que você fez?

– Nada. Salvei você – disse e reprimiu um gemido. Ela estava conseguindo, pois seu corpo não podia mentir, mesmo se o olhar e os lábios parecessem negar o que ele queria.

– Me salvou do... quê? – Ele se moveu, mantinha os lábios agora pressionados na pele dela. Heidy deixou o pescoço à mostra, convidando-o a se alimentar.

– Me morda, Miloh, você precisa para se recuperar totalmente. Eu explico para você quando estiver bem.

Ele negou. Sentia-se pesado, como se tivesse apanhado, e com fortes dores no peito. Ergueu-se devagar, forçando o corpo a obedecê-lo, e foi até o banheiro. Olhou o ambiente molhado, a bagunça que estava o quarto e se assustou. Tentou se lembrar de alguma coisa, mas não conseguiu. A híbrida já estava em pé atrás dele.

– Tive um sonho – lembrou-se. – Estava em um lugar muito escuro, acompanhado de algumas pessoas. Parecíamos guerrear em uma batalha. De repente, senti uma pancada no peito e, quando acordei, estava... nós estávamos... fizemos amor? – sussurrou descrente e finalmente a olhou.

Heidy mantinha a imagem de Elizabeth e estava nua, o corpo cheio de marcas vermelhas e arroxeadas que ele tinha ideia de como foram feitas. Os seios eram os mais afetados. Demorou, mas lembrou-se de que também estava nu e que demonstrava que a desejava. A mulher sorriu aproximando-se sedutoramente. Milosh apenas encarou-a, exigindo uma resposta.

– Sim. – Ela tentou uma nova aproximação, mas ele a deteve.

– Como você fez isso?

– Alguém está envenenando você, Vasille. Eu precisava fazer seu corpo reagir ou agora você seria um vegetal.

– Vampiros não viram vegetais.

– Em que mundo você vive? Tudo pode acontecer – respondeu, áspera, passando por ele, abrindo a torneira do chuveiro e obrigando-o a entrar embaixo da água morna.

Ela o ajudou a tirar os sais e as ervas que havia jogado em seu corpo e não ousou provocá-lo. Em poucos minutos, estavam prontos para se encontrar com os outros.

Milosh permaneceu pensativo durante quase todo o jantar. Possessivamente ao lado de Elizabeth, pois precisava saber se ela tinha alguma ligação com o que aconteceu.

A conversa entre as mulheres estava divertida. A mansão havia abrigado, desde a localização da rainha, cerca de dez famílias e alguns vampiros que não eram casados. Todos a bajulavam, faziam lhe perguntas, queriam detalhes de sua jornada e informações sobre suas decisões para os que infringiram as leis enquanto esteve desaparecida. Heidy era cautelosa nas respostas, e vez ou outra Milosh invadia sua mente e lhe dava as respostas necessárias. De longe, ela o enganaria muito bem se não soubesse da verdade.

Na sala onde estavam havia um piano branco de cauda. Vasille levantou-se e foi até lá, posicionando-se para tocar o instrumento. As pessoas ao redor, que o conheciam, espalharam-se à sua volta para ouvir a música. O vampiro era conhecido como um virtuose. Uma das mulheres que paparicavam Elizabeth chamou sua atenção, informando que o marido iria tocar. Ela virou-se, cruzou as pernas e passou a observá-lo. Tinha um sorriso de admiração nos lábios.

O vampiro ergueu a tampa, retirou a proteção de pano vermelho, enrolou--a, colocando-a de lado, e iniciou a música. Seus ombros estavam tensos, as mãos pesadas devido aos anos sem prática, as notas soando fracamente, desconexas. Estava reconhecendo o instrumento. Começou a pensar no sonho, em todas as adversidades pelas quais estava passando, na saudade que tinha da esposa e, então, a música ganhou vida e melodia. Mesmo quem não entendia de partituras musicais ou instrumentos podia sentir a música. O início era romântico, suave, mas forte, como é o sentimento para um vampiro. A harmonia ganhou corpo devagar, num ritmo exasperado, de pavor. Milosh imaginava uma fileira de violinos acompanhando-o e tornando a música um hino de guerra.

Alguns estavam com lágrimas nos olhos, vendo a força com que ele batia nas teclas e arrancava o som dolorido do instrumento. Outros balançavam o corpo no ritmo, a face sisuda exatamente como o sentimento melódico indicava. Então, o som morreu. Milosh deixou ecoar por alguns segundos a última nota. Uma mulher ameaçou bater palmas e ele sentiu o coração pulsar. As notas eram como as batidas de um coração que voltava à vida. Soou uma vez, morrendo novamente por mais duas pausas; soou outra vez e, na terceira, a melodia romântica do início retornou, mais viva.

A melodia romântica significava o reencontro dele com sua amada. Continuou a tocá-la, mesmo sabendo que nada daquilo era real. Lembrou-se dos corpos nus no banheiro. Como foi fazê-la mulher – Elizabeth, não Heidy. As pessoas estavam prendendo a respiração e, então, a música chegou ao auge: acordes agudos, fortes e rápidos. Deixou a última nota soar e uma mais grave segui-la – ele e ela eternamente juntos.

Heidy já estava em pé ao lado dele, enxugava as lágrimas com um lenço que Julie lhe entregou. Todos bateram palmas quando a música terminou, a maioria perplexa com o sentimento que ele conseguiu transmitir. A mulher sentou-se ao lado dele e o abraçou, escondendo o rosto no peito do vampiro. Milosh beijou-lhe a cabeça, acariciando os cabelos louros e a face pálida. Sussurrou baixinho, mas muitos o ouviram.

– Eu a amo mais que minha própria vida.

Ela não respondeu e ele não esperava por uma resposta. De repente desvencilhou-se dele e levantou-se, deixando o local em direção aos jardins. Milosh agradeceu aos que assistiram à apresentação.

– Minha esposa me chama – disse sorrindo e foi atrás de Heidy. A frase faria com que mais ninguém os seguisse e teriam um pouco de privacidade.

Ele a encontrou perto do muro que separa a rua da mansão. Ela estava de costas, observando as flores, abraçada a si mesma e resmungando. Milosh a abraçou pela cintura e deixou que ela apoiasse o corpo ao dele. Ainda chorava e isso o fez sentir-se mal.

– Perdoe-me.

– Não, Miloh, eu entendo. Você a ama.

– Eu amo você – corrigiu, precisavam acreditar que era Elizabeth e com certeza eram vigiados.

– Não... você ama a mulher que desapareceu. Não sei mais quem eu sou. – Disfarçou o erro e apoiou a nuca no peito dele.

Milosh limpou as lágrimas dela e a fez virar-se. Segurou seu rosto entre as mãos, sabia que havia algo de sincero no que ela dizia. Heidy havia mudado muito desde a época em que se conheceram.

– Você pode ser o que for, nunca vou deixar de admirar e amar você – acrescentou, em pensamento: *Heidy*.

Ela o apertou no abraço e ficaram assim por quase uma hora, um acariciando e consolando o outro, pois ambos sofriam do mesmo mal: amor.

Benjamin tossiu ao se aproximar deles. Heidy limpou o rosto discretamente e se afastaram para olhá-lo.

– Desculpem minha indiscrição, mas há algo que precisa de sua intervenção, majestade.

– Aconteceu alguma coisa? – perguntou Milosh enquanto ele e a rainha acompanhavam Benjamin para dentro da casa.

– Sim e não.

Quando entraram, Julie estava com um caderno na mão e anotava algo que uma das mulheres estava lhe dizendo. Todos ficaram em silêncio e olharam para Elizabeth, admirados. Foi Julie quem respondeu.

– Gostaríamos de saber se a senhora aprova a data que escolhemos para a apresentação de seu retorno.

– Qual data? – questionaram ela e Milosh juntos.

– Nesta sexta-feira, após o anoitecer.

Heidy olhou para Milosh, estava com um sorriso iluminado no rosto. A tristeza de antes havia desaparecido e ela esperava pela aprovação dele.

Por mim, tudo bem, mas é você quem deve demonstrar que decidiu – disse-lhe por pensamento e, no rosto, manteve apenas um sorriso discreto.

– Em duas noites, é possível organizar tudo e convidar os que se mantêm fiéis?

– Sim, majestade. – Heidy amava ouvir as pessoas chamando-a assim.

Ela fingiu ponderar, todos estavam apreensivos com a resposta.

– Ótima escolha, então, Julie. Vamos nos organizar para a recepção nesta sexta-feira.

O ambiente tornou-se festivo, mulheres decidindo os pratos a serem servidos, homens fazendo cheques para ajudar na festa... Apenas Milosh permanecia perdido em pensamentos.

– Meu amigo, você está bem?

Ele encarou Benjamin e fez um sinal para que saíssem da casa. Ao se encontrarem no jardim, desabafou:

– Depois da festa, quantos dias ela terá para os testes?

– Deveriam ser feitos antes – comentou Benjamin –, mas ela passou por muita coisa, merece um descanso.

Vasille concordou, precisava de mais alguns dias para tirar Heidy da casa e prepará-la para o que viria.

– Quantos dias? – perguntou mais uma vez.

– Uma semana ou duas, não muito. Quando os boatos forem certeza, muitos pedirão provas de que é ela.

Benjamin deu um tapa amigável nas costas de Milosh e continuou:

– Precisa de ajuda?

– Ajuda?

– Em sua busca – acrescentou Benjamin mais baixo.

Milosh arqueou uma sobrancelha, confuso.

– Não entendi.

– Precisamos conversar. Vamos sair daqui?

Ele concordou e olhou para dentro da casa. Heidy parecia entretida com a preparação da festa e ele apenas lhe lançou uma mensagem em pensamento: *Estou saindo, volto ao amanhecer. Tome cuidado.*

Capítulo 14

Horas antes...

O vento frio não ajudava a deixá-la mais calma, muito menos as sombras que se espalhavam pela varanda da casa enquanto o sol se punha. O vampiro a chamou pelo nome, mandando que entrasse, e sumiu na escuridão. Ellene respirou bem fundo, dizendo a si mesma: *Coragem, você é quase uma loba!*

Forçou os pés a obedecerem até chegar aos degraus da varanda. Subiu os lentamente, perscrutando as sombras. Não adiantava sentir medo agora, havia ido até lá por vontade própria e não contou a ninguém por pura burrice. Quando ficou frente a frente com a porta, empurrou-a, e um som enferrujado a fez arrepiar. Não havia iluminação dentro da casa, nem uma fresta de luz que não fosse a que entrava pela porta.

Corajosa, adentrou o recinto. Havia um cheiro amargo dentro da casa, que ela entendeu ser falta de renovação do ar. Precisou piscar várias vezes para se acostumar à escuridão. À frente dela, havia uma mesa de madeira, quatro cadeiras e um castiçal simples com três velas grossas que pareciam ter acabado de ser acesas. Ellene procurou o vampiro, mas se viu sozinha.

– Se preferir, posso acender a luz. – Uma voz a assustou. Ela olhou na direção dele e sorriu, nervosa.

– Se puder, eu lhe agradeço. Não estou me sentindo muito à vontade. – A sinceridade era seu mal quando estava com muito medo.

Um brilho avermelhado iluminou o olhar do vampiro. Ele acendeu as luzes e apagou as velas. *Se a ideia era me assustar, ele está conseguindo,* pensou ela.

– Melhor? – perguntou, estendendo-lhe a mão. – Obrigado por ter vindo, confesso que pensei que não apareceria.

Ela o cumprimentou e se sentaram nas cadeiras.

– Obrigada, mas o senhor sabia que eu viria. – Ela viu a confirmação no sorriso que se estendeu nos lábios do vampiro.

Pelo carro que viu do lado de fora, não imaginava que a casa fosse tão humilde. Além da mesa e das cadeiras, havia um fogão a lenha e, atrás dela, um sofá de dois lugares que parecia o lugar menos aconchegante do mundo. Ela o encarou, visivelmente confusa.

– Achou que a levaria direto à minha residência? Não sou tão tolo – adiantou-se. – Mas a levarei, em breve.

– Acha que farei alguma coisa contra o senhor? – perguntou soltando uma risada nervosa.

– Não, mas precisava me certificar de que não traria seus amigos – explicou.

Nicolae estava elegante, vestido em um terno de linho preto, os cabelos penteados para trás e um lenço cinza-escuro arrumado como uma gravata, escondendo a cicatriz no pescoço. Ellene ficava mais desconfortável a cada segundo, por isso demorou um pouco para responder.

– Se eu avisasse que visitaria um vampiro, nem chegaria aqui. Me explica uma coisa? O que estou fazendo aqui?

O vampiro abriu um sorriso largo, o lábio repuxando de um jeito estranho para a direita. Ellene permaneceu no lugar, mas sua primeira reação foi de repulsa.

–Veio aprender boas maneiras e me responder se aceita ir ao baile comigo.

– Essa foi a desculpa que o senhor deu, mas eu quero a verdade.

– Um momento.

Mal ela piscou, o vampiro havia sumido de sua frente. Ellene olhou em volta, assustada, no entanto não precisou esperar muito. Com Nicolae de volta, continuaram a conversa. Ele a encaminhou para fora da casa.

– Você é diferente, fiquei curioso – explicou-se. – E senti vontade de ajudá-la.

– Diferente como? – Ela sabia a resposta, mas queria ouvir dele. Algo no modo como a olhava deixava claro que o vampiro não dizia a verdade e o que mais a incomodava era não conseguir ouvir o que se passava na mente dele.

– Humana, mestiça. Híbrida. Conheci apenas uma mulher como você e ela é incrivelmente poderosa.

Ellene agitou-se, pensando em sua mãe biológica. Levou a mão ao peito onde estava escondido o relicário e apertou o objeto.

–Você a conheceu? Pode me falar sobre ela?

O vampiro abriu a porta do carro e a fez entrar. Dirigiu para fora da propriedade, avançando por um caminho entre a vegetação sem vida daquela chácara. Ela continuava esperando por informações, o coração feminino cada vez mais esperançoso.

–Tem quantos anos? – Ele a olhou de relance e sorriu.

– É indelicada a sua pergunta... – *e eu não sei*, continuou somente para si mesma. Ainda estava magoada com Tomás e com seus pais pela mentira e por ficar sabendo que era mais velha do que imaginava. Não entendia o motivo de terem escondido tal fato dela e, se soubesse desde pequena que era mais velha, não acharia ruim agora, seria algo normal.

O vampiro riu ao ouvir sua resposta.

–Vou falar de minha filha, ela se chama Heidy. Já ouviu falar dela?

Ellene apertou os olhos, confusa. Resolveu esconder mais um pouco o motivo de sua curiosidade e apenas negou com a cabeça, deixando que Nicolae continuasse a história.

– É ruiva como você, tem olhos verdes e um corpo de tirar o fôlego. – Ellene fez uma careta com o comentário e ele riu. – É a vampira mais poderosa que eu conheço, depois da rainha, claro.

– Claro. Você disse que ela é vampira, mas que é igual a mim. Ela é metade humana?

– Sim. – Ele riu. – Igualzinha a você. – Ellene não entendeu a indireta e permaneceu com os olhos fixos no homem. – Demorou décadas para adquirir forma adulta e eu e a mãe dela sofremos muito para criá-la. Acredito que seus pais passaram pela mesma dificuldade, pensando que você fosse continuar um bebê vampiro sempre.

– Não... quero dizer, não sei. Soube hoje que tenho mais de vinte anos.

Nicolae riu, a mesma risada horripilante de que ela se lembrava. Encolheu-se, apertando as costas contra a porta do passageiro.

– Eu me esqueço de como sou exagerado – desculpou-se. – Como conseguiram esconder de você a sua idade? Ahhh... – Ela não precisou responder. – O cérebro também demorou a se desenvolver.

– Lerda e burra – resmungou, fazendo o vampiro rir de novo.

– Helena, você não é burra, muito menos lerda. Depois que seu corpo adquire a forma adulta, todos os poderes que você possuirá como vampira de verdade desenvolvem-se, incluindo a inteligência. A maioria dos mestiços tem uma inteligência invejável, é capaz de feitos que nenhum outro seria.

–Você falou que conheceu apenas uma como eu. Como pode saber que a maioria é assim?

– Muitos anos de vida me dão essa certeza. – Ambos respiraram fundo. – E sou o pai de duas delas.

– Duas?

– A mais nova morreu – informou, respirou fundo e mudou de assunto. – Acredito que tenha amadurecido há dez anos, estou correto?

– Não sei. Eu realmente não me lembro do que é antigo e do que é mais atual. Pensei muito sobre isso hoje e a única coisa que sei é que estou há seis anos no colegial – resmungou. – Isso não me torna a loba mais inteligente da humanidade.

– A loba, não – disse, rindo.

Chegaram a uma casa de aparência idêntica à anterior, com a diferença de parecer habitada. Havia luz iluminando a varanda e, havia um aroma maravilhoso de comida fresca.

O homem abriu a porta e indicou para que ela entrasse antes dele. Uma mulher que aparentava uns quarenta anos de idade, recebeu-os com um sorriso no rosto. Era baixa, magra, porém volumosa e usava roupas antigas, como as que Ellene tinha visto no antiquário. A garota abriu um sorriso de admiração, lutando contra a vontade de tocar no tecido. O vestido tinha mangas apertadas até o punho, era longo e escondia os pés da mulher, tinha um decote discreto num tom azul-claro e babados brancos. Ela usava os cabelos negros em um coque alinhado, brincos de pérolas e maquiagem apenas nos lábios e na bochecha.

– Esta é Helena, Joaquina. Helena, esta é minha esposa.

Ellene arregalou os olhos e encarou a mulher. Sentiu-se envergonhada por não ter perguntado antes se ele era casado.

– Muito prazer, Helena. – Cumprimentaram-se. – Eu sou uma bruxa – indicou, e Ellene estreitou o olhar, confusa.

– Ah... sou um lobisomem – informou ela com um sorriso afetado. – Quase – emendou.

Joaquina e Nicolae trocaram olhares, mas Ellene não pôde ouvir o que pensavam. A mente da mulher também era uma incógnita. Permaneceu na entrada até que o vampiro indicou o sofá e se sentaram.

– Quer beber algo, Helena? – perguntou a mulher.

O lugar era amplo e bem aproveitado, com cozinha americana, sala de jantar no mesmo ambiente e de estar no degrau abaixo. O piso de madeira estava coberto por um tapete bege fino onde ficava posicionado o sofá, com uma mesa de centro e uma estante no mesmo tom marrom do sofá. Ela conseguia ver a mulher na cozinha, abrindo a geladeira de inox. Achou engraçado que estivesse vestida como uma mulher do século XV e a casa fosse tão moderna.

– Aceito um copo de água – disse Ellene vendo a mulher assentir. – Então... – ela encarou o vampiro. Já não sentia tanto medo dele, estava apenas apreensiva. Saber que era casado e que tinha uma filha a deixava mais confiante, pois provavelmente não machucaria uma garota, mesmo sendo uma lobisomem.

– Joaquina nos preparou um jantar para que comecemos nossas aulas, mas, antes, preciso lhe fazer uma pergunta.

– Claro.

– Você bebe sangue com que frequência? – Parecia muito interessado na resposta.

– Eca, não bebo sangue! – Fez uma careta e, em seguida, desculpou-se. – Não que eu condene quem o faz... ou melhor, condeno... enfim... não bebo sangue.

O casal se olhou de novo. Nicolae estendeu a mão e tocou na pele de Ellene delicadamente. Joaquina voltava com a água e esperou para entregar-lhe o copo. Quando ele soltou a mão, Ellene percebeu que onde tocou estava mais branco, as veias apareciam por debaixo da pele. Respirou fundo, colocando a mão sobre a pele pálida.

– Não se assuste, é apenas um teste.

Joaquina entregou a água, mas ela não quis. Levantou-se e afastou-se para a porta, horrorizada.

– Que tipo de teste é esse?

– Menina, você não é um lobisomem – disse Nicolae com um riso maldoso. – Nunca foi nem nunca será. Agora, deixe de ser medrosa e volte aqui, cansei de perder tempo.

Ellene obedeceu, não porque ele mandou, mas porque precisava de respostas. Parou a alguns passos do vampiro e ergueu o queixo, enfrentando-o.

– Quero saber de tudo, de tudo mesmo, conde. O que eu sou, então? Uma humana cheia de dons inúteis?

A esposa de Nicolae terminava de ajeitar a mesa. Ele puxou a cadeira para a garota se sentar e a empurrou quando obedeceu, mas Ellene travou o corpo, queria se ajeitar sozinha.

– Primeira lição: quando um cavalheiro ajudá-la a se sentar, deixe que ele empurre a cadeira, é educado.

Ellene o olhou, sentindo as bochechas corarem.

– E como vou deixar você empurrá-la se eu estou sentada?

Nicolae riu. Ellene já tinha visto isso em filmes e seriados, mas não imaginava como era estranho estar sentada e alguém empurrar a cadeira. Ela não sabia como se apoiar sem parecer um desastre. O vampiro fez o mesmo com a esposa, a mulher apoiou a mão delicadamente sobre a mesa quando ele empurrou a cadeira a segunda vez e ergueu discretamente o tronco sem fazer peso. Depois, sorriu, para ver se Ellene havia entendido. Em seguida, Nicolae se sentou e voltou ao assunto anterior:

– Quando houver tempo, falaremos sobre suas origens, Helena. – Sorriu e esperou Joaquina servir os dois. Para Ellene, ela serviu apenas salada.

– Obrigada. – Ela olhou a carne, mas nada disse, esperou todos estarem servidos e começarem a comer para dar sua primeira garfada. Sorriu em aprovação. – Deliciosa, senhora condessa.

– Pode me chamar de Joaquina. – Sorriu a mulher, que encarou Nicolae.

Eles passaram cerca de uma hora explicando para Ellene qual era a função de cada um dos garfos e colheres colocados na lateral de seu prato, e também das taças de vinho, champanhe e água. Nicolae explicou que o vinho era sempre batizado com sangue e a alertou para que evitasse a bebida; claro que não conteve um riso debochado.

As horas avançavam rápidas e ela não notou que já passava das quatro da manhã quando se levantaram da mesa. Joaquina já tinha arrumado tudo e estava sentada na poltrona lendo um livro, distante deles.

– Você tem um vestido adequado para o baile? – perguntou Joaquina, de repente.

– Não... – sussurrou Ellene, envergonhada.

A mulher sorriu e se levantou, sumindo por alguns minutos, Ellene estava trêmula, imaginando o que viria a seguir. O baile seria em breve, pelas explicações de Nicolae, ela ainda tinha muito o que aprender. A rainha poderia matá-la se cometesse algum deslize. Sentiu nervosismo ao ver a mulher retornando com um baú antigo nas mãos. Parecia uma caixa de chapéus decorada de rosa-escuro e púrpura. Ela a colocou sobre a mesa e destravou as trancas de prata. Encarou Nicolae antes de abrir e mostrar o conteúdo aos dois.

– Ficará perfeito nela, meu amor – disse e beijou a testa da esposa, o que encantou Ellene. Mais uma vez, os vampiros provavam a ela que não eram tão ruins como as histórias contadas em sua vila.

Ao abrir a tampa, Ellene precisou prender a respiração. Seus olhos se encheram d'água no mesmo instante. O tecido era em um tom pérola, mas com um tule por cima com uma coloração bem leve em verde-água. Cintilava em vários pontos, pois possuía fios finos de um tecido mais poroso e dourado que ela não sabia qual era. Com cuidado, Joaquina o retirou do baú e o ergueu. Era um vestido de época, talvez a mesma daquele que a vampira usava, porém parecia novo. As mangas eram mais curtas e menos fofas, apertando na altura do cotovelo com um bordado fino no mesmo dourado discreto do restante do vestido. Na saia, havia várias camadas de tafetá por baixo do tecido pérola, deixando-a bem fofa. O decote quadrado tinha um tule transparente, comum na época, para não deixar muita pele visível. Ellene se imaginou nele com os cabelos presos e uma maquiagem leve. Era perfeito.

– É lindo! – sussurrou com a voz embargada.

– É seu. Prove para sabermos se serve – orientou Joaquina, levando-a para o quarto. Ellene demorou um pouco para aceitar o convite, mas a seguiu. Tinha sonhos recorrentes com uma mulher loura vestida daquela forma e sempre quis usar um daqueles, dizia que tinha nascido na época errada.

Joaquina a ajudou a vesti-lo e, por mais que Ellene estivesse emocionada com o que estava acontecendo, não conseguia imaginar usando-o em um baile cheio de vampiros. Seria uma presa fácil, pois não conseguiria escapar vestindo uma peça tão pesada. A esposa de Nicolae voltou do closet com um par de sapatos pérola nas mãos. Era um modelo antigo também, lembrando sapatos de bailarina com saltos. Imediatamente, Ellene esqueceu-se das preocupações e os vestiu. Quando saíram do quarto, Nicolae, que estava sentado na poltrona, abriu um sorriso largo, levantou-se e aproximou-se delas.

– Perfeita! Amanhã lhe ensinarei a dançar com esse vestido. – Ele segurou a mão dela e a beijou delicadamente. Depois, soltou-a, encarou a esposa e disse: – Ajude a garota a se trocar. Está tarde para ela e logo o sol nascerá.

Ellene segurou o pulso do vampiro e olhou as horas. Passava das quatro da manhã! Ela entrou em pânico e correu para dentro do quarto, ouvindo o atrito da roupa que usava. Joaquina ajudou-a a se trocar e lhe entregou seus pertences, despedindo-se com um abraço rápido.

– Espero que volte.

– Voltarei.

A senhora Petrakov colocou uma corrente no pescoço do marido e lhe deu um beijo demorado nos lábios.

– Volte para mim – disse a ele antes de partirem.

– Vão me matar, conde!

Ellene pegou o celular na bolsa, imaginando a incalculável quantidade de mensagens de texto e ligações perdidas. Mas, ao olhar o visor, expressou indignação.

– Ninguém vai machucá-la, vou garantir que fique bem. O que houve? – Ele a olhou de lado.

– Nenhuma ligação! Nenhuma mensagem! Aquela... aquela... argh! Aposto que se distraiu com a lobinha de estimação dele. Argh! – Jogou o celular dentro da bolsa e cruzou os braços, aprumando-se no banco. – Não acredito!

Nicolae riu, parecia tentar digerir sua irritação.

– Namorado?

Ellene confirmou com a cabeça, estava irritada com Tom e saiu sem avisar. Mas a culpa era dele, só dele. Ele que tinha escondido o que sabia sobre ela, ele que tinha deixado a novata paquerá-lo, era tudo culpa dele! Devia ter ligado, devia ter se preocupado com ela, afinal não eram namorados?

– Ele não me pediu em namoro, mas... sempre estivemos juntos. – Chegaram à primeira casa. De madrugada parecia mais assustadora que a primeira vez que Ellene viu o local. Antes de se despedir, ela abraçou o vampiro e o encarou. – Eu menti.

– Mentiu sobre o quê? – Retirou uma mecha de cabelo dos olhos dela e sorriu, parecia analisar seu rosto.

– Meu nome. Meu nome é Ellene. Perdoe-me pela mentira, senhor Nicolae, mas tive medo.

– Não se preocupe, entendo perfeitamente. Ellene, certo? – Ela confirmou. – Vá, logo irá amanhecer e preciso voltar.

Despediram-se de novo e ela correu para o carro. A viagem pareceu mais longa e várias vezes tentou ligar para Tomás, mas ele não atendeu o celular. Quando passou das cinco da manhã, ela deixou um recado na caixa postal.

– Estou bem! Viu, Tomás? Bem! Obrigada por atender.

Jogou o celular no banco e apressou-se, esperava que as multas não fossem muito altas, pois com certeza levaria algumas. Talvez fosse apenas o ciúme ou a emoção de passar a madrugada com dois vampiros que não lhe fizeram mal e, ainda, deixaram-lhe usar um vestido antigo de sua cor preferida, mas ela estava agitada, sentia um tremor estranho dentro de si. Estava aflita para chegar em casa, um lugar conhecido, aconchegante.

Socou o volante ao se recordar que não havia perguntado nada ao vampiro. Queria mais informações sobre a filha dele; queria entender, também, por que ela demorou a se desenvolver, se não era um lobisomem como Ellene. Queria entender por que ele cismava em compará-la a um vampiro e o que foi aquele teste que fez em sua mão.

Enfim, enxergou a entrada da vila. O sol estava quase nascendo, o céu tinha um tom alaranjado e azul-escuro, a lua estava muito pequena e escondia-se atrás de poucas nuvens. Resolveu estacionar longe da casa para não acordar ninguém e, bem no fundo de sua mente, sabia que era para pegar Tomás no flagra com Carolina. Sempre percebeu que eles se olhavam de um jeito diferente e não ter se tornado lobisomem a deixava insegura em relação à rival.

Ellene pendurou a bolsa na transversal e andou devagar até a porta de sua casa. O tremor ficava cada vez mais forte e sentia lágrimas nos olhos quando se dava conta de que havia saído viva da casa de uma família de vampiros de verdade. Era estranho sentir medo horas depois.

Ouviu um resmungo baixo, alguém estava nervoso perto das hortas. Logo notou que Tomás e Carolina estavam sentados, discutindo. Não precisou avançar muito para ser notada.

– Pronto, sua protegidinha está bem, viu? É ela que não se importa com você. – Carolina levantou-se, batendo as mãos na calça para tirar a terra e voltou-se para ela. – Veio buscar seu cachorrinho? – Sem esperar pela resposta, deu as costas aos dois e saiu batendo os pés.

Tom sentiu o rosto esquentar de vergonha e raiva, então, virou-se para Ellene com uma expressão dura no rosto. Estava irritado pelo sumiço, por ela se colocar em perigo por vontade própria, por tratá-lo como se não fosse importante na vida dela. Tentou impedir a aproximação, mas Tomás avançou rápido, ficando a milímetros de distância dela.

– Quando você vai parar de agir como uma criança? Quando, hein? Onde você passou a noite desta vez?

Ela ergueu o queixo, olhou na direção de Carolina e deu de ombros.

– Com *você* é que não foi. – Saiu em direção à sua casa, fazendo birra.

Tom segurou o braço dela e a empurrou contra a parede quando se aproximaram. Carol, que estava vendo tudo de longe, invejou Ellene. Se ele a prendesse daquele jeito, com certeza se aproveitaria muito da situação. Porém, a ruiva não tinha a mesma opinião. Achava que estava certa em tentar descobrir suas origens e já não confiava mais nas informações que tinha de sua família e do melhor amigo.

– Você tem ideia de como eu fico preocupado quando você faz isso? Acho que não. Fico louco, Ellene! – Soltou-a, dando-lhe as costas. Passou os dedos por seus cabelos e puxou com raiva, tentando se acalmar. – Onde você esteve?

– Ficou mesmo preocupado? – perguntou com ar descrente. – Estive pesquisando sobre mim, sobre coisas que você me escondeu. Não espere que o inclua na minha busca, já que você sabe muito e ajudou a acobertarem.

Quando a olhou, ele estava se sentindo culpado. Não queria ter escondido certas coisas dela, mas tinha jurado que não contaria nada, nunca. Tom aproximou-se, tentando manter a calma, estava tendo muitos acessos de raiva nos últimos dias.

– Eu sempre me preocupo e, se não lhe contamos tudo, foi para o seu bem.

– Para o meu bem? Sério mesmo que você acredita nisso? – Ela apontou na direção em que Carolina tinha ido. – E nas minhas costas, você faz o quê? Paquera outra e fala mal de mim?

– Não falei mal de você – respondeu rápido.

– Ah, mas não negou a paquera! Ótimo, Tomás, boa noite.

Ele não deixou que ela batesse a porta na cara dele desta vez. Entrou junto e a seguiu até o quarto. Assim que entraram, ele a fez se sentar. Ficou em pé, andando de um lado para o outro, tentando achar as palavras.

– Elle, o que está acontecendo com você? Você mudou muito nas últimas semanas... Não conversa comigo há pelo menos três dias, foge de mim, está saindo à noite e sozinha! É perigoso... Você falou com um vampiro outro dia! – Ele se ajoelhou na frente dela, apoiando as mãos em seus joelhos. – Não me deixe de fora da sua vida.

Ellene queria continuar brava, mas não conseguiu. Tom tinha razão. Era ela quem estava se afastando, e não ele. Era ela quem não sabia como compartilhar suas descobertas com o amigo, que tinha medo de ele dificultar seus passeios noturnos. Respirou fundo, passou os dedos nos cabelos dele, bagunçando-os, soltou-os e encostou a cabeça na dele. Tomás apenas suspirou e deitou a cabeça na coxa dela, quieto, pois não sabia o que dizer.

– Já se sentiu perdido em algum momento da sua vida?

– Sempre que você some. – Ellene soltou um riso nervoso.

– Estou falando sério, Tom.

– Sempre que você some – ele repetiu, a voz saía abafada pela posição em que estava. – Mas continua, sou todo ouvidos.

Ellene detalhou para ele cada passo dado nos últimos dias, desde a conversa com seu amigo imaginário, senhor Milosh, até a visita à casa do conde Nicolae, naquela madrugada. Contou suas sensações com os vampiros, que eles não pareciam ser tão ruins quanto achavam e que possuíam sentimentos nobres. Ao comentar, lembrou-se de contar também que estava perto da praça quando a rainha foi encontrada.

– Eu sei que você estava lá – comentou Tomás. Estava mais relaxado, agora deitado com a cabeça sobre a coxa dela, fazendo pequenos círculos na outra perna com a ponta do indicador. – Elle, você sabe a sorte que teve de ainda estar viva, não sabe?

– Sei, mas acho que eles não me machucariam. O vampirão medonho teve uma filha igual a mim.

Tom sorriu de lado ao ouvir o apelido que ela deu ao conde, porém não achou engraçado.

– Uma menina-lobo? Sério?

– Não... era vampira, mas ele disse que ela também demorou anos para crescer. Ele sabia que eu era lerda e burra – acrescentou.

Foi inevitável se recordar do suco que ela tomou ou da expressão dela na noite de lua cheia. Tom afastou o rosto por um momento e encarou Ellene.

– O que foi? – Ela prestava atenção na linha de pensamentos de Tomás, mas não estava acompanhando o raciocínio. Como podia compará-la a vampiros?

– Por que será que ele aceitou tão bem você na casa deles? – Tomás se questionou.

– Por que ele quer me ajudar.

– De graça? Sem pedir nada em troca? Elle, você não é tão lenta assim. Pensa! Ele não deu nenhuma pista?

– Besta! – Ela deu um tapa no ombro dele e ficou pensativa. Retirou o relicário do pescoço e o mostrou ao Tom. – Ele nos viu na casa daquela senhora estranha e disse que somente os mais poderosos vampiros conseguem ver aquela casa. Ele vive afirmando que não sou uma loba e, bem, não sou mesmo, mas isso não vem ao caso... Acho que ele se lembra de alguém quando me vê.

– Que raciocínio maluco é esse?

– Ele disse que meus olhos são iguais aos de alguém, mas não disse de quem. – Ellene abriu o relicário e mostrou a imagem. Por estar desbotada, os olhos da mulher pareciam verdes como os dela. – Será que ele a conhece?

Tomás balançou a cabeça várias vezes, depois se ergueu e foi empurrando a garota até que se deitassem na cama. Aconchegaram-se um ao outro e ele passou a acariciar os cabelos dela, pensativo.

– Por que tudo o que pesquisamos sobre essa joia nos leva a vampiros?

Ela viu o que ele pretendia fazer e o impediu a tempo, empurrando o rapaz da cama. Tom caiu de costas no chão e se levantou rapidamente.

– Sai! – Ela ordenou.

– É a única explicação, a única!

– Um vampiro? Eu? Filha de uma lobisomem e um vampiro? Você pirou?

– Elle, talvez nossa raça seja mais forte, por isso você não tem vontade de sair mordendo as pessoas, mas pensa... Por que sua mãe dá sangue para você naquele suco de groselha?

Ela não teve tempo de se sentir horrorizada. Tomás puxou um estilete da escrivaninha, fazendo um corte profundo na mão, que imediatamente começou a sangrar.

Capítulo 15

Benjamin e Milosh corriam o mais rápido que podiam. Costumavam apostar corridas como esta quando se tornaram amigos séculos antes, e fazia bem a ambos estarem juntos novamente. Benjamin chegou ao topo da montanha mais rápido que o amigo e se sentou à beira do penhasco para aguardá-lo. O sol já estava alto, calculava que passava das seis da manhã, mas isso não era problema para eles, pois estavam com suas pedras benitoite.

– Parabéns, depois lhe pago uma bebida! – disse Milosh, sentando-se ao lado dele.

Aos pés deles havia uma imensidão de verdes e marrons de diversos tons. Uma floresta com inúmeros tipos de árvores, que parecia pequena de onde estavam, porém possuía quilômetros de extensão. Nuvens mais baixas se estendiam na paisagem, deixando o lugar ainda mais tranquilo.

Benjamin respirou fundo e virou-se para Milosh. Não havia perigo em conversarem abertamente e, como nunca foi de enrolar, foi direto quando iniciou a conversa:

– Aquela não é Elizabeth, estou certo?

Vasille balançou a cabeça, confirmando algumas vezes, mas sem coragem de olhar para o amigo. O vampiro aguardou até que se explicasse, pois sabia que acobertar uma traição não era de seu feitio.

– Não via nenhuma saída para encontrar Elizabeth... quando essa mulher me procurou e me mostrou os dons que tinha, eu tive essa ideia súbita de que se os sequestradores achassem que estavam com a rainha errada, cometeriam algum erro e eu conseguiria encontrá-la.

– Milosh, e se eles a mataram achando exatamente o que você imaginou? Você enlouqueceu?

Ele olhou para o horizonte. Se morresse, teria se jogado dali quando o sofrimento começou...

– Talvez... eu não suporto mais a ausência dela. Sinto-me cada dia mais fraco, sem forças para continuar procurando. E hoje... não sei o que aconteceu comigo, mas achei que fosse morrer... talvez... eu queira mesmo morrer – falou a última parte, confessando a si mesmo a descoberta.

Benjamin o ouvia sem saber o que dizer. Não estava com raiva, desde o primeiro momento soube que não era Elizabeth, mas aceitou-a por acreditar que havia algum motivo por trás das aparências. Recebeu a justificativa, no entanto havia algo mais por trás do plano. Se não encontrasse a verdadeira rainha, Milosh teria uma carta na manga para ser morto e acabar com seu sofrimento. Ele estremeceu ao pensar que o amigo planejava a própria morte. Milosh acompanhou os pensamentos de Benjamin e acreditou que os deixava livres propositalmente. Não comentou, não achou necessário.

– Quem é a que se passa por Elizabeth? – perguntou, desviando os pensamentos dos motivos pessoais do vampiro.

Milosh o encarou, pensativo. Tinha medo de revelar o segredo e prejudicar Heidy, pois ninguém acreditaria que ela faria algo por amor a ele. Todos, com exceção talvez da própria rainha, ficariam contra a mulher. Enfim, ele não conseguiria mentir agora que começou a compartilhar a verdade.

– Heidy.

Benjamin balançou a cabeça em negativa, estava certo em sua desconfiança. Sorriu para ele e repousou a mão em seu ombro.

– Eu já sabia. Milosh, agora não temos como voltar atrás. Se mais pessoas souberem que a rainha é uma impostora, ambos serão degolados. – Ele pausou, encarando-o pensativo. Quando deu início ao plano, sabia que seu amigo não poderia salvá-lo, por isso nada disse, apenas aguardou. – Vou ajudá-lo a vasculhar esta terra e talvez sua ideia não tenha sido de todo ruim. Se cometerem algum erro, conseguiremos resgatá-la.

– Você vai mesmo me ajudar? – perguntou, sentindo uma ponta de esperança.

– Vou.

– Quando tudo aconteceu, eu me isolei, pois não sabia em quem confiar. Estávamos na propriedade dos pais dela, onde tínhamos mais segurança que em qualquer outro lugar no mundo e, justamente lá, levaram-na. Não consigo deixar de acreditar que houve traição entre os nossos... então, me afastei, pois em mim eu confio e sei que sou fiel a ela e à Coroa.

Benjamin concordou. Sabia que se passasse pela mesma situação, teria agido de forma pior. Iniciaria uma matança enquanto alguém não lhe desse uma resposta. Diferente dele, Milosh apenas a procurou, evitando mortes desnecessárias.

– Acompanhei de longe sua busca e fiz as minhas – comentou. – Descobriu alguma coisa?

– Sei que ela está viva e sei que está isolada em algum lugar baixo, talvez uma caverna ou uma ilha, por causa da corrente do mar. Acredito que possa ser ambos.

– Alguma pista?

– Há alguns anos ela vem me procurando, temos longas conversas por telepatia. – Benjamin o olhou surpreso com a notícia. Não sabia que era possível ter tal contato entre duas pessoas que estão longe uma da outra. – No começo, as conversas eram mais claras, mas ela nunca conseguiu descobrir onde estava. O cativeiro mudou algumas vezes, mas sempre é em lugar úmido.

– Não pode ser no mar. Ela não conseguiria usar seus poderes – disse Benjamin, pensativo.

A água corrente tem uma espécie de ímã sobre os vampiros e suga suas energias vitais, fazendo-os se sentir pesados e mais fracos. A maioria, quando precisa atravessar um rio ou o mar, prefere fazê-lo pelo ar ou dormindo, pois isso consome muito de seus poderes, deixando-os vulneráveis a ataques. Se a rainha estivesse cercada por água do mar, dificilmente conseguiria manter conversas telepáticas com Milosh, mas também era a única explicação para uma vampira tão poderosa não ter escapado do cativeiro.

– Assim, eliminamos alguns lugares – respondeu Milosh, abrindo um sorriso estranho. – Nas últimas semanas ela não me pareceu muito lúcida. Tem dito coisas desconexas, mas pude ver melhor o lugar. Parece uma caverna e os sonhos me fazem crer que é. Só precisamos descobrir onde fica.

– Vamos descobrir, não desista!

– Agradeço sua compreensão, Benjamin.

O moreno sorriu, pois não precisou usar seus dons para fazer com que lhe dissesse a verdade. O amigo o fez de vontade própria. Logo ficou mais sério e pensativo. Milosh apenas aguardou que fizesse a pergunta.

– Acha que Heidy aceitará minha ajuda?

– Ela não tem opção. Temos pouco tempo e eu me esqueci dos testes. Não tenho como prepará-la e, com certeza, ela não passará. Ou ela aceita sua ajuda ou a rainha terá de sumir novamente.

– Quanto aos testes, fique tranquilo, pois eu mesmo irei ministrá-los. Mas Milosh, você simularia um novo sequestro se fosse necessário?

O vampiro ponderou por alguns segundos antes de responder.

– Sem pestanejar. Daqui a poucas semanas completará o centenário do desaparecimento e você sabe o que isso significa.

– Que teremos de substituí-la.

– Heidy está ganhando tempo.

– Para nós ou para ela? – Milosh arregalou os olhos, confuso e Benjamin continuou, respondendo à questão dele antes mesmo que fosse verbalizada. – Ela quer o trono, sempre quis. Qual a forma mais fácil de assumi-lo?

– Sendo mais poderoso que o rei em vigência e derrotando-o.

– Isso é tão primitivo... – disse Benjamin, pensativo, e ergueu os olhos para olhar Milosh. – Mas sim, e se não há a quem derrotar...

– Ela só precisa ser a mais poderosa dentre nós – completou com assombro. – Porém, sendo híbrida, ela nunca será aceita.

– Eu sei de uma forma que a fará ser aceita e ainda poderá adquirir mais poderes.

– Qual?

– Um vampiro que queira transformá-la.

– Mas quem faria isso?

– Isso é fácil de arranjar! Ela é bonita, persuasiva e tem muito a oferecer a quem o fizer.

Milosh soltou um urro, não sabia mais se podia confiar na mulher e a desconfiança de Benjamin o deixava ainda mais inseguro, pois ele próprio já tinha bebido dela. Heidy precisaria apenas de um vampiro que aceitasse lhe dar seu sangue e que soubesse como transformá-la.

–Você acredita que ela tentaria isso?

– Jamais confiei nela e você deveria deixar de confiar.

O vampiro pensou em todas as estranhezas que aconteceram desde que Heidy o encurralou naquela danceteria. Ele nunca havia se sentido tão perdido quanto agora que ela estava presente. Cogitou a hipótese de ter sido enganado e isso o deixou desolado. Saiu de seus pensamentos ao ouvir a voz de Benjamin.

– Como uma híbrida conseguiu transformá-lo em vampiro?

Vasille o encarou, demorou a assimilar a mudança de assunto. Soltou um breve suspiro, relembrando um passado que estava adormecido em sua memória há séculos.

•

Era noite, em Londres, meados do ano de 1300 e Milosh, como a maioria dos rapazes de sua idade, vigiava uma das entradas menores do Monastério de Saint Martin sozinho, pois seu parceiro havia saído. Usava o uniforme completo do exército, uma espada e o chapéu para manter o rosto coberto durante o dia. Sentia sono pelas mais de catorze horas de vigia e contava os minutos para ser rendido. Finalmente, seu substituto chegou. Ele desceu a ladeira para a pensão onde morava.

Milosh era órfão, foi abandonado em frente ao monastério no terceiro ano de vida. Nunca soube quem foram seus pais ou o motivo de terem-no deixado ali. Cresceu aprendendo princípios religiosos, etiqueta e a servir no monastério, pois seu mentor o queria como monge. Porém, com as mudanças religiosas que estavam acontecendo no mundo, ele já não se dedicava mais aos estudos, deixando o quarto no monastério para viver sozinho na grande Londres.

O homem descia apressado, as ruas já estavam vazias e poucas carruagens circulavam, pois era uma época perigosa para se aventurar à noite, devido aos boatos sobre a peste negra. Havia os que diziam que os demônios caçavam os que andavam à noite pelas ruas e os amaldiçoavam com a doença. Apressou-se um pouco mais ao ouvir passos atrás de si. Seu coração batia forte e ele conseguia sentir os lábios secos pelo medo. Retirou do colete um molho de chaves e procurou a fechadura do portão de madeira, mas elas caíram aos seus pés, pois tremia muito.

Uma mulher ajoelhou-se diante dele, recolheu-as e ergueu-se junto com o homem. Milosh ficou vidrado nela, olhando-a boquiaberto. Aquela mulher era tal e qual a imagem de um anjo! Tinha olhos grandes, pele branca, cabelos negros e encaracolados. Usava um vestido branco esvoaçante e transparente, que se movia de acordo com o vento, deixando sua silhueta evidente. As roupas não eram comuns à época, pois as mulheres deviam esconder o máximo de pele que podiam dentro de vestidos enormes e pesados. Ele estava tão encantado que nem estranhou.

– Senhor Vasille – disse melodiosa, entregando suas chaves.

Aproveitando a situação, ele segurou sua mão e a beijou no dorso, agradecendo-lhe o gesto. Um arrepio gelado perpassou seu corpo.

– Grato, senhorita...

– Convida-me para um chá?

Ela ignorou a indicação de que ele queria saber seu nome. Antes que respondesse à ousadia dela, sentiu-se tirado do chão e, em poucos segundos, foi arremessado contra uma parede de pedras rústicas. Ele gemeu de dor, havia quebrado vários ossos. O anjo de cabelos negros sibilava, discutindo com um homem vestido com terno preto e sobretudo longo. Ele usava um chapéu quadrado e alto sobre a cabeça, mas, devido à dor, não viu nada além disso. Tentou se levantar, porém não conseguiu. Pediu socorro e foi calado por uma rajada de vento que não o deixava respirar.

O medo de antes voltou a atormentá-lo. A imagem da mulher indo até ele o fez acreditar que estava em uma armadilha de demônios. O rosto dela estava retorcido, não mais angelical. Ela ajoelhou-se e segurou-o pelo pescoço, erguendo-o com facilidade com apenas uma das mãos. Ele pensou em pedir socorro, mas, mesmo que quisesse, ninguém o encontraria. Estava em um beco escuro, sem saída, na rua paralela à da pensão.

Gritou, mas a voz não saiu. A mulher parecia se divertir com sua agonia. De repente, adquiriu dentes pontudos e seus olhos ficaram negros como a noite.

– É tão belo! Um desperdício, eu diria.

A voz masculina seguiu a dela, foi só então que Milosh notou que o cavalheiro não tinha se retirado.

– Não precisa de mais escravos – disse ele e ela lhe lançou um olhar perturbado. O homem ergueu as mãos afastando-se. Era óbvio ali quem era o mestre e Milosh só entendeu muitos anos depois o possível motivo da briga: ele não queria que ela tivesse outro pupilo.

Enquanto o humano se debatia bestialmente para tentar se salvar, ela cravou as presas em seu pescoço, ignorando a gola da camisa e do jaleco do exército. Ele gritou, surpreso, mas logo a sensação de prazer criada pela mordida da vampira substituiu o medo por necessidade.

Após a mordida, o restante sempre pareceu um sonho. As lembranças nubladas dele próprio bebendo sangue e sentindo seus dentes ficando pontiagudos eram incompletas, imprecisas. Acordou em uma floresta, as roupas em frangalhos, a madrugada quase se findando. Não tinha forças nem para procurar abrigo do sol. Foi deixado depois de quase perder todo o sangue do corpo. A vampira foi cruel abandonando-o para morrer à luz do dia.

•

– Heidy me encontrou poucos minutos antes de o sol nascer. Ela me levou à sua casa, cuidou das minhas feridas, me alimentou e me ensinou tudo o que sei. A caçar, a beber sem transformar o humano e sem matá-lo. Ensinou-me a não ceder aos desejos que sentimos quando caçamos. Muito do que sou hoje, devo a ela, mas não foi ela quem me transformou. – Terminou a explanação, cansado. As lembranças o faziam se sentir culpado por Heidy ter mudado tanto. Ela era uma garota especial, sempre procurava fazer o bem para as pessoas.

– Sinto muito... sua história não foi fácil.

– Acredito no divino, mesmo hoje, e creio que Ele me ajudou nas duas vezes em que fui abandonado por quem deveria ter cuidado de mim.

Benjamin concordou, balançando a cabeça, e sorriu. Em seus olhos, havia um brilho diferente, que Milosh captou de imediato.

– No que pensa?

– Ela não é tão ruim quanto sempre imaginei – referia-se a Heidy. – Talvez você seja o que ela precisa para mudar.

– A culpa é minha de ela ser o que é.

Ele negou.

– Não. As pessoas mudam por vontade própria, meu amigo. Em tudo nós temos duas escolhas: ver o que de bom tiramos de uma situação ou aceitar o ruim e nos tornarmos pessoas ruins. Ela escolheu o lado negro da força.

Ambos riram com a alusão à *Guerra nas Estrelas* e se levantaram, decididos a voltar para a mansão. Precisavam descansar, pois não dormiam direito há dias.

– Gostaria de ajudá-la, Benjamin.

– E vai.

Ele se preparou e começou a correr, rindo ao ver que deixou Milosh para trás mais uma vez. Ele chegou à frente, divertindo-se com a façanha.

– Quero só ver o dia em que me vencerá!

– Quando Elizabeth retornar, meu amigo!

Esqueceram-se de que, ali, todos poderiam ouvir e nenhum deles percebeu a presença de um vampiro inimigo entre as árvores que cercam a mansão. O espião riu, zombeteiro, escondeu-se embaixo de sua capa protetora e sumiu entre os humanos que se apressavam para chegar ao trabalho. Tinha muito a contar a seu mestre.

•

O quarto estava silencioso e Heidy adormecida sobre a cama. Era a imagem da rainha que dormia tranquilamente. A desconfiança fez Milosh recuar antes de se deitar ao lado dela. Lembrava-se bem de que dormindo não conseguia manter a ilusão, por isso retirou a espada de dentro do casaco e avançou, colocando a lâmina no pescoço da mulher.

O toque gelado a fez saltar, ficando imediatamente em pé. Elizabeth o encarou, atordoada, os dentes à mostra e a postura de ataque. Quando assimilou quem era, relaxou.

– Demorou, Miloh. – Ela lançou um olhar enviesado ao vampiro e se deitou.

– Não precisava ter me esperado. – Pelos modos dela, soube logo que era Heidy.

– Eu quis, fiquei preocupada.

Ele guardou a lâmina, que sumiu dentro do casaco como se fizesse parte do tecido, retirou-o e pendurou-o dentro do armário. Enquanto se vestia para dormir, sentia os olhos dela sobre si e estremeceu ao se recordar do corpo nu no banheiro, da sensação de ter feito amor mesmo sem se lembrar. Precisou morder o lábio para focar na conversa que teve com Benjamin. O desejo não deveria ser seu guia.

– Amanhã começaremos seu treinamento, senhora – informou. Deitou-se ao lado dela e aceitou-a em seus braços. – Benjamin manifestou o desejo de prepará-la.

Heidy ergueu a cabeça e o encarou. Os olhos azuis, assustados, lembraram-no muito as feições da rainha quando o olhava daquela maneira. Ele quase pediu que ela desfizesse a ilusão.

– Ele? Você acha que é prudente?

– Sim, ele vai nos ajudar. – E mentalmente ele continuou: *Ele sabe a verdade.*

Heidy o arranhou com força no abdômen, deixando-o marcado. Milosh segurou o pulso dela e gemeu, estava com o desejo aflorado, o que não era comum a ele e, apesar da reação dela ser de raiva, quis despi-la e, desta vez, lembrar-se do que tinha feito. No entanto, conteve-se.

– Como pôde? – vociferou a híbrida.

– Não contei... acalme-se. Ele apenas sabia e pediu para nos ajudar.

– E você confirmou? Você sabe o que vai acontecer, não sabe?

Ela estava descontrolada e precisou prendê-la na cama com o próprio corpo para que parasse de socá-lo. Milosh respirou fundo e riu da infantilidade da mulher.

– Nada mudou, tudo continuará igual. O que temos, agora, é uma aliança. – Ele tentava dizer o mínimo para ser entendido, não queria falar por pensamentos. Estava exausto para usar seus poderes.

– Não confio nele.

– Nem ele em você, estão quites. Precisamos mesmo dormir, Elizabeth. Estou exausto física e mentalmente.

– Notei... nem ouviu o que eu disse.

– O que você disse? – Ele voltou a se deitar na cama, sentindo a mulher se ajeitar em seu peito. Depois do silêncio que se instaurou no quarto, ele a fez olhá-lo. – Então?

– Você não ouviu? – Ele negou. – Disse que o amo e que quero você de novo – sussurrou.

Milosh mordeu os lábios, acreditando que não a ouviu por estar muito cansado. Fechou os olhos, tentando se esquecer dos problemas que estavam enfrentando.

– Estou cansado, Liss, amanhã vou caçar e nós nos divertimos um pouco depois do seu treinamento, está bem?

– Treinamento?

– Hum-rum... bons sonhos. – Ele beijou os lábios dela com carinho. – Eu amo você, Elizabeth.

•

O nome da rainha ficou ecoando na cabeça de Heidy. A mulher sentiu-se mal por ele aquela noite, quando ouviu a música e viu a tristeza de Milosh. No entanto, não conseguia controlar o ciúme, pois, desde a primeira vez que o viu, todo maltrapilho e largado naquela floresta, ela desejou que ele fosse dela e somente dela.

Capítulo 16

Tudo parecia em câmera lenta, desde o som da pele sendo rasgada pelo estilete, até os pingos do sangue batendo no piso. Ellene o encarava horrorizada, ouvindo a frase "Por que sua mãe dá sangue para você naquele suco de groselha?" ecoar repetidas vezes em sua mente.

O cheiro impregnou o quarto; era forte, amadeirado e ela imaginou o gosto que teria para um vampiro. Torceu os lábios, engolindo a saliva que se formou na boca. De repente, estava diante dele, segurando o pulso e levando-o aos lábios. Ouvia um rugido formando-se dentro dela, como o despertar de algo desconhecido. Sua mente a levou a diversas reações, como saltar sobre as costas de Tom caso a impedisse de sugar aquele líquido ou então derrubá-lo e beber diretamente da veia de seu pescoço, pois sabia, por instinto, que dali o sangue fluiria mais fácil. Ellene só despertou do transe ao ouvi-lo gemer e tentar se desprender dela.

– O que você fez?

Uma voz aguda preencheu o quarto, fazendo ambos olharem para a janela. Tomás tentou esconder o corte e Ellene recuou alguns passos, voltando a si. Viu Carolina pular para dentro do quarto e socorrer o lobo, mas estava tão atordoada com o que havia acabado de acontecer que não conseguiu nem sentir ciúmes. Não ouviu nada do que eles diziam, não percebeu o quanto estavam alterados. Ela não se importava, pois finalmente tinha entendido por que sempre foi tão diferente de todos que conhecia.

Levou a mão ao relicário, que ainda estava pendurado em seu pescoço, e o apertou com raiva. Sua vontade era jogá-lo o mais longe que sua força conseguisse e sumir no mundo.

Guardou as lágrimas e puxou o ar, tentando se concentrar no que estava acontecendo no quarto. Aquela descoberta pertencia apenas a ela e também a dor da sabedoria. Aguentaria firme até estar sozinha.

– Você é um idiota, um estúpido, sabia? Por que se cortou? – Carolina brigava com Tom enquanto enrolava sua blusa de frio em volta do pulso dele. Ao ouvir as palavras, Ellene percebeu que não tinha passado muito tempo, mas era ela que estava lenta demais, como sempre.

– Foi sem querer – mentiu, gemendo ao sentir a pressão na ferida. Encontrou os olhos de Ellene, ele estava confuso, tinha quase certeza de que ela era vampira.

– Sem querer nada! – esbravejou Ellene, retomando o fôlego. – Esse idiota estúpido – ela imitou a forma de Carolina chamá-lo – enfiou na cabeça que sou vampira e fez um teste inútil comigo. Aposto que acreditou na ceninha que eu fingi que morderia você! – gritou e saiu do quarto.

Não prestou atenção à resposta dele, pois só precisava sair do ambiente. O cheiro dos dois juntos somado ao sangue embrulhava seu estômago de um modo não muito gentil.

Ela voltou com um kit de primeiros socorros, respirou o mínimo possível e o entregou para sua rival. Carolina abriu o estojo, retirou algodão e soro, e começou a limpar a ferida. Ellene afastou-se, sentou-se na cama e assistiu a outra mulher cuidar de seu namorado. Não se importava mais. Quando ele soubesse o que ela era, talvez não quisesse vê-la nem pintada de ouro.

Todas as peças começavam a se encaixar: o motivo pelo qual os pais a impediam de sair ou de se alimentar fora de casa; porque ninguém mais gostava de suco de groselha; e, o mais grave, porque não tinha se transformado em lobisomem ainda, já que tinha passado da idade. Como puderam esconder algo tão grave? E como havia sido criada como uma igual se era da raça inimiga? Ela levou as mãos ao rosto, escondendo-o. Tinha aprendido a odiar e matar vampiros e o sangue que corria em suas veias era de um. O que faria de sua vida agora? O que seria dela se soubessem? Ninguém a aceitaria e poderiam até condenar seus pais por abrigarem uma vampira na vila.

Tomás gritou e jogou a cabeça para trás, o que fez Ellene se levantar, assombrada. Carolina estendeu a mão, indicando que não precisava de ajuda. Ela fazia pontos no corte e tinha estancado o sangue, para seu alívio.

–Você não deveria ter feito isso – comentou Ellene magoada. Se não fosse por ele, jamais saberia que não fazia parte daquele lugar. Preferia conviver com a ideia de que era esquisita à verdade.

O rapaz nem respondeu; a dor era tanta que só pensava nela. Carol estendeu para Ellene um esparadrapo e pediu que o cortasse para cobrir os pontos com a gaze. Ela obedeceu e se ajoelhou ao lado deles. Quando terminaram, Tom estava ofegante e apertava o punho da outra mão. Não conseguiu identificar se era de dor ou de raiva pelo que ela era. A mente dele estava confusa demais para que a acompanhasse. Levantou-se e foi buscar um pano na cozinha para limpar o sangue. Quando retornou, Tomás havia sumido.

– Cadê ele? – perguntou para Carolina.

– Foi à casa dele trocar a bermuda e tomar um remédio para dor. Por que ele fez aquilo?

Ellene molhou o pano na água com álcool e começou a esfregar o chão. O sangue era pouco, mas fazia sua boca encher-se d'água. Ela se concentrou no que deveria fazer para que, se ele retornasse, entendesse que ela não era uma vampira, que estava enganado.

– Sou esquisita, você sabe... e ele cismou que sou filha de uma vampira com um lobisomem. – Antes que a garota se pronunciasse, Ellene adiantou-se: – Me diz, se eu fosse, eu teria ficado tanto tempo entre humanos sem machucar alguém? Ou agora, diante de sangue? Ele tem uma imaginação fértil demais, é o que aconteceu.

Ela esfregava o assoalho com mais força e a mancha só fazia aumentar. Ter de pensar para responder às perguntas de Carolina e ainda lidar com a novidade era demais para Ellene. Foi impossível segurar as lágrimas. Carolina, quando percebeu, ajoelhou-se e tirou o pano de suas mãos. Pensava que por mais que não gostasse da vampirinha, ela não tinha culpa de ter o coração de Tomás. Devagar, molhou o pano e passou a esfregar o chão. Começou a falar bem baixinho para que somente Ellene ouvisse.

– Acho que o que ele fez foi um gesto de alguém que se preocupa com você. Não se sinta culpada.

Ellene grunhiu, limpando o rosto com as costas das mãos.

– E se eu fosse uma vampira mesmo? – Ela se levantou alterada e, no mesmo instante, Tomás apareceu na janela. – E se eu fosse? – Direcionou as palavras a ele. – E se eu matasse você, Tom? Eu não me perdoaria nunca! Nunca!

Carolina e Tomás trocaram olhares assim que viram Ellene sair do quarto. A loba não tirava a razão de Ellene. Se tivesse machucado o homem que ama, também não se perdoaria. Com um gesto de cabeça, mandou o rapaz ir atrás dela.

Ele entrou pela porta da frente. Estava feliz por a vila estar vazia, se não todos saberiam da discussão e da confusão que haviam causado. Ellene esfregava as mãos na pia tentando tirar o vestígio do sangue delas e chorava compulsivamente. Abraçou-a por trás, tomando cuidado para não raspar a mão machucada em nenhum lugar, e a puxou para perto de seu peito. A garota se deixou levar. O corte tinha um cheiro forte, ela nunca tinha notado cheiro de sangue antes e não se recordava de ter estado tão perto de alguém ferido também. Repousou a nuca no ombro dele, pensando o quanto os pais a excluíram do mundo e a protegeram de descobrir a verdade. Chorou mais ainda.

– Desculpe-me... – ele sussurrou, beijando a testa dela. – Fui um idiota.

– Idiota e estúpido – corrigiu, lembrando-se de como ela e Carol o chamaram pouco tempo antes. Respirou fundo, não era boa com mentiras, mas precisava parecer sincera. – E se eu fosse mesmo uma vampira? Você faria o quê? Me mataria antes que eu matasse você?

– Não pensei bem, Elle, eu só... queria...

– Queria testar sua teoria estúpida. Feliz, agora? Está com um machucado do *tamanho do universo* e me magoou.

Carol os observava de longe. Estava ali para vigiá-los, a pedido de Jacó, e sabia que aquele acontecimento deveria ser reportado a ele. Porém, não queria dedurar Tom. Ela respirou fundo e se aproximou deles. Ellene notou sua presença pelo cheiro dela e seus pensamentos. Ela estava preocupada e também com inveja dela. A mestiça se mexeu e se desprendeu de Tom. Quanto antes se desapegasse dele, melhor para ele.

Não eram mesmo compatíveis.

– Você está bem, Carol? – perguntou ao notar o olhar desligado dela.

– Ah... sim. Queria saber se precisam de algo.

Ellene sentiu a dor da perda rasgar seu peito quando percebeu como Tom estava grato e abobado por ela ter cuidado dele. Então, apenas negou com a cabeça e tentou não ouvir o que ele pensava.

– Estou bem, obrigado. Obrigado pelo curativo também. – Ele mostrou o machucado e sorriu para ela. As bochechas da loba ficaram rosadas.

– Preciso sair daqui – disse Ellene direcionando-se ao seu quarto. Pendurou a mochila no ombro depois de colocar algumas roupas dentro. Olhou para o chão quase limpo e resmungou que aquela garota seria perfeita para Tom, cuidaria dele muito melhor que ela e não o machucaria caso ele se cortasse sem querer. – Obrigada pela ajuda, Carol.

– Aonde vai? – perguntou Carolina. Ellene viu o rosto de Jacó na mente dela e a encarou.

– Por quê? Vai contar ao meu irmão?

– Não. É que... você não parece bem para sair sozinha, quer companhia?

– Tenho certeza de que você prefere cuidar do meu *amigo* aqui. – A palavra "amigo" saiu pesada, dolorida. Ellene beijou o rosto de Tomás e sussurrou perto do ouvido dele: – Eu te amo, Tom. – Ele estranhou o tom de voz dela, parecia uma despedida, quis falar, mas ela não deixou e continuou: – É claro que eu vou voltar! Aqui é o meu lar. Não seja bobo... – suspirou e o beijou novamente no rosto. – Até mais tarde – mentiu.

Em seguida, deu um abraço em Carolina e a beijou no rosto. Tinha a impressão de que nunca mais teria a mesma sintonia com seu melhor amigo. Saiu sob protestos, nem Carol nem Tom queriam deixá-la ir, mas desistiram quando perceberam que não adiantaria ameaçar chamar Jacó ou quem fosse.

•

Depois de ver o carro partir, Carol voltou-se para Tom:

– Ela precisa de um tempo, precisa respirar. Vem... vou arrumar a bagunça do quarto dela e depois cuidar de você, *auauzinho*.

Tom riu com a menção do apelido antigo que ela lhe deu. Não fosse o acontecido, ficaria ainda mais feliz por ela ter voltado a morar na vila.

Alguns anos antes de Ellene amadurecer e ter a atenção de Tomás como seu mentor, ele já era instrutor de luta na escola local. Carolina era da turma avançada e se destacava entre os que estudavam defesa, luta com arma branca e estratégias de ataque. As turmas de treinamento eram apenas para alunos e professores que conheciam a verdade sobre os imortais.

Em uma tarde, ambos foram convidados por Jacó para uma demonstração para as crianças da turma entre sete e doze anos. Foi nessa demonstração que Tomás notou, pela primeira vez, como Carolina estava crescendo rápido e que, apesar de ser uma menina, já demonstrava a força que teria quando adulta.

Durante a explanação, uma das crianças pediu para fazer uma pergunta para Tom. A menina tinha olhos castanhos vivos e era de uma das aldeias mais afastadas da cidade.

– Tio, você já virou lobisomem?

– Sim, Thabita, há algumas luas.

– E você tem rabo?

A classe toda, incluindo Carol, riu, e mesmo encabulado, ele respondeu:

– Quando estou na forma de lobisomem, sim.

– Que legal! – A menina animou-se. – Eu posso fazer carinho em você, tio?

A inocência dela era invejável. Ele sorriu e bagunçou os cabelos dela. Todos riam, mas Tom tentou ignorá-los.

– Um lobo é diferente de um cachorrinho, Thabita. Vamos voltar à apresentação.

Carol, que estava a alguns passos de Tomás, sorriu e o chamou com o dedo indicador.

– Vem, *Auauzinho*... – E, assim, preparou-se para o ataque.

Tom segurou o riso e saltou sobre ela. Eles rolaram pelos colchonetes até ser prensado pela fêmea. Ela o deixou de bruços, afagou seus cabelos e a ponta das orelhas, tirando risos de todos que os assistiam. No mesmo instante, Tom a virou e a prendeu no piso frio, fora dos colchonetes. Ele rosnou e a mordeu na bochecha.

•

– Você nunca vai se esquecer disso, não é? – perguntou ele, voltando ao tempo atual.

– Nunca.

Os dois riram, mas a preocupação deles com Ellene era genuína. Carol sentia que ela escondia algo e Tom também estava com a *pulga atrás da orelha*.

Limparam tudo em silêncio, até que a loba se cansou e resolveu conversar.

– Acha que ela foi para onde?

– Não sei... Ela me contou que está aprendendo boas maneiras com um vampiro e que vai levá-la a um baile. Acho que vai visitá-lo... é o que eu faria... Mas segredo, por favor! – sussurrou.

– Não direi a ninguém, não se preocupe. Mas como ela pode confiar em um vampiro?

Carol lavava o pano no tanque e o estendeu no varal atrás da casa. Depois, foram caminhar pela vila. O sol estava quente e, em breve, seria hora de almoçarem.

– Ela quer saber sobre suas origens... achou um colar que pertenceu à mãe biológica e quer descobrir se quem o fez sabe algo sobre ela.

– E o que isso tem a ver com ela confiar em vampiros?

– Foi um vampiro que fez o colar.

•

Ellene já estava na estrada, usava a mesma roupa do dia anterior, mas nem se importou com isso. Queria respostas e sabia exatamente onde procurá-las. Estacionou na entrada da fazenda em Itu e entrou no local. As pessoas não estranharam a visita dela, pois já a conheciam, e ela agradeceu mentalmente por isso. Alguns até indicavam onde poderia encontrar seus pais e seus irmãos.

Foi direto para o galpão da igreja e Jacó estava lá, discutindo com Reinaldo algo que ela não teve interesse em ouvir. Estanhou o cheiro de madeira que vinha dele e o bolo que se formou em seu estômago; só se lembrava de sentir isso com Tom. Quando ele a viu, dispensou o outro de imediato.

– O que aconteceu? Atacaram a vila? O que você está fazendo aqui? – A cada pergunta, ele avançava um passo.

Ela deu as costas a Jacó e começou a correr. Corria tão rápido quanto um lobo; não estranhou, agora sabia exatamente o que era e do que era capaz. Tinha noção que, com treinamento, talvez pudesse ser ainda mais rápida e mais poderosa. Era como se todas as suas limitações deixassem de existir no momento em que se descobriu vampira.

Jacó a seguiu. Na forma humana, não era tão rápido quanto ela. Estava apreensivo, desconfiado do motivo de ela estar tão rápida e diferente. Ellene parou de correr quando chegou à extremidade oposta da propriedade. Estavam em uma elevação de terra e, abaixo deles, havia uma plantação de girassóis. Manteve-se de costas olhando a paisagem até que ele tocou em seu ombro.

– Não me toque – disse. – Só me conte a verdade.

O rapaz respirou fundo, sua intuição estava correta. Esperava que ela não houvesse descoberto sozinha e, quando falou, a voz tinha um tom temeroso.

– Como descobriu?

Ela virou-se e socou o peito do irmão com violência, sentindo as lágrimas molharem seu rosto. Ele cambaleou com a força dela, mas logo a abraçou, tentando acalmá-la. Afagava seus cabelos, apressado, apertando-a nos braços para que parasse de bater nele. Lentamente, Ellene retribuiu o abraço, fungando em seu peito. Desolada.

– Tom se cortou.

– Meu Deus! O que você fez com ele? – perguntou, exasperado, apertando-a.

Ela afastou-se de maneira brusca e encarou-o.

– Eu o matei. Não é isso o que fazemos? Matamos? – Jacó passou a mão no rosto, prestes a chorar a perda. – Claro que não fiz nada! Mas desejei... e muito. Por que mentiram para mim? Você sabia disso o tempo todo? Por que escondeu isso de mim, Jacó? Eu sou... sou... que nojo!

Jacó não sabia o que dizer. Seus pais tinham medo de que ela soubesse e matasse todos. Achavam que por ser meio humana não teria tanta sede de sangue. Contudo, a mentira custava um pouco do sangue de cada um todos os dias para ofuscar dela mesma a sua sede. Com a evolução do corpo físico e mental, a sede se tornava cada dia maior e ela pedia sempre mais do suco. Estavam cogitando contar e notava, agora, o quanto demoraram a decidir. Era tarde demais.

Ele ficou estático olhando a garota que já não se parecia com sua irmã. Os olhos estavam mais nítidos, a pele mais branca e ela lembrava um predador com a postura ereta e rígida que o encarava. Saber a verdade a tinha transformado no inimigo. Apertou os punhos para controlar a respiração que ficava agitada, tanto pelo medo dos outros descobrirem como por não saber como ajudá-la.

Era o pior pesadelo de sua família se tornando real.

– Perdoe-me, Ellene... – começou. Ela se aproximou, tinha um olhar felino que o fez se calar.

– Não quero pedidos de perdão, irmão. Queria não ser *isso*, mas você não pode me modificar, pode? Não pode voltar algumas horas atrás e me impedir de saber a verdade, pode? Só me diz, o que eu faço agora? Você mesmo notou que estou diferente, eu me *sinto* diferente. Me sinto elétrica, parece que a qualquer momento vou sair matando todo mundo! Estou com medo de mim mesma! A verdade liberta, é o que diz a Bíblia, não é? É a mais pura verdade. Liberta e machuca!

Ela não parava de falar e cada palavra saía como um soco. Jacó sabia que não era culpado sozinho, mas, por ser o líder, era responsável por ter acobertado a mentira e por não ter pensado em como ela reagiria se descobrisse. Tentou abraçá-la, mas Ellene recuou.

– Não faz assim... achávamos que seria o melhor para você. O que queria? Que criássemos um vampiro aqui? Teríamos de mudar a cabeça de mais de mil pessoas que acreditam que eles são a escória! – Esticou os braços tentando se explicar.

– Eu sou a escória, irmãozinho! Isso não é nem de longe o melhor para mim. Posso garantir a você. – Ela passou as mãos nos cabelos, prendendo-os em um rabo de cavalo, e depois o encarou. – Não me espere e não me procure. E, se alguém perguntar, fui estudar num colégio no exterior, como fez a Carol.

– Você não pode ir embora, Ellene. – Ele a segurou pelo braço quando notou que ameaçava se retirar.

– Ou você me mata aqui e agora e acaba com essa angústia ou me deixa ir. Se eu machucar alguém, Jacó, um mínimo arranhão que seja, não vou me perdoar; então, me deixa ir.

Jacó a soltou, relutante, sabia que Ellene precisava de um tempo para assimilar todas as descobertas. No fundo, esperava poder fazer mais do que simplesmente deixá-la partir. O rapaz retirou todo o dinheiro que tinha da carteira e colocou na mão dela.

– Não me deixe sem notícias, Elle.

Ela tinha os olhos marejados, mas tentava manter a postura inabalável de vampira.

– Não conte para ninguém. Finja que não sabe. O Tom acreditou no meu teatrinho, ele não sabe o que eu sou. Portanto, não tem alguém que possa contar meu segredo a não ser vocês. Silêncio absoluto sobre o assunto.

Não quero que sejam expulsos de casa... – Abraçou o irmão e demorou um pouco para soltá-lo. – Amo você, Jacuzin.

– Se for necessário, eu contarei, Elle. Também amo você. – Ele sorriu de lado, tinha lágrimas nos olhos.

No minuto seguinte, ela estava distante, era um borrão ruivo entre os girassóis. Jacó ficou ainda mais triste quando ouviu a mãe chorando atrás dele. Não tinha percebido a mulher se aproximar, mas Ellene a viu e, por isso, apressou-se a ir. Não queria despedir-se, não saberia como fazê-lo, e a verdade é que não queria ter de lidar com o olhar da mãe, que já a via diferente, encarando-a como uma inimiga, uma vampira.

Enquanto corria para o carro, se perguntava como conseguiram guardar esse segredo por tantos anos. Ficou chateada com a maneira que a olhavam, com tanto desprezo. A mágoa não a deixou perceber que era o desprezo por si mesma que a fazia acreditar que todos a olhavam diferente.

Dirigir nunca pareceu tão difícil e a distância parecia ainda maior que no dia anterior. Jurou a si mesma que não desistiria. As lágrimas estavam embaçando o caminho e outros carros buzinavam impacientes por ela dirigir abaixo da velocidade. Ellene tinha medo, medo de tudo agora. Se não enxergasse algo e se acidentasse, ela não morreria. Mas como reagiria ao sangue se houvesse outras vítimas? Estava ficando paranoica e começava a cogitar a ideia de pedir para alguém matá-la.

Num intervalo de tempo que pareceu eterno, ela parou na cabine para pagar o pedágio.

– Oito reais e cinquenta centavos... a senhora está se sentindo bem? – A mulher perguntou, olhando preocupada para Ellene.

Ela apenas pagou e assentiu. Conseguiu ver na mente da garota como estava lastimável, a maquiagem borrada, os olhos inchados de tanto chorar, a roupa suja com respingos do sangue de Tomás. Apressou-se ainda mais e, enquanto dirigia, tentou limpar o rosto com a flanela que usava para limpar o vidro do carro.

A fazenda lhe pareceu mais familiar que sua própria casa. Entrou pelo portão e estacionou, mas só depois se recordou de que não era ali que o vampiro morava. Ela não se lembrava do caminho que fizeram na noite anterior. Ellene apoiou a cabeça no volante e as lágrimas rolaram por seu rosto. Chorava aflita, alto, livre por não haver quem a pudesse ouvir.

Capítulo 17

Alguns vampiros rodeavam a mansão de Benjamin para se certificar de que a rainha havia voltado. Os criados humanos tentavam, com dificuldade, mantê-los calmos e do lado de fora. Era um grupo de exilados que tinha Elizabeth como inimiga por ter tirado sua liberdade de escolha de vida. Esse grupo não entendia que, para uma sociedade funcionar bem, era necessário haver regras.

Natalia, uma garota loura com pouco menos de vinte anos, aproximou-se do portão de ferro. Sabia que eles entrariam se quisessem e invejava a força e a imortalidade deles, por isso não os temia. Parou perto, do lado de dentro do portão.

– O que vocês querem? – perguntou alto, para que a ouvissem. Faziam muito barulho.

Um homem aproximou-se, mantinha a face escondida embaixo do capuz da túnica de proteção. Ela reconheceu os olhos dele, só não se lembrava de onde os tinha visto.

– Queremos saber da rainha. Ela retornou dos mortos?

A voz dele era firme e forte. Os pelos de seu braço se arrepiaram, mas preferiu encurtar mais um passo, encarando-o a centímetros do portão. Benjamin havia ensinado que era melhor demonstrar força, não medo, quando estivesse diante de um vampiro. Ela pensou antes de lhe responder, mas confirmou com a cabeça. Benjamin e Julie mantinham a mansão protegida por magia, por isso quem estava fora não conseguia ouvir os pensamentos dos criados.

– Chegue mais perto – disse ele.

Quando obedeceu, o vampiro retirou as luvas e tocou o rosto dela, ignorando a dor que começou a sentir com a luz solar queimando sua pele. Ela tentou se afastar, sentia como se alguém sugasse suas energias, a mente parecia um breu e, enquanto ele a segurava, a sensação só piorava. Assim que ele a soltou, Natalia correu para longe do portão, ofegante.

O vampiro fez sinal para irem embora e um a um se foi, sumindo entre os humanos. Ele sorria, pois o ferimento era superficial, mas, ao tocá-la, teve a localização exata da rainha dentro da casa.

Última janela ao sul, pensou.

Alheios ao tumulto, os imortais tentavam descansar dentro da residência, pois ainda não era noite.

Milosh dormia pesado. O sol estava prestes a se recolher quando despertou com os passos leves de Heidy no quarto. Sentou-se na cama e a observou: estava usando uma camisola branca, transparente, com um decote profundo nas costas, que deixava a lombar mais acentuada. Continuou observando como ela jogava o quadril de um lado ao outro ao andar e como trocou, lentamente, o ruivo dos cabelos pelo tom louro de Elizabeth. As curvas se tornaram menos evidentes, mas ainda mais sensuais para ele. O vampiro estava distraído, alheio a qualquer movimentação fora do quarto.

– Boa noite, *amore mio* – sussurrou ela usando o tom aveludado da amante.

– Boa noite.

Ele puxou o cobertor até o queixo, escondendo-se do desejo que ela lhe despertava. Não notou o quanto estava fraco e faminto, e que não ouvia nenhum pensamento ao seu redor, nem mesmo os dela.

Heidy virou-se, levando uma bandeja com o desjejum e colocou ao lado dele na cama. Havia pães, ovos mexidos, bacon e uma taça de sangue fresco. Milosh bebericou o sangue e deixou a taça na bandeja. De repente, puxou-a para si, ignorando a comida. Ela, aproveitando da situação, juntou os lábios nos dele e se surpreendeu ao não ser repelida. O homem retribuiu ao beijo, estava cansado de lutar contra as vontades de seu corpo, contra a sensação familiar de formigamento que sentia sempre que ela estava por perto.

Ela o envolveu com as pernas, puxando a camisola até a altura das coxas e, sem pestanejar, Milosh invadiu o tecido, tocando a pele. Uma batida na porta tirou-os daquele momento. Milosh a encarou, murmurando para si mesmo: *Não é ela, seu tolo.*

– Vá se arrumar! – ordenou. Quando Heidy se fechou no banheiro, ele abriu a porta; era Natalia. Era a primeira vez que se encontravam, pois os humanos não tinham permissão de conversar com eles. Estranhou a visita, saiu do quarto e fechou a porta rapidamente.

A mulher esmiuçou cada músculo evidente de seu corpo, desde o peito até o abdômen desenhado, e não reprimiu um suspiro de admiração. Sua cueca estava inchada pelo momento que teve dentro do quarto com Heidy e o olhar dela brilhou de curiosidade. Milosh preferiu ignorar sua indiscrição.

– Fale! – ordenou.

Ela ergueu os olhos e como demorou a responder, a tocou no ombro e chacoalhou de leve, exigindo que falasse.

– D-desculpe. É que achei importante lhe dizer... meu senhor está ocupado e não pôde me atender. – Ela piscou, desviou o olhar dando um passo para trás e respirou fundo. – Um grupo de hom... vampiros esteve na mansão hoje, eles queriam saber sobre a rainha.

– O que eles queriam saber?

– Se ela estava mesmo aqui e viva.

– Você confirmou?

– Sim.

– Não vejo problemas nisso.

Ela balançou a cabeça exasperada.

– Não pareciam amigáveis.

Milosh apertou os olhos, não conseguia ouvir nada do que ela pensava. Levou a mão à nuca, pensativo.

– Obrigado pela informação, avisarei os seguranças.

A mulher sorriu e saiu andando rápido. Ele fechou a porta e encontrou uma Elizabeth carrancuda e seminua atrás dele.

– Você atende a criadagem assim? – Apontou para ele. O vampiro riu, dando de ombros.

– Às vezes, quando...

– Quando? – Ela sorriu de lado, aproximando-se. Levou as mãos ao peito do vampiro, apoiando os braços e o corpo, recebendo o abraço envolvente dele.

– Quando estou distraído. Liss... acho que alguns exilados estiveram aqui à sua procura.

– Isso é bom, não?

– Sim... a notícia está se espalhando. – Ele beijou a lateral do rosto dela e ambos foram se arrumar. Tomaram café juntos e desceram para esperar Benjamin. O treinamento deveria começar em poucos minutos.

•

– Heidy! – Benjamin ralhou pela décima vez quando ela não conseguiu erguer a espada com a força do pensamento.

Estavam afastados da humanidade, em um campo vasto que foi uma plantação de trigo e que agora era uma fazenda abandonada. Levaram cerca de duas horas para chegar lá em seus carros de luxo e há quase uma hora ele tentava ensiná-la como usar o pensamento para que os objetos a obedecessem.

Era estranho ver Heidy com dificuldade em aprender algo tão simples, às vezes tinha a impressão de que ela se focou tanto no que era complicado, que esqueceu-se de aprimorar-se no que lhe parecia fácil.

– Elizabeth! – Ela devolveu no mesmo tom. Olhou para a espada empilhada sobre algumas pedras e mentalizou. O objeto nem se moveu.

Milosh os olhava de longe, sentado embaixo de uma árvore. Tinha levado um livro, mas não conseguia se concentrar na história. Era bom ter um pouco de privacidade e estava até se divertindo com a briga deles por causa do treinamento. Entretanto, intimamente, sentia-se culpado por perceber que desejava outra mulher e por não ter tentado contato com Elizabeth de novo. Pensava em fazê-lo, mas tinha vergonha. Se ela respondesse, o que diria? Que outra estava em seu lugar e que às vezes ele acreditava que era real? Percebia que, aos poucos, sua sanidade era menor, fazendo-o perder a noção da mentira e da verdade.

Ouviu o tilintar da lâmina contra a pedra e olhou na direção deles, sorrindo, esperançoso que tivesse conseguido.

– Viu? É simples! – instruía Benjamin, devolvendo a lâmina ao lugar. – Agora, tente você.

O vampiro fez uma careta. Eles tinham pouco tempo e, na noite seguinte, não poderiam treinar, pois seria a apresentação da rainha à Corte. Suspirou, erguendo os olhos para o céu estrelado, deixando os pensamentos retornarem à verdadeira Elizabeth.

O que farei se descobrirem? Pensou consigo mesmo.

Não sei, ela respondeu baixo, parecia estar chorando.

Milosh tentou não demonstrar sua euforia com a resposta. Observou se eles o estavam olhando e lhes deu as costas; não queria que nada o distraísse nem quebrasse aquela conexão.

Você está bem? Perguntou, mantendo os pensamentos livres para ela. Talvez o pouco do sangue que havia bebido no desjejum estivesse ajudando nos seus poderes.

Não. Queria morrer... é possível morrer? Ela respondeu soluçando. *Não posso voltar para casa... não encontro você... não sei para onde ir*, continuou, fazendo Milosh franzir o cenho, confuso. Queria poder abraçá-la e dizer que tudo estava bem, que estava ao lado dela. *Estou sozinha. Todos vão me dar as costas quando descobrirem.*

Você não está sozinha. Eu estou com você, sempre estive e sempre estarei.

Nisso eu acredito, ela respondeu, e junto à imagem de uma garotinha ruiva acordando assustada no meio da noite, acompanhou o pensamento. Vasille apertou os olhos, não se lembrava da garota e sabia que Elizabeth não conheceu Heidy quando era criança, pois era mais velha que ela.

Lembrou-se dos sonhos estranhos que tinha com uma mulher e a neblina que a envolvia, mas logo afastou o pensamento, não podia se distrair.

Onde você está? Fechou os olhos para tentar enxergar o que ela via, mas estava totalmente escuro.

A mulher choramingou e, quando abriu os olhos, o vampiro viu um lugar que parecia abandonado, uma casa velha, com matagal para todos os lados. Ele apertou os olhos, tentando identificar onde ela estava. Parecia atrás de um vidro, presa em um lugar pequeno, olhando pela janela.

Na fazenda, ouviu.

– Nossa, Heidy! – a voz de Benjamin o fez despertar dos pensamentos, assustado.

– Já volto – avisou e foi ignorado por eles.

O vampiro começou a andar, já tinha visto aquele lugar, tinha certeza absoluta, mas não se recordava onde era, precisava ver mais.

Que fazenda? A de seus pais? Perguntou com pressa.

Ela demorou a responder, fazendo Milosh acreditar que a conexão havia se quebrado mais uma vez. Mas, então, a rainha respondeu exaltada.

Não estou em casa, eu não posso voltar para casa! Se souberem que meus pais mentiram... eu não sei o que vai acontecer com eles! Novamente ele sentiu que a mulher chorava, desconfiou que não era com Elizabeth que ele conversava.

Quem está invadindo meus pensamentos dessa forma? Quem é? Quis saber, irritado. *Quem são seus pais? O que eles fizeram? Fale!* Ordenou. Perturbado, gesticulava golpeando o vento.

Será que sempre foi outra pessoa e não Elizabeth? Quem o estaria enganando? Heidy estava ocupada demais para brincar com seus pensamentos naquele instante. Decididamente era outra pessoa.

A mulher saiu de onde estava. Ele viu a casa abandonada, a placa de entrada da fazenda e sentiu o estômago doer; ela estava ao lado deles, a poucos metros. Ele se virou na direção da paisagem que ela via e começou a correr. Heidy e Benjamin nem notaram o que estava acontecendo, ambos revoltados um com o outro pelo treinamento intenso.

O vampiro saltou a cerca de mais de três metros como se fosse apenas um obstáculo de corrida, e continuou. Tentou fazer o mínimo barulho possível e usou seus dons para tentar se ocultar entre a vegetação e ver quem era a invasora de pensamentos. Acomodou-se sobre o telhado da casa, sentia o coração bater tão forte que parecia vivo como o de qualquer humano. Ele estava ofegante e sentia o suor escorrendo da testa até o pescoço. Limpou com as costas da mão e olhou para baixo.

Não havia nada ali.

Trincou os dentes, saltou da casa e começou a espreitar o local. Sentia algo estranho no ar, uma presença forte, mas não conseguia identificá-la. Por meia hora, percorreu cada centímetro, havia marcas de pneus no chão e eram frescas, dois tipos diferentes. Uma mais profunda que a outra. Milosh coçou a nuca, confuso, não tinha nada ali, ninguém. Voltou para o local do treinamento, cabisbaixo.

– Onde estava? – perguntou Heidy mal-humorada.

– Benjamin, você tem conexão telepática com sua esposa?

– Tenho, por quê?

Milosh coçou a nuca e encarou os dois.

– Tenho com mais alguém além da Elizabeth ou... ela... – agora desconfiava que fosse Heidy – invade meus pensamentos por diversão.

– Ela quem? Do que você está falando? – perguntou a híbrida impaciente, ela conseguia ler tudo o que se passava na mente do vampiro.

Milosh relatou o acontecimento, omitindo a localização provável da pessoa. Benjamin guardava o material de treinamento – facas, espadas, flechas, entre outros tipos de armas –, mas parou e encarou o amigo.

– E se Elizabeth enlouqueceu mesmo e o que você viu seja fruto de alucinações?

O vampiro respirou fundo, tinha os ombros caídos e os olhos tristes.

– Preciso encontrá-la, com urgência.

Deixaram o local e, com a mesma rapidez, retornaram para a mansão. Milosh viajou calado o caminho todo e não cedeu aos caprichos de Heidy, que tentava, em vão, distraí-lo.

Tereza estava à porta da mansão, tinha o rosto cansado – provavelmente pela falta de sono. Mas quando viu Milosh, abriu um sorriso acolhedor. Eles se abraçaram, juntando os corpos com carinho.

– Eu me esqueci de você naquela casa, perdoe-me – disse ele.

– Foram me buscar hoje. Que lugar bonito este, meu senhor. – Afastaram-se e ele notou que ela tinha algo a dizer. Porém, antes que perguntasse, ela tocou sua mão sabendo que o toque lhe mostraria o que queria que ele soubesse.

A imagem estava trêmula como a mão da mulher, mas logo o cenário surgiu. Era a casa onde ela morava antes. Uma garota entrava pela porta e estava com o relicário de Elizabeth. Milosh mordeu o lábio, chateado por ter se esquecido do relicário e que estava à sua procura. A imagem tremulou e um vampiro de capa escura avançou para cima dele, mas era outra pessoa, uma lembrança mais antiga, os cabelos louros eram a única imagem diferente do negro da capa. Milosh tentou se afastar, porém a mulher apertou firme a mão dele. Havia um rosto e ela apertava os olhos para que ficasse mais nítido. Os olhos eram claros, a pele branca com um tom rosado e, então, ela o soltou.

– O que foi isso? – perguntou, confuso.

Heidy e Benjamin observavam a alguns passos de distância, ambos não conseguiam ler a mente da mulher nem de Milosh quando ela o tocou. Estavam apreensivos, pois sabiam que o dom dela era mostrar verdades, acontecimentos, mas do modo que ela quisesse fazê-lo, podendo confundir qualquer pessoa.

– Tem alguém rondando você, Milosh. – Ela soltou as palavras com um toque sombrio na voz. – Lobos e vampiros juntos? Não acho que isso seja um bom sinal.

Ele fez a mulher entrar na casa, a maioria das coisas que havia mostrado já era de conhecimento dele, então não deu muita importância. Tereza se recolheu para dormir.

O jantar foi animado, regado com bebida e música. Aproveitaram para dar os últimos ajustes nos preparativos para o baile da noite seguinte. Vasille se esqueceu por um momento daquela voz em sua cabeça e os ajudou ao escrever os nomes dos convidados nos envelopes pretos com sua caligrafia antiga e impecável. Quando estava próximo do amanhecer, deixaram tudo com os criados para que fossem entregues e se recolheram.

– Estou ansiosa para amanhã – disse Heidy ainda com a imagem de Elizabeth, o louro parecia reluzir com a pouca iluminação.

– E eu temeroso.

– Por quê?

Eles se trocavam, cada um em um canto do quarto. Ele gostava de dormir apenas de cueca e Heidy com camisolas leves, por isso Milosh se deitou logo, tinha pouco a vestir. Aproveitou para observá-la, começando a se acostumar com aquilo.

– Porque pode dar tudo errado – respondeu.

– Não se preocupe e aproveite. Você precisa se divertir mais!

Ele não negou, mas a forma que queria se divertir não era prudente. O vampiro se ajeitou, desviando o olhar das curvas sedutoras de Elizabeth, e cobriu a cabeça. Em poucos segundos, estava dormindo.

Heidy se deitou na cama e aconchegou o corpo ao dele, o sono do vampiro era pesado, ele parecia mais exausto que ela, que tinha metade de seus genes totalmente humanos. A mulher deslizou a mão pelos cabelos do vampiro, que estavam compridos, e começou a acariciá-los. Havia apagado a luz antes de se deitar, mas, mesmo na escuridão, podia distinguir o rosto dele: assimétrico, masculino, viril. Ela o desejava há tanto tempo que já não sabia se era amor ou obsessão. Estava começando a se preocupar com o plano. Benjamin saber de tudo era um alívio, pois tinham um aliado forte, mas, em contrapartida, era perigoso.

Heidy respirou fundo e olhou o visor do despertador. Passava das quatro da manhã, era cedo ainda para que ele dormisse tão rápido. Ela sorriu, gostava de ter ele nos braços, sem relutância. Este era um dos únicos momentos em que podia tocá-lo sem ser repelida.

Fechou os olhos, lembrando-se de tempos atrás, de quando não existiam nem reis nem rainhas, nem clero vampírico. Os vampiros tomavam muito cuidado para não serem descobertos, eram solitários, e quando encontravam outros, lutavam entre si até a morte. Demorou alguns séculos para descobrir que os inimigos não eram sua própria raça, mas lobisomens e caçadores humanos, que achavam que eram responsáveis por eliminar os "demônios" da Terra.

•

Heidy tinha dezesseis anos e vivia com Vincenzo, o pai adotivo, numa caverna nas proximidades de uma cidade do interior da Itália. Eles se escondiam dos camponeses para não serem mortos pelos religiosos.

Eram tempos difíceis. O pai adotivo foi ameaçado e teria de entregar Heidy aos camponeses para ser queimada como uma aberração da natureza. Todos sabiam que a menina era estranha, pois não mudava de aparência com o passar dos anos.

Ela foi deixada com ele vinte anos antes. O casal explicara o que ela era, as dificuldades de sua raça, o que implicava ser meio-vampira. Explicaram também que, um dia, voltariam para buscá-la, mas que precisavam deixá-la em um lugar seguro, porque estavam sendo perseguidos. O homem aceitou a bênção, tinha perdido a esposa e a filha no parto da mulher. Apesar de ser médico, não pôde fazer nada para salvá-las. Acreditou que Heidy havia aparecido para lhe salvar a alma, já que, dia e noite, pensava em se matar.

Vincenzo cuidou da menina com carinho verdadeiro e, com o passar dos anos, aprendeu a amá-la como uma filha. Porém, a garota adquiriu sentimentos diferentes pelo pai; o amava como homem, mesmo vendo-o envelhecer ano após ano. Ele soube do sentimento dela pouco antes de morrer e ela havia jurado que jamais amaria alguém que pudesse perder algum dia. Disse que não sofreria de novo, enterrando a cada meio século mais um mortal que amava.

Quando encontrou Milosh abandonado na floresta, algo despertou nela e se apaixonou no instante em que o viu. Ele tremia, estava morrendo, mas tinha em seu sangue o veneno necessário para ser transformado e se regenerar sozinho. Ela não o deixaria morrer também. Cuidou dele como teria feito com o pai se tivesse encontrado a tempo um vampiro que pudesse ajudá-la a transformá-lo. Assim, transferiu para o rapaz toda a esperança de não se ver sozinha pela eternidade. Ele era como ela, imortal.

Nunca sofreria sua morte.

•

Ela abriu os olhos e beijou os lábios do vampiro, pensativa. Não o veria morrer. No entanto, era mais fácil encarar a morte a ver quem você ama ir para os braços de outra. Heidy tinha esperança de que não precisaria mais conviver com isso. Ajudá-lo na busca por Elizabeth o faria enxergá-la com amor de novo. E, se não acontecesse, salvá-lo da morte pela segunda vez o faria ser grato o suficiente para que ficasse com ela. De um jeito ou de outro, teria o vampiro para si.

Antes de adormecer com ele, disse a si mesma: *O fim justifica os meios.*

Capítulo 18

Ellene olhava na direção contrária a que o vampiro a arrastava, assombrada com a facilidade que ele a puxava pelo antebraço e a obrigava a correr. Queria enxergar a casa, ver o rosto do homem que estava ali, mas estavam distantes e era possível enxergar apenas um vulto no telhado. Ela não entendia o motivo da pressa, queria encontrar Milosh, esclarecer de uma vez o porquê de ele invadir seus sonhos e pensamentos, e ainda ter a ousadia de culpá-la por isso! Ela sabia que Nicolae havia usado seu dom para ocultar o carro e eles, para que o vampiro não os visse. Ainda assim, não entendeu o motivo.

Corriam quase na mesma velocidade, Ellene desistiu de impedi-lo e resolveu seguir suas ordens. Ao chegarem na frente da casa dele, pararam antes de entrar.

– Por que o chamou? É louca?

– Chamei? Eu não chamei ninguém.

– E ele rastreou você porque é muito bom em encontrar garotas que ele nem conhece? – desdenhou. – Entre e fique quieta, já volto.

Nicolae a deixou e saiu. Parecia transtornado. A casa cheirava a biscoitos e algo mais doce que Ellene não conseguiu distinguir, mas que enchia sua boca d'água. Não encontrou Joaquina na sala e não achou educado adentrar os outros cômodos para procurá-la, por isso sentou-se no sofá. Estava apreensiva com o que estava acontecendo; eram tantas as mudanças em sua vida, que já não se surpreendia com o desenrolar daquela noite.

– Ele já foi – disse Nicolae, entrando de repente na casa, fazendo a mestiça pular de susto. – Nunca mais o chame! – ordenou.

– Não o chamei... você o conhece? – perguntou.

– Todos o conhecem. – Deu de ombros. – Mas não é a hora e nem o lugar certo para o encontro de vocês, vampira. – Ellene fez uma careta e seus olhos se encheram d'água. – Ele é muito perigoso, evite ficar sozinha na presença dele a menos que ele peça e que seja clara que sua intenção não é de matá-la. Ele tem poder para fazer o que quiser conosco.

Ellene acreditava nele. Suas palavras a faziam se lembrar dos sonhos que tinha desde muito menina, em que o vampiro a caçava por entre a neblina. Parecia procurar por seus entes queridos para machucá-los ou apenas para amedrontá-la. Apesar do medo, queria o encontro, sabia que estava pronta para enfrentá-lo.

– Mas e se...

– E se nada! Ele é traiçoeiro, quer o trono da rainha. Quer ser o mais forte e ele mata se for preciso. Vamos começar logo com suas aulas.

– Não... não vim para isso. Não irei ao baile. – Ela fungou.

Nicolae respirou fundo, impaciente. Depois de alguns instantes abriu um sorriso acolhedor.

– A que veio?

– Vim lhe pedir abrigo.

– Abrigo? – exasperou-se. – Abrigo por quê? Fugiu de casa? – Ele riu.

– Fugi. – Ellene se sentou no sofá de novo e baixou o olhar, envergonhada. – Você tinha razão, não sou um lobo. Agora entendo. Sou mesmo metade vampira.

O vampiro a olhou, confuso.

– Como chegou a essa conclusão tão óbvia?

Nicolae se sentou na poltrona perto dela, colocando as mãos no colo. Ellene se encolheu um pouco.

– Não tão óbvia para mim... Bom, descobri hoje depois que quase mordi meu melhor amigo.

Nicolae a fez detalhar tudo, cada passo que deu desde que quase mordeu Tomás. Ela apenas não comentou como conseguiu contato com Milosh, deixando o conde acreditar que foi por rastrear seu aroma metade humano.

– E é por isso que estou aqui – continuou ela. –Você tem uma filha como eu e é o único vampiro de verdade que eu conheço e que não tentou me matar.

Ele pareceu ponderar o pedido, respirou fundo falando brando.

– Entendo seu pedido, mas não posso decidir isso sozinho. Vou falar com a minha esposa, espere aqui.

Enquanto aguardava, tentava em vão ouvir a conversa deles. Não sabia para onde iria caso fosse rejeitada por Nicolae. O conde não demorou muito a voltar e levou Joaquina consigo. Ela se sentou ao seu lado segurando uma de suas mãos. Nicolae permaneceu em pé, observando-as.

– Helena...

– Ellene – corrigiu, tímida. – Menti sobre meu nome, dona Joaquina, perdoe-me.

Ela deu uma batidinha em sua mão, sorrindo, porém Ellene notou algo diferente em seus olhos, que parecia consumi-la, mas ignorou, apreensiva com o que haviam resolvido.

– Não se preocupe. Conversamos e decidimos que poderá ficar conosco, mas com algumas condições. Se recebermos qualquer visita, você sairá da casa e se esconderá. Ninguém pode saber que a hospedamos. – Ellene apenas confirmava com a cabeça, ouvindo tudo com atenção. – Já que agora tem consciência do que é, terá de aprender nossos costumes e a caçar. – Ela arregalou os olhos, sentindo o estômago embrulhar ao se imaginar bebendo sangue. – E a última condição é que, se for vista aqui, diga que se chama Helena e que é de fora. Temos como confundir seu cheiro, mas talvez não funcione sempre. Aceita os termos?

– Por que ninguém pode me ver... e tenho mesmo que beber sangue?

– Os híbridos são incomuns para os vampiros e alguns não os aceitam bem.

– Por quê?

Joaquina fez uma careta e olhou para Nicolae. Ele assumiu a conversa:

– Mestiços não deveriam existir. Alguns acreditam que tinham de ser transformados ou mortos logo após o nascimento. Ser metade humano e metade vampiro deixa o híbrido propenso a sempre defender os interesses humanos – desconversou e Ellene sorriu, entendendo a questão que era apenas uma ponta do problema.

– E sobre o sangue?

– Você precisa aprender a se defender. Agora que não tem o cheiro dos lobos para ocultá-la, outros podem querer atacar você. O sangue melhora seus dons e revela outros que podem ser de grande valia.

A garota assentiu, encaixando outra peça do quebra-cabeças: o motivo de sua mãe ter confiado em lobos. Ela sorriu pela primeira vez desde que se descobriu metade vampira. Quando olhou para Joaquina e Nicolae, tinha um brilho diferente nos olhos, de esperança.

– Aceito as condições, mas não garanto que vá matar alguém ou gostar de sangue.

– Vamos descobrir – disse Nicolae com um sorriso. Joaquina se levantou, seguindo para a cozinha.

Ellene fez uma careta e desviou o olhar para Joaquina quando a viu retornando com uma bandeja com três cálices de prata para licor. O cheiro da bebida era forte e doce, o mesmo que ela sentiu quando entrou na casa. Seu estômago roncou com um desejo quase incontrolável de beber o conteúdo. A vampira entregou um cálice para Nicolae, outro para Ellene e ficou com o último. Eles brindaram e tomaram um gole curto, depois olharam para ela indicando que fizesse o mesmo.

O líquido era escuro e a híbrida o encarou por alguns segundos. O buquê a fez se recordar de Tomás e sentiu uma leve tristeza por saber que talvez ele a rejeitasse. Sem pensar no que havia dentro do cálice, bebericou sentindo o líquido quente preencher cada espaço em sua boca. Fechou os olhos, esquecendo-se de que devia se sentir enojada, e continuou bebendo até perceber que estava vazio. Ellene passou a língua nos lábios, roubando as gotas que tentaram escapar, e engoliu a saliva. A bebida parecia o suco de groselha que a mãe lhe dava, só que mais concentrado. Quando encarou os vampiros, notou o sorriso vitorioso que mantinham no rosto. Ela abaixou o rosto, envergonhada.

– Era...

– Sangue humano – completou Nicolae.

– Mais? – ofereceu Joaquina, retirando o cálice da mão de Ellene e voltando para a cozinha.

– Sim, querida – respondeu Nicolae, que já havia devolvido o cálice à bandeja.

– Por que estava quente? – perguntou, sentindo a boca salivar com a possibilidade de beber mais. Então, ouviu o bip do micro-ondas e respondeu, apressada: – Não, não quero mais, obrigada.

A mulher retornou com taças maiores e também de prata, entregou uma a Ellene e foi até a janela afastar a cortina pesada.

– Vai amanhecer. Onde ela dormirá? – perguntou, bebendo o líquido.

Nicolae se aproximou da esposa e, enquanto decidiam, Ellene ficou encarando a bebida que agora, em um copo maior, parecia-se com sangue. Ela sentiu um misto de nojo e vergonha por ter bebido e gostado, e por querer degustar aquele copo todo. Não sabia como reagir com sua nova situação, mas tinha consciência de que se não se adaptasse logo, vampira ou não, morreria nas mãos de qualquer um, até de caçadores humanos.

A contragosto, bebeu o líquido. Sorveu até a última gota sem parar nem para respirar e, quando acabou, eles estavam diante dela, com uma feição vitoriosa.

– Por que me olham assim?

– Achamos que seria mais difícil você aceitar que é como nós – respondeu Joaquina. – Você não precisa disto tanto quanto nós, mas precisará beber ao menos uma vez a cada quinze dias. Heidy se alimenta quantas vezes por semana, agora?

– Uma – respondeu Nicolae e segurou a mão da garota. – Por que ela precisa manter seus poderes ativos. O sangue ajuda nisso.

– Mais que isso faz mal? – perguntou, curiosa. A repulsa inicial havia sumido e ela sorriu, agradecida, por se sentir tão acolhida entre aqueles desconhecidos.

– Não... você apenas fica mais forte – respondeu ele dando de ombros, deixando Ellene pensativa.

Nicolae a puxou delicadamente e ela o seguiu sem relutar. Percebendo a inquietação de Joaquina, soltou a mão do vampiro sem dizer nada, e ele também não se manifestou e a encaminhou para fora. Atrás da casa principal, havia um celeiro, as portas estavam pintadas em um tom vermelho já opaco pelo tempo. A imagem a fez se recordar de muitos filmes do *Superman*, e do quarto de Clark Kent, que era em um celeiro. O lugar era alto e, quando ele abriu as portas, percebeu o quanto era parecido com o cenário dos filmes e seriado. A luz estava fraca, mas ela enxergou bem devido à sua raça. Havia tratores, palha e, num andar acima, uma espécie de galeria com sofá, TV e um guarda-roupas. Subiram as escadas e, quando chegaram à ponta, ele mostrou a cama que estava arrumada com uma colcha de retalhos antiga e posta embaixo da enorme janela ao fundo. Nicolae acendeu o abajur ao lado da cama e virou-se para encarar Ellene.

– Heidy gostava de ficar aqui quando era mais nova. Você pode ficar, por enquanto – disse, olhando que o sol começava a nascer. – Preciso me retirar agora. Não estou protegido. Durma bem, criança.

No segundo seguinte, o vampiro já não estava diante dela.

Ellene, que não esperava que ele fosse tão rápido, ficou com os lábios entreabertos, pronta para fazer uma pergunta. Sem graça, ajeitou a roupa e se sentou na cama, olhando o lugar com mais atenção. Ela precisava de sua mochila e também de um banho. Desceu as escadas e passeou no celeiro até encontrar uma pequena porta embaixo da galeria onde era seu quarto temporário. A porta estava emperrada, mas não precisou fazer muita força para abri-la. No local, havia materiais de carpintaria e mais uma porta no mesmo tom vermelho do celeiro, que descobriu ser o banheiro. Pela poeira, deduziu que não era usado há muito tempo; não se importou quando ligou o chuveiro e constatou que havia água quente.

Olhou pela pequena fresta na janela, o sol estava forte, por isso se sentiu mais segura para sair. Aproveitando sua condição e rapidez, fez o caminho inverso da fazenda verdadeira para a falsa, em busca de seu carro. Procurou memorizar o caminho na noite anterior, mas teve um pouco de dificuldade, levando pouco mais de uma hora para avistar a velha casa.

Ao se aproximar, sentiu um frio no estômago recordando que horas antes o vampiro de seus sonhos estava sobre aquele mesmo telhado tentando localizá-la. Procurava entender as perguntas dele e aquela conversa estranha que tiveram. Como ele sabia que ela morava com os pais adotivos em uma espécie de fazenda? E por que não sabia com quem estava falando depois? O vampiro devia ser realmente perigoso, como Nicolae a alertou, e com certeza queria algo com ela. Só não tinha mais certeza de desejar descobrir o que era.

Ela viu o carro no mesmo lugar onde estacionou, não notou que estava sob magia, já que as ilusões de Nicolae, na maioria das vezes, não funcionavam em Ellene. Entrou no veículo e sorriu, aliviada, ao ver todos os seus pertences intactos. Checou se havia alguma ligação perdida e assustou-se ao constatar que quarenta e cinco das cinquenta ligações tinham sido feitas do celular de Tom. Mais uma vez, a tristeza que sentiu ao se dar conta de que era do clã inimigo a atingiu. Abraçou-se engolindo as lágrimas que queriam lhe roubar a paz. Após alguns minutos, resolveu ligar e saber como estavam as coisas.

– Elle? – perguntou uma voz grave do outro lado. Ela apertou os lábios. Era cedo demais e o havia acordado. – É você? Ellene, responde!

– Oi, Tom... não diga a ninguém que eu liguei e me perdoe a hora, não vi que era tão cedo – sussurrou, tentando segurar o choro ao ouvir a voz dele. Por seus pensamentos, ela logo soube que ele tinha acabado de pegar no sono depois de uma noite exaustiva à sua procura.

– Não peça desculpas, eu estava louco de preocupação. Por que você saiu daquele jeito? Você está bem? – *Será que eu fiz algo errado? Claro que fez, idiota!*, continuou nos pensamentos e Ellene precisou respirar fundo para não responder ao que ele pensava.

– Estou bem, só precisava sair.

– Você vai voltar que horas? Posso esperar acordado. – A voz dele soou como um pedido infantil; ele queria que ela precisasse dele.

– Não vou voltar ainda – disse e logo se arrependeu. Antes que Tom ficasse mais nervoso, emendou a conversa: – Preciso descobrir mais algumas coisas. Estou perto de conhecer a rainha... talvez ela me ajude a encontrar o tal do Vasille.

– A rainha dos vampiros? Você enlouqueceu?

Não... é *que sou um deles,* pensou, porém respondeu:

– Claro que não. Mas quem quer respostas precisa correr riscos.

– Posso ajudar, você não precisa estar sozinha.

Ellene afastou o celular tapando o bocal e soltou um grunhido agudo e triste, então voltou o aparelho para a orelha. Da última vez que ele tentou ajudá-la, quase o matou e, por mais que o quisesse por perto, não colocaria a vida dele em risco de novo, não agora que teria de conviver com vampiros.

– Não preciso da sua ajuda, não se preocupe – respondeu, seca. Ela sabia que o magoaria, mas isso o manteria longe. Tom pensou em vários argumentos para fazê-la mudar de ideia, porém preferiu não retrucar. Ellene suspirou, aliviada, não queria brigar. Após alguns segundos em silêncio, ela respirou fundo. – Tonzin.

– Oi.

– Posso fazer uma pergunta?

– Todas.

– E se eu fosse mesmo uma vampira?

A confusão dele deixou-a enjoada, por isso ela tentou parar de ouvir o que ele pensava. Fechou os olhos e esperou, tinha ideia de qual seria a resposta e ansiava estar enganada.

Tomás tentava encontrar as palavras certas para o que tinha a dizer. No fundo, ele sabia a verdade, só não queria acreditar. A resposta era verdadeira, no entanto, e ele cria que era o que sentiria caso descobrisse que a mulher que amou nos últimos anos era uma vampira. Ele tossiu antes de responder no mesmo tom grave e sonolento do início:

– Eu amaria você da mesma forma, Elle, porque eu a conheço, sei quem você é e sei que não machucaria ninguém se pudesse evitar.

– E se eu não pudesse evitar?

– Tipo um animal que mata sem culpa? Só para se alimentar?

Ela fez uma careta e se imaginou saltando sobre as pessoas e as matando. Gemeu, assustada com a ideia.

– Tipo isso – sussurrou ainda mais baixo.

– Eu mataria você.

A resposta pegou Ellene de surpresa. Ela também foi criada como ele, aprendendo a odiar os vampiros, sabendo que quando fosse um lobisomem teria de lidar com eles e matá-los caso estivessem ameaçando a vida de alguém. Mas não esperava aquela resposta.

Como ficou em silêncio, Tomás percebeu que tinha falado besteira e, então, começou a gaguejar algumas desculpas.

– Elle, mas não vou matar você. Duvido que faria mal a alguém, acho que nem a um vampiro, se encontrasse com um. Você não é um. Você não me atacou, lembra? – Mais uma pausa, ela tentava controlar o choro para que ele não percebesse, mas Tomás disse: – Amor... o que está havendo? Por que essas perguntas?

– Tom... você não me ama, você ama ser um lobisomem – sussurrou. – E eu só queria saber. Acho mesmo que não sou a mulher certa para você.

– E quem é? – perguntou, chateado.

– A Carol com certeza gostaria de ser.

– Ciúme bobo esse seu... – Ele sorriu na voz. – Elle, vem para casa. Vou deixar a janela aberta para você todos os dias.

– Você sempre deixa a janela aberta. – Riu baixo, achando fofo Tom dizer aquilo. Sabia que seu ciúme não era infundado, havia algo entre eles, que ela não conseguia entender. Sempre que ele pensava em Carolina, logo desviava os pensamentos para qualquer outra coisa que não fosse a menina.

– Sério, vem para casa... estou com saudade. Desculpe-me por ter agido daquele jeito, achei mesmo que você era uma bebedora de sangue – resmungou.

– Eu sei... mas aconteceu uma coisa e preciso ficar sozinha por um tempo. Meu irmão já está sabendo, não vão culpar você por nada.

– O que aconteceu e quando você falou com ele?

– Ontem... e foi só uma coisa. Não quero falar sobre isso ainda.

– Tudo bem... Volta logo, então.

– Tá.

– Promete?

– Eu volto – disse ela e sussurrou: – Preciso ir, se cuida Tom e fique longe de vampiros e das lobas assanhadas! – Riu, tentando fazer graça.

– Vou esperar por você para sempre. Até breve.

E desligaram.

Esperava poder vê-lo depois de descobrir tudo e queria ser aceita por ele, mesmo que tivessem de se ver às escondidas.

Ao voltar para a fazenda de Nicolae, encontrou tudo em um silêncio mortal, até os animais pareciam dormir. Estacionou atrás do celeiro e correu para o banheiro com a mochila nas costas. O lugar precisava de uma boa limpeza, como era muito mais rápida agora, com suas novas habilidades, levou pouco mais de vinte minutos para tirar a sujeira e as teias de aranha. Depois de terminar a faxina, resolveu tirar a sujeira do próprio corpo. Usou a camiseta suja do avesso para enxugar-se e vestiu uma bermuda e uma camiseta mais folgadas para tentar dormir.

Ao se deitar na cama, encarou a janela. Não havia cortinas e o sol batia direto em seu rosto. Ela girou, ficando de costas para a claridade, e, mesmo assim, não sentiu sono. Passou boa parte da manhã remoendo cada particularidade de sua vida, cada mentira contada por seus pais e todos aqueles anos bebendo suco de groselha batizado com sangue sem saber. Precisava entender o motivo da mentira. Seus pais não eram o tipo de pessoa dada a inverdades. Sempre foram muito honestos e Jacó jamais acobertaria algo tão sério se não houvesse mais alguma coisa por trás da história dela ser meio-vampira.

Pensou no que Nicolae havia dito sobre ocultar seu cheiro entre os lobos e em todas as teorias malucas que inventou para si mesma. A mais coerente era que a mãe biológica havia pedido que mentissem e que a escondessem. Agora, só precisava entender os motivos.

– Acorda, dorminhoca! – disse Nicolae da escada. Ele não queria ter nenhuma surpresa desagradável, como encontrar a garota com roupas íntimas.

Ellene abriu os olhos, reclamando. Ainda havia sol, mas, pela posição, deduziu que passava das duas da tarde. Ela se sentou e olhou na direção da escada sem enxergar ninguém.

– Acordei! – disse. – Boa tarde, conde.

– Vamos logo, precisamos nos preparar para o baile!

– O baile! – Ela se levantou, pegou sua nécessaire e desceu correndo para usar o banheiro. Abriu um sorriso enorme para o conde e o abraçou. – Boa tarde! – Ele estreitou o olhar estranhando o gesto de afeto, mas sorriu em seguida. – Vou usar aquele vestido mesmo?

– Sim, senhora, e os sapatos. – Ele mostrou os objetos que estavam pendurados em seu dedo indicador, depois subiu as escadas e os deixou sobre a cama. – Arrume-se e venha almoçar. Joaquina quer lhe dar algumas dicas antes de irmos. Não coloque o vestido ainda! – gritou do lado de fora do celeiro.

A garota não demorou muito para se arrumar. Colocou calça jeans, camiseta e tênis e correu para a casa principal. Era estranho, estava ansiosa e animada com o baile. Mas não era apenas por ter a chance de conhecer Vasille, o joalheiro, mas também para usar aquele vestido e estar em meio a pessoas que nasceram em uma época que ela admirava.

– Boa tarde – cumprimentou Joaquina assim que a viu entrar na sala.

– Boa tarde – respondeu Ellene, contida. Joaquina fez um gesto para que ela se sentasse à mesa e, antes que puxasse a cadeira, Nicolae o fez. A garota sentou-se sem dificuldades desta vez, e sorriu. – Obrigada.

– Dormiu bem? – perguntou, sentando-se ao lado da esposa.

– Bem, obrigada. E vocês?

Havia comida suficiente para cinco pessoas. Foi inevitável pensar na família e nos almoços de domingo; então, ela suspirou, esperando que um dos vampiros se servisse primeiro.

– A manhã foi agradável – respondeu o vampiro. Ellene estava curiosa sobre eles se alimentarem com comida comum. – Pode se servir, Joaquina cozinhou para você.

– Oh, desculpe o trabalho – disse ela e serviu-se de arroz, feijão, bife e batatas fritas. Era um de seus pratos preferidos e não se sentiu intimidada por ter de comer sozinha.

Enquanto mastigava, Nicolae aproveitou para lhe dar instruções sobre o baile e lhe apresentar pessoas e nomes. Ele estendeu uma foto de um homem negro e forte ao lado de uma morena mignon, de cabelos trançados e sorriso discreto.

– Esses são Benjamin e Julie, casados e os regentes da Coroa. Enquanto Elizabeth não for confirmada como rainha, são eles que comandam a nossa raça.

– Regentes? O que é um regente?

Ele riu e Ellene sentiu o rosto queimar de vergonha. Baixou os olhos para as batatas que estavam crocantes e quentes.

– São pessoas que ficam responsáveis por um país quando o presidente precisa se ausentar ou é afastado – respondeu Joaquina simpática. – No nosso caso, são os responsáveis pelos vampiros de todo o mundo até Elizabeth voltar ao trono ou colocarem um substituto no lugar dela.

– Ela sumiu, não foi?

– Sim.

– E por que ainda não foi eleita outra rainha? Pelo que soube, tem uns cem anos que ela desapareceu. – Ellene deu um gole na bebida escura e quase engasgou ao sentir o gosto do sangue fresco. Ela os encarou como se tivesse feito algo errado, mas ambos fingiram não notar.

– Porque é necessário que ela tenha sumido por cem anos completos para que elejam um substituto. Há alguns séculos era comum os vampiros atacarem a Coroa para provarem que eram mais fortes e que mereciam o trono. Essa medida foi tomada para evitar esse tipo de ataque, pois, por mais que provassem ser fortes, teriam de aguardar cem anos e passar por todos os treinamentos antes de serem nossos comandantes.

– Não entendi direito. Se eles eram mais fortes e ganhavam do rei ou da rainha, não houve desaparecimento.

– Sim. Pois se você mata um vampiro, ele vira cinzas quase que imediatamente. Não há corpo para provar que um vampiro foi morto, a não ser que faça isso em público, o que é pouco provável, pois eles sempre estão cercados por seus guardiões.

– Ah, agora entendi. – Ellene imaginou se ela viraria cinza caso a matassem, mas não quis perguntar.

– Você precisa ser enterrada – respondeu Nicolae, como se pudesse ler a mente da garota. – Então, é esse o motivo de não ter outra rainha, apesar de alguns rebeldes terem elegido um rei por conta própria.

– Quem é ele? Onde ele mora? É o tal que estava no telhado ontem? – Ela largou a comida e ficou bebericando o sangue. Por mais que sentisse nojo daquilo, quando não pensava no que estava fazendo, ficava deliciada com o gosto.

Nicolae negou. Joaquina tirava a mesa e arrumava a cozinha enquanto conversavam.

– Não, aquele é o marido da rainha, o guardião dela. Ele é o responsável por fazer com que as sentenças dadas pela rainha ou pelos regentes sejam cumpridas.

– E ele queria me pegar por quê?

– Para matá-la, com certeza – respondeu, frio, sem desviar o olhar dela. Ellene deixou a taça de lado, enjoada. Como em seus sonhos ele sempre aparecia para amedrontá-la, tinha certeza, agora, de que o conde a havia livrado de ser eliminada naquela noite. Respirou bem fundo e se levantou da cadeira.

– Vocês estarão comigo no baile, certo?

– Somente Nicolae, eu não posso ir – disse Joaquina. Olhando o sangue que a garota deixou de lado, pegou a taça e a estendeu para Ellene. – Beba tudo, não desperdiçamos sangue nesta casa.

A ordem pegou Ellene de surpresa. Ela virou a bebida e devolveu a taça vazia para a mulher.

– Boa menina – disse e saiu para a cozinha. A mestiça ergueu uma sobrancelha, observando-a até desaparecer e encarou Nicolae.

– Não quero ir sozinha.

– Não se preocupe com nada. A única coisa que você precisa se lembrar de fazer é... ficar mais pálida. – Seu tom a deixou com calafrios.

Capítulo 19

A mansão estava lotada. Precisavam adiantar os preparativos para o baile, por isso, às duas horas da tarde, a casa estava agitada não apenas com humanos, mas com vampiros subindo e descendo as escadas, correndo para o hotel onde seria a apresentação de Elizabeth, tentando deixar tudo em ordem antes de a rainha acordar.

Benjamin e Julie se concentravam em confirmar a presença de cada membro do Conselho. Precisavam que todos estivessem presentes e a sua maioria era composta por vampiros que optaram por morar no Brasil depois do sequestro. Era o país mais amigável na época e não estava tão povoado de vampiros como no século atual. A preocupação maior estava na visita dos que haviam se rebelado contra a Coroa, pois poderiam tramar algo mesmo sendo noite de trégua.

Com cuidado, o vampiro separou sobre a mesa as confirmações recebidas. Eram treze os conselheiros instituídos, mas três já estavam entre eles, por isso precisava de dez confirmações. Contou algumas vezes e havia apenas nove diante dele.

– Julie, falta um.

A mulher aproximou-se, sentando-se no colo do marido e lendo as confirmações. A maioria trazia congratulações ao retorno da rainha e felicitações a Milosh; outros apenas confirmavam a presença. Julie leu os nomes um a um e, então, suspirou.

– Nico.

– Nicolae? Ele não morreu?

– Não o pai da Heidy, o primo dele. Nicolau. Mandamos o convite, eu mesma escrevi o telegrama. Acha que ele se rebelou?

Benjamin ficou pensativo, tentando se lembrar de quem ela falava. O Conselho havia se reunido poucas vezes depois que ele foi levantado como regente; após um longo tempo, suspirou, levantando-se com a mulher.

– Mandaremos outro telegrama.

– Vou providenciar – disse ela, beijou-o e saiu do quarto, apressada. Benjamin aproveitou para ir conversar com Milosh. Bateu à porta do quarto algumas vezes antes de ser recebido pelo vampiro. – Boa tarde, desculpe-me por acordá-lo.

– Sem problemas. Aconteceu algo? – Ele estava de roupão, os cabelos amassados, e Benjamin pensou ter visto uma mordida em seu peito, mas ele foi rápido em arrumar a roupa.

– Na verdade, é uma sensação. Você se lembra se todos os conselheiros eram a favor de Elizabeth?

– Nicolae não era, mas ele está morto.

– E o primo dele?

– Que primo?

– Nicolau. Eu também não lembro dele... isso é estranho. Como o elegeram se não lembramos quem é?

Milosh coçou o queixo e deslizou a mão por seus cabelos negros. Encarou Benjamin, seus olhos estavam em um tom verde-musgo muito forte.

– Ele foi morto por rebeldes há vinte anos, eu acho. Nunca o substituímos.

Benjamin soltou o ar aliviado e depois o encarou.

– Você precisa se alimentar, Milosh. – Antes de se retirar, fez um último comentário: – Fique atento a tudo. Se eu percebi a diferença entre elas, pode ser que mais alguém note.

– Obrigado por nos ajudar.

Ao entrar, Milosh se deparou com Elizabeth, ela o encarava com ar tristonho. Estava com um roupão azul-marinho pontilhado de flores brancas, descabelada e um pouco mais pálida que o normal.

– O que houve? – perguntou, aproximando-se dela.

Ela desatou o roupão do vampiro, deixando-o nu, deslizou as mãos até o quadril dele e o abraçou, apoiando o rosto em seu peito. Milosh acariciou seus longos cabelos louros.

– O pai de Heidy morreu? E Nicolau também? Como foi isso?

Ele a aninhou em seu corpo, tinha dificuldade em se lembrar de que estava diante da falsa rainha, principalmente quando ela estava tão perto e tão vulnerável.

– Nicolae foi sentenciado à morte por descumprir nossas leis. Você não se lembra? E Nicolau foi morto por rebeldes. Eles tomaram o território dele no Rio Grande do Sul.

– Sabe quem foi o líder dessa rebelião?

– Não – mentiu, pois sabia que Heidy era capaz de armar uma guerra só para vingar a morte do primo.

– O que Nicolae fez para ser sentenciado?

Ele segurou o rosto de Elizabeth entre as mãos e soltou um suspiro pesado. Sentia-se culpado por ter matado o pai de Heidy, mas era seu dever.

– Você se lembra... você estava lá quando ele foi julgado.

– Me fale! – ordenou. Ele não entendeu por que ela queria ouvir. Sabia o quanto era doloroso, mas obedeceu, precisava obedecer, ela representava a rainha naquele momento.

– Ele criou uma família com uma humana. Ela engravidou e deu à luz a um mestiço.

– Uma mestiça – corrigiu. – Eu sei. Essa lei é arbitrária, devia ser extinta. Heidy sobreviveu muito bem sendo mestiça.

– Uma das únicas, se não a única. E é a lei, você o condenou. Se agora acha errado, podemos levar ao Conselho e votar novamente.

– Sempre achei errado.

Milosh a apertou e ergueu seu queixo. Os olhos de Elizabeth eram duas poças azuis e o rosto estava banhado em lágrimas. Desistiu de levar a discussão adiante, abraçou-a com força e deixou que o beijasse. O beijo foi carinhoso, mas sofrido. Sentia o leve tremor no corpo dela e os soluços entre o beijo. Ela não tinha culpa dos delitos do pai, nem de ter desencadeado as leis que proibiam a criação de híbridos.

Havia deixado os vampiros assustados com sua força e agilidade, mas também pela demora em se tornar adulta. Era necessário ter certeza de sobreviver por pelo menos dois séculos para criar um mestiço, o que, com a guerra que acontecia na época, mesmo imortais não poderiam ter essa certeza de tempo de vida. Não podiam confiar deixar uma criança indefesa para ser criada por humanos que envelheceriam enquanto ela ainda seria uma criança.

Ao fim do beijo, ela se afastou e deixou o roupão cair. Em poucos minutos, estava dentro da banheira, de olhos fechados. Ele resolveu deixá-la relaxar e seguir uma das instruções de Benjamin, que era se preparar para possíveis ataques. Quando saiu da mansão, passava das cinco horas da tarde e, como em geral, São Paulo é cinza, o céu estava parcialmente escuro, somente a capa era suficiente para protegê-lo da luz do sol.

Ele dirigiu-se para o mais longe que pôde das pessoas e da mansão. Só por se dar conta de que iria caçar, sentia a sede rasgando sua garganta. A necessidade se tornava mais voraz a cada segundo, mas ele continuava lento. Esperava que Tereza o tivesse obedecido e voltado para casa, pois haveria muitos vampiros na cidade naquela madrugada e temia pela vida da humana.

Chegou à porta uma hora depois, ofegante – o que não era comum –, e tocou a campainha, usando o código que tinham durante anos. Ela atendeu a porta e se apressou a abrir o portão para ele. Estavam, de novo, na velha casa onde ela ficou protegida por Milosh por mais de dez anos.

– O senhor está bem? – Entraram e ele se sentou no sofá.

Não precisou pedir, pois ela entendeu do que ele precisava. Havia esperado mais de uma década para que desejasse seu sangue e já tinha perdido as esperanças de que lhe pediria isso algum dia. Contudo, ali estava, o vampiro que ela amava, fraco, parecendo um humano comum, olhando-a como se fosse sua última refeição. Os olhos estavam tão opacos que a assustou.

– Desculpe-me vir até aqui... mas não sabia aonde ir.

Ele sentia as presas crescendo e, quanto mais perto ela ficava, mais ele salivava. Milosh apertou os olhos, pois sabia que não deveria pedir o sangue dela, no entanto foi a única pessoa em quem pensou quando Benjamin o lembrou que devia se alimentar.

Uma de suas amas de sangue morava no interior da capital e levaria pouco mais de uma hora para visitá-la. Pensou em se levantar e deixar a mulher descansar, mas Tereza não deu atenção às suas desculpas e ignorou o medo, pois ele conseguia ouvir o coração dela batendo mais forte. Permaneceu no lugar ao perceber que ela queria que a mordesse, esperava por isso. Ela retirou a blusa de frio e ficou apenas com uma regata. Sentiu a boca salivar e ergueu a mão, convidando-a para acomodar-se em seu colo.

Milosh foi carinhoso, cuidando para que não sentisse dor ou as sensações de desejo carnal que a mordida causava. Afastou os cabelos dela e cravou as presas no pescoço, na veia pulsante. Tereza retesou o corpo ao senti-las e começou a tremer. Ele teve vislumbres dos pensamentos dela, lembranças da rudeza com que seu antigo senhor usava para beber seu sangue. Acariciou-a nas costas, tentando lhe passar tranquilidade. Não conseguiria soltar a mordida depois de sentir o sabor agridoce do sangue espesso daquela senhora. Ela segurou em seu braço, suspirando pesadamente perto de seu ouvido. Ela esperava morrer, notou, por isso se esforçou para solver o suficiente para aguentar alguns dias sem sangue humano.

Precisava parecer forte diante dos súditos de Elizabeth, diante do olhar dos curiosos e, talvez, até de seus sequestradores. O sangue dela era quente e o fez gemer satisfeito. O pulsar do corpo dela era lento, por causa da idade, mas vigoroso.

Levou pouco mais de dez minutos para se saciar, então soltou suas presas e beijou o local da mordida, para que as feridas se fechassem. Tereza o abraçou, ofegante. Ele não havia notado que ela estava assim, afastou seu rosto e a encarou, preocupado.

– Você está bem?

– Maravilhosa – respondeu, ruborizando. Ela tocou seu rosto e beijou o canto de seus lábios. – Meu antigo senhor não era tão... cuidadoso. Obrigada por me dar essa experiência para me esquecer das outras.

Milosh sorriu, tímido, e a abraçou. Em seguida, ela dormia em seus braços, cansada pela perda de sangue. Ele a pegou no colo com facilidade e correu para o andar de cima, colocou-a na cama e a cobriu. Percebeu que havia novos sentidos, os dons que ela tinha herdado do outro vampiro estavam também no sangue que ele bebeu. Milosh sorriu com a ideia de não precisar se preocupar nunca mais em trancar sua mente, ela já seria bloqueada por causa desses novos dons.

Beijou a testa de Tereza e saiu pela janela, saltando pelos telhados, animado. Sentia-se revigorado, mesmo precisando de muito mais para se recuperar totalmente.

Estava perto da hora da festa quando entrou no quarto. Heidy, na imagem de Elizabeth, aguardava-o sentada em frente ao espelho, fazendo sua própria maquiagem. Ela não disse nada; só de olhar para ele sabia que tinha se alimentado. Estava radiante, parecia mais forte e tinha um cheiro masculino que o deixava ainda mais irresistível.

Levantou-se e deu uma voltinha para mostrar o vestido amarelo exuberante que estava usando. Era longo, com as costas nuas até a curva do quadril. Sobre os ombros, um xale transparente e, à frente, o decote em "V" com um pingente de diamante escondido entre os seios. Milosh reparou bem no decote e nas costas nuas, passeando o olhar pelo corpo de Elizabeth.

– Estou bonita? – perguntou, fazendo-o reparar nas sandálias com *strass* e em seus cabelos louros presos num coque banana e uma tiara de brilhantes. Usava brincos combinando e a maquiagem leve dava um ar superior a ela.

– Está perfeita – disse. Estava mais forte e se sentia menos atraído por ela; o sangue o deixava mais lúcido.

– Obrigada. – Ela girou o corpo, nitidamente feliz. – Não vai ao jantar?

– Sim, irei – disse, pensativo, enquanto ajeitava a camisa branca dentro das calças pretas.

Foi até o espelho. Seu rosto ainda estava abatido, mas bem menos vulnerável que antes.

– Você poderia esquecer isso e viver comigo para sempre... – sussurrou ela, aproximando-se e puxando a ponta da orelha dele com os lábios. – Você é tão lindo...

Elizabeth parecia mais presente agora, apesar de ele desconfiar que era a garota que fingia ser ela. Ligava as conversas aos sonhos estranhos que tinha com a ruiva quase todas as noites.

Heidy notou a indiferença e desistiu da brincadeira, voltando a se arrumar. Em poucos minutos, dirigiam-se para a festa. A noite seria longa.

Milosh não conseguia tirar Elizabeth dos pensamentos. Lembrava-se da primeira vez que ela esteve diante deles, quando foi apresentada como criação de Heidy. Estava tão nervosa que até seus cabelos balançavam. Ele sorriu, mas logo se viu pensando nos sonhos e nas conversas telepáticas que não sabia se eram verdadeiras ou fruto de uma brincadeira infantil.

Benjamin e Julie já os aguardavam na entrada do hotel e os encaminharam ao lugar reservado. O salão estava cheio. Em eventos especiais como esse, todos os vampiros eram convocados, até mesmo os que não se enquadravam com as regras do Conselho. Não era permitida a entrada de humanos, mesmo os que fossem servos ou protegidos por algum dos vampiros presentes. Era uma noite para imortais.

O salão estava decorado com as mesas formando um círculo em volta de um espaço enorme para os casais que quisessem dançar. Havia uma mesa, no canto direito, próxima à parede branca, com todos os tipos de alimentos, incluindo bebidas batizadas com sangue. Acima da cabeça deles, ao centro, um enorme lustre de cristal cintilava uma luz clara.

Todos os convidados vestiam trajes de gala. Algumas senhoras usavam vestidos de época, cabelos encaracolados e leques para cobrir o rosto enquanto olhavam para todos os lados. Os homens, incluindo o guardião, usavam fraques completos e seus cabelos estavam escovados para trás, com gel.

Os lugares foram distribuídos por família e por tempo de existência. As mais antigas ficavam mais próximas à mesa da rainha. A decoração estava, como sempre, impecável. Toalhas vermelho sangue cobriam as mesas e, sobre elas, pratos de porcelana branca com desenhos de rosas em dourado e prata, os talheres de ouro e os copos de cristal, o que deixou o ambiente requintado. Heidy era apaixonada por tulipas e exigiu que houvesse vasos em todas as mesas. Milosh a censurou mentalmente, mesmo percebendo que os lírios e as rosas, que eram a paixão de Elizabeth, faziam parte da decoração.

– Amor... – Sorriu ao vê-lo sentar-se ao seu lado junto com Benjamin e Julie.

– Majestade! – Inclinou a cabeça, lembrando-a de que, em companhia de seus súditos, ela deveria referir-se a ele pelo sobrenome.

– Vasille... – corrigiu, voltando o olhar para as mesas. – Não me recordo de todos – reclamou, olhando para Benjamin.

– Muitos não foram apresentados à senhora ainda; outros se ocultam por medo – explicou.

– Medo?

– Sim. O nosso mundo está mergulhado em destruição, morte e desrespeito às nossas leis.

Ela assentiu, fingindo-se aborrecida.

– Quer falar-lhes? – Milosh interrompeu a conversa.

– Não agora. Deixe que comam e se divirtam. Hoje é dia de festa. – Ela se dirigiu a eles. – Sei que esperam que eu seja como era antes e que puna os errantes com a rudeza de nossas leis. Mas a verdade é que a alegria em meu peito não pode ser destruída com punições. Não esta noite.

Ambos estavam tensos com as atitudes de Heidy. Em público não podiam lembrá-la de como agir e, se quisesse estragar tudo, ela estragaria.

– Majestade, não quero contradizê-la, mas a ordem precisa ser restabelecida – argumentou Benjamin.

– Então, não me contradiga. – Endureceu.

Benjamin olhou para Milosh contrariado e desviou o olhar para a esposa ao seu lado. Era notório que ele estava irritado. Julie tentou acalmá-lo, estendendo-lhe uma bebida.

Não seja você! Milosh lhe lançou uma mensagem por telepatia.

Heidy sorriu e o encarou.

Estou apenas fingindo que o trauma foi maior do que esperavam, que a rainha mudou. É natural que ela mude! Ela passou a mão em seu rosto.

Tome cuidado! Avisou-a. Quem olhasse de fora não imaginaria que brigavam.

Eu conheço os segredos de Benjamin e da maioria dos que estão presentes. Não se preocupe demais. Ela sorriu sarcástica e roubou-lhe um selinho.

Para disfarçar a irritação, voltou o olhar para os convidados. Cerca de duzentos vampiros compareceram ao evento, era menos do que o esperado, mas sabia que muitos não teriam como chegar a tempo ao Brasil, por isso não estranhou. Observou o ambiente minuciosamente, procurando rostos desconhecidos e que lhe parecessem ameaçadores, mas ninguém lhe chamou atenção.

– Beba. – Benjamin colocou uma taça nas mãos dele. Havia sangue e vinho, que sorveu em um único gole. – O que há com você?

– E se os sequestradores dela estiverem aqui, infiltrados? Se forem amigos... se tentarem algo novamente? – Estava preocupado, pois poderiam tentar levar Heidy para entender o motivo de existir duas delas. – Não suportarei perdê-la mais uma vez. – Olhou-o, aflito.

– Eu sei. – Ele colocou a mão no ombro de Milosh para confortá-lo. – Estamos seguros aqui. Ninguém em sã consciência tentaria algo esta noite.

– É exatamente por isso que estou preocupado. Eles não são pessoas ou vampiros normais. Você se lembra do que aconteceu na fazenda.

Benjamin respirou fundo, apertando o ombro do amigo. Milosh sorriu para que ele não se preocupasse, e voltou a observar os convidados.

Seus olhos pararam sobre uma mulher. Ela tinha o rosto levemente corado, o cabelo ruivo trançado jogado em seu ombro direito. Usava um vestido verde muito claro, de época, mas não muito bufante e uma corrente sobre o busto. Algo no tom do pingente o fez ter a impressão de já tê-la visto. A ruiva não o encarou, mas estava visivelmente desconfortável, olhando para todos com receio. Pareceu estar com medo das pessoas perto dela, esquivando-se e bruxuleando como uma chama de vela ao vento, apagando e voltando a ser nítida.

Ele acompanhou seus movimentos por quase cinco minutos, estava curioso. Ela virou-se na direção deles, olhando com admiração todos os que compunham a mesa da rainha, especialmente a própria Elizabeth. Havia um brilho diferente no modo que a olhava. Milosh acreditou ser admiração e ficou feliz que ainda existissem súditos que a olhassem dessa forma.

Um vampiro esbarrou nela, o que a fez dar um passo brusco para trás e ir de encontro com a parede. A mulher olhou em volta, ruborizada – o que era estranho para uma vampira comum –, abriu a bolsa e fingiu passar pó nas bochechas, talvez para esconder a vermelhidão de seu rosto.

Curioso, Milosh se levantou com a intenção de ir até ela, mas Heidy e Benjamin o fizeram retornar ao assento, pois logo Elizabeth faria seu discurso. Relutante, sentou-se. Algo naquela garota lhe era familiar e o rubor na face, mesmo que não sentisse cheiro algum de humanos ou lobisomens dentro do salão, deixou-o confuso e mais preocupado que de início. Queria se aproximar dela, descobrir por que estava corada, por que o lembrava tanto de alguém e por que o fazia sentir um comichão de ansiedade na barriga.

Quando ergueu o olhar para o rosto dela, notou que o encarava. Ela estava com o maxilar trincado, talvez irritada por perceber que o marido da rainha a olhava daquela forma. Entretanto, Milosh não conseguiu desviar, precisava e pretendia descobrir quem era ela.

Capítulo 20

Horas antes...

Joaquina e Nicolae não paravam de instruir Ellene quanto à sua postura no baile. Deveria ser discreta e, se encontrasse o marido da rainha, não deveria conversar com ele sem ser antes apresentada por alguém. Se ele a notasse e a encarasse, deveria mostrar ter atitude, olhando-o de volta.

– Mas não se esqueça de uma coisa: se ele for na sua direção, fuja. Ele não se daria ao trabalho de conversar com uma desconhecida, mesmo que fosse para expulsá-la da festa. Hoje, ele estará voltado à rainha, não precisa ficar preocupada – considerou Joaquina notando sua inquietação.

– Você jura que vai ficar do meu lado, conde?

– Prometo. – Voltou-se para a esposa: – Você não quer mesmo ir conosco?

– Não, e não insista. Você sabe que não posso ir.

Ellene ainda não entendia os motivos dela, mas, pela insistência dele, acreditou que fosse por não gostar de alguém que iria à festa.

– Tudo bem, bruxinha. Voltaremos cedo. – Ele deu um beijo rápido no rosto da esposa e retirou-se para arrumar-se enquanto ela terminava de trançar os cabelos de Ellene.

A garota estava nervosa. Havia saído de casa com a certeza de não comparecer ao baile e não se lembrava de como a convenceram a ir. Não estava arrependida, pois se sentia deslumbrante no vestido de época. Haviam adaptado para algo um pouco atual, tirando as inúmeras anáguas debaixo da saia principal, o que deixou o caimento mais leve. A híbrida havia dito que não conseguiria correr com aquele volume caso precisasse e, então, tiveram essa ideia. A mudança deixou o vestido mais exuberante e a cor realçou seus olhos, que estavam pintados com lápis preto e uma leve sombra no mesmo tom dos babados.

Joaquina também lhe emprestou uma bolsa de mão, de um tom pérola, igual ao dos sapatos. Dentro, colocaram pó claro para deixar Ellene com o rosto mais pálido, batom e seu celular. Havia gravado o número de Nicolae e o da casa, por isso ela se sentia mais segura com eles. Quando terminou a trança e deu um laço discreto na ponta dos cabelos, a vampira abriu um sorriso enorme, encarando Ellene pelo espelho.

– Você me lembra Heidy – sussurrou.

– Ela é bonita?

– Linda.

Ellene abriu um sorriso lento e largo, sentindo as bochechas queimarem com o elogio. De tanto falarem na mulher, tinha o desejo íntimo de conhecê-la e sentia como se já fossem amigas.

– Obrigada. Estou nervosa – comentou.

– Eu sei, mas não se preocupe. Como dissemos, essas festas são para todos, até para os desconhecidos. É uma ocasião para exibi-la, então aproveite. Quem sabe você não conhece algum rapaz.

– Eu? Não... – ela riu, ruborizando mais.

– Não tem com o que se preocupar. Você é linda e certamente notarão isso. Pegou o relicário?

Ellene se levantou. Precisava levá-lo para conversar com o joalheiro e descobrir sobre a dona daquela peça. Correu para o celeiro, tirou-o da mochila e escondeu-o na bolsa.

– Agora estou pronta. Obrigada por me lembrar.

– Coloque-o no pescoço, combina perfeitamente com o seu vestido.

– Não acha que posso ter problemas em usar uma joia dessas? Que teoricamente nem é minha?

– Duvido que alguém se lembre de algo perdido há tantos anos.

Uns cento e vinte anos, pensou Ellene. De repente, algo a deixou em alerta quanto ao tempo, mas não conseguiu entender por quê. Fez uma nota mental de começar a anotar suas descobertas para não ter a sensação de estar deixando escapar algo importante.

– Vamos?

Nicolae estava de fraque preto, parecia o noivo de um casamento. Os cabelos alinhados com gel e repartidos de lado, e um lenço cinza-chumbo preso em volta do pescoço, escondendo a horrível cicatriz. Joaquina o elogiou enquanto ajeitava o prendedor sobre o lenço e o beijou em seguida.

– Traga-me boas notícias e volte para mim – sussurrou enquanto se despediam.

No carro, ele abriu a porta para Ellene e sentou-se no banco do motorista. Ainda estava claro e ele mostrou a ela o que o mantinha bem sob a luz solar.

– Lembra? – No dedo mindinho, um anel com uma pedra azulada. – É benitoite. Isso me protege do sol por cerca de quatro horas.

– Eu não preciso de uma?

– Não, você é metade humana. Você só precisa de sangue para manter seus poderes. Podemos ir?

– Sim. – Colocou o cinto de segurança e acenou para Joaquina, que estava do lado de dentro da casa, protegida do sol.

Ellene olhou pela janela, pensativa. Queria conversar, mas saber que estaria entre centenas de vampiros dentro de pouco tempo a intimidava. Sentia como se estivesse indo para o matadouro por vontade própria.

Talvez notando sua inquietação, Nicolae deixou-a entregue aos pensamentos. Ligou o som do carro, colocou uma música clássica e dirigiu pela estrada rumo a São Paulo. A viagem não duraria mais que duas horas, mas, na velocidade que ele dirigia, levaria pouco mais de três.

Não beba muito vinho, você é metade humana e pode se embriagar, relembrava algumas das instruções mais importantes. Não queria parecer deslocada, mesmo sabendo que, se precisasse, Nicolae a lembraria de tudo, pois não sairia do seu lado. *Mantenha sua mente fechada se quiser conservar sua família de lobos a salvo. Há muitos de nós que matariam para saber a localização daquela vila.* Eles pareciam ter prazer em deixá-la com ainda mais receio em ir, mas não queria parecer medrosa, afinal era uma vampira e vampiros são mais fortes e mais rápidos que a maioria das criaturas noturnas. Era o que aprendeu na escola. *Não se aproxime do marido da rainha. Ele é libertino, mau-caráter e pode querer matá-la se não fizer o que ele deseja.* Além dos alertas quanto a ele matar sem motivo algum.

Estava com medo, mas não conseguia deixar de se lembrar do homem que viu na praça. Aquele que chorou quando encontrou a rainha. Ele parecia extremamente comovido e sincero, e ela estava duvidando que um homem tão apaixonado seria capaz de traí-la ou de matar alguém apenas para se divertir.

Não se iluda, Elle, eles conhecem melhor este mundo do que você. Nem todas as pessoas são como Nicolae, não se esqueça, disse a si mesma, antes de Nicolae chamar a sua atenção para as luzes na rua.

– Chegamos, é ali – disse e apontou para a entrada do hotel.

À primeira vista, o lugar parecia discreto, quase abandonado, e a portaria era minúscula. No entanto, ela notou que as pessoas que chegavam se encaminhavam para uma entrada lateral, muito maior. Luzes como as brancas de Natal decoravam os enormes portões de ferro. Ellene sorriu, talvez ninguém imaginasse que aquele portão fazia parte do hotel.

– Que linda a decoração... – Suspirou.

Nicolae estacionou a uma distância razoável, onde não seriam notados. Tirou o cinto de segurança e respirou fundo, virando-se para ela.

– Pronta?

– Não... – Ela estava tremendo.

A imagem de uma garotinha de olhos assustados, chorosa, sentada em uma poça de sangue surgiu em sua mente, como um pensamento involuntário. Ela ouviu o vampiro admirado de a criança não beber aquele sangue.

O vislumbre da lembrança sobressaltou Ellene, que estava acostumada a não ler os pensamentos de Nicolae. A imagem do bebê, do sangue em volta dele, um braço o envolvendo no meio de uma clareira, embrulhou seu estômago. Tudo desapareceu de repente.

– Não se preocupe, ninguém vai machucar você – prometeu, mas mesmo não ouvindo mais a mente dele, continuava vendo a criança na poça de sangue.

– Você já matou crianças? – perguntou, horrorizada com a ideia.

– Claro que não! É proibido e duvido que alguém teria coragem. – Ele não pareceu sincero. – Esqueça o que viu. Agora, vá, vou manobrar o carro.

– Não vou me esquecer, desculpa... quem era aquele bebê? Heidy?

Ele pareceu aborrecido com a pergunta.

– Sim, em um tempo em que você nem existia. Agora, vamos, não quero que se atrase.

Contrariada, Ellene saiu do veículo, ajeitou o vestido, que chegava ao tornozelo, olhou no reflexo do carro, para verificar se os cabelos estavam em ordem, e seguiu para a entrada da festa à espera de Nicolae. Ele apareceu meio minuto depois com um par de convites negros nas mãos. Ela percebeu que havia uma insígnia desenhada em dourado em uma das pontas, mas só conseguiu ver a parte do que parecia ser um círculo. Ele a conduziu entre as pessoas, entregando o convite a um dos vampiros, que permitiu a entrada deles, apontando a mesa mais afastada. Ela apenas observava. Sentiu-se transportada para séculos antes no momento em que passaram dos portões.

A alguns metros deles, no alto, havia um lustre enorme e antigo que cintilava pequenas faixas de luz entre os presentes. O ambiente era bem claro e arejado, e eles foram colocados em uma mesa perto de um corredor, que dava ao interior do hotel. Ela imaginou que por ali também ficasse a recepção e os banheiros reservados para o salão.

As pessoas estavam muito bem-vestidas e sussurrou um agradecimento a Nicolae assim que se sentaram.

– Obrigada pelo vestido. Iria me sentir mal entrando aqui em um dos meus. São simples demais.

Ele apenas sorriu, fez um sinal para ela e sumiu entre as pessoas. A garota seguiu-o com o olhar até perdê-lo. Imaginou que fosse cumprimentar algum amigo, mas quanto mais ele demorava, mais sentia o pânico se alojando em seus ossos.

Um pequeno tumulto se fez com a chegada da rainha. Por um momento, Ellene prendeu a respiração; a mulher loura estava deslumbrante, parecia se destacar naturalmente entre eles e, mesmo que não estivesse em um lugar de honra, tinha certeza de que todos a notariam.

Depois que as pessoas se acalmaram e voltaram a conversar, a híbrida sentiu novamente o sangue gelar. Vozes gritavam dentro de sua cabeça com milhões de motivos para que ela corresse dali, porém permaneceu firme, aguardando o retorno de Nicolae e atenta a qualquer movimento estranho.

– Nunca a vi senhorita... – Um homem louro de olhos muito azuis se aproximou, estendendo-lhe a mão. Numa prece rápida, pediu que ele não percebesse o quanto seu coração estava disparado. Ela segurou a ponta dos dedos dele, repousando a mão como Nicolae lhe havia ensinado, e segurou o ar até ele beijar sua palma e soltar.

– Helena – mentiu, havia sido instruída a isso.

– Sou Lucius, irmão da rainha.

Ellene apenas sorriu, assentindo, não havia ouvido falar nele, porém achou melhor não duvidar.

– Muito prazer, senhor Fargnoli. – Arriscou lembrar-se do sobrenome. No mesmo instante, ele engoliu a saliva e apertou a mão dela, segurando-a de novo.

– Lucius.

– Não gosta de seu sobrenome?

Alguém tossiu atrás dele e ele foi retirado de perto dela. Aquilo não fazia nenhum sentido, sentia-se observada por todos os lados, como se cada cabeça naquele salão soubesse que ela não deveria estar presente. Antes que um segundo vampiro se aproximasse, Ellene se levantou e se dirigiu à mesa com as comidas; pensou em pegar alguma fruta ou vinho para disfarçar, mas, quanto mais longe da saída ficava, mais apavorada se sentia.

Um homem muito bem afeiçoado passou por ela, esbarrando em seu vestido. O jeito que ele cheirou o ar e a encarou deixou Ellene amedrontada. Um rubor subiu em seu rosto e, em vão, tentou esconder com o pó que tinha na bolsa.

Tamanho era o medo de ser descoberta que estava usando seu dom de se camuflar sem perceber.

Procurou por Nicolae entre os convidados, mas não o enxergou em canto algum. Então, seus olhos pararam sobre a mesa da rainha. Estava mais perto e conseguia enxergá-la melhor. Era deslumbrante, a forma como se portava à mesa e sua postura deixou Ellene emocionada, pois se lembrou de alguns sonhos que teve quando era mais nova, com uma mulher semelhante, com gestos idênticos que pareciam de um século em que a Monarquia reinava. Lembrou-se, também, da visão na loja de antiguidades, o coque ou talvez o sorriso; ela não conseguiu definir o que a levou a enxergar, na rainha, a mulher do relicário.

Tentou puxar a joia do busto para compará-las, mas, antes de desviar o olhar, viu Milosh ao lado da rainha. Ellene encostou-se na parede, assustada ao reconhecê-lo como o vampiro de seus sonhos; sentiu o sangue parar de correr e o coração saltar ainda mais forte. Tinha certeza de que alguém notaria seus batimentos cardíacos. Lembrou-se da instrução de encará-lo em vez de fugir e, quando os olhos se encontraram, ela travou os dentes e ergueu o queixo. Não correria sem antes ele saber que ela não era medrosa, que poderia assombrá-la nos sonhos, tentar matá-la, acorrentá-la, mas nunca baixaria a cabeça ou demonstraria o pânico que sentia naquele exato momento.

Quem é você? Ouviu dentro de sua mente. A voz era tão familiar que ela quis chorar. Sua respiração estava forte e arquejava sem perceber. Notou que ele estava sério, poderia correr na direção dela a qualquer momento.

Ele foi mais incisivo ao voltar a perguntar.

Diga, quem é você.

No entanto, para uma coisa ela não estava preparada: ser confrontada por ele, na frente de centenas de vampiros e, ainda por cima, por pensamento. Tentou se lembrar de algum dos sonhos e respondeu o que lhe veio à mente, uma conversa de semanas antes.

Sou quem você desejar que eu seja, disse sem desviar o olhar. A voz saiu dura, como se estivesse brava com ele, mas a verdade é que estava surpresa que o homem dos sonhos era o mesmo daquela praça e também o que havia falado em sua mente todo esse tempo.

Demorou a responder, deixando-a ainda mais nervosa.

Isso não responde à minha pergunta. Ele não tirava os olhos dela, parecia intrigado. As demais pessoas e o burburinho das conversas ficavam distantes a cada segundo e o rosto dele mais nítido diante de seus olhos.

Acho que você deve saber, já que me visita todas as manhãs, respondeu, irritada, cortando a conexão entre eles.

•

Milosh sentiu como se houvesse uma barreira impedindo que falasse mais, exatamente como das outras vezes em que perdeu a conexão com Elizabeth.

Ficou confuso com a resposta, não fazia sentido ela dizer que a visitava se nem se conheciam. Ele precisava sair dali, conversar com ela, entender o ocorrido. Olhou para Benjamin e para Heidy, tentando encontrar uma desculpa.

– O que foi? – Heidy perguntou, desconfiada.

– Nada, meu amor, apenas preocupado com a sua segurança.

Milosh viu pelo canto do olho quando a ruiva sumiu pelo corredor lateral.

– Heidy, seria bom você falar com seus convidados – falou, distraído. Benjamin e ela o encararam. – Eli... Elizabeth... me desculpe, estava pensando em Heidy – respondeu, fingindo sinceridade.

– Ainda pensa nela? – respondeu a falsa rainha, enciumada.

Ele negou. Continuava encarando a saída como se sua vida dependesse daquela garota ruiva. Talvez não tivesse a chance de procurá-la.

– Apenas pensando se ela estaria contente com seu retorno. Tenho saudade de nossas conversas.

Benjamin não tirou os olhos deles, atento a qualquer deslize de Milosh.

Sentia as mãos trêmulas e um comichão o impulsionava a se levantar. Heidy continuou a conversa, falando de si mesma com desdém:

– Ela fez sua escolha quando me virou as costas, Vasille – disse, levantando--se com uma taça de sangue entre os dedos. – Meus filhos... – chamou a atenção de todos, impostando a voz. O vampiro afundou na cadeira, tentou rastrear a mulher através do pensamento dos guardas, das pessoas em volta, mas não conseguiu localizá-la. Começou a balançar a perna embaixo da mesa, ansioso. – Hoje é um dia de festa, de comemoração. Comemoração mais minha que de todos vocês. – Alguns concordaram outros se ressentiam, mas todos a admiravam de alguma forma; Heidy era tão encantadora quanto Elizabeth quando falava. A postura estava correta, o volume da voz, o olhar, tudo exatamente como Liss. – Hoje renasço e os culpados por minha ausência serão punidos. – Houve um silêncio quase mortal até ela prosseguir. – Ouvi rumores de muitos deslizes cometidos por nossos irmãos e amigos. Cada um será analisado e julgado a seu tempo. Aqueles que se preocupam com a punição esta noite, descansem suas mentes e divirtam-se. Celebremos minha liberdade. Agora, é tempo de nos alegrarmos. A nós! – Ela ergueu a taça e todos a imitaram.

– A nós – falaram em coro.

Milosh sentia como se o discurso tivesse demorado horas. Ergueu a taça e sorveu um gole da bebida, colocando-a de volta na mesa. Sorriu, admirado, fingindo estar feliz com a falsa rainha. Assim que Heidy sentou-se, inclinou-se em sua direção.

– Preciso sair.

Ela o olhou assustada e enciumada.

– Por que e para onde?

– Vi algo e preciso averiguar. Você ficará bem? – Ele deslizou a mão no contorno de seu pescoço.

– Volte logo. Preciso de você comigo.

Ela mal terminou de falar e ele já estava em pé. Beijou a mão da rainha e saiu, rastreando o perfume da outra ruiva. Imaginou que teria um aroma diferente dos imortais que estavam presentes, e tantas vezes sonhou com ela que parecia até já conhecê-la. Era isto que faltava entender, aquela era a garota de seus sonhos, agora tinha certeza.

Seguiu o que pensou ser o cheiro dela adentrando o hotel e acompanhando pelos corredores. Somente os guardiões estavam à vista durante todo o percurso.

– Passou uma mulher por aqui? – perguntou para o último guardião que vigiava a entrada para os elevadores.

– Não, senhor.

– Obrigado.

Ele balançou a cabeça, percebendo que perdeu o rastro. Havia demorado demais na busca. Refez os passos mais uma vez, tentando localizar o aroma dela, mas desapareceu. Irritado, puxou os próprios cabelos, pois a única pista que tinha era aquela mulher; agora, um fantasma.

Precisava saber como ela entrava em sua cabeça e por que se fazia passar pela rainha.

•

Enquanto ele voltava para o salão de festas, Ellene tentava falar com Nicolae pelo celular. Estava assustada e sentia-se tola por ter partido. Talvez ele a conhecesse, talvez soubesse algo sobre sua mãe, porém não tinha mais coragem de voltar e encará-lo.

– Atende... – choramingou para o aparelho. Estava encostada no muro de uma casa, não havia localizado nem o carro do vampiro.

– Sim? – atendeu uma voz rouca, irritada.

– Conde, eu... ele... ele veio atrás de mim e aí eu saí da festa. Agora não sei para onde ir, você pode me deixar ficar no carro? Ou, ou... eu volto mais tarde para irmos embora, o senhor me liga. – Ela atropelava as palavras, ouvindo a respiração do outro lado.

– Volte para a festa.

– Mas e se ele...

– Ele está bem entretido com a rainha, não se preocupe. Estou retornando à nossa mesa.

E desligou.

Ellene ficou paralisada, olhando ao redor, tentando decidir o que fazer. A reação de Nicolae não era a esperada. Ele a alertou tantas vezes sobre o vampiro e agora não parecia nem um pouco preocupado com a situação. Algo estava estranho. Como estava acostumada a obedecer, refez a maquiagem e voltou para a festa. O rapaz que estava na entrada não era o mesmo que os recebeu, porém não criou resistência e, em minutos, ela se sentou ao lado de Nicolae.

Ficaram em silêncio por alguns segundos até que ele a encarou.

– Ficou com medo dele, lobinha? – brincou.

Ela trincou os dentes, ergueu o queixo e confirmou com a cabeça.

– Claro que sim... eu não sabia que ele se chamava Milosh.

– Eu falei o nome dele antes... Milosh Vasille.

Ellene arregalou os olhos. A rainha segurava a mão de Milosh, direcionando-o para o centro da pista. Ele parecia radiante, e também distraído, pois olhava em volta sem parar. Tinha a impressão de que estava à sua procura. Por isso, encolheu-se um pouco, falando aos sussurros.

– Ele é o joalheiro?

– Ele era quando o conheci, mas acredito que não seja mais. Por quê?

Ele virou o rosto para os casais que começavam a dançar junto com a rainha, sorrindo.

– Por nada, conde – respondeu, apertando o relicário com a mão direita. Ele já sabia sobre a peça, não precisava explicar novamente.

A imagem de Milosh conduzindo a rainha numa valsa a fez suspirar. A cena era a mesma de seus sonhos, era como reviver algo escondido dentro dela mesma.

•

Heidy e Milosh valsavam, sorrindo e olhando nos olhos um do outro. Falavam sobre a mulher ruiva.

– Foi atrás de quem?

Ele suspirou, apertando os lábios. Sentia o coração pulsar forte, preocupado, como se fosse perigoso Heidy saber que a mulher dos sonhos existia, por isso, tentou ser evasivo em suas respostas.

– Na verdade, acho que era minha imaginação me pregando uma peça – respondeu e se deu conta de que poderia estar certo, afinal ela bruxuleava feito uma vela ao vento e nenhum dos guardiões a havia visto.

– Como? – perguntou, confusa.

No momento certo, segurou a mão dela e a fez rodopiar, voltando a ampará-la em seus braços.

– Meus sonhos... acho que eles estão me perturbando.

– Perturbando como?

A música chegou ao fim. Heidy pediu que a orquestra tocasse a *Valsa do Imperador*, composição de Johann Strauss II. Voltaram a se movimentar ao ritmo da música, imersos em lembranças de quando não passavam de meros serviçais.

– Esta música faz eu me lembrar de quando a conheci.

– Sim, por isso a pedi. Mas Miloh, o que o perturba?

Ele balançou a cabeça, era difícil distraí-la, ainda mais quando ela tinha interesse na informação que ele ocultava.

– Podemos falar nisso em nosso aposento? – pediu, preocupado com os curiosos na festa.

– Tudo bem. – Inclinou o corpo enquanto Heidy virava o rosto para a multidão, em uma pose perfeita de valsa.

Quando giraram em círculo acompanhando os outros casais, Milosh foi sugado por um par de olhos claros e curiosos. Ele virou o rosto na direção da garota e quase derrubou a rainha, tropeçando até retomarem o ritmo correto. Ao olhar novamente, ela não estava mais lá.

•

– Meu Deus, meu Deus, meu Deus! – Ellene murmurava correndo para a saída, amaldiçoando-se por ter voltado para o salão. Mais uma vez sozinha. Antes de sumir, Nicolae a deixou ainda mais assustada:

– Acho que ele realmente a reconheceu – falou no momento em que ele encarou Ellene.

– Como assim?

– Lembrou-se de que você deveria estar morta e não participando de um baile em favor da rainha.

– Morta? Eu?! – Ela se levantou junto com ele ao notar que Nicolae ficou em pé.

– E com certeza ele vai cobrar que morra.

Enquanto corria para longe do hotel, tentava entender o motivo daquele discurso. Se ele sabia o tempo todo que Milosh tentou matá-la, por que não a alertou? Por que a convidou para participar da festa?

A imagem do bebê que viu quando estavam no carro a assombrou mais uma vez. Seria ela aquela criança sentada sobre o sangue? Seria seu próprio sangue ou o de alguém que tentou salvá-la da morte? Decidiu que era melhor não esperar para descobrir.

Capítulo 21

Milosh ainda estava atordoado quando a música acabou. Heidy o apertava disfarçadamente, para mantê-lo próximo. Ele sabia que se o soltasse, correria na direção da mulher ruiva, por isso deixou-se ser guiado para a mesa.

– O que está acontecendo?

– Estou alucinando – concluiu, depois de ver que não havia nada naquela mesa a não ser um vaso de tulipas vermelhas.

– Alucinando com o quê?

– Podemos falar nisso quando estivermos sozinhos? – pediu, segurando a mão dela e beijando o pulso, mordiscando-o carinhosamente, o que fez Heidy se arrepiar e concordar com o pedido. Milosh sorriu por um momento. – Você foi perfeita hoje. – Lembrou-se de que deveria se comportar por estar em público então, soltou a mão da rainha.

– Ei, não para... gosto quando é espontâneo.

Ele aproximou a cadeira, encaixando-a entre suas pernas, e colocou as mãos em volta de sua cintura, ignorando os acontecimentos, a mulher ruiva, a sensação de que havia algo errado.

– Eu a amo e... é difícil viver sem você, Elizabeth... – Mas ele discretamente deixou Heidy notar que as palavras eram para ela mesma, os olhos da vampira se encheram d'água. – Não sei o que pode acontecer, mas juro pela minha vida que não deixarei que a levem de novo, nem que seja meu último ato como seu marido, guardião e amigo. – Roçou os lábios nos dela dando um selinho e se afastou, abrindo um sorriso discreto.

– Eu sei e também o amo Milosh, nunca se esqueça. – Heidy olhou na direção da mesa onde estava a garota ruiva e soltou um suspiro. Em seguida, o fez retornar com ela para o centro do salão e dançaram por mais algumas horas.

– É bom vê-lo sorrir – disse Benjamin às costas dele, fazendo o casal parar de dançar.

– Obrigado.

Julie, sua esposa, sorriu também, mas as rugas em sua testa mostravam que estava preocupada com algo. Ele a encarou por um instante, tentando ler sua expressão.

– Estou bem, juro. – Ela riu.

– Não parece bem.

– Apenas cansada por ter preparado tudo isso para a rainha.

– Ficou perfeito, Julie – Heidy sussurrou. – Desculpe-me por não ter ajudado.

– Não se desculpe, você está se readaptando, majestade. Eu entendo perfeitamente. Gostou das tulipas?

Milosh encarou Heidy a censurando. Por não ter ajudado na organização da festa – tarefa que Elizabeth amava executar – e por ter exigido as tulipas na decoração.

– Ficou perfeito, já disse. Amei cada detalhe. – Heidy ignorou o olhar, sorrindo para Julie.

– Obrigada, majestade.

– Me chame de Elizabeth – pediu, o que fez brotar um sorriso no rosto da mulher.

– Sim, senhora.

Elas continuaram conversando, animadas, enquanto Benjamin e ele se afastaram, andando pelo salão.

– Você está diferente, Milosh.

– Você, em compensação, continua o mesmo – brincou, amenizando o clima que começava a ficar tenso.

– Você, além de parecer mais velho, o que deveria ser impossível para nós – brincou –, ainda me parece tenso. Eu disse que ficaria tudo bem, o que o preocupa?

Milosh balançou a cabeça. Apesar das distrações, de ter se divertido de verdade com Heidy, estava preocupado com os sequestradores e, também, com os testes que seriam feitos com a rainha em breve.

– Estou feliz, mas não consigo relaxar. Só de pensar em tudo o que ela passou... Tenho medo de que quem quer que a tenha sequestrado volte ou já esteja aqui. – Disfarçou, porém Benjamin entendeu.

– Mas ela tem a nós e mais guardiões que antes, não se preocupe tanto.

Continuaram andando em volta do salão, o perfume dos lírios era forte e o fazia recordar de tempos mais tranquilos.

•

– Miloh, aonde vai? – Elizabeth perguntou, parando à porta da fazenda.

– Disse estar com desejo de cana-de-açúcar – lembrou.

– Oh, sim... mas não precisa colher, eu o farei com minhas mãos. – Ela retirou o avental, pendurando-o na maçaneta da porta, e seguiu o vampiro.

– Não há necessidade, Liss, eu quero fazer isso pela senhorita. – Sorriu. Ambos sabiam que queriam apenas a companhia um do outro.

– Já terminei de cuidar dos meus lírios, posso muito bem acompanhá-lo.

O vampiro concordou com um sorriso discreto. Era uma época com regras rigorosas quanto ao comportamento de jovens casais. Mesmo vivendo afastado do centro, eram obrigados a manter distância. Elizabeth enlaçou-o pelo braço, acompanhando seus passos.

– Seus pais... – lembrou, apreensivo.

– Estão na cidade – explicou. – Além do mais, sabes que conseguimos sentir quando se aproximam. – Piscou, alegre.

– Absolutamente – concordou. – Como a senhorita pode gostar de minha companhia, sou um homem tão arcaico... – disse, chutando uma pedra que estava no caminho.

– Porque o amo assim como és. – Surpreso, ele parou de caminhar e a encarou.

Elizabeth abaixou o olhar, era a primeira vez que revelava seus sentimentos, mesmo Milosh compartilhando incessantemente os seus. Ele sentiu o peito inflar de alegria.

– Me ama? – Queria ouvir mais uma vez.

Ela gargalhou, a risada ecoou pelo campo, as folhas balançaram nas árvores como se o som as tocasse também. Ele amava ouvi-la rir.

– Eu o amo, senhor Vasille, o amo com todas as minhas forças – admitiu e ficou um pouco mais séria. – E o senhor? O que sente? Ou é do tipo que deflora uma dama e desaparece no meio da noite?

Ele riu. Ela sabia que ele era um cavaleiro. Respondeu com elegância, segurando a ponta dos dedos dela e dando um beijo discreto em sua mão.

– Amo a senhorita com todas as minhas forças. – Ele a imitou e, em seguida, segurou o rosto dela com uma das mãos.

A mulher desviou o olhar para seus próprios dedos, brincava com as fitas rosa em seu vestido. O toque, por menos íntimo que fosse, não era permitido e dificilmente casais que já eram abençoados pela igreja e por Deus tinham algum gesto de intimidade em público. Entendendo a reação, porém, sem deixar de se sentir o vampiro mais feliz do mundo, retirou um saquinho de pano cheio de sementes e estendeu para ela.

– O que é? – Ela o segurou com cuidado, como se o que estava dentro pudesse quebrar.

– Semente de *Lilium auratum.*

Ela levou as sementes ao peito, os olhos brilhando, animados.

– Lírios! – Abraçou-o. – Exatamente o que faltava na minha estufa! – Beijou-o e, ao notar o que fez, afastou-se voltando a caminhar.

– Lírios púrpura, como a senhorita gosta.

Elizabeth se conteve, mas podia perceber sua alegria.

– Agradeço o presente. – Suspirou, guardando o saquinho em sua sacola de veludo para moedas. Ele a beijou na testa e voltaram a andar em silêncio, um ao lado do outro.

•

– Milosh! – Benjamin o chamou.

– Oi? – Estavam próximos da orquestra.

– É disso que estou falando, você anda muito distraído.

–Vou me policiar para que não aconteça novamente.

Benjamin respirou fundo e voltaram para a mesa principal. Muitos dos convidados já estavam se despedindo de Heidy, abraçando-a e deixando presentes sobre a mesa.

– Quero apenas que tome cuidado. Precisamos ser discretos, mas também ficar atentos. Milosh, esta noite foi crucial e, a partir de amanhã, tudo pode mudar. Precisamos estar um passo à frente.

–Você tem toda a razão, mas o que podemos fazer além de vigiar e esperar?

Andaram em silêncio até pararem a alguns metros da mesa. Benjamin era um dos melhores estrategistas entre os conselheiros. Ele mordeu o lábio e encarou Milosh.

–Talvez se declararmos que ela desistiu do trono e que procuramos por um sucessor, tenhamos alguma movimentação a favor de Elizabeth.

Vasille ficou pensativo, encarando Benjamin enquanto assimilava aquelas palavras. De repente, um sorriso largo brotou nos lábios dele.

– Com certeza o sequestrador quer o trono. Ele tentará passar nos testes e talvez até a liberte!

– Cuidado com o que diz – sussurrou. – Honestamente, não acredito que tenham caído nessa história... – Apontou para Heidy com discrição. – Entretanto, podem acreditar que nós fomos enganados por ela e aproveitar a chance.

Milosh concordou, mas ao mesmo tempo pensava se Elizabeth sairia viva, mesmo depois de tantos sacrifícios que fazia para encontrá-la.

–Vamos estudar melhor o que fazer – concluiu. Cansado, aproximou-se de Heidy e a tocou discretamente no cotovelo. –Vamos dormir? O sol está quase nascendo.

– Claro... claro que sim, a festa está tão linda que nem percebi as horas avançarem – respondeu. – Teremos mais tempo amanhã no jantar – disse, dispensando os que aguardavam para cumprimentá-la. Em seguida, encarou Benjamin. – É de praxe os convidados se hospedarem em nosso hotel, certo?

– Sim, senhora, e todos já foram instruídos sobre as acomodações.

– Obrigada, vocês foram perfeitos na organização – elogiou tanto Julie como Benjamin.

– É uma honra, senhora. – Benjamin fez uma reverência e Heidy o acompanhou, segurando a saia e flexionado levemente os joelhos.

– Vão descansar, vocês merecem.

– Já instruímos nossos amigos humanos a arrumar tudo somente após o amanhecer – acrescentou Julie.

– Perfeito. Bom dia para vocês.

– Bom dia – falaram ao mesmo tempo, afastando-se deles.

Foi então que Milosh entendeu. A estranha provavelmente havia se recolhido mais cedo. Talvez descobrisse qual era o quarto dela. Resolveu averiguar depois que todos dormissem com a desculpa que estava de vigia.

– Queridos, vou me recolher, aproveitem a festa e obrigada por terem vindo. – Heidy usou um tom formal e foram na direção dos elevadores reservados. Os poucos vampiros que ainda circulavam pelo salão sorriram. Enquanto aguardavam o elevador, abraçou Milosh pelo pescoço, apertando-o levemente.

– O que foi? – Acariciou os cabelos dela, soltando os grampos que prendiam os fios louros.

– Cansada... – Suspirou.

– Tem algo mais?

– Não... – respondeu, evasiva.

– Tem sim, o que é?

Heidy o ajudou a tirar a tiara e o encarou. Os olhos dela tornavam-se escuros, sombrios. Entraram no elevador e, de imediato, ela avançou sobre Milosh.

– Quem era aquela mulher?

Ela trincou os dentes, enciumada, a ilusão de rainha se desfazendo. Os caninos estavam à mostra, o ciúme a transfigurando. Pego de surpresa, ele não sabia se a acalmava ou se preocupava com as portas do elevador que se abririam dali a alguns segundos, revelando Heidy para quem estivesse no corredor.

– Ela quem? – Tentou se aproximar, mas ela rosnou. Sempre foi ciumenta e talvez estivesse confundindo demais seu papel como sua esposa.

– A mulher de quem você foi atrás durante a *minha* festa! – sibilou, posicionando-se para atacá-lo.

–Você a viu? Então, não era uma miragem... Eu avisei você... a mulher do sonho. – Tentou explicar ao mesmo tempo que usou as mãos para segurá-la contra a parede do elevador. Ela rosnava, tentando arranhá-lo com as unhas afiadas.

– Quem é ela?! – gritou.

– Liss... eu não consegui achá-la, é a...

– Heidy! – rosnou. – Hei-dy! Seu grande imbecil!

O elevador apitou, indicando o 26º andar. As portas se abririam em segundos. Ele precisava agir, pois, pelo barulho, o corredor estava movimentado.

– Heidy – falou –, você não pode aparecer assim no corredor! Vamos, acalme-se e conversamos no quarto. – Como ela não parecia entender, ele se afastou e fez uma mesura. – Minha rainha, por favor.

Ela o olhava raivosa, os caninos à mostra, a língua passeando por eles como se estivesse decidindo como atacar. Os segundos pareciam passar em câmera lenta. Sentiu o tranco do elevador parando no andar e olhou para a porta no momento em que começou a abrir. Apreensivo, ele se jogou na frente dela, cobrindo a visão para dentro do elevador.

–Vamos, minha rainha.

Ela piscou algumas vezes e pareceu cair em si. O rosto se tranquilizou e o ruivo dos cabelos foi substituído pelo louríssimo de Elizabeth. O vampiro expirou, ouvindo o murmurinho dos outros no corredor.

Heidy estendeu a mão e, quando segurou a dele, era a própria visão da rainha. Ele ficou surpreso com a rapidez que ela havia se transformado, saíram para o corredor e o elevador se fechou atrás deles.

Não havia nada mais importante para ela, nem mesmo sangue fresco: o trono era seu alvo principal, seu único desejo.

– Majestade – disseram alguns, curvando-se.

– Por que se curvam? Ela é igual a nós. Só a tratarei como rainha quando ficar provado que é a mesma de antes. – Ouviram um dos vampiros murmurar atrás deles.

– Ousa duvidar de mim, Lucius? – Heidy impostou a voz, direcionando-se ao vampiro.

Milosh acompanhou o gesto. Ele tinha olhos azuis penetrantes, cabelos louros e um ar altivo, esperto. Vestia a costumeira capa preta, com o tecido que os protege do sol, um fraque preto por baixo e sapatos impecavelmente engraxados. Ele era um dos vampiros mais influentes do século atual, pois a maioria acreditava que deveria ser eleito rei no lugar de Elizabeth. Era completamente apaixonado por Heidy e, quando Elizabeth a expulsou de seu convívio, ele se rebelou contra tudo e todos na esperança de que ela achasse o ato romântico.

– Após se apoderar do único tesouro que possuí, ainda deseja que confie em você? Sempre duvidarei de você e de todos que a seguem, senhora – falava sobre o trono como se tivesse a chance de um dia ser rei. De súbito, ele cheirou o ar. – Há algo diferente, eu sinto.

– Talvez seja o seu olfato que se esvaneceu depois de cheirar tanto pó! – Heidy cuspiu as palavras para ele.

Todos tinham conhecimento de que, quando Heidy partiu, Lucius entrou em uma depressão tão profunda que planejou o próprio suicídio tentando todos os tipos de morte, no entanto, sem sucesso algum. Um deles – o mais tolo – foi se entupir de drogas humanas e de objetos, que, no folclore humano, fariam algum mal a um vampiro. Água benta, alho, cruz, estacas de madeira, entre tantos outros. Acabou descobrindo que era apenas folclore e, por muito tempo, não foi levado a sério por causa das drogas.

– Não ouse...! – Ele avançou e Benjamin colocou-se entre eles.

– Amanhecerá em breve. Retire-se.

Foi o suficiente para apaziguar a briga e para afastar aqueles poucos curiosos. Benjamin tinha um carisma incrível, além do poder de persuasão, que fazia com que as pessoas o obedecessem.

Lucius reverenciou-os e deu as costas, adentrando em seu quarto. Heidy suspirou e lhe deu as costas.

– Ele ainda existe? – perguntou, chateada.

– Senhora, ele esteve mais presente que Milosh e os outros do Parlamento. Muitas situações foram resolvidas por ele em sua ausência.

Olharam Benjamin, pois nem mesmo Milosh tinha conhecimento dessa barbaridade.

– O quê? – indignou-se.

– Senhora, haverá tempo para explicações. Descanse. – Segurou-lhe a mão e a beijou antes de sair para o seu aposento.

Heidy firmou os pés no chão e ficou encarando as costas de Benjamin até que ele sumisse por detrás da porta do quarto.

–Venha, vamos dormir. – Alguns segundos depois, ela seguiu Milosh.

O apartamento estava com a iluminação baixa e, na pequena sala de estar, tremulava o brilho de algumas velas. A curiosidade o fez andar até lá com Heidy às suas costas, em silêncio. O aroma de carne assada ao molho madeira imperava no cômodo. Observou a mulher pelo canto do olho e pareceu que ela nem se recordava mais do ciúme ou da briga com Lucius. Seu sorriso estava afetado, iluminado, como se esperasse algo.

Deu mais alguns passos até chegar à mesa de jantar, que estava decorada com pratos de porcelana branca, talheres de prata e taças de vinho tinto, branco e de água, colocadas da forma correta à frente de cada prato. Havia um candelabro prateado ao centro da mesa com cinco velas acesas. Milosh retirou o guardanapo do cilindro, curioso pelo tom vermelho-sangue do tecido. Nas pontas, havia um bordado dourado com as iniciais: "E e M". Sobre a mesa, em vez da toalha, havia um jogo americano preto.

–Você preparou isso? – perguntou, admirado, virando-se para ela com um sorriso nos lábios, mas ela não estava lá. Ele correu os olhos pelo ambiente – Hei... Liss?

– Aqui, meu amor. – Ele seguiu o som. Todo o quarto estava ambientado com velas. Entrou no reservado a tempo de vê-la esconder-se atrás do biombo feito de bambu.

–Você preparou tudo aquilo? – perguntou, surpreso, havia muito tempo que não era mimado por alguém.

– Pedi ajuda, mas, sim, a ideia foi toda minha – explicou. – Se quiser trocar de roupa, tem uma muda sobre a cama.

Ele olhou a cama *king size* que estava disposta ao centro do quarto e vislumbrou a cena. O quarto estava repleto de rosas brancas, a cama com pétalas sobre o lençol azul-marinho e, sobre as pétalas, um pijama no mesmo tom do lençol. Com rapidez, banhou-se e vestiu-o. Queria dormir, mas estava curioso com os planos de Heidy para aquele fim de madrugada.

– Logo vai amanhecer. – Ele a lembrou. Pela claridade tinham menos de uma hora.

– Esse hotel é especial, você sabe. As cortinas são especiais, os empregados são especiais e as horas passam sem nos afetar. – Olhou para ele por detrás do biombo. – Aposto que não se alimentou na festa.

– Acertou.

– Posso apostar que está faminto.

Ele se lembrou do sangue de Tereza, mas não tinha sido o suficiente para aplacar a sede ou a fome.

– Acertou.

– Posso apostar também que isso tudo o deixou feliz.

Concordou, estendendo a mão para ela. Por um momento, fingiu que era a rainha e sorriu apaixonado. Estava cansado de ouvir os alertas mentais que iniciavam cada vez que ele se deixava levar pelos encantos de Heidy.

– E tem algum motivo para toda essa preparação? – perguntou enquanto caminhavam na direção da sala de jantar. A luz das velas e a camisola branca que ela estava usando deixava o ambiente romântico e sedutor.

– Tem. – Ela fez um sinal para que se sentasse e começou a servi-lo de arroz e de carne assada.

– O que é...? – Antes de responder ela encheu a taça dele de sangue.

– Saberá em breve – concluiu e se sentou.

– Não vai comer? – perguntou, olhando seu prato vazio.

– Não estou com fome e preparei tudo para você, Milosh. Você anda tenso demais.

– Eu sei – comentou, cortando um pedaço da carne e saboreando-a. A comida estava deliciosa. – Sobre a ruiva...

– Sobre a ruiva... quem era ela?

Enquanto comia, ele contou boa parte dos sonhos que teve com a garota, das vezes que acreditou ter falado com ela por telepatia.

– Estou intrigado... não sei o que pensar. Por que uma desconhecida teria tanto trabalho em me perturbar por tantos anos? Antes eram apenas visões rápidas de uma garotinha, eu achava que sonhava com você, por ela ser ruiva. Mas nos últimos anos, ela parecia uma mulher perturbada, até louca. Várias vezes tentou me atacar nos sonhos.

Heidy ficou pensativa por alguns momentos, ponderando sobre o que ouviu. Serviu mais sangue para Milosh e tirou um pedacinho do assado para mastigar.

– Você acha que ela tem algo a ver com o sequestro?

– Não... não sei. Talvez. Antes eu não via ligação entre ela e você – ele fez um sinal para que ela soubesse que falava de Elizabeth –, mas depois de descobrir que era ela que conversava comigo e não você, e agora que ela apareceu aqui na festa, começo a acreditar que tenha. Você me mandava mensagens sobre seus agressores? – disfarçou e Heidy entendeu o recado.

– Não, só tentava falar com você, saber se estava bem.

Milosh também acreditava nisso. Terminou de comer e limpou a boca no guardanapo. Heidy se aproximou dele, colocou uma das mãos em sua coxa e voltou a falar.

– Você sabe que todo mestiço de vampiro e humano nasce ruivo, não sabe?

Até aquele momento, ele não tinha pensado na hipótese daquela mulher ser meio humana, pois tinha certeza de que era vampira. Arregalou os olhos enquanto a mente concluía algumas informações.

– Por isso ela estava usando pó facial! – concluiu.

– Mais tarde descobrimos algo, eu ajudo você. – Heidy encerrou o assunto.

– Obrigado. – Ele beijou a mão dela e se levantou. Foi ao banheiro escovar os dentes para dormirem.

Depois de se deitarem, conversaram por mais algum tempo. Relembraram momentos que viveram antes de Elizabeth se tornar rainha, sussurravam e trocavam os nomes para que ninguém soubesse que falavam de Heidy. Estavam nostálgicos e felizes por terem se reaproximado.

– Com sono? – perguntou, quando Milosh cochilou enquanto ela contava uma de suas aventuras na Escócia.

Um pouco. Comi tanto que meus olhos estão pesados, mas estou gostando de ouvir.

Os dedos dela passearam por seu peito e rosto. Ela estava com a cabeça apoiada nele, e o perfume dela inundava suas narinas.

– Então durma, meu anjo – sussurrou, erguendo a cabeça e roubando um selinho dele.

– Não está com sono? – O relógio de cabeceira indicava que eram três horas da tarde, teriam pouco mais de três horas para dormir.

– Não, estou desperta. Talvez pela euforia da noite de ontem – explicou. – Mas durma. Quando a noite cair, continuamos.

– Boa tarde, Liss. – Sorriu, retribuindo o selinho.

– Boa tarde, Milosh.

Em poucos minutos, o vampiro dormia um sono pesado.

•

– O que você está fazendo aqui? – ouviu o grito através da neblina. Não via um palmo à frente dos olhos. A raiva podia não ser direcionada a ele. – Ah! Além de me perseguir em sonho, me persegue na vida real também? – A voz soou estridente, parecia estar em frente a ele e, agora, tinha certeza de que a raiva era direcionada a ele. Porém, sentia-se tão exausto que nem tinha vontade de responder.

– Deixe-me dormir – reclamou.

Fez-se silêncio e, sonolento, ele agachou, imaginando que a neblina era uma grande nuvem de algodão, macia e branquinha. Ajeitou o corpo no chão duro com a intenção de dormir.

– Você está *dormindo! – A mulher desdenhou.*

Passos se afastavam dele. O som de algo se quebrando e rasgando o deixou apreensivo. Abriu os olhos, sentindo o chão chacoalhar com o impacto e ouvindo a areia se despedaçando abaixo dos pés de quem quer que fosse e os galhos se quebrando ao abrir passagem em sua direção.

Ele se sentou, esfregando os olhos, mas a neblina não havia sumido apesar de menos densa. Havia um vulto, era corpulento e com cerca de dois metros de altura. Parou próximo virado para o vampiro.

– Sssssssssssshhhhhhhhhhhhhhhhhhh – sibilou a criatura, ambos se encararam. Milosh não tinha forças para sair do lugar, nem vontade.

O som ficava cada vez mais perto. Quando estava a quase um metro dele, os olhos rubros encararam seu rosto, os dentes afiados estavam vermelhos pela caçada recente, a risada ecoou sobrenatural.

– Não vai correr? – A voz agrediu seus ouvidos, o que o fez tapá-los na mesma hora. A criatura avançou nele.

Não houve tempo para pensar. Ele foi arremessado para longe, a dor o atingiu antes do barulho de seu corpo caindo junto às pedras.

Milosh despertou gritando, assustado com o pesadelo. Estava com a respiração pesada, virou-se para Heidy e ela dormia, parecia até um anjo sobre a cama, e resolveu não acordá-la. Faltava pouco para o dia escurecer. O sonho tinha sido estranho. Aquela criatura o lembrava de uma situação de séculos antes, quando ele precisou matar o pai de Heidy. O vampiro havia criado uma ilusão parecida que quase o enganou e o matou. Respirou fundo e foi até a janela do quarto. As cortinas pesadas não o deixavam olhar a paisagem, por isso pegou o anel com a pedra benitoite, vestiu-o e saiu na varanda. As pessoas na rua pareciam minúsculas, mesmo com a distância entre ele e as ruas, conseguia ouvir o som do aglomerado de carros e humanos. A cidade era ainda mais barulhenta no horário do rush.

Perseguir – sussurrou para si mesmo ao se lembrar da voz feminina no sonho o acusando de persegui-la. Não conseguia tirar a mulher ruiva da cabeça, tinha de encontrá-la. Voltou para o quarto, vestiu uma calça social, camisa preta e sapatos, escreveu um bilhete para Heidy e o deixou sobre a cama.

Liss, precisarei me ausentar por algumas horas.

Amo você.

Seu Milosh.

Achou melhor não detalhar o que faria, pois ele próprio não sabia. Ao sair do quarto, passeou por todos os andares antes de descartar a hipótese de ela estar no hotel. Não estava. Se Heidy estivesse certa e ela fosse mestiça, não seria tola de ficar entre vampiros. Concluiu, também, ser este o motivo de ela estar tão nervosa na cerimônia.

Encontrou-se com Benjamin no corredor do sétimo andar quando havia decidido rastrear a mulher do lado de fora.

– Já acordado?

– Preciso de um favor – começou Milosh. – Certifique-se de que ninguém entre em meus aposentos antes de a rainha acordar.

– Tudo bem, mas por quê?

– Preciso sair... eu vi algo ontem que preciso averiguar – sussurrou. Benjamin assentiu uma vez e se aproximou mais, pois o puxou por um dos braços. – Dormindo ela não consegue... ela é ela mesma. Ninguém pode entrar lá. Entendeu?

– Sim, entendi. Isso está ficando cada dia pior – murmurou. – Ela passou dos limites ontem.

– Eu sei, eu sei... mas ficou tudo bem, certo? Elizabeth agiria da mesma forma com Lucius.

Benjamin negou com a cabeça e sussurrou.

– Não, Elizabeth mandaria matá-lo por duvidar dela.

Milosh estremeceu, ele tinha razão. Esse era um lado da rainha ao qual não prestava muita atenção, por ser apaixonado por ela. Era preciso ser dura para que a obedecessem e a temessem. Foi agressiva algumas vezes para que realmente a levassem a sério.

– Ela não estava mais tão enérgica – retrucou.

Benjamin deu de ombros.

– Já está feito, mas não podemos deslizar outra vez. Vou ficar de olho. Se não voltar até a hora do jantar, lembre-se de que será em minha casa, o hotel não é mais seguro como eu pensei.

– Por que, o que houve?

O vampiro respirou fundo e levou Milosh ainda mais para longe dos quartos. Entraram no elevador onde acreditou ser mais privativo.

– Houve um ataque esta madrugada, foi contido, mas perdemos alguns guardiões.

– Que espécie de ataque?

– Do rei deles. Acredito que Lucius incitou-os a se rebelarem.

Milosh colocou a mão na nuca, intrigado por não ter ouvido nada. Sentia-se estranho há alguns dias; na verdade, desde que Heidy reapareceu em sua vida. Muitas coisas não se encaixavam mais, principalmente o fato de deixar outra mulher se aproximar dele, algo que não desejou desde que Elizabeth desapareceu. Olhou para o teto, como se conseguisse enxergar Heidy na cama alguns andares acima, e depois encarou Benjamin.

– Estou desatento demais desde que ela voltou. Vou descobrir o que está acontecendo. Se eu não voltar hoje, explique a ela, mas... não tudo.

Benjamin sorriu. Abraçou o amigo e a porta do elevador se abriu.

– Boa sorte, qualquer coisa peça minha ajuda.

– Obrigado. Cuide dela por mim.

Milosh puxou a gola do paletó para cima, na tentativa de passar despercebido pelas pessoas. As ruas estavam movimentadas, trabalhadores saíam de seus empregos, outros terminavam a tarde de compras, a maioria desatento a um vampiro entre eles. Ele atravessou a rua e começou a respirar fundo, tentando capturar o perfume que sentiu na noite anterior. Tinha tanto a pensar que era difícil se concentrar nele. As vozes dos humanos e o cheiro de sangue também o distraíam, algo que não lhe era costumeiro.

Caminhou por um bom tempo sem sentir nada. Não havia rastro ou movimentação estranha. Uma criança passou correndo por ele, a menina era ruiva e estava rindo, apontava para cima e encarava Milosh como se quisesse que ele parasse de andar e prestasse atenção nela. Ele sorriu e virou-se. Quando olhou na direção que ela lhe mostrou, deparou-se com o Teatro Municipal. Seus pés sempre o levavam para lá, era um dos seus lugares prediletos em São Paulo. Mas nada havia para ver. A menina riu, divertindo-se.

– Peguei você! – E saiu correndo. A mãe estava a poucos metros e fez um gesto pedindo desculpas. O vampiro sorriu e voltou a olhar o prédio. Lembrava-se de ter estado ali, e também um lobisomem com uma garota.

Ele se aproximou do local onde recordava de tê-los visto e, apesar do passar dos dias, havia um perfume leve que o fez se lembrar da ruiva na festa. Ele ergueu o rosto e viu um vulto sobre o telhado. Não demorou muito e logo estava escalando o prédio, oculto por seus dons. Escalou com um pouco de dificuldade, mas alcançou o telhado em menos de um minuto.

Uma mulher estava de costas, terminando de vestir um casaco. Quando notou-o, virou bruscamente, pronta para atacá-lo.

– Milosh?

Ela tinha olhos expressivos e castanhos, era alta, com corpo cheio como da maioria das brasileiras. Bumbum e seios fartos, e uma silhueta de causar inveja, mesmo parecendo acima do peso. Os cabelos estavam curtos na altura dos ombros, porém metade estava preso por uma trança malfeita. Milosh se lembrou imediatamente dela e abriu um sorriso largo.

– Gisele!

Ela sorriu e correu para ele, saltando sobre o vampiro para abraçá-lo. Há anos não se viam, pois ela não deixava seu país. Adorava morar em São Paulo e dizia não se adaptar a outros lugares, mesmo depois de quase dois séculos de existência. Assim que o abraçou, afastou-se, assustada.

– Você está... estranho.

Ela o examinou por alguns segundos. Milosh recordou-se imediatamente do poder que ela possuía. Era como o dom de medicina para alguns médicos, ela enxergava doenças tanto em humanos como em outras criaturas. Era capaz de salvar qualquer pessoa ou vampiro. Gisele Acenna o rodeou e ele se sentiu esquisito novamente, como se o odor que vinha da cidade o deixasse enjoado.

– Estranho como?

– Seu cheiro, sua pele, você está diferente.

Levou algum tempo examinando-o, cheirando-o, tocando-o e até lambeu a mão de Milosh, que riu com a atitude dela. Gisele encarou-o confusa, pois o vampiro não era de rir. Desde que o conheceu, estava sempre melancólico, falando em Elizabeth e em como pretendia encontrá-la.

– Talvez seja porque tomei banho ontem.

Ela sorriu e deu um tapa no ombro dele.

– Onde está hospedado?

– Na casa de Benjamin. Você foi à festa de Elizabeth? – perguntou. Ambos se sentaram no telhado.

– Fui, mas... bem... não gosto de ver você com ela. Fui embora logo depois da briga.

– Que briga?

Gisele franziu o cenho e encarou Milosh, colocou a mão na testa dele, parecia febril.

– Você está doente, parece um humano gripado – murmurou. – A briga do Lucius e alguns vampiros. Ele matou alguns e depois sumiu.

– Por que eles brigaram?

– O rei dos vampiros. Ele quer enfrentar Elizabeth e assumir o trono. Lucius riu quando um dos guardiões entregou um bilhete que falava sobre isso para Benjamin. Os homens acharam que ele estava rindo deles e o atacaram, mas, cá entre nós, acho que Lucius estava rindo da rainha.

Milosh sentiu o peito doer. Se o tal rei enfrentasse Heidy, com certeza a farsa seria revelada. Ele se levantou e começou a saltar por cima dos prédios, pretendia chegar à casa de Benjamin. Não entendia por que o amigo não lhe contou sobre o bilhete.

Gisele o seguiu. Quando o alcançou, segurou seu pulso para que parasse de correr.

–Você é louco? Desse jeito chama atenção, você faz um barulho danado!

Ele sabia que não fazia nenhum barulho, sempre foi cauteloso e era conhecido por seus aprendizes como o guerreiro mais silencioso, podendo surpreender qualquer um que ele tentasse atacar.

– Não faço barulho. – Ele riu. Numa das tentativas de saltar para outro telhado, caiu direto no chão a quinze metros de altura.

Ele primeiro sentiu o estômago afundar e um frio percorrer por suas entranhas, em seguida o impacto doloroso contra o chão de cimento. Grunhiu tentando abafar um grito de dor. Não estava preparado para a queda e sabia que havia quebrado alguns ossos.

Sentiu a presença de Gisele ao seu lado, mas não a enxergou, logo percebendo que não era a falta de iluminação, mas ele que não tinha visão alguma. Piscou algumas vezes, olhou para o alto e para o lado onde ouvia a movimentação da vampira, e o breu continuou presente.

A morena colocou algo em sua boca, obrigando-o a mastigar, era azedo e grudento, mas obedeceu. Não precisou explicar que sentia dor, e que não enxergava, pois conseguia perceber o poder dela sobre si, estava acostumado a ele. Nas épocas mais escuras do Reino, era uma das pessoas que tratavam os feridos e Milosh esteve aos seus cuidados incontáveis vezes.

Todo seu corpo doía e não se lembrava de sentir uma dor assim desde que aquele *anjo* o lançou contra a parede antes de transformá-lo em vampiro. Deu um grito quando a vampira puxou sua perna e colocou um osso no lugar.

– O que... houve? – perguntou, levando a mão às costas, sentindo-a úmida de sangue.

–Você caiu e se quebrou todo. Há quanto tempo você não se alimenta? – Percebeu sua visão clareando e se deparou com os olhos dela, não desviou, pois sabia que ela tentava ler o que havia de errado para curá-lo.

– Eu bebi sangue ontem, mas foi só um pouco.

Sua respiração estava irregular, nenhuma magia funcionaria se ele não se alimentasse de um humano. Ela o encarou mais profundamente, seus olhos ficando opacos no mesmo instante em que ele sentiu o corpo se aquecendo e os locais doloridos fervendo. De repente, tudo esfriou e Gisele se levantou, irritada.

– Alguém está envenenando você com uma magia muito forte, Milosh. Não consigo ver o que é. Não consigo curar você. Vai precisar beber.

Ela não esperou uma reação, e ele não viu o que ela fazia. Seus olhos começavam a ficar embaçados novamente e seu corpo trêmulo por causa do frio. Ouviu um ofegar de dor e o cheiro de sangue fez sua boca encher-se d'água. Gisele o fez segurar em algo, a vítima ainda respirava quando ela o forçou a cravar os dentes no pescoço dela e se alimentar. O cheiro da bebida alcoólica estava forte, mas o gosto do sangue e a força que sentiu suplantou qualquer receio sobre o que estava fazendo. Bebeu até quase engasgar, sentindo as costas queimando e os ossos também. Cada pedaço de carne que estava ferido começava a cicatrizar.

Estava descontrolado e Gisele precisou separá-lo do humano antes que o matasse.

– Pronto, chega... foi demais. – Ela sussurrou, ajudando-o a se levantar. Assim que começaram a se afastar, ele ouviu o barulho de alguém acendendo um fósforo e, quando olhou, o beco onde estavam pegava fogo. – Vamos subir!

Começaram a escalar a parede em direção aos telhados, escapando do fogo. Nenhum dos dois gostaria de morrer. Chegaram a um telhado plano onde havia um pequeno jardim, duas cadeiras e uma mesa redonda. Sentaram-se, Milosh se sentia melhor, mas ainda estava fraco.

– Matei aquele homem? – perguntou, preocupado.

– Não, coloquei fogo foi no sangue, no seu sangue.

Milosh ficou aliviado com a informação e agradeceu Gisele por tê-lo ajudado. Deitou a cabeça na mesa e ficou olhando para ela, pensativo. Começava a perceber que não era a primeira vez que se sentia fraco; lembrava-se de como Benjamin o venceu na corrida e como Heidy teve facilidade em fazê-lo ceder aos seus joguinhos de sedução. Suspirou e escondeu o rosto nos braços.

– Milosh, não posso ficar aqui, vai amanhecer... mas não quero deixar você sozinho.

– Onde está morando?

– Na mansão. Benjamin me acolheu há alguns anos.

– Acolheu você? Por quê?

Ela colocou a mão sobre a cabeça dele e fez uma pequena carícia. O gesto fez Milosh erguer o rosto e olhar para ela.

– Porque meu marido foi morto e eu estava tentando me matar. Estava com os mesmos sintomas que você, depressão.

– Não estou depressivo. Ela voltou, lembra? – resmungou.

– Bem, você talvez não tenha se dado conta, mas, enfim... Benjamin me encontrou antes que eu queimasse ao sol e me levou para casa dele. Desde então, eu ajudo a Julie em quase tudo e eles me deixam morar em um quarto magnífico. Você já viu aquele lugar?!

– Sinto muito pelo seu marido... – sussurrou. – E como não vi você por lá nenhum desses dias?

– Eu estava em Londres, estudando. Você sabe que sou fascinada por medicina. Fui estudar sobre células cancerígenas. Fiz alguns testes com o meu sangue, queria saber se teria alguma utilidade para os mortais, mas só consegui transformar camundongos em ratos vampiros.

Milosh riu e segurou a mão dela carinhosamente. Eram poucas as pessoas que ele tinha alegria em admirar e Gisele era uma delas. Levantou-se com ela e nem foi preciso comentar: voltaram a correr em busca de alguma estação de metrô aberta, pois o sol nasceria e ela não estava preparada para enfrentá-lo.

Capítulo 22

Ellene não sabia para onde ir quando saiu daquela festa. Estava sem suas coisas, sem seu carro e sem Nicolae, que havia desaparecido no meio do evento. Mesmo correndo e tendo se passado algumas horas desde que despistou Milosh, ainda sentia os olhos verdes às suas costas, invadindo-a como se pudesse ver dentro dela ou adivinhar para onde estava indo.

Parou de correr quando se deparou com uma igreja no bairro do Paraíso. Ao que se recordava, vampiros não podiam entrar em igrejas, no entanto sabia que, mesmo sendo metade de um, ela podia, pois foi a vários cultos em sua vila e em Itu, na casa dos avós. Talvez conseguisse por ser metade humana, do mesmo modo que não tinha problemas com o sol, deduziu. Olhou para os lados, para ver se alguém a estava seguindo, e invadiu a catedral por uma porta que não estava travada.

Estava escuro do lado de dentro, o que deixava o lugar com um ar fantasmagórico que fez o estômago de Ellene gelar de medo. Cada passo ecoava dentro do templo, o som da sua respiração parecia três vezes aumentado. Ela tampou os lábios com uma das mãos e retirou o salto alto, segurando os sapatos na mão livre. Usava seus dons para se manter oculta caso houvesse alguém dentro da igreja, mas, aparentemente, estava só.

Avançou pela nave, iluminada apenas pela luz da lua que entrava pelas vidraças. Lembrou-se de que sua mãe, Dulce, a havia levado àquele lugar anos antes para assistir a uma cerimônia de casamento ortodoxa. Como era muito nova, a levaram a uma sala nos andares acima para brincar. Sorriu com a lembrança e andou até a primeira saída lateral que encontrou, subindo as escadas até o último andar.

A falta de iluminação e o silêncio a estavam deixando aterrorizada. Sentia como se Milosh estivesse em seu encalço e que fosse sair das sombras a qualquer momento. Só relaxou quando localizou uma sala destrancada e se fechou dentro dela, deixando alguns móveis no caminho para o caso de alguém tentar entrar.

A sala estava iluminada pela luz da noite. Havia uma grande vidraça ao fundo e estava repleta de caixas de papelão com todos os tipos de doações, de comida e brinquedos até cobertores e materiais para limpeza. Havia um sofá antigo bem abaixo da janela, que ela usou para tentar dormir um pouco, cobrindo-se com um dos cobertores que encontrou nas caixas.

Assim que se ajeitou e fechou os olhos, momentos daquela noite começaram a perturbá-la e não a deixaram descansar. Por que Nicolae havia sumido? E por que disse que talvez Milosh quisesse matá-la de novo? A criança na poça de sangue era uma das imagens que mais a atormentava. Estava preocupada com seus pais, com Tomás, com a vila e com suas coisas escondidas na casa do vampiro. Esperava conseguir se lembrar de como chegar até lá para recuperar ao menos seu carro.

Virou-se no sofá, tentando encontrar uma posição mais confortável, mas não conseguiu esperar que alguma resposta aparecesse como um milagre divino. Levantou-se, lavou o rosto no banheiro do corredor e saiu da catedral, oculta por seus poderes e com os saltos na mão para não fazer barulho. Lembrou-se de agradecer a Deus pelo abrigo e por não ter sido pega, antes de saltar para fora. Era quase dia e, pelos seus cálculos, não havia permanecido nem três horas dentro da igreja. Agora, era possível que Milosh estivesse mais perto que antes. Respirou fundo e decidiu procurar seu melhor amigo. Talvez ele pudesse ajudá-la; talvez entendesse que não tinha culpa de ter nascido metade vampira.

Com o celular na orelha, andou pelas ruas com calma e atravessou até a praça que antecedia a estação Paraíso do metrô. Havia poucas pessoas, a maioria mendigos deitados nos arbustos mais escondidos. Ela desejou, por um momento, que seu vestido não fosse tão claro e que não chamasse tanta atenção. Ao chegar à frente da estação, percebeu que ainda estava fechada. Não era nem cinco horas da manhã. Preferiu continuar andando até que desse o horário para o transporte público funcionar.

– Atende... – sussurrou para si mesma olhando no visor depois da ligação cair na caixa postal. Na terceira tentativa, desistiu e guardou o celular.

A Avenida Paulista sempre foi um dos seus lugares preferidos em São Paulo, por ter suas livrarias favoritas e também muitos lugares para se sentar e conversar com os amigos sem serem perturbados.

Ellene estava tão interessada em notar a presença de Milosh que não percebeu estar sendo seguida. Chegando perto do Parque Trianon, avistou um casal de vampiros andando com pressa em sua direção. Pareciam correr para alcançá-la e, antes que pudesse descobrir o motivo, passou por um funcionário do metrô que acabava de abrir uma das grades e desceu para o subterrâneo. As plataformas estavam vazias, por isso se encolheu na quina entre duas paredes e se camuflou, usando toda a sua concentração para se parecer com a parede verde e com os cartazes que estavam pendurados. Notou quando o casal chegou. Conversavam distraidamente, não pareciam tê-la seguido. Achou melhor ter certeza, permanecendo o mais quieta possível.

–Você não é de rir à toa ou de achar graça em qualquer coisa. – Suspirou a mulher. – Isso está alterando as funções do seu cérebro.

O vampiro encarou a vampira, ela era diferente, um pouco acima do peso e com cabelos castanhos curtos. Ellene não se lembrava de conhecer algum vampiro que não fosse magro como um modelo de passarela. Prendeu a respiração na tentativa de ouvir o que eles conversavam e não se denunciar.

– Como?

– Não sei! – Ela o olhava profundamente, quase perto demais. – Precisamos de ajuda.

– Mas não me sinto doente. Não mais.

– Mas está e muito doente.

– Ah, excelente! – Ele riu. – Além de ter de encontrar Elizabeth, ainda tenho de descobrir quem me envenenou, tomar o antídoto... – Ele falava com um ar debochado, incrédulo. – Tem antídoto ou você vai me colocar no centro de um pentagrama e fazer vodu? E tenho de justificar cada ato meu sem a ajuda de Heidy, porque com certeza ela vai negar! – Balançou a cabeça, rindo. – Estou fod...

–Vasille! – ralhou a mulher. Apesar de incomodada, Ellene estava achando estranha a conversa deles. Ouvir que um vampiro estava doente era surreal. Ela tentou se aproximar quando ouviu o trem chegando. O som abafaria qualquer movimento seu.

–Virou puritana, agora? – Ouviu.

– Espera, me explica de novo. O que a Heidy tem a ver com você? E não, não vou fazer nenhum vodu. – Ela fez um bico, chateada.

– Heidy... – Ele riu, a mulher o fez sentar dentro do vagão, estavam um pouco afastados dos outros humanos. Ellene entrou atrás e se encolheu perto da porta. – Ela quer ficar no lugar da rainha... – Ele riu ainda mais.

– OMG! O que vou fazer com você? – Gisele andava de um lado para o outro, o encarando, e ele continuava rindo, mas nem a mulher e nem Ellene entendiam o que ele achava engraçado naquela situação.

O nome de Heidy fez Ellene sentir o estômago gelado. Tinha quase certeza de que ele falava da filha de Nicolae. Mas como ela tomaria o trono da rainha que voltou?

– Estou bem, você... me deu aquele lanchinho.

Ellene levou a mão aos lábios, assustada com o tipo de lanchinho a que ele talvez se referisse. Então, começou a prestar atenção no vampiro. Ele pouco se parecia com o homem assustador com quem ela sonhava desde muito nova. A roupa estava amarrotada, a camisa suja de sangue, o rosto amarelado. Tinha olheiras profundas embaixo dos olhos e estava mais magro do que ela se lembrava. Parecia desnutrido. Os lábios dele estavam curvados para baixo mesmo enquanto ria, as presas à mostra, o que a assustou, e ele parecia nem ter notado. Havia um corte em seu pescoço que sangrava; portanto, acreditou que havia sido feito há pouco tempo por não ter se regenerado. A mestiça sentiu o cheiro de longe, não parecia o aroma de um vampiro, mas tão humano que a fez salivar.

– Gisele – ele a chamou baixinho –, estou deprimido?

A híbrida leu os pensamentos dela. Gisele se lembrava de como foi ver vampiros desistindo da vida. Alguns se entregaram ao sol; outros deixaram de se alimentar por terem perdido a vontade de viver a eternidade sem o amor de suas vidas; outros, ainda, entravam em um estado de hibernação quase impossível de ser despertado.

Ellene soltou um suspiro se lembrando de quando viu Milosh encontrando Elizabeth naquela praça há algumas semanas; ele parecia desesperado. Gisele ponderou um pouco e, então, resolveu ser honesta.

– Sim – ela sussurrou. – Mas não é só isso, tem algo mais.

– E você não consegue descobrir?

Ela negou.

– O que sei é que tem algo errado e feito por magia como disse para você mais cedo. Precisa rever as pessoas com quem faz amizade, Milosh. A depressão pode estar mais evoluída do que pensávamos. A rainha ter sumido combinado ao sangue que você perdeu é a razão para tudo o que você vem sentindo.

– Até para o desmaio?

– Sim.

– As olheiras?

– Tudo.

– Você disse *mais do que pensávamos*. Você e mais quem? – Gisele franziu o cenho. – Sobre a depressão. Você disse que está mais evoluída do que *pensávamos*.

Ellene arregalou os olhos ao perceber que ela queria esconder dele que havia mais pessoas observando-o. Por um momento, teve vontade de alertá-lo, mas se conteve.

– Do que eu e você. Nós pensamos que fosse envenenamento, mas na verdade é a depressão que está causando tudo.

– Mentira. Quem mais está preocupado comigo?

Ela encostou-se à cadeira, puxou um elástico do bolso e começou a ajeitar os cabelos para prendê-los.

– Você não tem convivido com ninguém nos últimos noventa anos, Milosh. Todos estamos preocupados. Aquela que se apresentou a nós não é Elizabeth e só você não enxergou isso ainda! – Ela suspirou ao fim da frase e o encarou assustada. – Não quero que se chateie, vamos ajudá-lo a encontrá-la, mas aquela... só tem a aparência, nada mais de Elizabeth.

Um gemido de indignação passou pelos lábios de Ellene, que prendeu a respiração no mesmo segundo para não ser notada. A mulher que ele viu naquela praça e que todos achavam ser a rainha era uma farsa?! Tomás precisava saber disso e ela daria um jeito de encontrá-lo para contar.

– Como você pode dizer isso? Como? – Ele parecia alterado.

– Entenda, acreditamos que Elizabeth não mudaria tanto, mesmo que passasse por algo extremamente ruim como um sequestro. E essa daí não tem nada da doçura de Liss.

– Quem? Você e mais quem acha isso? – O trem parou em outra estação. Gisele olhou para a porta e voltou a responder com sussurros.

– Benjamin, Julie, Tereza, alguns da família Milatti...

– Vocês tramaram pelas minhas costas! – ergueu a voz.

– Não! Benjamin marcou os testes para termos certeza. Sabia que você a avisaria se soubesse a data. Achamos melhor começá-los sem consultar você.

– O quê? – Ele socou o banco à frente deles, que afundou embaixo de seu punho. Ellene começou a tremer, Nicolae estava certo sobre ele se alterar facilmente.

– Vocês não deveriam ter feito isso!

– Tem medo de que ela não passe nos testes? – desdenhou.

Ele começou a socar embaixo do banco para desamassá-lo.

– Tenho – sussurrou. – Claro que tenho medo!

– Você também percebeu, então... – Ela se sentou novamente. A mestiça nem notou que a mulher havia se levantado.

Ele concordou com a cabeça enquanto observava alguns humanos entrando no vagão. Levou a mão ao peito e parecia ainda mais amarelo.

– Precisamos de um lugar para repousar – comentou.

Só então Ellene notou que havia embarcado no lado inverso das estações e que retornava para o metrô Paraíso. Por mais que quisesse continuar ouvindo a conversa deles, estava se arriscando demais em estar no mesmo vagão que o vampiro de quem estava fugindo horas antes.

Começou a planejar uma rota de fuga.

– Você tem seu amuleto?

Gisele negou com a cabeça, respirando fundo e pensando: *Ele já sabia que não estou com o amuleto, está piorando...*

Milosh mostrou a ela uma corrente que carregava no pescoço. Ellene não conseguiu enxergar o que havia nela, apenas notou que ele tirou algo e entregou para a morena. Pelo gesto, era um anel que ela colocou no dedo.

– É o anel de casamento de Elizabeth. Por favor, me devolva depois – pediu e ela concordou, parecia emocionada com a confiança dele.

– É lindo! – comentou.

– Elizabeth sempre teve segredos... – Ele disse de repente, com um suspiro. – Ela sempre foi muito poderosa, mas escondia isso das pessoas. Ela tinha medo de ser diferente.

– Quando humana? – perguntou.

– Não, vampira. Infelizmente, não a conheci humana. Teria sido interessante. Ela tinha poderes incríveis para uma novata e isso a fazia se sentir deslocada. Quando a conheci, parecia insossa, sem dom algum, apenas mais uma em nosso clã. Mas o tempo revelou que ela estava acima de todos nós.

– Quem a descobriu?

– Benjamin – afirmou. – Eu lhe mandava cartas contando sobre a paixão que nutria, contava tudo o que acontecia entre nós dois; naquela época, eu não sabia que os vampiros eram avaliados ou que a rainha podia escolher se *aposentar*, se é que podemos colocar assim.

Tanto Gisele quanto Ellene estranharam o rumo da conversa.

– Não entendo como alguém que tem o mundo sob a palma da mão sentiria vontade de morrer.

– Hoje eu entendo, mas essa é uma história que não tem relevância agora. – Ele fez uma pausa e olhou o passar das estações. O trem havia parado entre elas e o maquinista avisava que levariam alguns minutos para continuar o percurso, pois aguardavam o trem anterior se movimentar. Ele continuou: – Benjamin não lia minhas cartas com a curiosidade de um amigo, mas com a ânsia de um estudioso. Ele sabia que os dons dela revelavam quem ela seria em nosso mundo. Veja você, para nós, é como uma médica. Seu dom a faz assim. Elizabeth é tão poderosa que seu dom a fazia igual à rainha ou maior.

– Eu não a conheci, quais eram seus dons?

Ele pareceu ponderar entre responder ou ignorar a pergunta. Ellene se viu interessada na resposta, algo naquele assunto alimentava sua esperança de entender alguma coisa de seus próprios poderes. Ela seria poderosa ou uma meio-vampira comum?

– Elizabeth nunca gostou de ser diferente... – Ele mordeu o lábio, ficaram em silêncio e Gisele decidiu não perguntar de novo. – Sinto tanto a falta dela – disse em um tom melancólico que fez Ellene sentir saudade também, só não sabia de quem ou do quê.

– Eu imagino o quanto, meu amigo. – Ela colocou a mão em seu ombro e torceu o nariz. – Você está quente demais.

– Estou bem, Gisele.

– Por que nunca vamos pelas ruas, Milosh? – perguntou, examinando a temperatura dele com a mão.

– Eu gosto do metrô, é sossegado e o sol estava nascendo, lembra? – disse. – E também estou preguiçoso hoje. – Ele sorriu.

Ela riu.

– Preguiçoso? Que horror!

Ellene também riu, havia se esquecido que precisava se manter oculta. O som chamou a atenção do vampiro, que olhou em sua direção. Ela prendeu a respiração, irritada por ter se descuidado.

•

Vasille sentiu os pelos dos braços se ouriçarem ao sentir a presença. Tinha certeza de que havia mais alguém ali, um vampiro que não queria ser notado. Tentou alertar Gisele para que o ajudasse a localizá-lo, mas estava distraída, examinando a coloração de sua pele e o quanto parecia febril.

– Tenho me sentido cansado, talvez os anos de espera estejam finalmente me atingindo. – Tentou novamente alertá-la, mas seus pensamentos estavam bloqueados.

– E a respiração? – Olhou-a distraído e ela puxou o ar, mostrando-lhe o que fazer. Ele a imitou, inspirando profundamente. O perfume de lírios invadiu suas narinas como uma lembrança antiga.

Inspirado pelo aroma, Milosh virou o rosto de novo na direção do som, procurando alguma mudança na estrutura do trem. Havia conhecido apenas um vampiro que podia se camuflar como um camaleão, mas ninguém que se tornasse literalmente invisível.

Quando Elizabeth sumiu, muitos foram atacados por *fantasmas* como esses, vampiros que procuravam tomar posse do trono à força.

Considerou suas opções – avisar Gisele ou esperar pelo ataque e defender ambos –, porém se sentia fraco para fazer qualquer coisa. Aguçou os sentidos, esperando por alguma movimentação.

Já pensou em parar de me seguir? Ela murmurou em sua mente, quase como um rosnado. O vampiro pulou no banco, surpreso.

– O que houve? – Assustou-se Gisele.

– Minha respiração está ok – disse, desviando o olhar do dela, atento ao interior do vagão.

– Agora está assustado, é? – brincou. – Relaxa, Vasille, descobriremos quem fez isso e também o remédio para curá-lo.

– Eu sei.

Quem está aí? Ele perguntou, desconfiado da resposta.

Quem você tem perseguido pelos últimos dezessete anos? Perguntou, azeda.

Ele respirou fundo, notando uma pequena mudança na cabine; a parede bege pareceu se mover milimetricamente. Por instinto, colocou-se na frente de Gisele para protegê-la.

– O que está fazendo? O que há de errado? – A vampira questionou.

•

Ellene percebeu antes dele o que a mulher faria e aproveitou o momento para se movimentar até a porta do trem que, finalmente, tinha voltado a se mover a caminho da próxima estação. Gisele encarou Milosh, o verde dos seus olhos estavam se tornando pastosos. Ela tentava entrar na mente dele para entender o que estava acontecendo, para saber se era alguma reação ao envenenamento.

– Próxima estação: Paraíso – anunciou o maquinista.

Ellene flexionou os joelhos, atenta.

– Quem é ela? – a mulher perguntou quando se afastou, a cor voltando aos lábios do vampiro. A cena parecia ainda mais estranha que de início, um vampiro com os lábios corados, envenenado e com febre.

Ellene viu a si mesma na mente da vampira e sentiu-se trêmula de imedita. Milosh sabia que estava escondida no vagão!

– Ninguém, não é ninguém – desconversou, olhando diretamente para o lugar em que ela estava. O tremor de suas mãos se intensificou. Ele a protegia ou indicava que sabia exatamente onde estava e que poderia pegá-la quando quisesse? Não sabia e tinha medo de descobrir.

– Ninguém? Ela está aqui no trem ou isso foi uma lembrança? – Gesticulou, apontando para a porta de saída. A respiração de Ellene começou a falhar.

– Uma lembrança – disse e seu tom era para encerrar a discussão.

Por que mentiria? Por que a protegeria? Não pareciam inimigos, pareciam íntimos. Não como com a falsa Elizabeth, mas ainda assim íntimos.

Gisele olhou na direção da porta mais uma vez e seu rosto contraiu-se. Os olhos castanhos brilharam, tomando um tom esverdeado, o trem pareceu andar em câmera lenta.

– Saia! – ordenou, só então Ellene notou que Gisele olhava diretamente para ela.

Observou seu reflexo na janela oposta e ainda se parecia com uma parede, por isso, permaneceu imóvel, contando os segundos para as portas se abrirem. Milosh movimentou-se, aproximando-se lentamente. Seu rosto parecia morno, o olhar baixo. Observando-o bem, ele parecia mais humano do que realmente era.

– Não tem ninguém aqui – balbuciou, recostando-se na porta automática.

Ele estava tão perto que Ellene conseguiu sentir o perfume do suor que exalava dele. No entanto, concentrou-se. Da distância que estavam, ele teria facilidade em lhe agarrar assim que ela tentasse escapar do vagão. Olhou em volta, lamentando-se, pois não havia nenhuma outra saída a não ser aquela e, mesmo que corresse para a outra porta, chamaria atenção e seria pega.

– Por que está protegendo a vampira? – Gisele resmungou ao lado dele.

– Não tem ninguém! – Ele encarou os olhos de Ellene, parecia saber exatamente sua posição.

O coração dela estava batendo muito forte e as pernas tão trêmulas que mal conseguia ficar em pé.

A mulher a encarou também, mas seu olhar foi além. Ela não a enxergava, apenas sabia a direção para a qual deveria olhar.

– Bom, deve ser impressão minha, então. – Desistiu. – Precisamos localizar seu agressor, Vasille, e logo.

Ele suspirou, revirando os olhos.

– Acho que já encontramos. – Continuou encarando Ellene, que fez uma careta com a acusação. Teve vontade de enfrentá-lo no mesmo instante, mas o aviso sonoro da parada do trem na estação a controlou, as portas começaram a se abrir.

Os humanos correram para a plataforma, cada um preocupado com seus próprios problemas. Ela permaneceu no lugar, esperando a movimentação dos vampiros, mas ficaram quietos e, quando a porta apitou para fechar, pularam para fora e ela os seguiu, tentando não fazer barulho.

Notou os ombros tensos de Milosh, o olhar atento ao seu redor, e imaginou o quanto ele era um excelente guardião na época em que Elizabeth estava entre eles.

Uma senhora esbarrou nela, derrubando todas as suas sacolas. Ellene se assustou, perdendo a concentração na camuflagem.

– O quê? Onde eu...? – Olhou confusa ao redor, sem ver Ellene.

Ela agachou atrás da mulher, balbuciando algumas desculpas, tentando ajudá-la a recolher as sacolas.

– De onde você surgiu?

Ela não teve tempo de explicar, pois viu Milosh avançando em sua direção.

•

O perfume dela estava muito próximo, ele sabia onde e, por isso, encarava-a naquele vagão. Contudo, quando desceram, perdeu o rastro; sentia apenas o medo dela, mas não sabia onde ela estava. Quando ouviu o som das sacolas caindo e a indagação da senhora, não esperou para descobrir se era a ruiva, disparou na direção dela. Não entendia como se sentia fraco em alguns momentos e como encontrava forças para ir atrás daquela desconhecida.

Assim que se aproximou da senhora, deparou-se com a mulher dos seus sonhos. Ela estava com os olhos arregalados e ainda usava a trança e o vestido da festa. Ele avançou na velocidade de um humano, sabendo que poderia ser pego nas câmeras de vigilância do metrô, além de estar fraco demais para correr mesmo depois de ter bebido quase todo o sangue do indigente.

A ruiva se levantou e saiu correndo em direção da saída do metrô. Era rápida, mas também estava contendo sua velocidade. Ele queria entender quem era ela, esqueceu-se de tudo e continuou seguindo-a. Ouviu quando Gisele o chamou, mas não lhe deu atenção, infiltrando-se entre as pessoas na tentativa de alcançá-la.

Agora tinha certeza de que aquela era a garota que rondava seus sonhos e, apesar de parecer comum, era poderosa. O que fez no metrô, igualando-se às paredes do trem, era algo para reis e rainhas e, ao que se lembrava, somente Elizabeth podia fazê-lo. Havia poucas explicações para uma mestiça possuir esses dons: ou nasceu com eles ou mordeu o dono deles, ele tinha quase certeza que a segunda opção era a correta.

Saindo da estação, sentiu a luz do sol tocar em sua pele. A luminosidade era pouca, mas, mesmo assim, ardia e o fazia sentir-se mais fraco. Talvez pelo veneno ou pela falta de sangue, não saberia dizer. Estavam diante da praça da estação Paraíso. Avistou a garota correndo na direção da Catedral.

Com facilidade ela adentrou os portões e entrou na igreja, camuflando-se imediatamente. Tinha certeza de que o vampiro não conseguiria entrar, mas preferia não se arriscar. A igreja ainda estava vazia, pois não passava das seis da manhã. Ela se escondeu entre os bancos e esperou, ouvindo todos os sons que chegavam da rua.

•

Milosh a seguiu, a grade de ferro que cercava a igreja estava fechada, mas com o cadeado quebrado. Ficou inseguro em seguir adiante com a perseguição, porque Gisele estava certa sobre ele estar fraco. Por fim avançou, o sol estava castigando-o e era melhor entrar a esperar ser consumido.

O alívio foi imediato ao entrar na igreja. Esfregou os braços afastando a sensação que ainda formigava em sua pele. Em silêncio total, fechou a porta sem tirar os olhos do templo. Os bancos de madeira escura estavam completamente vazios, o altar começava a se iluminar com a pouca luz que entrava pela janela, as cores dos vitrais iluminavam o altar. Lentamente, avançou pelo corredor. Pensava em subir as escadarias e procurar nas salas quando a voz dela o interrompeu.

– O que você quer comigo? – sussurrou um pouco assustada, mas com firmeza. – Por que não me deixa em paz? Eu não fiz nada contra vocês! – gritou a última frase.

Ele respirou fundo, tentando sentir o cheiro dela, aquele perfume que não o deixava por nada, pois não a enxergava no ambiente. A irritação dela o deixou mais tenso.

– É você quem me segue! – retrucou.

Tentou localizá-la pelo aroma, aspirando discretamente o ar e olhando à sua volta, estreitando o olhar para encontrar qualquer mínima alteração no ambiente. Camuflagens não eram completamente idênticas, sendo possível perceber ondulações por alguém treinado. Mas nada viu, precisando esperar uma resposta para se referir pelo som.

Quando respondeu, as palavras ecoaram pelas paredes do templo.

– Meus pais me ensinaram a nunca confiar em um vampiro... mas você não me parece mal...

A mudança de atitude o deixou em alerta, mesmo assim, estendeu as palmas para cima, em seguida retirou um lenço do bolso e o balançou no ar.

– Trégua? Não quero lhe fazer mal, seja quem for. Só conversar.

Não era mentira. A curiosidade sobre ela era muito maior que o receio. A garota demorou a responder e quando o fez, estava às suas costas.

– Aqui – disse.

Ele virou-se bruscamente, encontrando-a em posição de ataque, como um felino acuado. Manteve a postura ereta, tranquila. De perto, ela parecia apenas uma menina assustada.

– Obrigado. Quem é você?

– Eu sou meio humana meio lobo... – ela hesitou.

Milosh percebeu a mentira e conseguiu não sorrir diante da afirmação. Estudou-a um pouco antes de responder com a mesma seriedade.

– E como você me conhece? Por que eu sonho com você? – perguntou, resolvendo deixar a história do lobisomem para outro momento.

– Desde que me lembro é você que atormenta os meus sonhos! Sempre está onde eu estou, não importa o local! – Ela voltou à posição defensiva, o olhar irritado.

Nada mais fazia sentido e, se estava confuso antes, agora mais ainda. Heidy aparentemente o traiu. Elizabeth estava perdida no mundo e ele sonhava com uma completa estranha que se dizia um lobo. O cansaço começava a dominar seu corpo. Milosh caminhou devagar até os bancos, sentindo o olhar dela pesando sobre si. Depois de se sentar, encarou-a.

– Estou confuso. Sonhamos um com o outro, pelo visto... mas por que afirmou que sempre estou onde você está? – perguntou devagar, tentando ordenar as informações.

– No metrô, no outro dia; na festa, ontem à noite; no metrô, hoje... e essas são as vezes que eu o vi. Sem contar as que senti, mas não o vi – informou.

Milosh sentiu a fraqueza aumentar, não estava acostumado a doenças ou qualquer tipo de mal-estar, por isso estranhou o formigamento que se iniciou em seus lábios. Franziu o cenho enquanto respondia para a garota.

– Não consigo entender... Há algumas semanas esses sonhos voltaram e coisas estranhas começaram a acontecer, mas eu juro que não a estou perseguindo! – Tentou ser franco. – Apenas fiquei curioso quando me deparei com você na festa. Até então, eu achava que eram apenas sonhos...

Omitiu sua desconfiança de que ela tinha parte com o sequestro de sua esposa, afinal parecia nova demais para ser adulta quando Elizabeth sumiu. Precisava entender como adquiriu poderes que conhecia apenas na rainha.

A ruiva respirou fundo, a mente do vampiro estava bloqueada por isso não conseguia saber se estava mentindo, porém era nítido que ele não estava bem e que não estava fingindo. Ele começou a escorregar no banco e ela não pensou muito no que fazia, apenas correu em sua direção e o apoiou com uma das mãos.

– Você não parece nada bem... Você está com febre! – sussurrou depois de sentir a temperatura dele. – Vamos, a pouca claridade deve estar machucando você!

Milosh apenas concordou com a cabeça e se levantou, deixando que ela o guiasse. Caminharam a passos lentos até a escadaria.

– Para onde está me levando? – perguntou, preocupado.

– Um esconderijo que encontrei ontem – disse enquanto o ajudava a subir os degraus. Chegaram à sala onde ela tentou dormir após alguns minutos. Percebeu a careta que o vampiro fez e sabia que era pelo aroma ruim do ambiente, mas nada disse. – Venha, ali no canto tem um sofá velho, você vai poder se deitar nele.

Nenhum dos dois entendia o motivo de confiarem um no outro. Ela, por ficar sozinha com ele em um lugar que ninguém a procuraria; ele, por deixar ser ajudado por uma desconhecida, quando era óbvio que seria fácil matá-lo.

– Obrigado – agradeceu e se sentou no sofá, aceitando o cobertor que ela lhe ofereceu. Deixou espaço para que ela se sentasse também, mas a mulher negou.

– Pode deitar, vou pegar água lá embaixo e tentar achar algo para o senhor comer, parece fraco... – Pensou por um momento. – Vampiros comem comida humana? – perguntou em dúvida.

Ellene conhecia a resposta, mas não a dieta dele. Esperou paciente que ele respondesse, mesmo com receio de ouvir.

– Sim, mas eu precisava de mais... – sussurrou fechando os olhos, a cabeça recostada no braço do sofá.

– Mais...? Não sei se posso fazer isso por você – disse irritada. Ele, no entanto, sorriu parecendo se divertir com sua reação.

– Não se preocupe comigo – balbuciou. Ellene puxou o ar, ele parecia tão doente que a deixou aflita. Levantou-se e seguiu para o andar inferior, desconfiando que encontraria uma cozinha.

Não sabia exatamente o que fazer, mas quando localizou a cozinha fez a única coisa que pareceu sensata: com uma faca afiada, fez um corte profundo na coxa, deixando seu sangue pingar em uma panela.

Capítulo 23

Há alguns dias, Tomás tentava entender o motivo de Ellene ter deixado a vila daquela forma e ter se negado a voltar. Sentia-se culpado por tê-la perturbado com tantas ideias absurdas. A saudade começava a machucá-lo, estava irritadiço com todas as pessoas, até com Carolina, que, mesmo sendo apaixonada por ele, evitava-o para não brigarem ainda mais.

Alguns dos que estavam em Itu haviam retornado para a vila. Planejavam vigiar a festa da rainha naquela noite, por isso a maioria dormia e outros preparavam estacas de madeira, facas e diversos materiais de luta. Tomás estava afiando uma faca perto de Carolina enquanto ela cortava as estacas e tirava as rebarbas da madeira para não entrarem na mão de ninguém. Nenhum dos dois falava, mas percebeu que a proximidade estava chateando a garota, pois ela bufou algumas vezes.

– Você acha que ela vai voltar? – perguntou Tomás de repente.

– Você não pensa em outra coisa, não?

Ela jogou a estaca na pilha ao lado dela e saiu batendo os pés. Tomás encarou Jacó e alguns outros que ajudavam nas tarefas.

– O que eu fiz?

– Vem, vamos dar uma volta! – ordenou o líder. Ele deixou a faca onde estava e vestiu a camiseta regata que estava presa no bolso da bermuda marrom.

Estavam parecidos nas vestimentas, de bermuda, tênis e regata. Andaram em silêncio até chegarem à colina. Abaixo deles, apenas um amontoado de árvores e grama.

– Sei que errei com ela, me desculpe, Jacó. Mas eu não sabia mais o que fazer. A Ellene me enlouquece.

O líder o pegou pela gola da camiseta e o prensou contra o tronco de uma das árvores. Em seus olhos, havia raiva, toda direcionada ao lobisomem. Ele empurrou com mais força o rapaz, que, por sua vez, nem tentou defender-se. Sabia que deveria ser punido por se intrometer em um assunto de família.

–Você não errou só com ela, errou com todos nós! Você sabe o que pode acontecer agora, Tomás? – Ele negou. – Tudo! Não sei o que nos espera. A rainha deles voltou, Ellene está perdida no mundo à procura dela, e quando descobrirem que ela e a rainha têm uma ligação, as duas serão assassinadas! E não poderei fazer nada. Por quê? Porque você se intrometeu e agora ela acha que é uma vampira! – Tomás ficou confuso com a afirmação do líder.

– Espera! Ela tem uma ligação com aquela coisa? Ela é mesmo vampira? Ela é filha da rainha?

– Não! – Jacó socou o tronco ao lado da cabeça de Tomás e o soltou bruscamente.

Tomás ficou paralisado, surpreso com a reação do líder. Esperou por um novo soco ou grito, e estava pronto para se defender se fosse necessário. Jacó voltou a falar:

– Nós também desconfiávamos, mas preferimos a ignorância. Era melhor não saber do que perdê-la, entende? Agora... agora ninguém sabe o que pode acontecer, principalmente por uma garota estar enfiada no meio deles achando ser um deles!

Conheciam-se há muito tempo, por isso era fácil para Tomás saber quando Jacó estava mentindo. Ele tinha um tique nervoso, piscava muito e estalava os dedos das mãos. Enquanto o ouvia, decidia se o confrontava ou se fingia acreditar nele. Decidiu, então, fingir.

– Eles podem machucá-la?

– Claro! Ela nem sabe onde está se metendo! Está acostumada a conviver com pessoas confiáveis, Tomás. Eu tenho certeza de que vai se enfiar em muita confusão, isso se não acabar morta! São maus, fingem, enganam, traem. É da natureza deles! Ela não tem nenhuma chance.

É da natureza deles... Tomás guardou a frase.

– Sei que você está chateado, todos nós estamos, mas precisa manter a cabeça no lugar. Sair maltratando tudo e todos não vai ajudar Elle em nada.

– Mas eu não...

– Você está arredio, só fala nela. Não se esqueça de que você não é o único que a perdeu.

Jacó deixou Tomás sozinho, disparando de volta para o galpão onde trabalhavam nas ferramentas. Escureceria dentro de uma hora e precisavam chegar ao local do baile antes dos vampiros.

Meia hora mais tarde, estavam na van a caminho do endereço. Antes de desembarcarem, Jacó mostrou um mapa ampliado da região, indicou onde cada dupla faria tocaia e os dispensou.

– Eu e ele? – esbravejou Carol apontando para Tomás, que já a aguardava do lado de fora.

Jacó apenas a encarou e, irritada, ela lhe deu as costas, puxando a mochila e avançando na frente de Tomás. Não conversaram durante o trajeto, tinham uma tarefa. Sabia que ela a cumpriria e sairia de lá.

O sol se pôs e meia hora depois o tumulto à frente do hotel iniciou-se. Carros estacionavam, deixando casais de vampiros e alguns solitários, a maioria usando seus choferes humanos para os levarem. Por volta das dez da noite, começavam a ficar entediados. Nem mesmo a rainha apareceu do lado de fora para que pudessem ver como ela era.

Tomás e Carol eram obrigados a enviar mensagens de hora em hora indicando se estava tudo bem ou se tinham mudado de telhado. Estavam em cima de uma casa em frente à entrada do hotel. Ele digitou: "Tudo igual. Chato e previsível".

Os celulares estavam sem som e nem mesmo vibravam, para não chamar a atenção. A resposta que recebeu de volta alarmou Tomás, que se ergueu e olhou para baixo, vendo uma mulher ruiva, vestida como uma princesa de épocas antigas. Era Ellene.

– O que foi? – sussurrou Carol pegando o celular e lendo a mensagem: "E., abaixo de C. e T."– Ah, ela! – Respirou bem fundo, pegou Tomás pela gola e o puxou para trás, de volta ao telhado. – Você estava visível – explicou quando ele a encarou irritado.

– Ela... ela vai àquela festa! É um deles! – grunhiu, tentava usar um volume baixo, mas estava visivelmente alterado.

Ele tremia tanto que Carol precisou empurrá-lo para o forro onde as telhas não fariam barulho. Fez sinal para ele ficar quieto e se empoleirou no parapeito. Tomás se colocou atrás dela, abraçando a cintura da morena e olhando para a entrada da festa. Viu Ellene adentrar no salão ao lado de um vampiro antigo. Resmungou chateado e se afastou de novo, digitando rapidamente: "Ela entrou com um vamp. Ela nem parecia ela mesma".

Jacó mandou uma mensagem: "Calma, Tom, dá para ouvir seus latidos daqui!".

– Latido? Idiota – resmungou.

– Calado! Que droga! – Carol o olhou enviesado e o chamou de novo. Havia outro tumulto, era o carro da rainha.

A loura saiu do veículo com a ajuda de um vampiro. Outro casal os acompanhou, um homem negro e sua esposa. Jacó avisou por mensagem ser o regente da Coroa, Benjamin, sua esposa, Julie, e o acompanhante da rainha, Milosh. Tom ficou pensativo sobre como ele sabia tanto sobre esses vampiros. Talvez porque marcasse encontros secretos entre eles e Ellene. Pensou numa conspiração, mas, enquanto formava as ideias, Carol acomodou as costas em seu peito, pegando-o totalmente desprevenido, já que vinham brigando desde que sua namorada foi embora.

– Algo errado?

– Tem – ela sussurrou e virou-se para ele, jogando-se em seus braços. Como o telhado onde estavam dava para a janela de um sótão, qualquer pessoa imaginaria que eram um casal de adolescentes namorando escondidos dos pais. – Nos viram. – E, sem nenhum aviso, ela grudou os lábios nos dele.

Estava bravo por saber que Ellene entrou naquela festa, enfrentando seu pavor por vampiros e de braço dado com um. Não tinha certeza, mas em seu íntimo acreditava ser o mesmo com quem ela se encontrou perto da casa do joalheiro. Por causa do tumulto de pensamentos, demorou alguns segundos para entender e corresponder ao que Carol fazia. A maciez dos lábios dela era familiar, o gosto de cereja também, por causa do batom que ela sempre usava. O calor da pele e o molde dos corpos o fez esquecer as aflições que estava vivendo. O beijo durou tempo suficiente para que ficassem ofegantes.

Quando afastaram os rostos, as bochechas dela estavam rosadas e havia algo em seus olhos que ele não conseguiu definir se era vergonha ou felicidade. Mas ela piscou e já estava séria novamente.

– Terceiro andar, primeira janela à esquerda. Tinha alguém nos vigiando. – Tom olhou discretamente na direção que ela indicou, a garota mantinha a cena, acomodando-se no colo dele e dando mordidas em seus lábios. Ele enroscou os dedos nos cabelos dela, observando a janela entre os fios.

– Está escura.

Ela se aproveitou, chupou o lábio dele e disse:

– Olhe bem.

Apesar de parecer calma e claramente estar se aproveitando da situação, Tom sentia o corpo da garota tremer violentamente sobre o dele. Ele a apertou, para transmitir segurança, lembrando-se de que era a primeira tarefa dela depois de sua transformação e estava se saindo melhor que ele. Deslizou uma das mãos pelas costas dela e segurou uma estaca que estava escondida no cós de sua calça jeans.

– Tem alguém, mas na janela ao lado. Tenta avisar que fomos localizados – disse baixo, mordendo o lóbulo da orelha dela, o que arrancou um riso verdadeiro da mulher. Ele sorriu, pois sabia que os vampiros ouviriam a risada.

Atrás das costas dele, Carolina digitava: "SOS, fomos localizados".

– Avisei. Agora, me beija.

Ela riu, mas agora de nervoso, e os lábios deles se encontraram. A sintonia dos gestos, do beijo e das carícias deles era tão real que não se lembraram de que estavam fingindo. Tomás não tirou a mão da estaca e ela não largou a faca que encontrou nas costas dele, mas se beijavam fervorosamente, ela matando a saudade de anos e ele se lembrando de um tempo em que Ellene não passava de uma criança que ele enxergava como irmã.

Carol se lembrou que eram vigiados, afastou os lábios dele, ofegante, e o encarou.

– Assim você me mata, T – sussurrou, olhou no celular e fez uma careta. Jacó mandava que abortassem a missão e voltassem para a van, mas ela não queria sair dali, queria ir até o fim da tarefa.

– Você que me mata, morena – respondeu e, espontaneamente, mordeu o lábio superior dela. – Seu pai? – perguntou, disfarçando, não sabia a qual distância um vampiro poderia ouvir. Se já estivessem ouvindo, desconfiariam que não eram adolescentes, mas lobisomens, e que os vigiavam.

– É. Ele quer que voltemos para casa – murmurou ela. – Mas não quero ir.

– Nem eu. – Ele encaixou os lábios. – Se segura – sussurrou muito baixo e inverteu as posições, ficando sobre ela e de costas para a janela, deixando que a garota vigiasse. A mão permaneceu imóvel na faca por baixo da camisa dele e ela arfou, surpresa com o que ele fez.

– Nossa, assim você me mata, mesmo. – Riram. – Essa música é bonita, quer dançar?

A risada de Tom saiu alta e ela tampou os lábios dele. Correu o olhar até o parapeito para fingir que vigiava aquela casa.

– Meus pais, seu doido! – Riu. – Fica quieto.

Ela se posicionou sobre as telhas e ele sobre ela, e voltaram a se beijar, as línguas se enroscando numa dança que ambos conheciam bem. Tom sentia um frio gelado percorrer seu estômago e algo que ele não se lembrava que era tão bom sentir: era correspondido.

A mulher soltou a faca e segurou nos cabelos dele, apertando para que o beijo se aprofundasse. O som de saltos correndo no silêncio da rua fez ambos se levantarem, olharem para a janela e, depois, para a rua. Ellene corria para longe do hotel e daquela festa. Carol fez uma careta ao voltarem para a realidade. Ao que parecia, não eram mais vigiados, tinham fingido tão bem que até os vampiros acreditaram ou não se importaram com dois lobinhos vigiando a festa. Tom ficou tenso, começou a saltar pelos telhados, seguindo a ruiva. Ao parar, ouviu as lágrimas dela e a conversa que tinha no celular. Carolina parou logo atrás dele.

– Conde, eu... ele... ele veio atrás de mim e aí eu saí da festa. Agora não sei para onde ir, você pode me deixar ficar no carro? Ou, ou... eu volto mais tarde para irmos embora, o senhor me liga. – Ela atropelava as palavras e Tom, em vez de notar o nervosismo dela, apenas percebeu que havia pedido ajuda a outro vampiro e não a ele.

Houve uma breve pausa e ela continuou a conversa, mas desligou de repente, ajeitando a maquiagem e voltando apressada para dentro do hotel.

A facilidade com que ela entrou no local fez Tom espumar de raiva. Ele nem se importou se alguém notaria, saltou do telhado e começou a correr para o ponto de encontro.

Ao chegarem três ruas longe da festa, encontraram Jacó sentado atrás da van esperando por notícias. Quando olhou o rosto de Tom, pareceu adivinhar que era algo com Ellene. Ele foi em sua direção.

– O que aconteceu?

– Ela entrou lá, foi à festa! – Tom falou alto, gesticulando exageradamente, seu rosto estava vermelho e suado. – Entrou com um vampiro, o mesmo que ela conversou outro dia. Depois entrou sozinha de novo, como se fosse um deles!

– Fala mais baixo, quer que todo mundo o escute?

– Tem medo de que saibam que você criou um deles debaixo do nosso nariz?

A insinuação foi demais para Jacó, que perdeu a razão e deu um soco no queixo de Tomás. Este cambaleou até cair sentado na calçada. Carol correu até ele, tentando ajudá-lo a se levantar, mas permaneceu sentado com a mão no queixo e o olhar fixo no líder. Agora tinha certeza absoluta de que estava certo. Ellene e toda a família dela sempre souberam que ela era um vampiro e enganaram todos os moradores da vila.

Vinícius chegou um minuto depois, estranhando as feições do irmão e o queixo de Tom que começava a ficar roxo.

– Perdi alguma coisa?

– Não. Alguma informação extra? – perguntou Jacó, voltando à postura de líder.

– Sim. Eles passarão o dia nesse hotel, a festa vai até de manhã. O hotel é especial, com cortinas de chumbo que vedam o sol. Vi humanos entrando por uma porta de serviço, acredito que sejam doadores.

– Entraram de boa vontade ou estavam assustados?

– Pareciam felizes até.

Jacó coçou a barba e soltou um suspiro. Depois, olhou o visor do celular, havia uma nova mensagem, ele mostrou para Tomás e Carolina: "Ela saiu de novo, está indo na sua direção".

– Todos dentro da van, agora! – ordenou.

Carol e Tom entraram juntos. Vinícius e Jacó se sentaram no banco da frente, ocultos pelo capuz de seus moletons. Os outros permaneciam no local de vigia. Ellene passou por eles correndo, retirando o salto alto e dando pulinhos até voltar a correr. Carolina segurou Tom pelo braço, mas não obteve sucesso, logo ele a estava seguindo.

– Que merda! – Ouviu a voz de Carolina, mas não parou.

Ele queria conversar com ela, entender porque não confiou nele para dizer a verdade, mas não era tão rápido para alcançá-la. Três quadras à frente, foi barrado por Jacó que o interceptou de repente, empurrando-o no sentindo contrário ao que seguia.

– O que você pensa que está fazendo?

Tom tentou se desvencilhar e eles começaram a brigar, um socando o outro como uma luta de boxe. Ao fim, ele empurrou Jacó e voltou a correr, na tentativa de localizar Ellene. Era a primeira vez que tinha alguma notícia dela e, mesmo sendo ruim, era melhor que nada.

Tentou por quase duas horas, ao fim desistiu e voltou para a van. Teria de enfrentar a todos, mas não se importou com isso. A tristeza que sentia era maior que decepcionar seu líder e seus amigos. *Ele* estava decepcionado.

Sentou-se no último banco da van, Carol entrou logo depois quando viu que ele se acomodou. Ela não falou nada, apenas o puxou e o abraçou. Tomás não queria um abraço, queria entender tudo o que estavam escondendo deles, queria confrontar Jacó.

Quando amanheceu e tudo ficou calmo por mais de uma hora, partiram de volta à vila. Foram em silêncio, pois a informação sobre a briga havia sido espalhada e ninguém queria provocá-los. Qualquer assunto sobre Ellene ou a festa colocaria um contra o outro novamente.

A viagem foi longa e deu vantagem para que Tom ligasse alguns pontos frouxos desde a infância de Ellene. Enquanto era criança, todos estranhavam seu crescimento lento, mas seus pais alegavam que, por ser adotada, não sabiam por que ela era daquele jeito. Quase todos os moradores tentaram descobrir se haviam outras castas de lobisomens que tivessem a mesma particularidade, porém nenhum conseguiu informações concretas. Tomás conhecia as histórias, os anciãos contavam que a mãe biológica dela apareceu algumas vezes, brincou com ela, levou-a para passear e, sempre quando precisava deixá-la, saía chorando.

Ele não entendia por que nenhum deles a questionou sobre suas origens e raça. Concluiu que todos desconfiavam, apenas queriam ignorar a verdade.

Ela começou a envelhecer depois de muitas décadas também na aparência – o que aconteceu rapidamente –, como se de repente seu corpo entendesse que era uma pessoa e precisava amadurecer como qualquer ser humano. Passou a entender o que as pessoas diziam, agia como uma criança de um ano de idade, depois dois, três até completar dezoito, que é a idade física e mental dela. Perceberam, também, que pouco se lembrava dos anos anteriores e decidiram que era melhor que não soubesse o que havia acontecido, pois não queriam que se sentisse diferente. A decisão foi tomada por todos os anciãos e os que eram mais novos e não tinham se transformado ainda apenas souberam que deveriam tratar Ellene como se tivesse a idade de seus aniversários.

Foi difícil para Tomás quando ela chegou aos treze anos. Ele tornou-se seu professor de artes marciais e defesa, e precisava passar mais tempo com ela que com os outros alunos a pedido de dona Dulce. Ela queria mantê-lo ocupado, pois estava deprimido com a viagem de Carol, que tinha decidido estudar no exterior por tempo indeterminado e terminou o namoro deles.

Inevitavelmente, a aproximação fez um sentimento novo crescer no coração do rapaz. Ela era diferente de todas as garotas que tinha conhecido: era esperta, possuía dons e confiava nele cegamente. Ele gostava de sentir como Ellene precisava dele e, por isso, como quase todos na comunidade, ignorou as diferenças e se apaixonou.

Havia rebarbas que não foram corretamente limpas ou escondidas dela e, apesar de ter sido criada entre eles, não se adaptou facilmente aos costumes. Preferia ficar acordada à noite e dormir de dia, levou quase três anos para que se acostumasse à rotina escolar de acordar cedo, estudar e voltar para casa apenas depois do lanche da tarde na escola, pois depois do almoço passava por sérios treinamentos para sua futura condição como lobisomem.

Na época, ele não percebeu, mas, com o tempo, notou algumas semelhanças dela com os vampiros, porque às vezes o encarava com aquele olhar demoníaco quase vermelho que alguns deles adquirem quando estão irritados. Era mais rápida que os que ainda não haviam tido sua primeira transformação e tinha poderes, o que era sabido de todos que só vampiros e outras poucas criaturas adquiriam.

Tom fechou os olhos, sentindo o carinho leve que Carolina fazia em sua nuca. Sentiu os olhos marejarem, mas não deixaria que ninguém percebesse que queria chorar. Pensou no dia em que visitaram aquela senhora, em como Ellene sabia exatamente onde era a casa e como fazê-la atendê-los. A mulher a acusara de ser vampira e colocou imagens na cabeça dele, que acreditou ser dela como vampira. As lembranças foram para o dia em que ela fugiu dele e não o levou junto para visitarem novamente aquela mulher. Tinha certeza de que Elle havia combinado se encontrar com o vampiro estranho que ela disse saber sobre o relicário e que lhe daria informações sobre o joalheiro, mas que nunca mencionou que era o mesmo que a levaria ao baile.

Trincou os dentes e apertou o braço de Carol sem querer enquanto tentava assimilar seus pensamentos. Ela parou o carinho e sussurrou em seu ouvido:

– Tudo bem?

– Sim... – mentiu e aliviou o aperto.

No dia que apanhou de um vampiro, ele só parou de fazê-lo quando Ellene pediu para que parasse; pediu não, ordenou. Se a obedeceu, é porque ela é quem ele imaginava. Sentia o coração disparado por causa da certeza.

Ela era a filha da rainha, a princesa dos vampiros.

Uma lágrima escapou e um soluço indignado também. Ouviu a voz de Jacó quando conversaram mais cedo: *Eles são maus, eles fingem, enganam, traem. É da natureza deles!*

É da natureza dela.

Carta aos leitores

Se você chegou até este ponto em sua leitura certamente deseja matar a escritora assim como todos nós quando ela me deixou doente, desmaiando e aos cuidados de uma maluca ruiva que me persegue em sonhos e que pode muito bem se aproveitar da minha doença repentina e me matar.

No entanto, vou lhes pedir um imenso favor: não a matem ainda. Quero saber o que esta mente decidiu para o meu futuro nos próximos livros e creio que você também, leitor.

Estou aqui para conversar sobre um assunto diferente e que aqueles que leram Híbrida na primeira edição com certeza perceberam: MUDARAM O MEU SOBRENOME!

É momento de respirarmos fundo e decidirmos não matar a escritora novamente! Eu gostava muito do meu antigo nome, Maundreall. Gostava e já estava acostumado a ele e quis castigar a Mari por ter decidido mudar e ainda me incumbir de contar a todos o motivo.

O fato é que descobrimos que existe outro vampiro literário com nome e sobrenome semelhantes ao meu e para evitarmos difamações – pois não houve plágio no nome, apenas uma infeliz coincidência –, a escritora e a editora Novo Século decidiram que o melhor seria modificar o meu. Afinal, fui criado depois.

Após muita pesquisa para conferir se o nome não era repetido em algum outro cenário literário, finalmente alteraram. Confesso que demorei a me acostumar, mas já gosto muito de Vasille.

Espero que tenham gostado também e que me ajudem a desvendar todo o mistério que ronda o desaparecimento da rainha e a belíssima ruiva que me largou sozinho na Catedral Ortodoxa de São Paulo.

Até breve e não se esqueçam de ler Guardião!

Milosh Vasille

Leia também:

GUARDIÃO

SÉRIE NEBLINA E ESCURIDÃO

FONTE: Bembo Std
IMPRESSÃO: Paym